Harald Rudolf

Tödlicher Jahrgang

Ein Baden-Württemberg-Krimi

Silberburg-Verlag

Harald Rudolf, Jahrgang 1965, ist in der Ortenau groß geworden. Nach Zivildienst in München und vielen Jahren in Berlin, wo er sich am Rande der Autorenfilmszene und inmitten der Off-Theater-Szene bewegte sowie als Taxifahrer den Mauerfall erlebte, zog es ihn nach Freiburg. Dort schrieb er Drehbücher für Lehr- und Informationsfilme der Polizeiakademie Baden-Württemberg. Nach Auslandsaufenthalten kehrte er zurück ins Badische. Rudolf ist verheiratet und lebt als Buchautor und Gerichtsreporter in Offenburg.

1. Auflage 2014

Umschlaggestaltung: Christoph Wöhler, Tübingen.
Coverfoto: © clu – iStockphoto.
Druck: CPI books, Leck.
Printed in Germany.

ISBN 978-3-8425-1351-8

Besuchen Sie uns im Internet
und entdecken Sie die Vielfalt unseres Verlagsprogramms:
www.silberburg.de

I

Er sah ihr nach, als sie die Wendeltreppe nach oben in seine Wohnung ging. Dann nahm er aus dem Weinkühlschrank eine Flasche Chardonnay, entkorkte sie und löschte das Licht im Laden. Das Geräusch des Entkorkens – er benutzte wie immer einen T-Korkenzieher mit Seele – hallte durch den mit Holzfässern und Holzregalen bestückten Laden. Der Schatten eines über der Frischtheke baumelnden Schwarzwälder Schinkens, von dem beleuchteten Rathaus gegenüber durch die Schaufenster angestrahlt, umhüllte ihn.

Florian, den gekühlten Wein noch in der Hand, hielt inne. Er glaubte, das Ploppen des Korkens noch einmal zu hören. Verwundert sah er sich in seinem Laden um und lokalisierte das Geräusch. An der Eingangstür hämmerte es nun mehrfach. Florian trat aus dem Schatten des geräucherten Schinkens, stellte die Flasche auf einem Weinfass ab und ging zur Tür. Das Licht ließ er aus.

»Es ist geschlossen. Schon seit einer Stunde.«

»Ich bin es, Flo.«

»Willi?« Er zuckte zusammen und sah erschrocken nach hinten zur Wendeltreppe. »Was gibt's?«

»Jetzt mach doch mal auf.«

»Ich … ich …« Florian stammelte, da ihm keine Ausrede einfiel. Ins Bett gehen zu wollen, schien ihm zur noch nicht allzu weit fortgeschrittenen Uhrzeit keine gute Ausflucht zu sein.

»Mach endlich auf. Ich bin der Bürgermeister!«

Florian schaltete das Licht am Eingang ein, blickte die Wendeltreppe hoch, öffnete die Tür und sagte hörbar »Willi«.

»Hab ich doch gesagt, dass ich es bin. Nicht so laut.« Der Bürgermeister huschte an Florian vorbei in den Feinkostladen, in dem fast alle Weine aus dem Kaiserstuhl und dem Tuniberg zu finden waren. Er trug einen grauen Anzug mit einem schwarzen Hemd und Lackschuhe, die so poliert waren, dass sie das Licht am Eingang reflektierten. Die grauen Haare des Bürgermeisters waren ebenfalls über jedes Amt erhaben.

»Mach die Tür zu. Du bist wirklich schwerhörig, Flo. Dass du früher Flohä gerufen wurdest, wundert mich wirklich nicht.«

Florian stellte sich erneut schwerhörig. Er behielt die Klinke der schweren Holztür in der Hand und zeigte keine Absicht, sie zu schließen. »Flohä« war er in seiner Zeit als Fußballprofi beim SC Freiburg und später beim KSC zwar auch gerufen worden, weil er als Linksfuß eigensinnig gespielt und auf Zurufe seiner Mitspieler nicht immer reagiert hatte, die Namensgebung entsprang aber seinen wie von Heinz Flohe mit dem Außenrist geschlagenen Flanken.

»Mach doch jetzt endlich die Tür zu«, sagte der Bürgermeister, der auch ohne schicken Anzug mit seinen vierundfünfzig Jahren eine gute Figur machte.

Florian überhörte den Zuruf. »Was willst du? Ich erwarte einen wichtigen Anruf. Geschäftlich«, fügte er hinzu.

»Ich bin gleich wieder weg.« Der Bürgermeister drückte die Tür in die Falle, breitete seine Hände aus und grinste. »Ich will nur ein paar Flaschen Wein. Etwas ganz Besonderes, um mein Gegenüber zu beeindrucken. Ich habe auch einen Geschäftstermin.«

Florian nickte. »Natürlich. Was denn sonst.«

»Was kannst du mir empfehlen? Ich muss da dicke Bretter bohren. Bin da schon eine Weile dran. Es ist ein Kulturprojekt. Vielleicht für nächsten Sommer. Das wird unser Dorf beleben. So wie dein Laden hier für uns auch eine Bereicherung ist.«

Florian atmete erleichtert durch. »Weiß oder rot?«

»Eher weiß, auch wenn jetzt im Herbst der Spätburgunder lockt.«

»Zum Essen?«

»Danach. Als Geschenk.«

Florian ging durch seinen Laden und besah und berührte einige Flaschen, die auf den Holzfässern standen. Dann ging er zum Temperierschrank und entnahm den gleichen Wein, den er zuvor für sich herausgeholt hatte. »Wie alt?«

»Das ist doch egal. Tut nichts zur Sache.«

»Ich meine den Wein. Wie alt soll er sein?«

»Das überlasse ich dir. Du bist der Fachmann.«

Florian hielt die Flasche hoch. »Die Grande Dame der Weißweine. Von der Abfüllung gibt es nicht mehr viele. Was ganz Besonderes für besondere Anlässe.«

»Wie teuer?«

»Kannst du dir leisten. Aber sind ja Spesen. Ich schreib dir später eine Rechnung.«

»Brauche ich nicht. Geht aus meiner Tasche.«

»Reichen zwei?«

»Ja, ja.«

Florian nahm eine zweite Flasche aus dem Kühlschrank und reichte sie dem Bürgermeister. »Die sind perfekt temperiert. Falls du noch eine kippen willst, stell sie vorher in den Kühlschrank.«

»Ist eher als Geschenk gedacht. Was bin ich dir schuldig?«

»Verrechnen wir später.«

Florian fasste den Bürgermeister an der Schulter und drehte ihn sanft zum Ausgang. Dann begleitete er ihn zur Tür und öffnete sie komplett. Beim Hinausgehen strahlte ihn der Bürgermeister an.

»Dass ich mit Florian Buchmann mal befreundet sein würde …? Drei Tore! Ich erlebe den Hattrick beinahe jedes

Mal, wenn ich dich sehe und bekomme Gänsehaut.« Er klemmte eine der beiden Flaschen unter den Arm und reichte ihm die Hand.

»Schönen Abend«, sagte Florian und schloss schnell die Tür, während der Bürgermeister zu seinem vor dem Rathaus geparkten Wagen ging.

Florian löschte das Eingangslicht, nahm seine bereits geöffnete Flasche und ging zur Wendeltreppe, die von der Wohnung aus beleuchtet wurde. Er ging nach oben und schnaufte tief durch, als er Ulla im Wohnzimmer auf der Couch sah.

»Der Geschäftstermin heißt Miriam«, sagte sie. »Wohnt in Breisach und ist zweiunddreißig Jahre alt. Er kennt sie noch nicht lange, aber alle wissen es schon.«

»Miriam ist mir neu.«

»Ich habe aufgehört, dich über die Affären meines Mannes auf dem Laufenden zu halten.« Sie rückte an den Rand der Couch und hielt ihm ihr Glas hin.

Er zögerte jedoch einzuschenken.

»Was ist?«

»Irgendwie fühle ich mich ertappt. Mir gegenüber ist er so freundlich und respektvoll.«

»Dir gegenüber!«

Sie forderte ihn mit einer Geste auf, einzuschenken, und er füllte den Boden der eleganten Weingläser. Als sie ihn küssen wollte, wich er zurück.

»Na, dann erst mal Prost«, sagte sie.

Sie tranken schweigend einen kleinen Schluck und kosteten den Nachgang.

»Der ist gut«, sagte Ulla. »Hast du ihm den gegeben?«

Florian nickte verhalten.

»Ich fürchte, damit wird er punkten.«

Trotz seiner gedrückten Stimmung konnte Florian sich ein Lächeln nicht verkneifen. Ulla hatte ihn schon bei ihrer ersten Begegnung begeistert. Das Aufeinandertreffen mit ihrem Ehemann gerade im Laden trübte jedoch seine Freude auf den Abend. Obwohl sie im selben Dorf wohnten und sich beinahe täglich sahen, trafen sie sich in der Regel einmal die Woche, auch wenn Willi nahezu jeden Abend auf Achse war. Und nicht nur aus beruflichen Gründen. Seine Affären waren in ganz Gottratskirchen bekannt.

Eine Retourkutsche war er für Ulla aber nicht, das wusste Florian. Mit der achtundvierzigjährigen, sportlichen, schwarzhaarigen Frau, die im Kaiserstuhl fast nur mit dem Rad unterwegs war und beim Einkehren auch schon mal ein großes Bier trank, hatte er viel Gesprächsstoff. Und er schätzte ihre Bodenständigkeit und ihren Humor.

Gleich nachdem er vor zwei Jahren seinen Laden in dem Dorf am Kaiserstuhl eröffnet hatte, lernte er die Frau des Bürgermeisters kennen. Ulla war eine der ersten Kunden. Und obwohl sie sich gleich verstanden hatten und er als eine der ersten Informationen über Gottratskirchen von den Affären des Rathauschefs erfahren hatte, vergingen drei Jahreszeiten, bis es im vergangenen Sommer – das Dorf galt als einer der sonnigsten Orte Deutschlands – nach einem Picknick zum ersten Kuss auf dem Haselschacher Buck gekommen war.

Zu diesem Zeitpunkt hatte er auch schon das Dorf und die nähere Umgebung für sich eingenommen. Aus Breisach und sogar aus Freiburg kam da bereits Kundschaft. In einem Reiseführer war er in jenem Sommer auch erwähnt worden. Viele Touristen nahmen bei ihm ein Stück Urlaub mit nach Hause.

Seinen Anfangserfolg hatte er aber nicht nur seiner Nase und seinem Gaumen – wie ein Trüffelschwein erschnüffelte er Köstlichkeiten aus der Region – zu verdanken, sondern auch seinem Linksfuß. Seine frühere Karriere als Fußballprofi nutzte ihm in seinem neuen Leben. Sein Hattrick beim 4:0-Sieg in Stuttgart – drei Spieltage vor Schluss im April 1994 in der ersten Bundesligasaison des SC Freiburg –, der die Wende im Abstiegskampf eingeleitet hatte, war in Südbaden allerdings auch ohne seine Vorlagen präsent. Auch

Ulla, die sich damals trotz einer Zwillingsgeburt vom Fußballfieber hatte anstecken lassen, ließ sich das Spiel gerne in Gänsehaut erregende Erinnerung rufen. Florian zeichnete ihr oft die Spielzüge, die zu seinen Toren geführt hatten, auf ihrem Bauch oder ihrem Rücken nach. Manchmal in Zeitlupe, aber immer mit einem erfolgreichen Abschluss.

»Jetzt tu nicht so, als wenn dir zum ersten Mal bewusst wird, dass du mit der Frau des Bürgermeisters schläfst«, sagte Ulla.

Florian war in Gedanken abgedriftet und überlegte, welche Konsequenzen es nach sich ziehen würde, wenn seine Romanze auffliegen würde. Das kleine Fachwerkhaus vis-à-vis dem Rathaus war sein Leben geworden. Sein ganzes Geld hatte er hier hinein gesteckt, nachdem er seine Fußballkarriere in der Oberliga bei Waldhof Mannheim beendet hatte, mit seinem VW-Bus durch Südeuropa gereist war und anschließend zwei Jahre in der Toskana nahe Volterra gelebt hatte. Dort war er auf den Feinkost- und Weingeschmack gekommen, und die Erinnerung an glanzvolle Freiburger Zeiten hatte ihn dann auf die Insel vulkanischen Ursprungs zwischen Vogesen und Schwarzwald geführt. Wie auf einem Vulkan fühlte er sich nun auch gerade. Unruhig bewegte er sich auf der ausladenden Couch, die den offenen Wohnbereich über dem Ladengeschäft dominierte, hin und her.

Ulla rückte zu ihm auf und entschuldigte sich. »Ich weiß, dass du Willi magst. Ich mag ihn ja auch, obwohl er mich seit der Geburt unserer Zwillinge betrügt.«

»Euch beide gemeinsam zu treffen, bin ich ja gewohnt, aber jeder auf einer Etage, das ist neu.«

»Willi erkennt mein Parfum nicht.«

»Daran habe ich gar nicht gedacht.« Er lachte auf. »Du liest zu viele Krimis.«

Sie küsste ihn, und er vertiefte das Thema nicht. Die Lust auf ein Schäferstündchen war ihm aber noch immer vergangen. Er überredete sie zum Ansehen einer jüngst gekauften DVD, und sie verbrachten den Abend Arm in Arm. Gegen

Ende des Films schlief er ein. Als er aufwachte, war Ulla verschwunden. Der Fernseher und der DVD-Player waren ausgeschaltet. Auf seinem Weinglas prangte ein mit kräftigem Lippenstift gehauchter Kussmund. Florian schmunzelte und stellte die nicht ausgetrunkene Flasche Wein in den Kühlschrank seiner offenen Küche, in der Knoblauch, zu einem Zopf geflochten, und eine Handvoll zusammengebundene Peperoni an einem Regal neben Schwarzwälder Jägersalami hingen und reichlich Gemüse in einer Schale auf der Arbeitsplatte lagerte. Dann putzte er sich die Zähne und ging zu Bett.

Am anderen Morgen betrat er wie immer nach einer Tasse Milchkaffee, die er im Stehen in seiner Küche trank, den Laden um neun. Er hatte in der Regel bis um ein Uhr geöffnet und dann wieder ab zwei Uhr bis um sieben, im Sommer bis acht Uhr. Da er in seinem Geschäft auch eine Theke hatte, kamen einige Dorfbewohner nach ihrem Feierabend zu ihm, um bei einem Glas Wein ein paar Häppchen zu essen. Zweimal die Woche hatte er vormittags geschlossen, um seine Bestände aufzufüllen oder neue Delikatessen zu erschnüffeln.

Nachdem er die Eingangstür aufgeschlossen hatte, stellte er seine mit Kreide beschrifteten Tafeln auf die Pflastersteine und warf einen unsicheren Blick zu dem als Kornhaus erbauten Rathaus gegenüber. Auf dem Marktplatz waren vereinzelt ein paar Fußgänger zu sehen, am Brunnen spielten Kinder. Es war nach dem vielen Regen wieder ein warmer Oktobertag. Die Zeit – der Jahrgang 2013 war bereits überall gelesen und im Keller – war reif für Wein, dachte er. Er blieb einen Augenblick vor seinem schmucken Geschäft stehen, wurde gegrüßt und grüßte winkend auf den großräumigen Platz. »Morgen!«, »Hallo Flo!«, »Was hast du gesagt, hä?!«

Als das Telefon klingelte, ging er zurück in den Laden und griff zum Hörer. »Feinkost- und Weinhandel *Wollkanisch*.«

Seinen Laden hatte er weder Enoteca noch Vinothek oder sonst wie nennen wollen. Wie schon als Fußballprofi war ihm auch als Geschäftsmann ein eigenes Profil wichtig. *Wollkanisch* erschien ihm zur Zeit der Unternehmungsgründung passend. Das klang nach Vulkan, nach Volterra, aber auch nach wollen und volare.

»Grüß Gott, Herr Buchmann«, meldete sich der Anrufer so deutlich, dass es auch Schwerhörige vernommen hätten. »Der sind Sie doch?!«

»Ja, der bin ich.«

»Mein Name ist Ludwig Härringer.« Der Anrufer machte eine Pause, als müsste man ihn kennen.

»Grüß Gott, Herr Härringer«, sagte Florian. Den Namen hatte er noch nie gehört.

»Sie sehen, ich kenne Sie, aber Sie mich wohl nicht.«

»Müsste ich Sie kennen?«

»Sie sind doch Weinexperte.«

»Ich verkaufe gute Tropfen, ja.«

»Dann wird es Zeit, dass Sie mich kennen lernen.«

Härringer gab ausschweifend Auskunft über sein Weingut in Umweg bei Baden-Baden. »Sie schauen doch über den Kaiserstuhl hinaus?«

»Ich kann nicht alle Weine kennen und führen.« Bislang hatte Florian sich nur auf den Kaiserstuhl und Tuniberg konzentriert, offen für neue Ufer wollte er aber sein. Den Fehler, den er als Fußballprofi gemacht hatte, zu lange einem Verein treu zu sein, um dann aussortiert zu werden und gerade noch einen Vertrag in der zweiten Liga zu erhalten, den Fehler wollte er nicht noch einmal begehen. Verbraucher sind auch nicht ewig treu, dachte er.

»Ich bin aufgeschlossen. Es gibt nicht nur hier gute Weine«, erklärte er.

»Höre ich gerne.« Härringer begann erneut von seinem Weingut zu erzählen. Florian hörte zunächst geduldig zu, wurde aber zunehmend nervös, als ein offensichtliches Touristenpaar seinen Laden betrat. Er grüßte die Kunden und signalisierte Härringer, das Gespräch beenden zu müssen. »Bei Gelegenheit komme ich gerne einmal zu Ihnen.«

»Nicht bei Gelegenheit«, brummte Härringer. »Ich will mit Ihnen einen Termin vereinbaren. Deswegen rufe ich an! Ich will Sie engagieren – für eine Weinprobe und eine Laudatio.«

»Eine Laudatio? Auf wen?«

»Auf mich«, sagte Härringer und nannte Florian ein Datum. »Können Sie da kommen?«

Florian überlegte, einen Grund für eine Absage zu suchen. Der vorgeschlagene Termin traf jedoch mit einem seiner freien Vormittage überein. »Ja, da kann ich«, sagte er ohne Begeisterung und beendete zügig das Telefonat.

Während das Touristenpaar, das auf seine Nachfrage keine Beratung wünschte, sich weiter umsah, notierte er sich Härringers Namen. Den Termin trug er in seinen an der Registrierkasse liegenden Kalender ein. Er verspürte Appetit und blickte in seine Kühltheke. Er hatte das Gefühl, alles darin Befindliche verputzen zu können. In der Regel eilte er trotz geöffneter Tür um die Ecke zum Bäcker, um einen Elsässerweck, ein Holzofenbrot oder Körnerbrötchen zu holen. Mit Lamm-, Wildschweinsalami, luftgetrocknetem Fenchel- oder Korianderschinken war das stets ein Gedicht. Als das Touristenpaar grußlos und ohne etwas zu kaufen den Laden verließ, spurtete er zum Bäcker. An der Ladentheke erwartete ihn eine Schlange – und Ulla, die an deren Ende stand.

»Morgen.«

»Guten Morgen.«

Im Dorf aufeinanderzutreffen, fiel beiden nicht schwer, doch gestern hatten sie sich zum ersten Mal nach einem Treffen nicht »Gute Nacht« gesagt. Er spürte eine Unsicherheit in sich.

»Viel los hier«, sagte Ulla. »Ich bring dir was vorbei. Was willst du?«

»Zwei Elsässer«, antwortete er und trat aus der Bäckerei. Von der Gasse im verwinkelten Dorfzentrum rannte er zurück zu seinem Laden. »Gut in Form. Willst du noch einmal angreifen?«, hörte er jemanden rufen. Er sah sich nicht um, winkte ab und betrat schnaufend den ebenerdigen Eingang seines Häuschens, an dessen Fenstern wie fast überall am Fachwerk im Ortskern Geranien blühten.

Im Laden war bereits wieder Kundschaft, die Wein für einen besonderen Anlass suchte. Florian ließ sich wie immer Zeit mit der Beratung und entkorkte auch eine Flasche zum Probieren. Wie oft hatte er schon abends die Reste ausgetrunken. Die Kunden verließen mit einem Sechser-Karton das Geschäft, gerade als Ulla vom Bäcker kam.

»Ich danke dir.« Auch hier im Geschäft waren sie es gewohnt, nur freundlich zu sein. Er entnahm der kleinen Bäckertüte einen Elsässer, riss ihn mit dem Daumen auf und belegte ihn mit reichlich Salami.

»Willst du auch was?«

»Nein, ich gehe noch aufs Rad.«

Er nickte mit vollem Mund.

»Willst du wissen, wie der Film ausging?«

»Ich schau ihn mir heute Abend noch mal an.«

»Viel Erfolg.« Sie grinste und ging auf den Marktplatz hinaus. Kauend sah er ihr nach. Dann überprüfte er die Delikatessen in der Kühltheke. Bis zum Mittag verzeichnete er den üblichen Durchlauf. Trotz der raschen Bekanntheit seines Geschäfts war es ihm noch nicht möglich, eine Teilzeitkraft zu beschäftigen. Die Raten des Hauskaufs waren eine große Belastung. Die neun Jahre beim Sportclub hatten ihn bekannt, aber nicht reich gemacht. Die Mittagspause verbrachte er in den goldgelb und burgunderrot verfärbten Reben und den spätsommerlichen Abend in Breisach. Er flanierte durch die Altstadt und trank in einem gut besuchten Straßencafé ein Bier.

Am folgenden freien Vormittag machte er sich auf den Weg zu Härringer. Den Trip nach Norden nutzte er, um in Endingen einen seiner Wurstlieferanten zu besuchen. Die Fahrt durch das Zentrum des Kaiserstuhls vorbei an Alt-Vogtsburg begeisterte ihn auch noch nach zwei Jahren. Manchmal fuhr er zum Spaß mit seinem Lieferwagen, einem Ape Piaggio mit Kasten, über den Vogelsangpass. Hier in der Nähe hatte er Ulla zum ersten Mal geküsst. Obwohl die Beziehung durchaus als nicht einfach anzusehen war, sah er es als glückliche Fügung an, jemandem Platz in seinem Herzen geschaffen zu haben. Wie viele von seinen nun schon über vierzig Lebensjahren war er allein gewesen?

Auf der Fahrt vorbei an abgeernteten Rebhängen und Weinterrassen stieß er am Straßenrand auf zwei Winzer, deren Weine er ebenfalls verkaufte. Er stoppte seinen Alfa Romeo und erkundigte sich nach der Lese. Die Winzer zeigten sich nach dem vielen Regen mehr als zufrieden. Die Menge lasse zwar zu wünschen übrig, die geherbstete Qualität sei aber sehr gut. Florian wusste, dass sie ihm gegenüber nicht klagten, obwohl dies zu ihrem Handwerk gehörte. Sie wechselten noch ein paar Worte, und er fuhr weiter nach Endingen. Er parkte vor dem Obertor, schlenderte durch die Altstadt und betrat die Metzgerei Weinbrenner. Die beiden weiblichen Angestellten strahlten wie immer bei seinem Anblick und riefen wie gackernde Hühner nach ihrem Chef.

»Wer ist da?«

»Flo.«

»Hä!?«, schallte es aus dem Raum hinter der ausladenden Fleisch- und Wursttheke. Dann erschien lachend der Juniorchef Christoph im weißen, blutbefleckten Mantel. »Schon alles verkauft?«

Sie grüßten sich mit einem kräftigen Händedruck, und Florian erklärte, sein bester Wurstkunde zu sein. Christoph erwähnte eine neue Kreation und gab Florian eine Kostprobe. »Mit Salbei und weißem Pfeffer. Luftgetrocknet. Was meinst du?«

Florian probierte die zusammengerollte Scheibe Salami und zeigte sich beeindruckt. »Die nehme ich das nächste Mal mit.«

»Wenn ich hier einmal herauskäme, würde ich ja gerne bei dir vorbeischauen. Man redet auch hier oben von deinem Laden.«

»Vom Reden wird man aber nicht satt.«

»Wem sagst du das.«

Florian bestellte zwei belegte Brötchen – Kalbslyoner und die neue Salamikreation – und erklärte, auf dem Weg nach Baden-Baden zu einem Weingutsbesitzer zu sein. »Schloss Härringer. Schon mal gehört?«

Der kreative Metzger schüttelte den Kopf. »Du weißt doch, ich trinke lieber Bier.«

Als Florian das eingetütete Vesper über die Ladentheke gereicht wurde, kramte er sein Portemonnaie aus der Innentasche seines Cordjacketts. Er trug wie immer Jeans und ein tailliertes Hemd über der Hose. Christoph winkte ab. »Lass stecken. Du bist doch mein bester Kunde.«

Auf dem Marktplatz setzte er sich in die Sonne und aß eines der Brötchen. Anschließend fuhr er über die A5 ins Baden-Badener Rebland. Über Härringer hatte er sich zuvor im Internet informiert. Der Vierundsiebzigjährige hatte das als Wasserburg erbaute Schloss 1990 gekauft und komplett saniert. Das Anwesen war in jener Zeit völlig heruntergekommen gewesen.

Florian freute sich auf die ihm bislang unbekannte badische Ecke. In seiner Zeit beim KSC und Waldhof Mannheim war er nie nach Baden-Baden gekommen. Frankfurt und sein Flughafen waren für ihn damals das Tor zur Welt. Jetzt, nach vielen Städtereisen und mehreren Jahren in Südeuropa, fühlte er sich zum ersten Mal mit seiner heimischen Landschaft verbunden. Er war ja ein richtiges Freiburger Bobbele aus Ebnet, wo das Dreisamstadion für ihn als Jugendspieler zum Greifen nah war, aber vor Volker Finke keine Bundesligakarriere versprach.

Er stellte seinen Wagen auf dem Parkplatz vor der ehemaligen Wasserburg ab. Obwohl es zehn Minuten vor dem verabredeten Termin war, stand Härringer bereits vor dem

Schloss. Florian erkannte den Winzer, den er auf einigen Fotos im Internet gesehen hatte. Ludwig Härringer war durchaus kein Unbekannter. Die letzten Jahrgänge seines Weinguts waren vielfach ausgezeichnet worden.

Härringer trug eine Cordhose mit Hemd und Hosenträgern und sah nach Geld und Geltungsbedürfnis aus. Er blieb reglos vor dem geöffneten Schlosstor stehen.

Florian ging zu ihm hin. Mit jedem Schritt, mit dem er sich dem imposanten Weingut und dessen Besitzer näherte, fühlte er sich Zentimeter um Zentimeter seziert.

Als er nach langen Schritten bei Härringer ankam, streckte dieser seine Hand aus. »Herr Buchmann!«

»Grüß Gott, Herr Härringer.« Florian ergriff die Hand. Er war auf einen kräftigen Händedruck vorbereitet und hielt dagegen.

Sie wechselten ein paar Worte über die Fahrt und die Umgebung. Dann führte Härringer Florian in den Schlosshof zum Verkaufsraum, an den die Probierstube des Weinguts grenzte. Auf einer Holzkommode standen Rotweinflaschen und in Kühlern Weißwein.

»Wir beginnen gleich mit den Weinen«, sagte Härringer. »Ich hoffe, dass sie Ihnen munden. Die Laudatio dürfte Ihnen dann leichter fallen, oder?«

Florian lachte auf. »Wohl wahr.«

Sein Blick streifte über die Flaschen: Riesling, trocken und als Beerenauslese, Weißer Burgunder, Sauvignon Blanc, Chardonnay, Rosé und Spätburgunder, Kabinett wie Spätlese. Der Aufmarsch an Flaschen beeindruckte ihn, und er bereute, das zweite Brötchen aus Endingen nicht auf der Fahrt gegessen zu haben. Er liebte Wein, war aber kein Freund von Weinproben, die mit Ausspucken verbunden waren. Die blumigen Umschreibungen der Weine, von gedeckten bis schwarzbeerigen Düften über florale Nuancen zu steiniger Mineralik, waren ihm außerdem suspekt. Die Weine, die er in seinem Handel verkaufte, präsentierte er bodenständig. Wenn ihm ein Wein schmeckte, trank er ihn.

Und viele schmeckten ihm nicht, egal was Weinkritiker darüber dichteten.

»Ich erzähle Ihnen nichts über die Weine. Was darüber geschrieben wird, schmecke ich zum Teil selbst nicht«, sagte Härringer und reichte Florian ein Glas. »Hier ist Wasser und der Becher zum Ausspucken. Sie wollen doch sicher nach Hause fahren?«

»Ja, das will ich. Mit so einer schlagkräftigen Truppe habe ich nicht gerechnet. Ich dachte, Sie wollten mit mir reden.«

»Wenn Sie die Weine mögen. Ich gehe davon aus, dass Sie ansonsten auch keine Laudatio auf mich halten wollen, oder?« Er sah Florian mit einem nicht zu identifizierenden Grinsen an.

»Bingo«, erwiderte Florian. Härringer gefiel ihm. Er war keineswegs von dessen herrischer Art beeindruckt.

»Ich habe gelesen, dass Sie als Fußballer auch ein eigenständiger Kopf waren.«

Florian verstand es als Kompliment. Sie sahen sich einen Augenblick stumm an. Härringer nickte und drehte sich weg. »Ich lasse Sie nun allein. Ich warte draußen im Hof.« Ohne ein weiteres Wort zu verlieren, verließ er die Probierstube.

Florian blickte sich in dem rustikalen Saal um und ging zurück in den Verkaufsraum, der ihm beim Durchschreiten gefallen hatte. Der Raum hatte eine große Theke mit einer gläsernen Platte, die tief in am Boden stehende Weinkisten blicken ließ. Die Registrierkasse mit Touchscreen stand auf einer Ablage an der Rückwand, an der unzählige verstaubte Flaschen lagerten. Kleine Sitzgelegenheiten mit jeweils einem Tisch, die von Stehlampen warm angestrahlt wurden, waren in dem Verkaufsraum verteilt. An den Wänden hingen großformatige Fotos, die die Geschichte des Schlosses und des Weinguts dokumentierten. Auf einigen Fotos war Härringer mit wechselnden Personen zu sehen. Florian betrachtete die Bilder und ging zurück in die Probierstube, die ihm durch eine riesige bestuhlte Tafel wie ein Saal erschien.

Er betrachtete die aufgereihten Weinflaschen auf der Kommode. Die Flaschen waren ungeöffnet und mit Schraubverschluss und Korken versehen. Er überlegte, ob die Weinprobe ein Witz des Hausherrn war. Er blickte zur Decke und suchte eine Überwachungskamera. Irgendwie beschlich ihn das Gefühl, veräppelt zu werden. Er war doch nicht gekommen, um eine Prüfung oder ein Spiel zu absolvieren oder dem Weingutsbesitzer nach dem Mund zu reden. Er spürte, dass er keine Lust auf die Versuchsorgie hatte. Er nahm den Weißburgunder und ging hinaus in den Hof.

Härringer saß auf einer Bank im Schatten und schien überrascht, ihn schon zu sehen. »Ich probiere nur diese Flasche. Zusammen mit einem Salamibrot, das ich im Auto habe. Schmeckt mir dieser Wein von Ihnen nicht, gibt es keine Laudatio von mir. Die Wurst ist auf jeden Fall gut und perfekt zu Wein.« Er ging zu seinem Auto, nahm das belegte Brötchen und setzte sich auf die Mauer des Parkplatzes. Nach dem ersten Bissen öffnete er die Flasche, füllte das Glas, roch kurz daran und trank es in einem Zug aus. Der Wein hatte wenig Säure und keinen Spritz. Er breitete sich angenehm im Mund aus und lief in einem Guss den Gaumen hinunter. Er hatte eine schöne Länge. Im Abgang verschmolz der Wein noch mit einem Hauch Salbei der Salami seines Freundes Weinbrenner. Florian war angetan. Er schenkte sich nach und nahm erneut einen kräftigen Schluck. Dann aß er das Brötchen auf und trank zum Abschluss noch einmal einen ansehnlichen Schluck. Alles in allem hatte er ein gutes Viertel getrunken und das spürte er auch, als er aufstand und mit der Flasche und dem Glas in den Schlosshof zurückging.

Härringer saß noch auf der Bank und rückte sichtlich nervös hin und her, als Florian auf ihn zukam. Neben ihm saß ein Mann im weißen Hemd und Jeans und in Gummistiefeln. Florian schätzte ihn auf Mitte vierzig, so wie er selbst. Äußerlich waren sie sich auch ähnlich: mittlere Größe, sportlich wie kräftig.

»Mein Kellermeister, Sven Arnold«, stellte Härringer den Mann an seiner Seite vor.

Sie gaben sich die Hand. Arnold entschuldigte sich. »Ich bin gleich fertig, eine Sekunde.« Er teilte Härringer mit, dass der Pinot 2011 gerade unfiltriert nach zwei Jahren im großen Eichenfass und im Barrique auf die Flasche gebracht wurde. »Alles bestens. Ich habe jedes Fass noch in Ruhe verkostet. Ich bin begeistert«, sagte der Kellermeister.

Härringer bezog Florian in das Gespräch mit ein. »Von Sven können auch Sie etwas lernen.«

»Wie lange bleibt er in der Flasche?«, fragte Florian.

»Nach zwei Jahren Flaschenreife wird dieser Jahrgang erhältlich sein. Da wir zehn Wochen mit Stielen auf der Maische arbeiten, braucht es diese Zeit.«

Florian nickte und sah, dass auch Härringer beeindruckt wirkte. Das ist mein Kellermeister, schien sein Blick stolz zu sagen.

Arnold stand auf und verabschiedete sich. »Der Keller ruft.«

Florian setzte sich an seiner Stelle auf die Bank.

»Hört sich gut an und der hier schmeckt auch gut«, sagte er und hielt die verkostete Flasche hoch. »Nach meinem Geschmack. Mollig. Die Gegend hier ist ja nicht gerade prädestiniert für die weißen Burgundersorten. Am Wein wird die Laudatio also nicht scheitern.«

»Freut mich.«

»Die restlichen Weine probiere ich zu Hause. Jetzt erzählen Sie mir doch einmal, was Sie von mir wollen.«

Härringer erzählte ihm von seinem anstehenden fünfundsiebzigsten Geburtstag, einer Feier mit vielen Freunden im Schloss und einer Präsentation seiner Weine. Da er gelesen habe, dass Florian ein paar Semester Germanistik studiert habe, halte er ihn für den richtigen Mann. »Und dass Sie sich mit Wein auskennen, haben Sie gerade bewiesen.«

Wieder blitzte das nicht zu identifizierende Grinsen auf. »Ich zahle Ihnen tausend Euro für den Abend, das sollte für einen ehemaligen Fußballprofi eine standesgemäße Summe sein. Ich schmücke mich schließlich auch mit Ihrem Namen. Irgendwelche Nachrichtensprecher aus dem Fernsehen bekommen für eine Abendmoderation übrigens mehr als Zehntausend, falls Sie mein Angebot obszön finden.«

Florian dachte darüber nach. Für das Honorar musste er lange in seinem Laden stehen. An eine Vermarktung seines Namens in dieser Hinsicht hatte er bislang noch gar nicht gedacht. Ohne der Sache sein eigenes Profil zu geben, wollte er den Auftrag aber nicht annehmen. »In Ordnung. Ich mache das aber auf meine Art.«

»Das hoffe ich doch.«

»Um etwas über Sie zu erzählen, muss ich mehr über Sie erfahren. Mehr als das Offizielle, das auf Ihrer Internetseite oder in Zeitungsartikeln zu lesen ist.«

»Die inoffizielle Geschichte, meinen Sie?«

»Könnte man sagen, ja.«

»Wollen Sie meine Geheimnisse erfahren?«

»Nein, Ihr Leben, Ihre Biografie, Bausteine darin. Was hat Sie zum Wein und zu diesem Weingut gebracht? Es wurde Ihnen ja nicht in die Wiege gelegt.«

»Nein. Das ist Ergebnis meines Ehrgeizes. Waren Sie ehrgeizig?«

»Sie kennen doch meine Fußballkarriere.«

»Die offizielle.«

Er dachte darüber nach und wischte seine Vergangenheit beiseite. »Es geht um Ihre Geschichte. Sie wollen eine Laudatio zu Ihrem Jubiläum.«

Härringer atmete tief durch. »Das will ich, ja. Haben Sie noch Zeit?«

»Ich habe bis zum Nachmittag Zeit.«

»Gut, dann will ich Ihnen etwas zeigen. Ich sage meiner Frau kurz Bescheid, dass wir wegfahren. Sie können noch fahren?«

»Natürlich.«

»Und bleiben noch zu einem Kaffee, oder?«

»Wenn die Zeit reicht.«

Er streckte seine Hand aus, und Florian gab ihm die geöffnete Weinflasche samt Glas. Dann ging Härringer in das Wohngebäude, das um die Ecke des Verkaufsraumes lag. Florian hörte seine Schritte im Kies. Nach einer Viertelstunde kam der Weingutsbesitzer zurück und schloss den Verkaufsraum zu. Florian ging zu ihm hin.

»Vormittags bin ich für den Verkauf verantwortlich. In meinem Alter freue ich mich, täglich neue Menschen treffen zu können. Hier führt das oft zu guten Gesprächen. Menschen, die gerne trinken, die genießen können, die reden auch gerne.«

Die beiden verließen das Anwesen und gingen zum Parkplatz. »Wir fahren nicht weit«, sagte Härringer beim Einsteigen.

Auf der Fahrt zeigte er sich schweigsam. Er gab Florian nur die jeweilige Richtung an, ansonsten wirkte er in sich gekehrt. Florian hatte manchmal den Eindruck, dass er eingeschlafen war. Kurz vor einer Abbiegung oder Kreuzung nannte er jedoch immer rechtzeitig die Fahrtrichtung. Er dirigierte Florian schließlich zu einer Kapelle und wies sogar den Parkplatz an. »Hier können Sie halten.« Dann stieg er aus und betrachtete, sich am Auto stützend, die Umgebung.

Die Kapelle, deren heller Putz das Sonnenlicht reflektierte, war von herbstlich verfärbten Reben umgeben. Auf einem Weg in der Nähe stand ein Traktor, an dem ein Fahrrad lehnte. Von Fern hallte Hundegebell herüber. Florian holte aus dem Auto seine Sonnenbrille und ging ein paar Schritte zum Hang. Das Bellen des Hundes war stärker zu hören. Florian erkannte durch Rebzeilen hindurch die Umrisse eines Bauernhofs.

»Kommen Sie«, rief es hinter ihm. Härringer war bereits Richtung Kapelle gegangen und stehen geblieben. »Orte gehören zu einem Leben wie wichtige Ereignisse«, sagte er, als

Florian bei ihm ankam. »Ein spezieller Ort kann sogar eine größere Bedeutung haben, als eine Hochzeit oder die Geburt des Kindes.«

»Bedeutet dieser Ort hier viel für Sie?«

Härringer überlegte. Dann nickte er und ging weiter zur Kapelle. Florian folgte ihm und vermied es, in dem kleinen Gotteshaus weitere Fragen zu stellen. Härringer zündete am Altar eine Kerze an und setzte sich in die erste Reihe. Florian blieb an der hinteren Bankreihe stehen. Nach einer Weile stand Härringer auf und verließ die Kapelle. Er ging an Florian vorbei, ohne ihn anzusehen.

Florian wartete einen Augenblick und ging ebenfalls hinaus. Härringer wartete im Schatten. »Ja, dieser Ort hat eine ähnliche Bedeutung in meinem Leben wie meine Hochzeit und die Geburt meiner Tochter. Nicht die Kapelle, aber die Anhöhe mit den Reben und dem Waldstück dort unten.« Er zeigte zum Wald. »Hier oben war früher auch ein Schloss. Hat die Zeit aber nicht überlebt. Auf den Ruinen sozusagen, die letzten Mauern wurden im 18. Jahrhundert abgerissen und der Platz eingeebnet, wurde nach dem Krieg lange Zeit immer ein Weinfest veranstaltet. Mit Tanz und viel Wein natürlich. Ungenießbarer Saft. Das können Sie sich vorstellen. Damals wurden die Trauben nicht ausgelesen. Menge zählte, auch wenn die Fäulnis sich breitgemacht hatte. Weißherbst erhielt den Namen Händelstifter. Wirklich kein Wunder, dass man davon aggressiv wurde. Früher war nicht alles besser, Herr Buchmann, auch wenn es auf manchen vergilbten Fotos den Anschein hat. Das ist aber Nostalgie. Die beherrscht das Alter.« Er hielt kurz inne. »Aber nicht meines. Gehen wir ein Stück.«

Sie gingen in den Wald hinein, in dem der Boden bereits mit Laub bedeckt war. »Ich konnte damals lange Zeit die Geräusche des Weinfestes von der Anhöhe hören, während ich mit dem Fahrrad durch den Wald nach Hause fuhr. Ich stamme aus der Stadt. Meine Eltern wohnten in Lichtental.« Er blieb stehen. »Ich kann manche Stimmen, die Musik, Gelächter sogar noch heute hören.« Er schien den Geräuschen des Weinfestes zu lauschen.

Florian beobachtete ihn. Diese Art des Hintergrundgesprächs hatte er nicht erwartet.

»Ganz deutlich höre ich die Akustik der vergangenen Zeit. Ist das Nostalgie?«

Härringer schien keine Antwort zu erwarten und ging weiter. Florian blieb schweigend neben ihm, während nach und nach Sonnenstrahlen durch die Bäume blitzten und grelle Streifen in den Wald zeichneten. An einer Lichtung passierten sie ein kleines Kreuz, an dem frische Blumen und ein Grablicht standen. »Wenn ich eines dieser Kreuze am Wegrand sehe, frage ich mich immer, wie viel nicht gelebtes Leben dahinter verborgen ist«, sagte Härringer.

»Ida 1939–1956« stand auf dem Schild.

Florian betrachtete das kleine Kreuz und dachte an die vielen Todeshinweise, die überall an Straßen zu sehen waren.

»Wenn man alt ist, zieht es einen an die Orte der Kindheit und der Jugend«, erklärte Härringer und erwähnte weitere Ecken im Rebland. Das Schloss, das er vor fast einem Vierteljahrhundert gekauft habe, sei auch ein magischer Ort seiner Kindheit gewesen. »Wie viele Geschichten haben wir als Kinder um die Burg gesponnen. Da wollte ich immer hin. Und jetzt bin ich da. Sie kennen doch das Gefühl, in der ersten Liga zu spielen. Ähnelt es nicht einem Traum?«

Florian antwortete nicht. Es ging hier nicht um ihn, und er empfand die Bundesliga oft als Alptraum.

»Wenn man das Ziel erreicht hat, ist es dann noch ein Traum?«, fragte Härringer, offensichtlich ohne eine Antwort zu erwarten. Er sinnierte augenblicklich weiter über seine Vergangenheit und seine Träume. Florian ließ ihn reden. Er wollte ihn nicht ausfragen und seine Stimmung beeinflussen. Wenn ihm etwas wichtig erschien, konnte er ihn ja später danach fragen. Von Nutzen und bedeutsam für die Laudatio schien es sowieso nicht zu sein. Der Mann, der von einem Augenblick auf den anderen alt, müde und dann jung und unternehmenslustig wirkte, war wohl im Angesicht seines Geburtstages von Nostalgie beherrscht. Kann man in der Kindheit oder in der Jugend wirklich das spätere Leben erkennen, fragte er sich.

Sie gingen noch ein paar Meter in den Wald hinein und kehrten um. Als sie das kleine Kreuz erneut passierten, entdeckte er in Härringers Gesicht ein Zucken. Hatte er wieder die Klänge aus der Vergangenheit gehört?

Härringer schwieg die gesamte Rückfahrt über und gab auch keine Fahrtrichtung mehr vor. Florian fand zum Schloss nach Umweg jedoch problemlos zurück. Als Fußballprofi hatte er auch von seinem visuellen Gedächtnis profitiert. Spielzüge, einmal im Video oder auf der Tafel gesehen, waren abgespeichert.

Als sie aus dem Wagen stiegen, verabschiedete sich Härringer zu Florians Überraschung sofort. Von einem Kaffee war keine Rede mehr.

»Wenn Sie noch Fragen haben, rufen Sie mich einfach an. Es ist ja noch etwas Zeit bis zu meinem Jubiläum. Ich faxe Ihnen auf jeden Fall die Einladungsliste zu. Sie könnten mit dem einen oder anderen im Vorfeld ja noch reden. Weggefährten sind mindestens genauso wichtig im Leben wie Orte. Alle eingeladenen Gäste haben aber noch nicht zugesagt. Wenn die Liste steht, markiere ich ein paar Namen.« Er reichte Florian die Hand. »Vielleicht beauftrage ich Sie, eine Biografie über mich zu schreiben. Als Germanist, der Buchmann heißt, können Sie das bestimmt. Ich habe das Gefühl, dass ich Ihnen mein Leben anvertrauen kann. Auf Wiedersehen.«

Sie schüttelten sich lange die Hände. Florian wunderte sich wegen des überraschenden Abbruchs. Härringer war wohl müde. Der Ausflug in seine Jugend, die Zeitreise, von der er ja nur Auszüge mitbekommen hatte, hatte ihn wahrscheinlich erschöpft. Ganz unglücklich über das Ende der Recherche war er aber nicht. Die Eindrücke reichten ihm. Ob er als sein Biograf arbeiten wollte, konnte er so schnell nicht sagen, aber grundsätzlich war er immer neugierig auf Biografien und das Leben, das sich hinter den Eckdaten verbarg.

»Auf Wiedersehen«, sagte er und erinnerte den Weingutsbesitzer an die Weinprobe. Ohne alle probiert zu haben, wollte er sich nicht auf die Sache einlassen. Sein Ruf war ja immerhin auch vom Kaiserstuhl bis nach Umweg gedrungen.

»Holen Sie die Flaschen im Verkaufsraum«, erwiderte Härringer. »Jetzt ist meine Tochter dort. Sie wird auch das Weingut weiterführen. Es hat mich gefreut, Herr Buchmann.«

Er ging über den Hof und bog um die Ecke zum Wohntrakt. Florian hörte seine Schritte im Kies. Dann ging er selbst zum Verkaufsraum und hinein. Eine Frau war gerade im Gespräch mit einem Kunden. Florian schätzte sie auf Mitte vierzig. Sie war attraktiv, schick gekleidet und sprach schnörkellos über den von ihr ausgeschenkten Wein. Sie nahm ihn wahr und nickte ihm zu.

Er wartete, sie beobachtend und ihr zuhörend. Nach dem Kundengespräch kam sie zu ihm. Er stellte sich vor und nannte sein Anliegen.

»Ah, Sie sind der Fußballer.« Sie packte die noch immer aufgereihten Flaschen in einen Karton und überreichte ihm den Wein. »Bin gespannt auf die Laudatio.«

2

»Spanring holte sich den Ball an unserem Sechzehner und passte zu Zeyer, der mit dem Ball weit in die gegnerische Hälfte lief. Ich war links, hier.«

Er nahm seine Hand von ihrem Bauchnabel, berührte ihren linken Hüftknochen und ging mit seiner Hand wieder zurück in ihre Körpermitte. Die erneute Berührung ließ den nackten Bauch zucken.

»Zeyer überlegte, nach rechts zu passen zum Kanzler. Da waren aber Dunga und Buchwald. Ich lief in den Strafraum und Zeyer passte in den Raum. Mit dem linken Außenrist versenkte ich den Ball im langen Eck im oberen Winkel.«

»Wie Flohe«, sagte Ulla und berührte seine Hand, die sich im Torraum befand.

»Ja, wie Flohe«, sagte er stolz und stellte sich den Spielzug wie den anschließenden Jubel noch einmal vor. »Das war das 3:0 in der 70. Minute. Es hat geschüttet ohne Ende. Die mitgereisten Freiburger Fans waren aus dem Häuschen, und die Stuttgarter, Spieler wie Fans, waren richtig angepisst. Da war das Ding gelaufen.«

»Ich will dennoch dein drittes Tor spüren. Ich bekomme immer wieder Gänsehaut davon.«

Er zeichnete das 4:0 auf ihrem nackten Körper nach, und Ulla ging mit ihm in die Verlängerung. Anschließend richtete er etwas zu essen und schenkte zwei Gläser Wein ein.

»Das ist noch einmal Härringer-Wein. Die letzte Flasche aus dem Karton«, sagte er und schlüpfte zu Ulla unter die Bettdecke.

»Die bisherigen waren ja ganz gut. Wenn du die Weinprobe mit der Leidenschaft des Fußballreporters machst, wird das ein Erfolg.«

»Weinprobe, Laudatio, eine Biografie schreiben – vielleicht wird das ein neuer Geschäftszweig? Dann könnte ich eine Zusatzkraft einstellen.«

»Habt ihr über die Biografie noch einmal gesprochen?«

Er schüttelte den Kopf. »Wir haben kurz telefoniert. Er kündigte mir das Fax der Einladungsliste mit zwei unterstrichenen Namen an. Seine wichtigsten Weggefährten. Ein Schulfreund und sein erster Kellermeister. Ich habe beide kontaktiert, aber nicht erreicht. Zurückgerufen hat niemand.«

»Probiere es doch noch einmal. Sei hartnäckig.«

»Für die Weinprobe und die Laudatio benötige ich keine weiteren Informationen. Ich kenne seinen Lebenslauf, alle Stationen. Meine Linie ist klar. Ich bespreche acht Weine, die ich jeweils einem Jahrzehnt zuordne. Mit der Beerenauslese mit viel Restsüße ende ich – in der Kindheit. Die ist doch süßer als das Alter, oder?«

»Schöne Idee. Du rollst das Leben von hinten auf.«

»Genau.«

»Schade, dass ich nicht dabei sein kann.« Sie lächelte ihm zu. »Bin auch gespannt, was für Leute zu dem Fest im Schloss kommen. Weggefährten sind genauso wichtig wie Orte. Hat er doch gesagt? Klingt bedeutungsschwer.«

»Der Mann wirkte sentimental, zuweilen verwirrt. Den Eindruck hatte ich auch, als wir jetzt noch einmal telefonierten. Er erwähnte einen neuen Wein. Aus diesem Jahrgang. Den will er schon im nächsten Jahr als Jubiläumsedition herausbringen. 243 soll er heißen. Als ich ihn nach der Bedeutung des Namens fragte, sagte er sinngemäß: Das Leben verlaufe nicht chronologisch.«

»Der Mann spricht in Rätseln.«

Florian nickte zustimmend und grinste.

»Was ist?«

»Uns umgibt auch ein Rätsel.«

»Das wäre?« Sie grinste ebenfalls.

»Ich und der Ort hier, mein Haus, könnten retrospektiv gesehen für dich von großer Bedeutung sein und ein bis dahin bewahrtes Geheimnis offenbaren.«

»Orte gehören zu einem Leben wie wichtige Ereignisse, das hat Härringer dir doch auch gesagt.«

»Ein spezieller Ort kann sogar eine größere Bedeutung haben als eine Hochzeit oder die Geburt des Kindes.«

»Der Mann spricht nicht in Rätseln, sondern die Wahrheit.«

Er dachte darüber nach. Dann prostete er ihr zu. Das Klingen der Gläser zauberte ein Lächeln in ihre Gesichter und sie küssten sich vor der Weinverkostung. Dann schmeckten und spürten sie dem Wein lange nach und vermissten eine Struktur und eine Länge.

»Der hat keinen Körper.«

»Bleibt auf der Strecke liegen, verliert sich auf der Zunge.«

»Nicht jedes Jahrzehnt eines Lebens ist eben prickelnd. Aber die Quote seiner Weine ist schon gut.«

»Finde ich auch«, erwiderte Florian.

Sie ließen den Wein stehen und aßen nur die Häppchen. Anschließend stieg Ulla aus dem Bett und zog sich vor ihm an. Dann verließ sie ihn wie immer durch die Hintertür. »Gute Nacht.«

Am folgenden freien Vormittag fuhr Florian spontan und unangemeldet zu Härringer. Der Geburtstag und die Weinprobe fanden am Wochenende statt, und er wollte den Jubilar noch einmal vorher sehen. Er hatte das Gefühl, noch etwas Persönliches von Härringer selbst erfahren zu müssen, um den Jahrzehnten zugeordneten Weinen eine menschliche Note zu geben. Ein oder zwei Sätze pro Jahrzehnt, spontane Äußerungen des Jubilars, würden reichen, rechtfertigte er für sich den Überfall. Er hatte inzwischen alles im Netz Verfügbare über ihn gelesen. Es war eine schnörkellose Erfolgsgeschichte. Vom Arbeiterkind über ein Betriebswirtschaftsstudium zum Personalchef einer Papierfabrik in Baden-Baden. Mit Anfang fünfzig sattelte er dann zum Schloss- und Weingutsbesitzer um. In Fachzeitschriften wurden seine Weine seit Jahren in der Art besungen, die Florian zuwider war. Härringers Weine gefielen ihm jedoch. Auch deswegen freute er sich auf die Weinprobe, die er für sich nutzen wollte. Weinverkostung ging auch anders. Der Auftritt im Schloss konnte eine berufliche Weichenstellung sein. Für den Auftrag hatte ihm Härringer bereits sein Honorar überwiesen. Der Mann redete nicht nur. Er war ein Macher. Auch deswegen wollte er ihn noch einmal vor dem Termin erleben.

Er parkte vor dem Schloss und ging über den Kies zum Verkaufsraum. Die Tür war angelehnt. Er fasste an die Klinke und schob die Glastür auf. Auf der Innenseite der Scheibe entdeckte er unter dem Türgriff einen dunklen Fleck, der wie Blut aussah. Vielleicht war es aber auch ein Tropfen Rotwein.

Er trat in den Verkaufsraum und blieb stehen. In dem Raum mit den kleinen, heimelig beleuchteten Sitzecken war niemand zu sehen. »Hallo? Herr Härringer?«, rief er in Richtung der Probierstube. Dort war es dunkel. Er ging zum Eingang und rief noch einmal nach Härringer. Hinten in dem Gewölbe brannte Licht, das sich in den Weingläsern, die auf dem langen Tisch vor jedem Stuhl eingedeckt waren, spiegelte. Draußen war es bedeckt und finster. Der Wetterbericht hatte Regen angekündigt. Florian ging die Tafel entlang nach hinten in den Raum und rief wiederholt Härringers Namen. »Ich bin es, Florian Buchmann. Sind Sie hier? Ist jemand da?« Er ging zum Licht, das in einer kleinen Kammer leuchtete. In dem Raum waren Gläser und Wein in Kartons gestapelt. An einer dicken Arbeitsplatte war ein Tischkorkenzieher angebracht. Es roch nach Wein. Zwei entkorkte, halbleere Flaschen standen am Rand der Arbeitsplatte neben einem Korb mit trockenem Weißbrot.

Florian blickte zum Ausgang, zur Probierstube hin, die wie ein Saal wirkte, und ging zurück. Im Verkaufsraum war noch immer niemand zu sehen. Die Tür zum Hof war halb geöffnet. Florians Blick fiel auf den Fleck auf der Glasscheibe unterhalb der Türklinke. Er entschloss sich zu gehen, im Hof zu warten und sah nach links zur Theke, die ebenfalls aus Glas bestand. Auch dort entdeckte er einen Fleck, der wie Blut aussah und Rotwein sein konnte. Er trat näher und entdeckte auch auf dem Boden Blut. Es war eindeutig Blut. Viel Blut. Die Theke und die Wand dahinter trugen ebenfalls Spuren von Blut. Spritzer entdeckte er auch auf einer der Sitzecken in der Nähe. Eine Franse der Tischlampe war blutbefleckt. Florian näherte sich der Theke und erblickte Schuhe, die er Härringer zuordnete. Es waren dieselben Schuhe, die er bei ihrer ersten Begegnung getragen hatte. Florian stockte der Atem. Er zögerte einen Bruchteil einer Sekunde weiterzugehen und machte dann atemlos einen weiteren Schritt. Der Raum hinter der Theke war blutüberströmt. Auf drei Meter Durchmesser schätzte er das Blutspritzerfeld, während er sich mit kleinen Schritten am Thekenrand vorbei hinter den Ausschank wagte.

Härringer lag auf dem Rücken. Sein Kopf war eingebettet in eine riesige Blutlache. Der Schädel war zertrümmert, Hirnmasse ausgetreten. Die Kehle war aufgeschlitzt. In seinem Hals steckte ein Korkenzieher. Mit oder ohne Seele, das konnte Florian nicht erkennen. Er stürzte aus dem Verkaufsraum und alarmierte die Polizei.

3

Nachdem er den Notruf abgesetzt, Tatort, Tat und seine Personalien wiederholt genannt hatte, überlegte er, Härringers Familie zu informieren. Er zögerte jedoch und ging unsicher im Schlosshof auf und ab. Es ist wohl besser, wenn die Polizei das übernimmt, dachte er. Wenn die allerdings mit Blaulicht und Sirene ankam, konnte dies die Angehörigen aufschrecken. Die Todesnachricht – dass Härringer tot war, daran gab es für ihn keinen Zweifel – behutsam zu überbringen, wäre dann nicht mehr möglich.

Hin- und hergerissen, blieb Florian mit seinem Handy in der Hand schließlich vor dem Verkaufsraum stehen, um nach einer Weile über den Kies Richtung Wohngebäude zu gehen. Die Schritte im Kies riefen ihm Härringer ins Gedächtnis, als der an dem Tag, an dem er ihn besucht hatte, zum Wohngebäude gegangen war. Gleichzeitig blitzte das Bild des getöteten 74-Jährigen immer wieder vor ihm auf. Wer um Gottes Willen hat den alten Mann so zugerichtet?

Während er sich dem Wohntrakt näherte, kam Härringers Tochter auf den Hof.

»Ah, der Fußballer«, sagte sie. Sie war wie bei ihrer letzten Begegnung modebewusst gekleidet und lächelte. Als sie Florians entsetzten Blick erkannte, entschuldigte sie sich. »Ich will Sie mit dem Fußballer nicht in eine Schublade stecken.«

Florian blieb stehen. Er suchte nach Worten.

»Habe ich Sie verletzt? Das wollte ich nicht. Sorry.«

Er schüttelte den Kopf.

Sie kam weiter auf ihn zu und blieb einen Meter vor ihm stehen.

»Ich freue mich wirklich auf Ihre Laudatio und die Weinprobe. Wenn ich mal am Kaiserstuhl bin oder auf dem Weg nach Italien, besuche ich Sie oder Ihren Laden.«

Er winkte ab, noch immer nach Worten suchend.

»Sie wollen sicher zu meinem Vater. Er ist im Verkaufsraum. Da will ich gerade hin. Waren Sie nicht dort?«

»Doch.«

»Ist er nicht da?«

Er nickte. »Doch.«

Sie schien zu begreifen, dass etwas nicht stimmte. »Wo ist er? Wo ist Ludwig?«

»Ich weiß nicht, wie ich, ähm, wie … Er ist … Er ist tot.«

Sie erstarrte einen Augenblick. Dann wollte sie zum Verkaufsraum rennen. Florian hielt sie schnell am Arm fest.

»Bleiben Sie hier.«

Sie sah ihn mit fragendem Blick an.

»Es ist besser, wenn Sie hierbleiben.«

Sie schüttelte ungläubig den Kopf.

»Bitte. Die Polizei ist unterwegs.«

»Die Polizei!?«

Florian war klar, dass er sie eher verwirrte als aufklärte, aber er war nicht in der Lage, ihr das Blutbad zu erklären.

»Was ist passiert? Warum die Polizei?«

Florian atmete tief durch. »Herr Härringer wurde umgebracht.«

Sie rannte sofort los. Florian griff jedoch blitzschnell nach ihrem Arm und hielt sie zurück. Sie blickte ihn wütend an.

»Sie tun mir weh!«

»Bitte«, sagte er. »Gehen Sie nicht. Bitte. Sagen Sie es Ihrer Mutter.«

Sie schien darüber nachzudenken. Während sie überlegte, war eine entfernt klingende Sirene zu hören, die immer lauter wurde und näher kam. Als ein Streifenwagen der Polizei auf den Schlosshof fuhr, befreite sich die Tochter aus Florians Umklammerung und rannte zurück in das Wohngebäude.

Florian sah ihr kurz nach und ging zu den ankommenden Beamten. Ein Polizist betrat den Verkaufs- und Verkostungsraum, der andere entdeckte Florian und blieb vor dem Gebäude stehen.

»Ich habe Sie angerufen. Wo ist denn die Kripo? Ich sagte doch, es handelt sich um ein Verbrechen. Der Raum ist voll mit Blut.«

Der Polizist, der hineingegangen war, kam aus dem Verkaufsraum, nickte seinem Kollegen zu und informierte über Funk die Zentrale. Sein Kollege kam einen Schritt auf Florian zu.

»In der Regel fährt nach einem Notruf eine Streife an den Ort. Wir sind ja immer unterwegs. Wie ist denn Ihr Name?«

Florian antwortete nicht. Er konzentrierte sich auf den Polizisten, der die Zentrale informierte und »das volle Programm« anforderte.

»Ihren Namen, bitte!?«

»Hä?!«

»Wie lautet Ihr Name?«, fragte der Polizist hörbar gereizt.

Florian riss sich aus der bislang beobachteten Szene los und starrte mit fragendem Blick in die zusammengekniffenen Augen des jungen Polizeibeamten. »Ihren Ausweis, bitte.«

»Den habe ich im Auto. Steht dort.«

»Sagen Sie mir nun endlich Ihren Namen?«

»Natürlich. Florian Buchmann. Ich hole schnell den Ausweis.«

»Sie bleiben hier. Setzen Sie sich in den Wagen.« Er zeigte auf den Streifenwagen. Dann führte er Florian zu dem Polizeiauto und öffnete die rechte Hintertür. Nachdem Florian eingestiegen war, knallte der junge Polizist die Tür zu.

Wenige Minuten später fuhren weitere Streifenwagen sowie die Kriminalpolizei und ein Notarzt auf den Schlosshof. Ein rot-weißes Absperrband wurde in dem Moment großräumig vor dem Verkaufsraum angebracht, als die Tochter wieder auf dem Hof erschien. Durch die Windschutzscheibe des Streifenwagens und durch die Seitenfenster eines davor geparkten Zivilfahrzeugs der Kriminalpolizei entdeckte

Florian hinter der Tochter eine ältere Frau, die zögernd und mit einer Hand auf den Lippen zu dem Polizeiaufgebot starrte. Beide Frauen blieben stehen.

In diesem Moment fuhr ein weiterer Wagen auf den Hof. Zwei Kriminaltechniker in weißen Schutzanzügen stiegen aus und betraten mit kleinen Koffern den Tatort. Am Eingang des Verkaufsraumes sprach ein Kriminalbeamter, den Florian als Ermittlungsleiter ausmachte, kurz mit ihnen. Dann gingen sie hinein.

Der Ermittlungsleiter schien jung zu sein, noch keine vierzig, aber klar und bestimmend. Auf der Rückbank des Streifenwagens sitzend, blicke Florian ständig zwischen den Angehörigen und der Polizei hin und her. Nach einer Weile ging der Ermittlungsleiter zu den beiden Frauen und sprach mit ihnen. Während die Tochter in Tränen ausbrach, verharrte die ältere Frau weiterhin reglos mit einer Hand auf den Lippen. Der Ermittlungsleiter winkte nach einer Kriminalbeamtin, die die beiden Frauen in das Wohngebäude führte.

Florian sah ihnen nach, bis sie aus seinem Blickfeld verschwanden. Dann wurde die Autotür, hinter der er saß, aufgerissen.

»Sie haben die Leiche gefunden?«

Florian nickte erschrocken.

»Wir unterhalten uns gleich«, sagte der Ermittlungsleiter und beorderte gestikulierend zwei Schutzpolizisten zu sich. »Begleiten Sie ihn ins Schloss. Im Eingangsbereich soll ein Büro sein. Da machen wir die Vernehmung.«

Er wandte sich ab, und Florian stieg aus dem Streifenwagen. Einen Augenblick konnte er in den Verkaufsraum sehen. Er entdeckte einen der Kriminaltechniker im Schutzanzug. »Die Rechtsmedizin ist unterwegs«, hörte er eine Stimme neben sich.

Als er sich abdrehte, entdeckte er zwei Kriminalbeamte, die seinen Wagen durchsuchten. Er zuckte zusammen. Mit einem mulmigen Gefühl ging er, flankiert von zwei uniformierten Polizeibeamten – unter ihnen der junge Polizist, der ihn mit zusammengekniffenen Augen angesehen und in den Streifenwagen verfrachtet hatte –, zum Wohntrakt des Schlosses, den er zum ersten Mal betrat.

Der Eingangsbereich war mit einem Kronleuchter versehen, kleine Fenster ließen kaum Licht in das Gemäuer. Eine Treppe führte nach oben, ein Gang zu weiteren Räumlichkeiten und dem Haupttrakt. Florian wurde gleich am Eingang in ein großes Büro geführt. Ein riesiger Schreibtisch aus Holz, über dem ein weiterer Kronleuchter funkelte, beherrschte den düster eingerichteten Raum. An den grün gestrichenen Wänden hingen großformatige Bilder und Gemälde mit erdigen Farben, die Decke drückte mit finsterem Holz. Nach einem auffordernden Blick der Polizisten setzte er sich auf einen Sessel vor dem Schreibtisch. Die beiden Polizeibeamten blieben am Fenster stehen und ließen ihn nicht aus den Augen. Er verspürte einen Druck auf der Blase, konnte aber nicht einschätzen, ob sie voll war oder sich die Aufregung bemerkbar machte. Er entschied, nicht um einen Gang zur Toilette zu bitten. Womöglich würde ihn der Typ mit den zusammengekniffenen Augen begleiten.

Nach einer Weile erschien der Ermittlungsleiter mit einem Kollegen und schickte die Schutzpolizisten weg.

»Kriminalhauptkommissar Bernd Leopold«, stellte er sich vor. »Das ist Kollege Beetz.« Während Leopold hinter dem Schreibtisch Platz nahm, setzte sich Beetz auf die schwere Holzplatte. Leopold zückte ein Diktiergerät und belehrte Florian. »Das ist eine Zeugenvernehmung. Ich spreche alles, was Sie sagen, auf Band und Sie können das anschließend, bevor Sie es unterschreiben, noch einmal durchlesen. Ich betone, wir vernehmen Sie als Zeugen. Sollte sich das im Verlauf der Vernehmung ändern, werden wir Sie darauf hinweisen und erneut belehren.«

Florian schluckte. Seine Kehle war ausgetrocknet. Er nannte seinen Namen, sein Alter und seinen Wohnort.

»Beruf?«, fragte Leopold.

»Feinkost- und Weinhändler. In dieser Funktion habe ich Herrn Härringer kennen gelernt.«

»Wann? Wie lange kennen Sie ihn?«

Er berichtete ausführlich über die Kontaktaufnahme von Härringer und von seinem ersten Besuch auf dem Weingut. Er bemühte sich, alles zu erwähnen und trotz seiner Nervosität einen authentischen Eindruck zu hinterlassen. Das ständige Wiederholen der Sätze für die Aufnahme erforderte seine gesamte Konzentration. Das Prozedere erinnerte ihn an einen Zivilprozess, in dem er einmal als Zeuge hatte aussagen müssen.

Leopold wiederholte stets Frage und Antwort für die Bandaufnahme. Knüpfte Florian nicht wieder beim vorher Gesagten an, bekam Leopolds Stimme oft einen skeptischen Unterton. »Sie sagten, dass er Sie angerufen hätte. Jetzt wollen Sie angerufen haben.«

Florian verlor hin und wieder den Faden und die Konzentration. Der Druck seiner Blase wurde zunehmend größer. Er wollte die Vernehmung aber nicht unterbrechen. Obwohl er unschuldig war und bis zur Vernehmung nicht daran gedacht hätte, in den Fall hineingezogen werden zu können, fürchtete er das eine und andere Mal, dass Leopold seine Vernehmung als Zeugen für beendet erklärte und ihn umgehend belehrte, ihn von nun an als Beschuldigten zu vernehmen. Der Kommissar schien auf Widersprüchlichkeiten in seiner Aussage nur zu lauern.

»Sie sind also heute ohne Ankündigung erschienen?«

»Ja.«

»Wussten Sie, dass Härringer hier ist?«

»Nein.«

»Und Sie sind dennoch hergefahren? Vom Kaiserstuhl? Ist ja nicht gerade um die Ecke.«

»Wie gesagt, es war spontan. Eigentlich waren die Laudatio und die Weinprobe klar für mich.«

»Eigentlich?«

»Ja. Aber ich hatte spontan das Gefühl, ihn vor dem Termin noch einmal sehen zu wollen, ihn zu er...« Er hielt inne.

»Was? Was wollten Sie?«

»Ihn noch einmal erleben.«

Die Kommissare tauschten Blicke. »Hmm. Beschreiben Sie Ihre Ankunft. Wie war die Fahrt auf der Autobahn? Viel Verkehr?«

»Das habe ich doch schon alles gesagt.«

»Dann sagen Sie es noch einmal. War die Tür zum Verkaufsraum angelehnt? Ist Ihnen ein Fahrzeug entgegengekommen? Wenn Sie uns jetzt hier alles genau sagen, dann müssen wir Sie nicht noch einmal vernehmen. Kann vorkommen.«

Er schilderte noch einmal seine Ankunft auf dem Weingut, beschrieb wiederholt detailliert, wie er die Leiche gefunden hatte. Alles war ihm so gegenwärtig, dass er auch den Blutstropfen an der Franse auf der Tischlampe, ohne darüber nachdenken zu müssen, erneut erwähnte.

Nach über zwei Stunden beendete Leopold die Vernehmung.

»Wenn das Protokoll verschriftet ist, können Sie es durchlesen und dann unterschreiben. Ist das in Ordnung?«

Er nickte.

Leopold stand auf. »Haben Sie etwas dagegen, wenn wir Sie noch auf Blutspuren untersuchen? Sie sind weiterhin Zeuge, kein Tatverdächtiger.«

Florian reagierte geschockt und antwortete nicht.

»Haben Sie etwas dagegen?«

»Äh, nein, natürlich nicht. Aber sehe ich blutüberströmt aus?«

»Ein Blutstropfen im Innenohr hat schon einen Mörder überführt.«

Florian war versucht, sich mit dem Zeigefinger ins Ohr zu fassen. Hatte er in dem Verkaufsraum etwas angefasst, fragte er sich nervös. Und sich anschließend im Ohr gekratzt? Panik stieg in ihm auf. Seine Hände begannen zu zittern.

»Ist Ihnen nicht gut?«, fragte Leopold, der noch vor ihm stand und ihn kühl von oben herab betrachtete.

»Nein, es, ich …« Ich stammele mich zum Tatverdächtigen, dachte er und schnaufte tief durch. Dann stand er auf. »Untersuchen Sie mich. Ich habe nur die Leiche gefunden und nichts zu verbergen.«

»Wir jagen die Bösen, wir sind sie nicht«, erwiderte Leopold. Er nahm aus seiner Jackentasche eine Visitenkarte und reichte sie Florian. »Falls Ihnen noch etwas Wichtiges einfällt, rufen Sie mich an. Die SoKo wird in Rastatt eingerichtet werden. Wir melden uns auf jeden Fall, wenn Ihre Vernehmung verschriftet ist.«

Er reichte ihm die Hand und nickte seinem Kollegen zu. Dann verließ er den Raum.

»Setzen Sie sich bitte wieder«, sagte der Kollege zu Florian. »Die Spurensicherer sind gleich da.«

Er setzte sich wieder in den braunen Ledersessel und starrte zur Tür, in der er jeden Augenblick Kriminalbeamte in Schutzanzügen erwartete. Die Situation erschien ihm irreal, und die erwarteten Männer in den weißen Anzügen wie Außerirdische. Nach einer Weile, während der er wieder seine Blase unangenehm spürte, öffnete sich die Tür und zwei männliche Beamte betraten den düsteren Raum mit den grün gestrichenen Wänden. Sie waren zivil gekleidet und trugen keine Schutzanzüge. Florian erhob sich umgehend. Nachdem er den ersten Schock überwunden hatte, wollte er sich selbstbewusst der Situation stellen, die ihm als Routine erschien und nicht als Schikane.

»Würden Sie sich bitte entkleiden?«

»Komplett?«

Die beiden Spurensicherer sahen zu Beetz, der besänftigend nickte. Dann streiften sie sich Handschuhe über.

»Den Oberkörper, die Schuhe und Socken«, sagte einer der beiden.

Florian zog Schuhe, Socken, sein Cordjackett und Hemd aus. Schuhe und Socken ließ er auf dem Boden neben seinen

Füßen stehen, die Kleider reichte er einem Beamten. Dann breitete er seine Arme aus und hielt sie über den Kopf. In den Gesichtern der drei Polizisten suchte er nach Reaktionen auf mögliche Spuren. Während Beetz sich nicht rührte und ein Spurensicherer die Kleidungsstücke inspizierte und das Profil der Schuhe fotografierte, betrachtete der zweite Beamte, ein junger, muskulöser Mann, in dessen Gesichtsausdruck Florian den Ehrgeiz erkannte, unbedingt etwas finden zu wollen, seinen entblößten Oberkörper. Der Polizist kam so nahe an ihn heran, dass er seinen Atem spürte. Als er offensichtlich in sein rechtes Ohr blickte, hielt Florian seinen eigenen Atem an. Der Beamte starrte für sein Gefühl verdammt lange in seinen Gehörgang. Als er das Ohr berührte, knirschte der Handschuh wie Sand zwischen den Zähnen. Florian schüttelte sich innerlich. Nach einer Weile wechselte der Polizist die Seite. In seinen Achselhöhlen verweilte er ebenfalls ausgiebig. Abschließend betrachtete er die Füße und drückte die Zehen auseinander. Dann richtete er sich wieder auf.

»Sie können sich wieder anziehen.«

»Und?«, fragte Florian.

»Sie scheinen sauber zu sein.«

Der zweite Beamte reichte ihm seine Kleidung mit einem Nicken. Dann verließen die Polizisten stumm den Raum. Florian hatte wieder das Gefühl, gerade Besuch von Außerirdischen gehabt zu haben.

Er setzte sich in den Ledersessel, atmete tief durch, schloss die Augen – und sah Härringer blutüberströmt. Nach einer Weile stand er auf und verließ das Wohngebäude. Ein Streifenwagen und zwei Wagen der Kriminalpolizei standen noch auf dem Hof dicht neben dem rot-weißen Flatterband der Absperrung. Er entdeckte einen weiteren Wagen mit Freiburger Kennzeichen. Das Auto des Rechtsmediziners, dachte er und ging an dem Absperrband vorbei zum Parkplatz vor dem Schlosshof. Zum Tatort sah er nicht mehr hinüber.

Als er in seinen Wagen stieg, entdeckte er Spuren der polizeilichen Durchsuchung. Die Ablagen am Schaltknüppel und im Fahrerraum waren durchwühlt. Er öffnete das Handschuhfach und entdeckt auch da Hinweise auf die Untersuchung. Er schüttelte fassungslos den Kopf und drückte sich fest in den Fahrersitz. Ihm wurde mit einem Mal bewusst, wie tief er in das Verbrechen geraten war. Er wurde unruhig, verspürte Durst. Ihm fiel ein, dass er seit Stunden nichts getrunken hatte. Unruhig, mit leichtem Schwindel und drückender Blase blieb er noch eine Weile im Auto sitzen. Dann fuhr er auf die Autobahn. Auf dem ersten Parkplatz erleichterte er sich. Anschließend ging er zwischen Lkws umher und sog die Abendluft ein. Mit gemächlichem Tempo fuhr er dann auf der rechten Autobahnspur nach Hause. Als er sich dem Kaiserstuhl näherte, dämmerte es. Die Erhebung inmitten der Rheinebene zwischen französischem und deutschem Gebirge erschien ihm im wolkenverhangenen Abendhimmel wie eine Insel, die er nicht mehr verlassen wollte. Der Garten Eden Deutschlands. Als er auf dem Hof am Hintereingang seines kleinen Fachwerkhauses im Zentrum von Gottratskirchen parkte, fiel ihm ein, dass sein Wein- und Feinkostladen den Nachmittag über geschlossen geblieben war, ohne dass er mit einem Aushang darauf hingewiesen hätte. Er stellte den Motor ab, holte sein Mobiltelefon aus der Außentasche seiner Jacke und entdeckte drei eingegangene Anrufe, die er in der Aufregung nicht mitbekommen hatte. Vor seiner Zeugenvernehmung hatte er sein Handy auf leise gestellt und dann nicht mehr daran gedacht.

Ulla und ihr Mann Willi hatten jeweils eine Nachricht auf der Mailbox hinterlassen.

»Hallo, mein Lieber. Wo steckst du? Bin gerade an deinem Laden vorbeigekommen und habe gesehen, dass er geschlossen ist. Bist du okay? Ruf bitte zurück.«

»Flo? Was ist los? Dein Laden ist ja geschlossen. Bräuchte ne Weinempfehlung von dir. Bist du krank? Häh?!«

Vor einer halben Stunde hatte Ulla noch einmal angerufen, ohne eine Nachricht zu hinterlassen.

Er stieg aus dem Auto, betrat den Hintereingang seines Ladengeschäfts, schaltete das Treppenlicht an und ging nach oben in den Wohnbereich. Obwohl er den Nachmittag über nichts gegessen hatte, war er nicht hungrig. Er ging zum Kühlschrank, nahm eine kleine Flasche Bier heraus und trank sie in der offenen, unbeleuchteten Küche im Stehen aus. Dann ging er durch seine Wohnung. Vor dem großen Fenster zum Rathaus hin blieb er stehen und starrte auf den leeren, dunklen, von schummrigem Licht nostalgischer Straßenlaternen beleuchteten Marktplatz. Ein Gefühl von Einsamkeit überfiel ihn. Wie gerne hätte er mit jemandem über den Tag gesprochen.

Ihm wurde bewusst, dass er niemanden hatte. Sein Alleinsein fühlte sich seit längerer Zeit mal wieder richtig einsam an. Natürlich kannte er jemanden, mit dem er reden konnte, auch nach so einem Tag, und er wusste durch die Anrufe, dass Ulla gedanklich bei ihm war. Aber jetzt gerade von ihr abgeschnitten zu sein, ließ ihn nach dem Gewaltverbrechen verwirrt zurück.

Er überlegte, sie anzurufen. Auch weil sie sich bestimmt Sorgen machte. Dass sich jemand um ihn sorgte, versüßte ihm die Einsamkeit, und er beschloss, sie weder anzurufen noch ihr eine SMS zu schicken. Mit ihr gedanklich verbunden zu sein, reichte ihm und stärkte ihn. Wie oft war er in seiner Fußballkarriere und auf seinen Reisen auf sich allein gestellt gewesen.

In diesem Moment verspürte er Appetit. Er ging zum Kühlschrank, richtete sich Käse, Salami, Oliven und Reste von am Vortrag in Olivenöl und mit Knoblauch scharf angebratenem Sommergemüse. Dazu öffnete er eine Flasche Kaiserstühler Spätburgunder. Als er den Rotwein entkorkte, blitzte der abgeschlachtete Weingutsbesitzer aus Umweg vor ihm auf und er begann zu zittern. Noch beim Einschenken war er in innerer Unruhe und verschüttete ein paar Tropfen Rotwein.

Am nächsten Morgen stand er nach einer unruhigen Nacht, in der ihn die blutigen Bilder aus dem Verkaufsraum des Weinguts Härringer begleitet hatten, früh auf und schloss seinen Laden vor der Öffnungszeit auf. Als er kurz vor neun seine mit Kreide beschrifteten Tafeln vor dem Geschäft aufstellte, sah er Ulla auf den Marktplatz kommen. Sie winkte ihm zu. Er hatte den Eindruck, dass sie erleichtert war, ihn zu sehen. Wie Öl ging ihm das runter.

Er winkte ihr ebenfalls zu und blieb zwischen den beiden aufgestellten Tafeln stehen, während sie direkt auf ihn zukam.

»Morgen«, sagte sie erfreut. Wo warst du gestern, ich habe mir Sorgen gemacht, glaubte Florian aber in der Stimme zu hören.

»Guten Morgen«, erwiderte er mit einem Lächeln.

Er zögerte, mit ihr in den Laden zu gehen. Er spürte, dass sie nur gekommen war, um nach ihm zu sehen.

»Können wir uns heute Abend sehen?«, fragte er.

Sie nickte. »Alles in Ordnung?«

»Alles okay.«

»Ich muss zu Mutter nach Efringen und wollte nur schnell nach dir sehen.«

»Es ist alles gut. Ich erzähle es dir heute Abend.«

Sie nickte und sah ihm einen Augenblick tief in die Augen. »Ich habe mir Sorgen gemacht.« Dann drehte sie sich um und ging über den Marktplatz weg.

Florian sah ihr lange und gedankenverloren nach. Er bemerkte nicht einmal den ersten Kunden des Tages, der an ihm vorbei in den Laden ging und nach einigen Minuten räuspernd auf sich aufmerksam machte. »Herr Buchmann?«

Florian drehte sich überrascht um. »Häh? Oh!« Dann ging er schnell in sein Geschäft. »Habe Sie gar nicht bemerkt. Entschuldigung.«

»Flohä, nicht?« Der Kunde, ein älterer Mann, sah ihn mit großen Augen an. »Ich war geschäftlich in Freiburg und wollte unbedingt vor der Heimreise Ihren Laden hier kennen lernen. Und auch Sie. Flohä. Der Name hat noch seine Berechtigung, was?«

»Ich habe Sie einfach nicht bemerkt.«

»Kein Problem. Freut mich.«

Der Kunde verwickelte ihn in ein Gespräch über Fußball, was ihm gefiel. Brachte es ihn doch auf andere Gedanken. Nach einer Weile fragte er: »Was können Sie mir empfehlen?«

Florian empfahl ihm sein gesamtes Sortiment. »Sonst wären die Weine nicht hier. Ich verkaufe nur, was mir schmeckt. Das ist subjektiv, klar, aber es ist auch mein Laden.«

»Läuft?«

»Bin zufrieden.«

»Da ich mit dem Auto hier bin, kann ich nichts probieren. Aber ich vertraue Ihren Empfehlungen. Ich nehme sechs Kartons, die Sie mir alle signieren. In Ordnung?«

»Natürlich. Volltreffer!«

Während Florian die Kartons facettenreich bestückte, beschrieb er die Weine und gab auch Menüempfehlungen. »Die badischen Weißweine können Sie auch zu Sushi trinken. Der Graue Burgunder hier ist kraftvoll, braucht aber noch Zeit. Diesen Weißburgunder können Sie getrost ein paar Jahre liegen lassen.« Die Hälfte der Kartons befüllte er mit Spätburgunder. »Der Pinot Noir hat wunderbare Früchte, die sind richtig beerig, mit fein strukturierten Tanninen. Die sind nicht aggressiv. Sie werden die Landschaft mittrinken.«

Als Florian fertig war, signierte er die Kartons, die sein Logo zierte. Keine schlechte Werbung, dachte er sich. »Wo haben Sie geparkt?«

»In der Gasse vor dem Platz. Ich habe mich nicht getraut vorzufahren.«

Florian holte aus seinem kleinen Lager einen Rollwagen und setzte die sechs Kartons darauf.

Er bedankte sich und begleitete den Kunden zum Wagen. Als er wieder zum Geschäft, das er wie immer bei einem kurzen Gang nach draußen offen gelassen hatte, zurückkehrte, entdeckte er an der Verkaufstheke eine schwarz gekleidete Person, die eine dunkle Sonnenbrille trug. Erst als er seinen Laden betrat und sie sich zu ihm umdrehte, erkannte er sie. Er blieb in der Tür stehen. »Frau Härringer?!«

»Sagen Sie doch Christine. Wir sind doch im gleichen Alter.«

Härringers Tochter kam auf ihn zu und reichte ihm die Hand. »Guten Morgen.«

»Morgen.« Florian war überrascht. Er sah nach draußen auf den Marktplatz und überlegte, den Laden zu schließen.

»Sie werden sich sicher fragen, warum ich hier bin.«

Er nickte. »Ja.«

»Können wir reden?«

Er überlegte, zögerte mit der Antwort.

»Haben Sie Zeit?«

»Ich …« Er ging zum Eingang, drehte das am Schaufenster direkt neben der Tür baumelnde Schild »Bin gleich wieder da« um und schloss die Ladentür ab.

»Ich will Sie nicht lange stören. Ich will auch nicht um die Sache herumreden. Wir wissen ja beide, was gestern geschehen ist.«

»Schrecklich.«

»Ja. Schrecklich. So brutal.« Sie setzte die Sonnenbrille ab. »Ich will nicht, dass Ludwig so in Erinnerung bleibt. Zu Ihnen hatte er Vertrauen gefasst. Er konnte sich vorstellen, dass Sie nach der Laudatio eine Biografie über ihn schreiben. Das hat er Ihnen gesagt. Erinnern Sie sich?«

»Ich erinnere mich.«

»Buchmann, Weinhändler, studierter Germanist, das passt, hat er mehrfach gesagt. In seiner letzten Zeit. Ich möchte, dass sein Wunsch in Erfüllung geht. Ich will, dass Sie die Biografie schreiben.«

Florian reagierte überrascht, fast erschrocken.

»Ludwig soll so nicht in Erinnerung bleiben. Wenige Tage vor seinem fünfundsiebzigsten Geburtstag ermordet. Er war nie ein Opfer, und ich möchte nicht, dass sein Bild in der Nachwelt davon geprägt ist. Unabhängig davon, wer die Tat begangen hat. Hier soll der Täter keine Macht über ihn bekommen. Mein Vater war ein wunderbarer Mensch. Er war immer für jeden da. Er war ein guter Mensch. Nicht nur für seine Tochter.«

»Er wurde brutal getötet.«

»Sehen Sie? Vielleicht war es ein Raubmord. Egal. Das bleibt hängen. Ich will das nicht. Ich will, dass Sie seine Biografie erzählen.«

»Will das auch Ihre Mutter?«

»Ja.«

Florian dachte darüber nach. Er war zu überrascht, um abzusagen oder zuzusagen. Angesichts des gestern Gesehenen wollte er den Wunsch der Familie nicht gleich abwürgen.

»Sie müssen sich nicht sofort entscheiden«, sagte Christine Härringer. »Denken Sie darüber nach. Wenn Sie mir bei der Trauerfeier Bescheid geben, wäre ich Ihnen verbunden. Ludwig wurde noch gestern obduziert, die Leiche ist aber noch nicht freigegeben. Wenn wir den vorläufigen Obduktionsbericht haben, legen wir den Termin für die Trauerfeier fest. Es wird bald sein. Die lokale Presse bei uns hat mit dem Verbrechen groß aufgemacht.«

»Geben Sie mir Zeit. Ich kann jetzt nicht sagen, ob …«

»Sie müssen sich jetzt nicht entscheiden«, unterbrach sie ihn. »Der Auftrag wird selbstverständlich sehr gut honoriert werden. Daran wird es nicht scheitern. Ich möchte Sie aber auch um einen Gefallen bitten.«

»Ja?«

»Würden Sie statt der ausgefallenen Laudatio die Trauerrede bei der Beerdigungsfeier halten?«

Er reagierte erschrocken.

»Das soll keine Gegenleistung für die ausgefallene Geburtstagsrede sein.«

Das Honorar zahle ich zurück, dachte Florian, traute sich aber nicht, es auszusprechen. Das hätte er als taktlos empfunden.

Sie fasste an seinen Unterarm. »Es ist keine Gegenleistung, Florian. Es wäre ein Gefallen. Ich bitte Sie um diesen Gefallen. Ludwig war glücklich, Sie kennen gelernt zu haben. Ihm könnte ich mein Leben anvertrauen, sagte er. Er meinte seine Biografie.«

Florian wurde schwindelig. Dass das Verbrechen aus dem Baden-Badener Rebland in Gestalt der schwarz gekleideten Tochter nun in seinem Leben auftauchte, verursachte ihm Unbehagen. Er hatte die Nacht über wiederholt das grauenhafte Bild des Tatortes gesehen und ihm war klar, dass der Fall ihn bis zu seiner Zeugenaussage bei einem möglichen Prozess begleiten würde. Aber einzutauchen in das einstige Leben eines Toten hatte er nicht für möglich gehalten.

»Denken Sie darüber nach. Ich wollte es Ihnen nur gleich und persönlich sagen. Deswegen bin ich hierhergekommen. Sehen Sie das als Wertschätzung.«

Er starrte nachdenklich vor sich hin und übersah ihre ausgestreckte Hand.

»Auf Wiedersehen.«

Er zuckte zusammen und schüttelte ihre Hand.

»Wiedersehen.«

»Geben Sie mir wegen der Trauerrede bald Bescheid. Sie können jederzeit anrufen.« Sie reichte ihm ihre Visitenkarte. Als er zögerte, sie anzunehmen, legte sie sie auf die Verkaufstheke. Dann ging sie zur Tür. Er kam ihr nach und schloss die schwere Holztür auf.

»Wiedersehen«, sagte sie noch einmal. Er nickte gedankenverloren. Als sie gegangen war, schloss er die Tür und drückte sich mit dem Rücken dagegen. Das Schild »Bin gleich wieder da« blieb nach außen sichtbar am Schaufenster neben der Tür hängen, und ihm erschienen Bilder des toten und lebenden Weingutsbesitzers. Er sah Härringer auf dem Beifahrersitz neben sich bei der Fahrt zu der Kapelle, beim Spazierengehen im Wald, vorbei an dem kleinen Kreuz am Wegrand, und erschlagen im Verkaufsraum seines Weinguts mit einem Korkenzieher im Hals.

Ein Klopfen riss ihn plötzlich aus dem Alptraum. Das Klopfen ließ seinen an der Tür angelehnten Kopf gegen das Holz schlagen.

»Flo?«, hörte er eine Stimme. »Du bist doch da?«

Er drehte sich um und entdeckte durch das Schaufenster den Bürgermeister.

4

»Bin gerade zurückgekommen und habe das Schild vergessen«, sagte er Willi beim Öffnen der Tür.

»Alles in Ordnung mit dir? Du hattest gestern geschlossen und da war überhaupt kein Schild.«

»Ich war morgens unterwegs, Kundschaft, und hatte eine Autopanne. Hat gedauert«, schwindelte er.

»Verstehe. Na ja. Es ging auch ohne Wein.«

»Brauchst du was?«

»Nein, ich wollte nur nach dir sehen. Bin auf dem Weg ins Rathaus.«

»Es geht mir gut«, sagte Florian betont.

Dem Bürgermeister schien die Überbetonung aufgefallen zu sein.

»Ist wirklich alles okay?«

»Ja, mir geht's gut.«

»Gut, also, dann bin ich beruhigt.«

»Danke für die Nachfrage, Willi.«

»Hä?«

Florian wollte seinen Dank wiederholen, entdeckte aber ein Grinsen im Gesicht des Bürgermeisters. Wie originell, dachte er, während sich der Bürgermeister über seinen Gag amüsierte und mit dem Zeigefinger auf ihn zielte. »Hah!« Dann verschwand er.

Florian ließ die Tür offen. Er drehte das Schild nun um und ging hinter die Verkaufstheke, wo er nach Bestellungen per E-Mail sah. Am Vormittag hatte er die übliche Kundenfrequenz. Einen Verkauf wie durch den Kunden am Morgen erzielte er nicht mehr. Der Tag war lang und schien sich aufgrund seines unruhigen Gefühlszustands endlos zu dehnen. Die Mittagszeit verbrachte er dennoch im Laden. Er wollte allein sein. In Gedanken, sogar während Kundengesprächen, zählte er die Stunden, bis er mit Ulla über das Verbrechen und das Angebot der Tochter reden konnte. Er war verwirrt. Mit der Entdeckung der Leiche wäre er klargekommen. Der sicherlich gut dotierte Auftrag, die Biografie des Getöteten zu schreiben, lag jedoch bleischwer auf seinen Schultern. Er quälte sich mit der Entscheidung wie seinerzeit, als er nach seinem Ausscheiden beim SC Freiburg mehrere Angebote erhalten hatte und täglich, stündlich, das Gefühl hatte, die falsche Entscheidung treffen zu werden. So war es ihm auch oft vor dem Tor oder an der Strafraumgrenze ergangen. Er zögerte den Bruchteil einer Sekunde, abzuspielen oder den Spielzug selbst abzuschließen, und das reichte in der Regel einem gegnerischen Fuß, seinen Pass abzugrätschen. Oder es folgte eine jämmerliche Mischung aus Flanke und Torschuss. Auch deswegen war sein Hattrick gegen Stuttgart sein größter Erfolg. Da wusste er nicht, wie er das gemacht hatte. Er bewegte sich mit Zug zum Tor. Auf den Fernsehaufnahmen war das deutlich zu sehen. In dieser Art erinnerte er wirklich an Flohe. Bei seinem größten Triumph stand seine Eigensinnigkeit Pate. Aus einer aussichtslosen Situation schlenzte er den Ball mit dem linken Außenrist in den Winkel.

Ihm war schon lange klar, dass sein Kopf zu oft im Spiel mit dabei war, auch wenn er jeder vermeidbaren Kopfballsituation aus dem Weg gegangen war. War eine Entscheidung für oder gegen den Auftrag nun Kopfsache?

Während er sich den Nachmittag über im Laden beschäftigte, wanderten seine Gedanken unruhig umher. Ulla konnte ihm die Entscheidung nicht abnehmen. Außerdem ist sie nicht meine Frau, sagte er sich, und fand allmählich zu innerer Ruhe. Kurz bevor er das Geschäft schloss, wog er in Gedanken das Für und Wider ab.

Als Ulla im Schutz des abgegrenzten Hinterhofs an der Hintertür klopfte, hatte er die Entscheidung gefällt. Dennoch wollte er ihre Einschätzung hören.

»Hallo.«

»Grüß dich.«

Sie küssten sich auf die Wange.

»Hast du schon gegessen?«

»Zu Mittag mit meiner Mutter.«

»Dann richte ich uns nur ein paar Häppchen. Habe heute wenig Appetit.«

»Ist was passiert?«

»Kann man sagen. Erzähle ich dir gleich.«

Sie gingen nach oben in den Wohnbereich. Er öffnete eine Flasche Spätburgunder und schenkte zwei Gläser ein. Dann richtete er den Imbiss, während sie an der Küchentheke stehen blieb und ihm Wein trinkend zusah.

»Ich weiß gar nicht, wo ich anfangen soll.«

»Chronologisch, bitte.«

»Das Leben verläuft nicht chronologisch. Erinnerst du dich?«

»Hat Härringer dir sinngemäß am Telefon gesagt. Ich erinnere mich.«

Er hörte auf, Käse zu richten, und schnaufte tief durch. »Ich muss aber mit dem Ende beginnen: Härringer ist tot!«

»Er ist vor seinem Jubiläum gestorben?«

»Er wurde ermordet. Brutal getötet.«

Er sah ihr Entsetzen.

»Erzähl. Alles. Essen brauchst du für mich nicht zu richten.«

»Eigentlich habe ich auch keinen Appetit.« Er ließ den Imbiss und die Zutaten auf der Arbeitsplatte zurück und kam zu Ulla an die Theke. Er trank einen Schluck Wein. Dann schilderte er ihr den gestrigen Tag.

Ulla setzte sich während der Schilderung auf die Couch. »Das ist ja furchtbar. Wer macht so etwas?«

»Das war Overkilling, wie Kriminalisten sagen. Übertöten. Den Kopf eingeschlagen, mit einem Korkenzieher die Kehle aufgeschlitzt und dann den Korkenzieher in den Hals gesteckt. Das war Hass oder der Täter wollte auf Nummer sicher gehen. Todesursächlich war das wohl nicht. Da war so viel Blut.«

»Dass du das ansehen musstest!«

»Ich hatte das Gefühl gehabt, mit ihm vor der Laudatio noch einmal sprechen zu müssen.«

»Und die Polizei hat dich in die Mangel genommen?«

»Die suchen halt Widersprüche in einer Aussage. Sie haben mich aber als Zeugen vernommen und nicht als Beschuldigten. Hätte ich irgendetwas Belastendes gesagt, ohne als Beschuldigter belehrt worden zu sein, wäre das möglicherweise vor Gericht nicht verwertbar. Aber wir sind nicht in Amerika.«

»Du bist also nicht in Verdacht geraten. Gott sei Dank. Blutspuren wurden an dir ja wohl nicht gefunden.«

»Mir ist aber ganz schön die Düse gegangen.«

»Glaube ich dir. Und das war gestern?«

»Ja. Und heute ging es weiter.«

»Wie? Was?«

Er berichtete ihr von dem Besuch der Tochter im Laden und ihrem Ansinnen.

»Eine Biografie über Ludwig Härringer?« Ulla reagierte überrascht.

»Härringer hatte das ja in Erwägung gezogen und seiner Tochter mitgeteilt. Mir könnte er sein Leben, seine Biografie, anvertrauen, soll er ihr auch gesagt haben.«

»Dass sie ihn nicht als Verbrechensopfer in Erinnerung behalten will, ist ja noch verständlich. Aber dass sie einen Tag nach dem Verbrechen hier auftaucht und dir das Angebot macht, ist schon seltsam.«

»Schock, Trauer. Keiner weiß, wie er in solch einer Situation reagiert. Du siehst deinen Vater noch beim Frühstück und dann liegt er mit eingeschlagenem Schädel auf dem Anwesen.«

»Vielleicht nimmt sie noch Abstand von dem Angebot.«

»Ehrlich gesagt, glaube ich das nicht. Und ich will auch nicht darauf spekulieren. Ich will mich entscheiden.«

»In das Leben eines Mordopfers einzutauchen, solange der Täter noch nicht ermittelt ist, könnte gefährlich werden.«

»Vielleicht war es Raubmord. Ob die Kasse geplündert wurde, ist mir nicht aufgefallen.«

»Ein Übertöten bei einem Raubmord?«, erwiderte Ulla skeptisch.

»Du hast Recht. Das spricht dafür, dass Täter und Opfer sich kannten.« Er dachte darüber nach. »Er war ein guter Mensch, hat seine Tochter gesagt.«

»Nicht für den Täter.«

»Wenn es so war, wird die Polizei ihn ermitteln.«

»Dann ist die Arbeit an der Biografie ungefährlich, meinst du?«

»Ja.«

»Warte doch die Ermittlungen ab.«

»Nein. Ich will eine Entscheidung treffen. Für mich. Eine Entscheidung, hinter der ich stehe.«

»Du nimmst den Auftrag also an.«

»Der Mann interessiert mich. Der hat mich ausgewählt. Er wollte mir irgendetwas von sich zeigen. Das werde ich suchen.«

»Das verlangt Zeit. Ist das mit deinem Geschäft zu vereinbaren?«

»Damit kann ich mir endlich eine Aushilfskraft leisten.«

»Sie steht vor dir. Keiner kennt deine Produkte so gut wie ich.« Sie grinste. »Eine Teilzeit-Beschäftigung könnte ich außerdem gebrauchen. Die betrogene Frau des Bürgermeisters zu sein, ist mir zu wenig. Jetzt, wo die Kinder sich kaum noch blicken lassen.«

Er zögerte. »Ich weiß nicht, Ulla. Danke für das Angebot. Aber lass uns Geschäftliches und Privates trennen. Es tat gut, dass du dir gestern Sorgen um mich gemacht hast.«

»Ich teile nicht nur das Bett mit dir. Das weiß du doch.«

»Weiß ich.«

»Wir sind erwachsen und doch nicht eifersüchtig.«

Er küsste sie auf den Mund und holte die Weinflasche aus der Küche, um nachzuschenken.

»Die Trauerrede auf der Beerdigung werde ich aber nicht halten. Den Gefallen kann ich der Tochter nicht tun.«

»Hat Sie geschickt gemacht, finde ich«, erwiderte Ulla. »Zwei Ansinnen, von denen nur eines abgelehnt werden kann.«

»Aus der Sicht habe ich es noch gar nicht betrachtet.«

»Frauen. Das Spiel der Frauen.«

»Und was spielen die Männer?«

Ulla überlegte lange. »Das alte Machtspiel«, sagte sie schließlich und hielt ihm ihr leeres Glas zum Einschenken hin.

5

Am anderen Tag rief er Härringers Tochter an und kündigte seinen Besuch für seinen folgenden freien Vormittag an. »Die Trauerfeier findet in drei Tagen statt«, erklärte sie. Ob Florian die Trauerrede halten werde, fragte sie nicht. »Ich freue mich auf Ihren Besuch«, sagte sie mit kraftvoller Stimme.

Florian hörte sich im Dorf bei Bekannten, Stammkunden und im Fußballverein nach einer Aushilfskraft um und stieß auf zwei männliche Interessenten, die ihm allerdings nicht gefielen. Er verkaufte nicht nur Feinkost und Wein, sondern auch Lebensart und Lebensfreude. Die beiden Bewerber schienen jedoch nur an einem schlanken Aushilfsjob im Dorf interessiert zu sein. An dem Tag und jenem Nachmittag könnten sie nicht und samstags sowieso nicht, erklärten beide jeweils bei ihren Besuchen im Laden. Als Weingenießer – zum Kenner konnte sich jeder Genießer entwickeln, war Florians Überzeugung – offenbarten sich beide auch nicht. »Ich trinke am liebsten Schorle rot-süß«, sagte einer, »Wie kann man nur so viel Geld für einen Wein bezahlen?«, meinte der andere Bewerber.

Als er mit seinem Schicksal haderte und überlegte, wie er den Auftrag von Härringers Tochter ohne eine Aushilfskraft annehmen könnte, kam Ulla während der Öffnungszeit in den Laden.

»Hast du jemanden gefunden?«

Er beschrieb ihr das Bewerberfeld.

»Mich wolltest du ja nicht haben.«

Er überlegte, doch auf ihr Angebot einzugehen.

»Nein, lass es«, unterbrach sie sein Grübeln. »Ich akzeptiere deine Entscheidung. Du hast wahrscheinlich Recht. Ich habe aber jemanden für dich. Deswegen bin ich hier. Für sie lege ich meine Hand ins Feuer. Ist die Tochter einer Freundin. Hat dieses Jahr Abi gemacht. Sie wohnt in Oberbergen, das ist ja keine Entfernung. Willst du sie sehen?«

»Nein.«

»Was? Warum nicht?«

»Wenn du sie empfiehlst und die Hand für sie ins Feuer legst, kann sie sofort anfangen. Zweimal pro Woche und alle vierzehn Tage am Samstag. Geht das?«

»So habe ich es ihr auch gesagt.«

»Perfekt. Danke.«

Sie sah ihm tief in die Augen. »Wann beginnst du mit der Arbeit?«

Er informierte sie über den Termin mit der Tochter.

»Pass auf dich auf«, sagte sie. »Ich habe in der Zeitung davon gelesen. Die Polizei hat noch keine Spur. Der Mörder läuft also noch frei herum.«

»Das spricht dann doch für Raubmord«, erwiderte Florian. »Wäre ein Motiv in Härringers Umfeld auszumachen, hätte die Polizei eine Spur.«

»Aber nicht jedes Motiv liegt gleich auf der Hand. Pass bitte wirklich auf dich auf.« Sie berührte ihn verhalten an der Schulter und verabschiedete sich. »Ich sage ihr, sie soll dich anrufen. Sie heißt Lena.«

»Ich danke dir.«

Nachdem Ulla gegangen war, rief er die beiden Bewerber an und sagte ihnen freundlich ab. Kurze Zeit später meldete sich bereits Lena. Sie grüßte höflich und berief sich auf Ulla. Florian verabredete sich mit ihr zum nächstmöglichen Zeitpunkt. »Morgen am Vormittag ist geschlossen. Komm mittags oder einfach übermorgen während der Öffnungszeiten vorbei.«

»Mache ich. Danke, Herr Buchmann.«

»Nenn mich Florian.«

Das kurze, angenehme Telefonat gab ihm Gewissheit. Nichts anderes hatte er von Ulla erwartet. Er war so froh, dass sie ihm in Gottratskirchen nach seiner Eröffnung gleich über den Weg gelaufen war.

Am folgenden Tag fuhr er über die Autobahn nach Umweg. Die Aussicht, eine perfekte Aushilfe gefunden zu haben, bestärkte ihn auf den knapp hundert Kilometern in seinem

Entschluss, das Angebot von Härringers Tochter anzunehmen. Eine Biografie enthält das Leben und nicht den Tod, sagte er sich.

Er parkte vor dem Schloss, ging über den Hof und versuchte, sich die Bilder seiner ersten Ankunft zu vergegenwärtigen, als Härringer ihn vor dem Weingut empfangen hatte. Die Bilder des erschlagenen Weingutsbesitzers blitzten jedoch vor seinen Augen auf und überlagerten nach wenigen Sekunden die Erinnerung an die erste Begegnung. Als Florian am Verkaufsraum vorbeikam, sah er in dem Raum zwei Männer in weißen Schutzanzügen. Er erschrak und dachte an die Kriminaltechniker. War die Polizei immer noch dabei, Spuren zu sichern? Dann sah er aber mit Folien bedeckte Möbel und identifizierte die Personen als Maler in weißen Anzügen, die den Raum neu strichen.

Er sah den Handwerkern überrascht eine Weile zu und ging dann weiter über den Hof.

Härringers Tochter kam ihm entgegen.

»Guten Tag, Frau Härringer.«

»Sagen Sie doch bitte Christine.«

Er reichte ihr seine Hand. »Florian.«

»Wir lassen neu streichen. Die Polizei hat ja alle Spuren gesichert. Wir müssen Wein verkaufen. Es ist sogar eine größere Nachfrage zu verzeichnen. Viele fragen bereits nach diesem Jahrgang. Ist die Welt nicht grauenhaft?«

Er zuckte mit den Schultern.

»Sie ist es«, sagte sie und zeigte Richtung Wohngebäude. »Gehen wir.«

Sie gingen über den Kies und betraten den Wohntrakt. Christine führte ihn in das Büro im Eingangsbereich, in dem er von der Polizei verhört worden war.

»Da Sie mich persönlich sprechen wollen, haben Sie gute Nachrichten, denke ich. Setzen Sie sich doch, bitte.«

Er setzte sich wieder in den braunen Ledersessel. Sie nahm ihm gegenüber in dem schweren schwarzen Sessel hinter dem wuchtigen Schreibtisch Platz, von dem aus ihn der Kommissar mehr als zwei Stunden vernommen hatte. Wie Leopold erschien auch sie ihm reserviert.

»Kaffee? Tee?«

»Nein, danke.«

»Wein?«

Er winkte ab. »Ich möchte nichts, danke.«

»Also gut. Wie sieht es aus?«

Er zögerte. War er sich die Fahrt über sicher gewesen, den Auftrag anzunehmen, überkamen ihn nun Zweifel. Das Auftreten der Tochter irritierte ihn. Dass sie so unsentimental zur Tagesordnung übergegangen zu sein schien, ließ ihn zögern. Oder suchte er nur einen Ausweg, eine Ausflucht – eine Abspielstation, um nicht selbst die Verantwortung eines Torschusses zu übernehmen? Während er darüber nachdachte, sah ihn Christine mit freundlichem, aber unsicherem Blick an.

»Ich bin grundsätzlich offen, die Biografie Ihres Vaters zu schreiben«, sagte er schließlich. »Aber ich möchte, ich muss mit Ihnen zunächst über das Geschehene reden.«

»Kein Problem.«

»Außerdem möchte ich, bevor ich zusage, mit Ihrer Mutter sprechen.«

»Gerne.«

Er suchte nach dem passenden Einstieg, während sie ihn nun mit kühlen Augen betrachtete. Der Auftakt erschien ihm nicht geglückt. Er wollte nicht fordernd und begierig auf Informationen über die Tat auftreten. Er wollte lediglich seine Zerrissenheit mitteilen.

Während er überlegte, sah er ihr mehrfach in die Augen. Sie wich seinen Blicken nicht aus. Sie saß ihm reglos gegenüber und schien ebenfalls nach Worten – nach Antworten – zu suchen. Er entdeckte Hilflosigkeit, eine Zartheit in ihr, die er bislang nicht gesehen hatte. Ihre Mundpartie nahm weiche Züge an. Die Strenge und Bissigkeit der Begrüßung, die er vernommen hatte, war verschwunden. Ihm fiel auf, dass sie Lippenstift aufgetragen hatte. Der zarte Ton war auch auf ihren Augenlidern zu sehen, die nervös zuckten.

»Sie halten mich für hart, gefühllos sogar, da ich Ihnen so rasch das Angebot unterbreitet habe.«

Er schüttelte den Kopf. »Nein.«

»Möglicherweise ist es eine Form der Trauerbewältigung. Ich weiß nicht, wie Psychologen das bezeichnen würden. Nicht wahrhaben wollen, dass er tot ist. Ich bin aber kein Fall für den Seelenklempner. Ich bin fünfundvierzig Jahre alt, geschieden, schon lange, und habe mich entschlossen, in die Fußstapfen meines Vaters zu treten. Das Weingut ist sein Erbe und war sein größter Erfolg. Vielleicht ist der eigene Tod nicht die größte Krise für einen Menschen, aber für die Angehörigen. Die müssen weiterleben. Ein Verbrechen überragt jedoch alles. Heute ist übrigens sein Geburtstag. Für heute war die Feier geplant.«

Florian fiel das Datum ein. In der Aufregung nach der Tat hatte er vergessen, dass er ursprünglich für den heutigen Tag engagiert worden war. Gedankenverwirrt suchte er nach passenden Worten.

Die Tochter schien das Datum aber nicht vertiefen zu wollen. »Ich will nicht, dass mein Vater als Opfer angesehen wird«, sagte sie gefasst. »Ein Opfer, das sich womöglich noch seinen Schlachter selbst ausgesucht hat. Ich will, dass mein Vater lebt – in einem Buch. Jeder, der hier seinen Wein kauft, wird es als Geschenk erhalten. Ich will damit kein Geld verdienen. Es wird eine Erinnerung sein, an sein Leben. Nennen Sie es wegen mir Trauerarbeit. Ich möchte auch, dass wir uns ausführlich über das Leben meines Vaters unterhalten. Nicht heute. Geben Sie mir Zeit.«

»Ich verstehe Ihre Beweggründe«, erwiderte Florian, der sich nun sicher war, den Auftrag anzunehmen. Es ging ums Leben und war keine Leichenfledderei, das war ihm klargeworden. Die Frau, die ihn zunächst irritiert hatte, beeindruckte ihn.

»Nur ein paar Worte über mich. Ich habe mich vor ein paar Jahren entschieden, das Weingut zu übernehmen und zu führen. Ich bin keine Winzerin, mein Vater war ja auch kein Winzer. Insofern passe ich in die Fußstapfen«, fügte sie mit einem Lächeln hinzu. »Der Ort hier in Umweg ist etwas Besonderes für uns. Wir leben hier und haben den Ertrag um uns herum, der wetterbedingt sich jährlich ändert. Der Wein muss aber auch verkauft werden. Das ist mein Gebiet, mein Hintergrund. Ich habe Marketing studiert. Wein ist eine Marke und muss eine sein. Ich gebe zu, dass ich in dieser Situation auch an die Vermarktung gedacht habe. Ich bin ehrlich. Wein hat auch mit Ehrlichkeit, mit Erdigkeit zu tun, und wir machen hier einen ehrlichen Wein. Das wird Ihnen auch unser Kellermeister sagen. Ich werde Sie nachher noch mit ihm bekannt machen.«

»Ich habe Herrn Arnold schon einmal gesehen«, sagte Florian.

»Sven wird natürlich auch ein Gesprächspartner für Sie sein, falls Sie den Auftrag annehmen.« Sie hielt kurz inne. »Sie haben noch nicht zugesagt und ich rede und rede und rede.«

Er richtete sich auf und reichte ihr über den wuchtigen Schreibtisch hinweg seine Hand. »Ich sage Ihnen hiermit zu.«

Sie blieb sitzen, wandte sich aber nach vorn und reichte ihm ihre Hand. Ihre Gesichter kamen sich dennoch nahe, und ihre Blicke streiften sich einen misstrauischen Augenblick lang.

»Wir machen das auch schriftlich«, erklärte Florian, als er sich wieder setzte.

»Beim SC Freiburg wurden die Verträge mündlich geschlossen, habe ich gelesen.« Sie lächelte.

»Habe ich auch über Finke und Stocker gelesen. Meine waren aber schriftlich fixiert.«

»Danke. Ich freue mich über Ihre Zusage.«

Sie teilte ihm ihre Vorstellungen über den Umfang des Buches und den Erscheinungstermin im Frühjahr mit. »Sie liefern das Manuskript. Rund zweihundert Seiten sind ausreichend. Es soll ja auch gelesen werden. Das Buch verlegen wir. Fotos werde ich auswählen und dem Text anpassen. Ist eine Anzahlung von zehntausend Euro ausreichend? Nach Lieferung erhalten Sie noch einmal die Summe. Wir schmücken uns ja auch mit Ihrer Marke. Ich bin ehrlich.«

»Das ist auch meine Intention: Ehrlichkeit«, erwiderte er. »Sie machen Wein mit dieser Eigenschaft und ich das Buch. Ich habe schließlich einen Namen.«

»Buchmann.« Sie lächelte. »Mein Vater hätte Ihnen definitiv den Auftrag gegeben. Das weiß ich. Er war nach Ihrer ersten Begegnung sehr angetan. Dem kann ich mein Leben anvertrauen, sagte er.« Sie hielt inne und kämpfte gegen aufbrechende Gefühle. Nach einer Weile gab sie den Kampf auf und ein paar Tränen frei. Sie ließ sie über die Wangen fließen und wischte sie am Kiefer mit der flachen Hand ab. »Entschuldigung.« Sie stand auf und ging durch das großräumige Büro. Die dunklen Möbel, der Kronleuchter, die Bilder und Gemälde an den Wänden und das schwere Holz, das an der Decke hing, schienen sie zu erdrücken. Florian betrachtete sie. Sie ging zum Fenster, das einen Blick auf den Schlosshof und das im Herbstlicht golden schimmernde Weingut gewährte. Im Kontrast zum finster eingerichteten Raum wirkte ihr Gesicht durch das einfallende Herbstlicht wie gemalt. Florian sah von ihr weg und zählte in Gedanken die mit Geranien bestückten Fenster und Balkongeländer der Schlossfassade.

Nach einer Weile setzte sie sich wieder ihm gegenüber. »Entschuldigung.«

Er gab ihr noch einen Moment, dann erkundigte er sich nach den polizeilichen Ermittlungen.

»Das Geld in der Kasse ist weg«, antwortete sie. »Es spricht alles für einen Raubmord.«

»Wie viel Geld wurde denn erbeutet?«

Sie zögerte.

»Wenn Sie es aus ermittlungstaktischen Gründen nicht sagen dürfen, kein Problem. Es war sicher nicht viel, oder?«

Sie nickte.

»Glauben Sie denn an Raubmord?«

»Es geht nicht um Glauben, die Polizei sucht nach Beweisen.«

»Angenommen, es handelt sich nicht um einen Raubmord. Die Polizei wird Sie das auch gefragt haben: Hatte Ihr Vater Feinde? Das ist für meine Arbeit sehr wichtig, Christine. Stammt der Täter aus dem Umfeld Ihres Vaters, könnte ich im Rahmen der Recherche auf ihn stoßen. Mit ihm sprechen.«

»Vater hatte keine Feinde. Er war ein guter Mensch, das sagte ich Ihnen doch schon. Aber die Personen, die ich Ihnen als Gesprächspartner nahelege, sind über allen Verdacht erhaben und wurden selbstverständlich von der Polizei überprüft. Alle haben ein Alibi. Auch ich«, fügte sie hinzu. »Ludwig war ein warmherziger, wunderbarer Mensch. Er hatte keine Feinde.«

»Er hatte Erfolg. Das bringt Neider mit sich.«

»Konkurrenz? Nein! Sie kommen doch vom Kaiserstuhl. Da wimmelt es von Weingütern und Winzergenossenschaften. Wurde da schon einmal ein Winzer getötet? Nein! Mir ist jedenfalls nichts zu Ohren gekommen.«

Er dachte darüber nach.

»Das Einzige in Ludwigs Leben, das an Blut erinnert, ist der Pinot Noir. Da hatte er noch große Ziele. Darüber müssen Sie auch schreiben. Er wollte hier Spätburgunder in der Qualität der Kaiserstühler und des Tunibergs machen. Er wollte eine Marke schaffen wie ›Härringer‹ oder ›Umweg‹, wie ›Mauerberg‹ oder ›243‹. Das war eine neue Idee, ein neues Projekt. ›Pinot Noir 243‹, mehr sollte nicht aufs Etikett. Das sollte reichen, um die Qualität und die Marke unseres Weinguts auszudrücken. Er hatte noch so viele Pläne. Gerade in den letzten Tagen. Sie hätten ihn erleben sollen. Wirkte er tags zuvor noch sentimental, in Erinnerungen schwelgend, war er nach der Nacht voller Tatendrang. Er hatte Energie. Er versprühte Aufbruch. Davon müssen Sie erzählen!«

Er nickte nachdenklich und schilderte ihr dann seine Vorgehensweise. »Es ist zwar meine erste Biografie, aber ich werde sie auf meine Art recherchieren und schreiben«, erklärte er. »Mein Hauptaugenmerk richte ich auf die Persönlichkeit. Ich will den Menschen, Ludwig Härringer, greifen und greifbar machen. Ich recherchiere schriftliche Zeugnisse, alles, was in Ihrem Besitz und im Netz zu finden ist. Dies wäge ich ab mit Erinnerungen von Personen, die Ihren Vater gekannt haben. Wenn möglich, möchte ich alle Orte aufsuchen, an denen Ihr Vater gelebt hat. Vielleicht auch einen wiederkehrenden Urlaubsort. Gibt es den?«

Sie schüttelte den Kopf. »Er war immer hier im Weingut. Davor waren wir im Sommer am Meer und im Winter Ski fahren. Wie heute fast alle. Als Weingutsbesitzer bereiste er ausländische Weinregionen, um zu lernen und zu sehen, wie dort gearbeitet wird, und auch um sich auszutauschen. Er sprach ausgezeichnet Französisch.«

»Notieren Sie mir dennoch alle Orte. Orte waren für ihn so wichtig wie Weggefährten, hat er mir bei unserer ersten Begegnung erzählt. Welche Rebsorte ihm neben Spätburgunder die liebste war, interessiert mich auch. Wir werden uns ja noch ausführlich zusammensetzen.«

»Geben Sie mir aber etwas Zeit.«

»Natürlich.«

»Für Vater war Wein Natur. Terroir. Boden, Klima. Über seine Philosophie werden Ihnen seine beiden Kellermeister Auskunft geben.«

»Seinen ersten hatte er mir auch als Gesprächspartner für die Laudatio nahegelegt.«

»Heinz Obert hat das Weingut mit aufgebaut.«

»War Ihr Vater ein Briefschreiber? Hatte er Briefkontakt? Gibt es Tagebücher? Arbeitsnotizen?«

»Nein. Vater war ein Macher.«

»Sie haben sicher Familienalben?«

»Natürlich. Die habe ich mit Mutter schon durchgesehen.« Sie sah sein Erstaunen. »Nicht wegen der Biografie. Nennen Sie es Trauerarbeit.«

»Ihr Vater nannte mir gegenüber zwei Weggefährten, mit denen ich für die Laudatio hätte sprechen können: Karl Bieser und eben Heinz Obert.«

»Sein Schulfreund und sein erster Kellermeister. Man kann sagen, der eine war bis zur Aufnahme des Weinguts der wichtigste Weggefährte, der andere danach. Heinz ging hier in Rente.«

»Bis ungefähr zum fünfzigsten Geburtstag Ihres Vaters war demnach Bieser sein wesentlicher Kontakt?«

»Ja.«

»Gibt es noch weitere Personen, deren Erinnerung für die Biografie wichtig sein könnte?«

»Ich schätze, alle werden zur Trauerfeier kommen. Ich werde Sie dort mit dem einen und anderen bekannt machen.«

Das Erwähnen der Beerdigung rief ihm die Trauerrede in Erinnerung, die ihm schwer auf den Schultern lag.

Sie schien seinen Konflikt zu erkennen. »Sie kommen doch zur Trauerfeier?«

»Natürlich, sicher, aber … ich … ich werde nicht die Trauerrede halten. Verstehen Sie das nicht falsch, ich schätze Ihren Vater, aber … Wir haben uns gerade kennen gelernt. Das Honorar für die Laudatio verrechnen Sie bitte mit dem Vorschuss.«

»Sehen Sie es als Spesen. Sie werden öfter hier sein.«

Er antwortete nicht. Er wartete auf ihre Reaktion über die Absage der Trauerrede.

Sie schien seine Gedanken und Gefühle zu lesen. Sie lächelte. »Das ist kein Problem. Die Trauerrede hält Heinz Obert.«

6

»Da oben ist meine Wohnung«, sagte sie mit Blick auf die Treppe, als sie das Büro im Eingangsbereich des Seitentrakts verließen. »Hinter der Treppe hier unten führt eine Tür zum Weinkeller. Alles Gewölbe. Gehen wir nachher noch hin.«

Sie ging mit ihm über den Gang des Seitengebäudes. Florian lief neben ihr her und sah sich neugierig um, während sie über das Leben einer Winzerfamilie in einem Schloss erzählte. »Ich fühle mich zwar hier manchmal, auch unter dem Eindruck meiner gescheiterten Ehe, wie eine Prinzessin, aber Leben und Arbeiten mit Reben und Trauben hat mit Romantik nichts zu tun. Jeder Jahrgang ist eine Geburt und muss sich verkaufen. Der Erhalt des Schlosses verschlingt außerdem Unsummen. In diesen Mauern steckt das Vermögen meines Vaters.«

»War er als Personalchef denn vermögend?«

»Er erhielt damals einen günstigen Kredit. Ist längst zurückbezahlt.«

Sie bogen ins Hauptgebäude und gingen über eine Treppe in den ersten Stock. »Unten sind die frühere Großküche und Räumlichkeiten fürs Personal. Heute: unsere Erntehelfer. Ich koche selbst«, fügte sie mit einem Lächeln hinzu.

Am Ende der Treppe entdeckte Florian Härringers Ehefrau. Sie stand unter einem Leuchter, der im einfallenden Sonnenlicht funkelte. Hinter ihr öffnete sich ein Zimmer mit dunklen Möbeln und einer grün gestrichenen Wand. Klassische Musik, die nach einem Requiem klang, drang aus dem Raum, der durch eine riesige Fensterfront einen Blick auf die umliegenden Weinberge freigab.

»Meine Mutter Elisabeth«, sagte Christine zu Florian, der die Frau bereits am Tattag als Härringers Ehefrau eingeordnet hatte. Sie trug schwarz wie die Tochter, nur weniger elegant. Er schätzte sie auf Anfang siebzig.

»Mein aufrichtiges Beileid.« Er reichte ihr die Hand.

Ihr Händedruck war kraftlos wie ihr zum Gruß aufgesetztes höfliches Nicken. Florian erinnerte sich an den kräftigen Händedruck ihres Mannes, der ihm, wenn er nicht darauf vorbereitet gewesen wäre, wohl die Hand zerdrückt hätte.

»Sie haben also seine Leiche gefunden«, sagte die Mutter. »Sehen Sie in all dem Blut noch meinen Mann?«

Er wusste nicht, was er darauf antworten sollte.

»Ich habe alles mit ihm besprochen, Mutter«, erklärte Christine.

Die Witwe nickte und musterte Florian.

»Ludwig hatte Vertrauen zu Ihnen, Herr Buchmann«, sagte sie nach einer Weile. »Das war ihm nicht oft passiert.« Sie schien darüber nachzudenken, und Florian fragte sich, ob er zu ihr Vertrauen gehabt hatte. »Lassen Sie ihn leben«, flüsterte sie dann.

»Soweit das in einem Buch möglich ist«, erwiderte Florian.

»Sie können sich hier frei bewegen, wenn Sie wollen auch schreiben. Wir haben genug Zimmer«, sagte Christine.

Die Mutter nickte und bot ihm einen Kaffee oder Tee an. Florian lehnte jedoch höflich ab. »Ich will Sie in dieser Situation nicht stören. Wir werden uns noch zusammenfinden. Ich wollte Sie nur sehen und spüren, ob auch Sie die Biografie wollen – so kurz nach ... dem Tod Ihres Mannes.«

»Wir haben jetzt nur noch die Erinnerung«, erwiderte die Mutter.

»Ich hoffe, der Täter wird bald ermittelt«, sagte Florian. »Eine nicht aufgeklärte Tat würde der Biografie ein dunkles Geheimnis geben und Ihre Absicht, etwas über sein Leben zu erzählen, ins Gegenteil verkehren.«

»Ich bin sicher, der Täter wird vor Vollendung der Biografie gefasst.« Die Tochter beendete das Gespräch. »Wir wollen noch in den Keller zu Sven.«

Er verabschiedete sich von der Witwe und folgte Christine. Sie gingen den Weg zurück. Am Fuß der Treppe im Eingangsbereich öffnete sie die schwere Tür zum Weinkeller. Als er ihr helfen wollte, wies sie ihn zurück. »Schaff ich schon.«

Sie hielt die Tür geöffnet, bis er im dunklen Gewölbe war. Durch Schlitze in der Wand fiel etwas Licht in den Gang. Sie schloss die knarrende Tür und ging hinter ihm her. »Einfach geradeaus, bis in den Keller«, sagte sie.

Nach rund hundert Schritten – er begann nach einer Weile zu zählen – erreichten sie den Bauch des Weinkellers, in dem sich große Holzfässer aneinanderreihten, an denen Kerzenlicht flackerte. Einige Barriquefässer lagen am Ende des Kellers. Das Gluckern der Gärung war überall in den Gärröhrchen zu hören.

Florian entdeckte einen Mann, der überrascht reagierte, als er ihn und die Tochter sah. Das konnte er im Schein der flackernden Kerzen sehen. Kühles Licht, das im Nebenraum die Edelstahltanks beleuchtete und dort reflektierte, zeichnete die Konturen des Mannes nach, den Florian einmal zusammen mit Härringer gesehen hatte.

»Unser Kellermeister Sven Arnold«, sagte Christine. »Er ist am liebsten allein hier.«

Sie zeigte auf Florian. »Florian Buchmann. Er schreibt die Biografie.«

»Wir haben uns schon einmal gesehen«, erwiderte Arnold und reichte Florian die Hand.

Der Händedruck war kräftig und erinnerte Florian an Härringers Pranke. »Ich werde mich natürlich auch mit Ihnen unterhalten«, erklärte Florian. »Als Kellermeister waren Sie ja so etwas wie die rechte Hand, oder?«

»Ich nenne mich Weinmacher.«

»Sven haben wir die Auszeichnungen der letzten Jahre zu verdanken«, mischte sich Christine ein. »Er hat uns wirklich einen Schritt weitergebracht.«

»Wir waren noch nicht am Ende. Ludwig war selbst voller Energie. Während ich mich auf in Holz ausgebaute Weißweine konzentrierte, auch Riesling, wollte er seinen perfekten Spätburgunder ausbauen.«

»Pinot Noir 243«, entfuhr es Florian.

»So sollte er jetzt heißen, ja. Er hatte schon viele Namen. Ludwig verbrachte viel Zeit mit der Namensfindung. Er lauschte am Gärspund und machte viele Notizen.«

»Gibt es schriftliche Dokumente? Arbeitsnotizen? Pläne? Eine Liste seiner Lieblingsaromen?«, erwiderte Florian. »Ich bin an allem interessiert.«

»Hier unten im Keller ist nicht viel. Im Büro oder im Verkaufsraum vielleicht.«

»Ich werde nachsehen und alles sammeln«, erklärte Christine.

Arnold ging zu einem kleinen Tisch, kramte in einer Schublade, und kam mit ein paar handschriftlichen Zetteln zurück. »Das sind Notizen der letzten Wochen. Sieht nach Gästeliste aus und hier stehen weitere Namen seines Spätburgunders. Gänseberg wollte er den Wein auch nennen. Seltsam. Eine Reblage mit dem Namen gibt es hier gar nicht. Hab ich ihm ausgeredet.« Er reichte Florian die teils mit Wein und schmutzigen Fingerabdrücken befleckten Papiere.

»Vielen Dank.«

»Wenn Sie kommen, übernachten Sie hier. Wir werden viel Wein verkosten. Ludwig hat alle seine Jahrgänge archiviert. Wenn Sie zu jedem eine Geschichte erzählen, wird das ein dickes Buch.«

Florian verabschiedete sich mit einem Händedruck und verließ mit Christine den feuchten, kühlen Keller. »Die Übernachtung ist kein Problem«, sagte sie, als sie ins Freie traten. Sie blinzelte in die Sonne. Florian war nicht sicher, ob sie ihm zulächelte. Sie begleitete ihn zum Parkplatz und erklärte, bis zur Trauerfeier nach schriftlichen Zeugnissen zu sehen. »Die Fotoalben werde ich Ihnen ebenfalls richten. Und den Vertrag aufsetzen, natürlich.«

Er reichte ihr die Hand und blickte wieder in ein Lächeln, das nun eindeutig ihm galt.

»Auf Wiedersehen«, sagte sie. Als er wegfuhr, sah sie ihm reglos nach, wie er im Rückspiegel erkennen konnte.

Er fuhr Richtung Autobahn und starrte hin und wieder auf die Papiere aus dem Keller, die er auf den Beifahrersitz gelegt hatte. Als er auf dem Zubringer war, überlegte er, zur Kripo nach Rastatt zu fahren. Er hatte das schriftliche Protokoll seiner Vernehmung noch nicht unterschrieben. Allerdings hatte Leopold erklärt, sie würden sich bei ihm melden. Dem Kommissar wollte er keinen Anlass geben, verärgert über ihn zu sein. Solange der Täter nicht gefasst war, konnte er noch immer als Verdächtiger gelten. Er hatte definitiv kein Alibi. Er war am Tatort gewesen und hatte nun durch den Auftrag ein Motiv – wenn jemand mit zusammengekniffenen Augen die Sache betrachtete.

Während er sich dem Hinweisschild für die Autobahnauffahrt Richtung Basel näherte und hin und wieder auf die befleckten Papiere von Härringer starrte und nach der Visitenkarte des Kommissars kramte, wuchs seine Neugier auf die polizeilichen Ermittlungen. Vielleicht konnte er bei der Frage nach dem Protokoll nebenbei etwas erfahren?

Kurz vor der Autobahnauffahrt, er hatte schon den Blinker gesetzt und endlich mit einer Hand die Visitenkarte aus seinem Portemonnaie gefingert, drehte er ab und nahm die Auffahrt Richtung Karlsruhe. Auf der kurzen Fahrt nach Rastatt gab er die Adresse in sein neues, aber selten benutztes Navigationsgerät ein. Nach einer guten halben Stunde erreichte er die Kripo. Er parkte vor dem Gebäude, betrat den mit einer Schleuse gesicherten Eingangsbereich und nannte dem Beamten hinter der Scheibe durch ein Mikrofon den Grund seines Erscheinens. Er sei Zeuge im Tötungsdelikt Härringer und wolle Kriminalhauptkommissar Bernd Leopold sprechen. »Mein Name ist Florian Buchmann.«

Der Beamte telefonierte kurz und bat ihn zu warten. »Es kommt gleich jemand.«

Nach wenigen Minuten erschien Leopold hinter der zweiten Tür. Er trug wie bereits am Tattag einen Anzug. Er öffnete die Tür und bat Florian herein. »Herr Buchmann!? Sind wir verabredet? Ist mir etwas entgangen?«

Er schilderte, ohne zu zögern und zu stammeln, sein Anliegen. »Ich war gerade hier und wollte nur nachfragen. Nicht, dass Sie in dem Moment anrufen, in dem ich wieder zu Hause bin und ich dann extra herfahren müsste. Sind ja ein paar Tage vergangen.«

»Sie mögen spontane Besuche, scheint mir.« Er sah ihn streng an. »Kommen Sie mit.«

Er führte ihn über einen Gang, an den kleine schmale Büros grenzten. Die Türen standen offen. Florian glaubte, ein paar Beamte zu erkennen, die er am Tatort gesehen hatte. Auch die beiden, die seine Kleidung und seinen Körper untersucht hatten. In deren Gesichtern meinte er Misstrauen zu erkennen.

Leopold ging mit ihm zum Ende des Flurs und vorbei an einem großräumigen Büro, das durch Glasscheiben vollkommen einsehbar war. An einer Wand entdeckte er, wie er es aus Fernsehkrimis kannte, eine Wand mit Fotos und Notizen und Verbindungslinien. Er glaubte, sein Bild zu erkennen und erschrak. Sicher war er aber nicht. Während er darüber nachdachte, bat ihn Leopold in sein Büro am Ende des Flurs und bot ihm einen Platz an. Sein Stehpult am Fenster drückte er auf Tischhöhe nach unten. »Ich bin gleich wieder da.« Dann verließ er sein Büro, das größer war als die anderen im Gang. Die Tür ließ er offen. Florian wartete und überlegte, ob sein Kommen ein Fehler war. Wurde er nun nachvernommen? Ginge das ohne Vorladung? Sich selbst womöglich als Tatverdächtigen ins Spiel gebracht zu haben, ließ ihn nervös auf die Rückkehr des von ihm aufgescheuchten Kommissars warten.

Leopold erschien nach zehn Minuten mit seinem Kollegen Beetz im Schlepptau, der bei seiner Vernehmung im Schloss ebenfalls dabei gewesen war. »Kollege Beetz kennen Sie ja.«

Beetz nickte höflich. Während Leopold sich Florian gegenüber setzte, hockte er sich auf die Stirnseite des an der Wand stehenden Schreibtisches. Als das Telefon klingelte, nahm er ab, murmelte etwas Unverständliches und legte grußlos auf.

Leopold fixierte Florian einen langen Augenblick. »Sie treffen wohl immer ins Schwarze?« Er hielt inne. »Härringers Leiche entdeckt, und jetzt haben Sie auch den Riecher für Ihr Protokoll. Ist gestern verschriftet worden. Wir haben Sie allerdings noch nicht informieren können.«

»Wir wollten abwarten, ob eine Nachvernehmung nötig ist«, erwiderte Beetz und erntete einen scharfen Blick von Leopold.

»Das Protokoll können Sie in Ruhe durchlesen und unterschreiben. Ein aus Freiburg stammender Kollege will außerdem ein Autogramm. Ich selbst bin kein Fußballfan. Sie entschuldigen, Herr Buchmann.«

Florian atmete tief durch.

»Glücklich über meinen spontanen Besuch auf dem Weingut bin ich nicht, können Sie sich denken.«

Leopold zuckte mit den Schultern.

»Ich habe Ihnen alles gesagt. Die Erinnerung war ja noch frisch.«

»Falls Ihnen beim Lesen des Protokolls noch etwas einfällt, teilen Sie es uns bitte mit.«

»Wie ist denn der Ermittlungsstand?«, fragte Florian. »In der Presse ist nichts zu vernehmen. Kein gutes Zeichen.«

»Wir ermitteln. Sie wissen doch sicher: Über laufende Ermittlungen wird nicht berichtet. Im Fußball werden die Aufstellungen auch erst kurz vor Spielbeginn veröffentlicht. Das weiß sogar ich.«

»Ich habe die Leiche gefunden«, erwiderte Florian. »Nach Raubmord sah das nicht aus. Er hatte einen Korkenzieher im Hals.«

Die beiden Beamten starrten ihn ausdruckslos an.

»Wer plant einen Raub, der so endet?«

Wieder keine Reaktion.

»Das Weingut ist zwar abgelegen, aber so viel war doch nicht zu holen. Tausend Euro waren laut Spekulationen der Presse in der Kasse.«

Er blickte zwischen den Polizisten hin und her, entdeckte bei beiden aber keine Reaktion. »Bringt jemand für so eine Summe jemanden um? So brutal?«

Er glaubte, eine Antwort im starren Blick von Leopold zu sehen: Ja.

»Für mich war das Übertöten. Das sehen Sie doch auch so?«

Die Beamten starrten ihn weiter an, und Florian bereute augenblicklich seinen unglücklich ausgeführten Plan. Hatte er wirklich geglaubt, die Polizei aushorchen zu können? Als die Tür aufging und eine Kollegin mit dem Protokoll hereinkam, reagierte er erleichtert. Mit einem aus dem Internet ausgedruckten Foto von ihm im Dress des SC Freiburg legte die Kripobeamtin das Protokoll auf den Tisch. »Für einen Kollegen. Er traut sich nicht.« Sie lächelte ihm zu und verließ das Büro. Leopold stand umgehend auf. »Lesen Sie es in Ruhe durch. Wir lassen die Tür auf und ein Kollege begleitet Sie dann hinaus.«

Er ging mit Beetz aus dem Raum und drehte sich in der Tür zu ihm um. »Lassen Sie uns die Arbeit machen und verkaufen Sie Ihren Wein. Verbrechen ist unser Geschäft.« Dann verschwand er mit seinem Kollegen.

Florian betrachtete seine umfangreiche Vernehmung. Dann fiel sein Blick auf sein Foto, das ihn mit stolzer Brust im Fußballtrikot zeigte. Er lachte über die Situation, sudelte seine Unterschrift auf das Bild und las seine Vernehmung von der ersten bis zur letzten Zeile.

Der Tag lief minutiös vor ihm ab. Die Abfahrt in Gottratskirchen, die Ankunft im Schloss, die Suche nach dem Hausherrn in der Probierstube und im Verkaufsraum, wo er ihn schließlich in einer Blutlache fand. Alle Details wurden sichtbar: der Blutstropfen an der Tischlampe wie auch der dunkle Fleck auf der Innenseite der Türglasscheibe, der ihm wie Blut oder ein Tropfen Rotwein erschienen war. Ausführlich hatte er den Ablauf beschrieben, und es war nun, als erlebte er es noch einmal.

Als er das Protokoll unterschrieb, bereute er einen Augenblick, das Angebot von Christine Härringer angenommen zu haben. Aber er war, wie auch immer – das war ihm bei der Lektüre seiner Vernehmung klar geworden –, ein Teil von Ludwig Härringers Leben geworden.

Er stand auf und ging auf den Flur.

Beetz entdeckte ihn aus dem einsehbaren Büro auf der anderen Seite des Flurs und kam zu ihm.

»Das Protokoll liegt unterschrieben im Büro.«

Beetz nickte und ging mit ihm über den Flur. In dem Großraumbüro, in dem offensichtlich die Ermittlungsergebnisse zusammengeführt wurden, entdeckte er Leopold vor der Wand mit Fotos und Notizen. Während er eindeutig das Bild von Härringer erkannte, war er noch immer nicht sicher, sich auf der Tafel zu sehen.

Im Eingangsbereich verabschiedete sich Beetz ausdruckslos. Florian öffnete die erste Tür und wartete, bis sie geschlossen war. Dann ging er durch die Außentür ins Freie.

Er fuhr zur Autobahn und war pünktlich zur nachmittäglichen Öffnungszeit in seinem Laden. Er hatte gerade seine mit Kreide beschrifteten Tafeln auf die Pflastersteine vor seinem Geschäft gestellt, als ein Teenager über den Marktplatz auf ihn zukam.

»Tag, Herr Buchmann.«

»Lena?«

»Ja.«

»Nenn mich doch bitte Florian.«

»Klar, habe ich vergessen. Sorry.«

»Hast du Zeit?«

»Den ganzen Mittag.«

»Schön. Habe gerade aufgemacht.«

Er zeigte ihr die Tafeln, die er wöchentlich neu beschriftete. »Das sind Angebote, Neuigkeiten oder auch Spezialitäten. Das entscheide ich aus dem Bauch heraus.«

Sie lachte auf. »Das sollte man bei den Produkten sowieso, nicht?«

Lena gefiel ihm. Im Gegensatz zu manch gleichaltrigen Gören war sie nicht modisch aufgetakelt; sie hatte nicht einmal eine Handtasche. Das war ihm sympathisch.

»Stehst du auf gutes Essen? Nach Wein frage ich nicht. In deinem Alter.«

»Ich liebe Fast Food und Wodka Feige und all die Mixgetränke«, sagte sie mit starrem Blick, aber mit einem Grinsen im Bereich der Mundwinkel.

»Dann bist du hier richtig«, erwiderte er, ebenfalls mit einem zweigeteilten Gesichtsausdruck. »Das Finanzielle ist geklärt, oder?«

»Hat mir Ulla auch gesagt.«

Er nahm sie mit in den Laden und zeigte ihr seine Ware. Dabei gab er kurze, prägnante Informationen. Sie gingen sämtliche Weinregale durch. »Du musst die Weine nicht kennen und auch nicht aktiv verkaufen. Niemand wird zu seinem Glück gedrängt. Auch nicht im *Wollkanisch*. Der Wortstamm liegt auf wollen, volare, fliegen wegen mir auch.«

»Finde ich gut.«

»Voglia, Lust, kannst du auch ableiten. Das hier, hat auch mit Lust zu tun.«

Er zeigte ihr das restliche Weinsortiment und würzte die Vorstellung mit kurzen Beschreibungen der Weinbaubetriebe und den Rebsorten. »Noch führen wir nur Weine vom Kaiserstuhl und Tuniberg. Noch. Wir werden uns aber nach und nach ganz Baden vornehmen.«

Er führte sie hinter die Frischtheke, über der ein geräucherter Schinken baumelte, und beschrieb alle in der großen Vitrine präsentierten Produkte sowie die Art ihrer Entstehung. Gelegentlich reichte er ihr ein Stück Käse oder Salami. »Du musst dir nicht alles merken. Wir arbeiten ein paar Mal zusammen, bis du das erste Mal allein hier sein wirst.« Er schubste den mächtigen Schwarzwälder Schinken an. »Kannst du den stemmen? Ich verkaufe den frisch geschnitten. Wie in Italien.«

»Geil.«
»Genau.«
»Bekomme ich hin.«
»Da bin ich sicher.«

Zum Schluss erklärte er ihr die Kasse. Als er abschließend die Geldkassette in die Kasse schieben wollte, rückte der blutüberströmte Verkaufsraum auf Schloss Härringer in sein Gedächtnis, und er hielt inne.

»Ist was?«, fragte Lena.

»Was?«

»Alles in Ordnung?«

»Ja, natürlich.« Er drückte die Kassette hinein und war froh, dass ein eintretender Kunde ihn ablenkte. Nachdem der Kunde, ein im nahen Europa-Park nächtigender Tourist, dessen Kinder von der Frau behütet nicht aus dem Freizeitpark hinauskämen, seine Weinkenntnisse in Anspruch nahm, lauschte Lena dem weinseligen Verkaufsgespräch.

»Das ist meine Art«, sagte er ihr, als der Kunde mit zwei Kartons unter den Armen den Laden verließ. »Finde du deine.«

Lena blieb bis zum Feierabend und erschien am anderen Tag kurz nach neun. Die junge Frau, die nach ihrem Abitur noch nicht wusste, was sie machen wollte, zeigte großes Interesse und brachte neben ihrer Intelligenz und ihrem Charme viel Natürlichkeit mit. Florian konnte bereits am Vormittag für eine halbe Stunde nach oben in seine Wohnung gehen. Zum Mittagessen lud er sie in sein Stammlokal im Ort ein und genoss die neugierigen Blicke der Ortsansässigen. Hat Flo eine Tochter?, glaubte er in einigen Gesichtern zu lesen.

Am Nachmittag, nach der üppigen Mahlzeit mit Wild, Spätzle, Feldsalat und viel Spätburgunder, ließ er Lena allein im Laden und legte sich eine Weile auf seine Couch. Ein Nickerchen war ihm aber trotz seines großen Vertrauens in Lenas Souveränität nicht möglich. Härringer pochte im Rhythmus seines Pulses an seine Schläfe. Er stand auf und setzte sich an seinen kleinen Schreibtisch im Wohnzimmer mit Blick auf den Marktplatz und das Rathaus. Eigentlich hatte er vorgehabt, nach der Trauerfeier und einem mehrtägigen Einlernen seiner Aushilfe mit der Arbeit zu beginnen. Wohl alle Weggefährten, mit denen er sprechen sollte, würden bei der Beerdigung anwesend sein. Er betrachtete die von Härringer gefaxte Einladungsliste, die zwei unterstrichene Namen enthielt, und verglich sie mit der Liste aus dem Weinkeller. Es gab kaum Abweichungen. Anschließend sah er die Notizen durch, die Härringer sich zu seinem ambitionierten Spätburgunder gemacht hatte. Neben dem erwähnten Gänseberg hatte Härringer in einer fiebrigen, fast unleserlichen Handschrift Dachyl und Greta geschrieben. Zu jedem Namen hatte er außerdem ein vollständiges Etikett gezeichnet. Die Notizen endeten mit dem geplanten Namen und einem mit Farbstiften gemalten Etikett: Weingut Schloss Härringer, Pinot Noir 243, Gutsabfüllung. Sogar die amtliche Prüfungsnummer war unleserlich eingezeichnet.

Während er die Etiketten betrachtete, erinnerte er sich an die erste Begegnung mit Härringer und an die Fahrt zu der Kapelle. Aus der Erfahrung des gestern gelesenen Protokolls seiner Vernehmung, die ihm den Tattag so detailreich vor Augen geführt hatte, begann er die erste Begegnung aufzuschreiben: Von der Begrüßung mit kräftigem Handschlag vor dem Schloss bis zur Ausfahrt in die nahe Umgebung, als Härringer die Bedeutung von Weggefährten und Orten hervorhob. Er notierte Zitate, seine Empfindungen und Einschätzungen und skizzierte die Örtlichkeiten. Als er in Gedanken mit Härringer ein Stück in den Wald hineinging, sah er deutlich das kleine Kreuz am Weg und zeichnete es. »Wenn ich eines dieser Kreuze am Wegrand sehe, frage ich mich immer, wie viel nicht gelebtes Leben dahinter verborgen ist«, hörte er Härringer deutlich sagen, als stünde er neben ihm. Er schrieb es wörtlich auf. Die Inschrift des kleinen Kreuzes notierte er ebenfalls: »Ida 1939–1956«.

7

Der dunkle massive Sarg mit einem Bukett aus weißen Orchideen schaukelte beim Absenken. In einer häufig noch üblichen Praxis wurde er mit dicken Seilen in das Grab gesenkt. Der Priester stand mit zwei Ministranten und gesenktem Kopf an der Stirnseite; Weihrauch stieg aus einem kleinen Fässchen empor. Härringers Witwe und Tochter starrten reglos auf den abgeseilten Sarg, dessen Blumenschmuck durch das Schaukeln zu tanzen schien. Die Trauergemeinde – Florian zählte rund hundert Personen und entdeckte auch die Kriminalbeamten Leopold und Beetz – reihte sich hinter den beiden Frauen ein und verteilte sich auch um die Begräbnisstätte.

Abseits des Grabes lag die ausgehobene Erde. Florian entdeckte den kleinen Bagger hinter der Friedhofsmauer. An dem kleinen Hügel lehnte ein großes Kreuz, dessen Inschrift er nicht lesen konnte. Sein Blick streifte wieder über das schwarz gekleidete Meer der Trauergäste, die den letzten Weg des Weingutsbesitzers begleiteten.

Durch das Abseilen ruckelte der Sarg und schlug hörbar gegen eine Seite der Grube, obwohl der Herbstwind düster pfiff und ein Wechselspiel aus dunklen Wolken und grell scheinender Sonne schaffte. Mit einem Aufprallgeräusch landete Härringer schließlich an seiner letzten Stätte. Florian dachte an seine Worte, Orte seien für einen Menschen ähnlich wichtig wie Weggefährten. Während die Träger mit weißen Handschuhen die Seile herauszogen, bedeckte der Priester, der für Florians Empfinden während der Trauerfeier warmherzige Worte gefunden hatte, die Stätte mit Schwaden schwindelerregenden Weihrauchs. Dann schaufelte er Erde auf den Sarg, deren Aufprall seine Worte unterstrich: »Von Erde bist du gekommen, zu Erde sollst du werden.«

Der Priester verharrte anschließend vor dem Sarg. Dann gab er Härringers Witwe und Tochter die Hand und verließ mit seinen beiden Ministranten den Friedhof, der am Rande des Dorfes lag und einen überwältigenden Blick auf die umliegenden Weinberge und das Schloss auf der Anhöhe gewährte, das fast zum Greifen nah erschien.

Nach dem Priester verabschiedeten sich die Witwe und die Tochter mit Weihwasser, Erde und champagnerfarbenen Rosen von Härringer. Sie blieben lange vor dem offenen Grab stehen und stellten sich dann ein paar Meter abseits in den Schutz der Friedhofsmauer. Die Trauergäste verabschiedeten sich ebenfalls an der Begräbnisstätte. Die ersten zehn Erwachsenen gingen mit einigen Kindern zur Witwe und Tochter und stellten sich mit Blick zum Grab daneben. Florian stufte sie als nächste Angehörige ein. Der Kellermeister Arnold – Weinmacher, korrigierte er sich in Gedanken – kam ebenfalls zur Trauerfamilie. Die übrigen zahlreichen Trauergäste kondolierten nach der Respektbekundung am Grab den ausharrenden Angehörigen per Handschlag. Dann verließen sie den Friedhof oder besuchten andere Grabstätten oder warteten am Ausgang und am Parkplatz.

Florian reihte sich in die letzte Gruppe ein. Er fühlte sich ein bisschen wie ein Zaungast, auch wenn er in seinem schwarzen Anzug nicht auffiel. Er hatte Härringer kaum gekannt. Er war ihm sympathisch gewesen, aber als Weggefährten, der Trauer über den Verlust verspürte, sah er sich nicht. Der Schock, ihn ermordet und blutüberströmt aufgefunden zu haben, überwog das Gefühl des Abschiednehmens. »Ich habe das Gefühl, dass ich Ihnen mein Leben anvertrauen kann. Auf Wiedersehen«, waren die letzten Worte, die Härringer bei ihrer ersten Begegnung gesagt hatte.

Er betrachtete die letzten Trauergäste am Grab. Es waren ältere Personen, die gebückt und mit schwerem Gang und teilweise mit einer Gehilfe Abschied nahmen. Ob sie beim Anblick des Sarges an ihre eigene Beerdigung dachten, fragte er sich. Wann beginnt man im Alter den Tod mit einzubeziehen? Ab wann blickt man zurück? Während er darüber nachdachte, näherte er sich Schritt um Schritt dem Sarg, dessen Blumenschmuck von Erde zugeschüttet oder zerfetzt war. Er nahm die Schaufel und führte sie tief in den kleinen Haufen Erde neben dem Weihwasserbehälter. Da für den Winzer Härringer Wein zuallererst ein Produkt des Terroir gewesen war, schien ihm Erde das passende Symbol. Er warf einen kräftigen Aushub ins Grab. Dann drehte er sich weg, ging ein paar Schritte und blickte zur Trauerfamilie hinüber.

Christine trug inzwischen eine dunkle Sonnenbrille, die sie nun abnahm. Ihre Blicke trafen sich. Er nickte ihr leicht zu und ging zum Ausgang des Friedhofs.

Er blieb abseits stehen. Er beobachtete die Trauergäste und versuchte die zum Geburtstag eingeladenen Personen zu identifizieren. Wer waren Karl Bieser und die anderen Weggefährten, die Härringer geladen hatte? Heinz Obert hatte er als Trauerredner bereits identifiziert.

Er hatte sich die Gästeliste vor der Beerdigung noch einmal angesehen. Fünfzehn Personen mit Partnern hatte Härringer eingeladen. Der größte Teil der Trauergäste war nach seiner Einschätzung über siebzig Jahre alt, und er vermutete die Mehrzahl der Gäste in diesem Alter. Während er sich umsah, kam Christine Härringer, die wieder ihre Augen hinter der Sonnenbrille verbarg, auf ihn zu. Der Trauerzug am Sarg war zu Ende und die am Grab stehende Trauerfamilie löste sich auf.

»Sie kommen doch mit?«, fragte sie. »Wir gehen in das nächste Gasthaus im Ort. Kaffee, Hefezopf, kein Leichenschmaus. Sie sind willkommen.«

Er zögerte.

»Ich kann Sie so mit den Gesprächspartnern bekannt machen. Schriftliche Zeugnisse und die Fotoalben habe ich in der Aufregung der Beerdigung leider vergessen.«

»Die werde ich abholen.«

»Noch heute?«

»Ich glaube nicht, dass dies der beste Augenblick dafür ist.«

»Um über ein Leben zu sprechen?« Sie nahm ihre Brille ab. Ihre Augen waren verweint.

»Schöne Rede übrigens von Herrn Obert. Würden Sie ihn über das Buch informieren? Ich möchte lieber nicht mitgehen. Missverstehen Sie das bitte nicht.«

Sie wirkte enttäuscht. »Ist in Ordnung.«

Sie reichte ihm die Hand und ging von ihm weg und wandte sich einer kleinen Gruppe von Gästen zu. Er erkannte darunter Obert. »Ludwig war ein treuer Mensch«, hatte er abschließend unter Tränen gesagt. Die Rede war bewegend; ehrliche Worte, die immer wieder von einer versagenden Stimme unterbrochen wurden und deswegen Wirkung zeigten. Er hätte sich gerne Notizen gemacht. Dass er der erste Kellermeister gewesen war, hatte Florian nicht herausgehört.

Die Gruppe verließ mit Härringers Tochter fast vollständig den Friedhof. Lediglich eine Person blieb zurück. Der grauhaarige Mann in offensichtlich teurer Garderobe sah zu ihm herüber. Er schien unsicher zu sein, ob er ihm zuwinken oder auf ihn zukommen sollte. Florian sah dies in dessen Blick und in der unruhigen Körpersprache. Den Mann stufte er in Härringers Jahrgang ein, auch wenn er mehr Energie zu haben schien als der Weingutsbesitzer, der auf ihn einen müden und stellenweise verwirrten Eindruck gemacht hatte.

Florian nickte dem Mann zu, der daraufhin mit langsamen Schritten auf ihn zukam.

»Sie sind der Fuß... der Biograf.«

»Ja, Florian Buchmann.«

»Bieser. Karl Bieser.« Er reichte ihm die Hand. Florian spürte einen kräftigen Händedruck. Er war darauf vorbereitet.

»Sie wollen mit mir reden?«

»Ich gehe davon aus, Sie sind von Frau Härringer informiert.«

»Bin ich.«

»Ich kann leider nicht mit in die Gaststätte kommen«, sagte Florian. »Ich werde mich in nächster Zeit bei Ihnen melden.«

»Ich gehe ebenfalls nicht mit«, erwiderte Bieser, der auch aus der Nähe betrachtet energischer wirkte als Härringer. »Wir können uns jetzt unterhalten. Der Augenblick des Begräbnisses, der letzte Gang, scheint mir passend zu sein, um über meinen alten Freund Ludwig zu reden. Haben Sie Zeit?«

Es war eine Frage, klang aber wie ein Befehl.

»Ja. Wie Sie wollen.«

»Machen Sie Notizen oder benutzen Sie ein Aufnahmegerät?«

»Habe weder das eine noch das andere hier.«

»Auch nicht im Wagen? Sie sind doch vom Kaiserstuhl nicht hierhergelaufen?«

»Ich war in der Annahme, auf eine Trauerfeier zu gehen. Mit einem Hintergrundgespräch habe ich nicht gerechnet.«

»Dann hören Sie gut zu. Sie sind ja noch jung. In meinem Alter schaut man nicht mehr so oft zurück. Da würde man sich vor lauter Rückblick in der Vergangenheit verlieren. Meine Freundschaft mit Ludwig ist lange her. Durch die Trauerfeier nun ist mir vieles wieder gegenwärtig geworden. Wenn Sie an Vergangenem interessiert sind, dürfte dies, was meinen Anteil an Ludwigs Leben betrifft, der beste Zeitpunkt sein.«

»Ich habe ein gutes Gedächtnis und vertraue darauf. Reden Sie. Ich werde Sie nicht wörtlich zitieren. Ich sammle Erinnerungen.«

»Erinnerungen sind kein Leben«, erwiderte Bieser.

»Ich beabsichtige, die Erinnerungen mit den objektiven Ereignissen abzuwägen. Es ist meine erste Biografie. Ich betrachte die Arbeit als eine Reise.«

»Ihre?«

»Ich begebe mich auf die Reise durch acht Jahrzehnte.«

»Ist das befriedigend, ein Leben nachzuleben?«

»Ich will es beschreiben, nachzeichnen. Ich begebe mich auf Spurensuche, das hat mit Imitation nichts zu tun.«

»War das wirklich Ludwigs Idee?«

»Er deutete es an. Irgendetwas schien ihn bewogen zu haben, zurückzublicken. Vielleicht spürte er sein Ende. Der Kreis sollte sich schließen.«

»Das Ende kommt von allein. Glauben Sie, Ludwig hat geahnt, dass er getötet wird? Das Leben besteht aus Zufällen.«

Der Friedhof war mittlerweile fast menschenleer. Die Trauergäste waren gegangen und weggefahren. Florian stand mit Bieser in der Nähe des Eingangstores.

Ein Gemeindemitarbeiter näherte sich dem Grab, während hinter der Mauer der kleine Bagger von einem weiteren Mitarbeiter betätigt wurde. Das Geräusch schreckte Bieser auf. Er sah zum Grab und ging unvermittelt zur Begräbnisstätte. Florian sah, wie er mit dem Gemeindemitarbeiter ein paar Worte wechselte. Der Mitarbeiter winkte daraufhin dem Baggerführer zu, der stoppte, fragend aus dem kleinen Führerhaus blickte und dann abdrehte. Während er den Bagger am Ausgangsplatz abstellte, kam Bieser zu Florian zurück.

»Fragen Sie«, erklärte er, ohne die Szene am Grab zu kommentieren. »Wir können gerne ein paar Schritte gehen.«

Sie gingen mit langsamen Schritten über den Mittelweg des Friedhofes und liefen dann an der Mauer entlang einmal um den Platz. Sie hatten bereits eine Grabreihe von Verstorbenen aus dem Jahrzehnt ab 1920 hinter sich, als Florian nach gedankenverlorenen Schritten den Einstieg fand.

»Sie sind gemeinsam zur Schule gegangen und waren danach weiter eng befreundet. Das ist nicht üblich, denke ich. Was war Ihre Verbindung?«

»Freundschaft, Zuverlässigkeit, Vertrauen. Wir konnten aufeinander zählen. Das sind Werte, die haben immer Bestand.«

»Sie stammen im Gegensatz zu Ludwig Härringer aus einem wohlhabenden Haus. Für Sie war das Gymnasium gesetzt, für den kleinen Ludwig, so nenne ich ihn jetzt, wir befinden uns ungefähr im Jahr 1946, keineswegs.«

»Wissen Sie das oder ist das eine Schlussfolgerung?«

»Ich kenne seine Herkunft und die damaligen Zeiten. Das dürfte in Baden-Baden nicht anders gewesen sein als im Rest Deutschlands.«

»Schlussfolgerungen sind Spekulationen.«

»Wo jemand herkommt, ist für seinen Weg und sein Ziel schon entscheidend.«

»Das können Sie aber nicht rückblickend erklären. Selbst wenn der Betroffene darüber Auskunft gibt. Ich würde nicht einmal einer Autobiografie Glauben schenken.«

»Motivation ist der Schlüssel jeder Biografie«, erwiderte Florian.

»Sie glauben, mit einem Schlüssel können Sie alles erklären, jedes Rätsel lösen?«

»Ist ein Leben denn ein Rätsel?«

»Das fragen Sie. Ich bin froh, dass ich mein Geld nicht damit verdienen muss.«

»Wir sind von der Frage abgekommen. Ich formuliere es anders.« Das Hintergrundgespräch begann ihm zu gefallen. Bieser, der im Angesicht der vielen Gräber und des letzten Weges seines alten Freundes Ludwig wenig Wehmut verströmte und dessen Tonlage streckenweise kaum störender wirkte als das Geräusch des kleinen Baggers zuvor, forderte Florian in einer Art, in der ihn früher wadenbissige Gegenspieler zur Höchstleistung angespornt hatten. Motivation erklärt alles und Verhalten reflektiert Persönlichkeit, sagte er sich, während er den nächsten Zug plante.

»Ich schildere die Realität: Sie, aus wohlhabendem Haus, er, Arbeiterkind. Sie, Spross einer Familie, deren Papierfabrik im 19. Jahrhundert gegründet wurde. Sie begegnen sich in der Schule.«

»Zufall«, unterbrach ihn Bieser. »Da sehen Sie es doch. Das Leben besteht aus Zufällen. Meine Eltern wollten mich nicht wie die Generationen davor aufs Internat schicken und Ludwigs Eltern wollten den kleinen wachen Geist auf die höhere Schule bringen. So einfach ist es. Zufall und Kausalitäten. Meine Eltern hatten nicht das Klassenbewusstsein, das Sie ihnen und mir unterstellen. Wenn Sie, Herr Buchmann, den Anspruch an die Biografie nicht zügeln, müssen Sie sehr weit zurückgehen. Diese Reise endet aber nie. Nur: die Zeitzeugen leben nicht mehr oder könnten sich im besten Falle nur daran erinnern. Halten Sie den Ball flach, rate ich Ihnen. Das sagt man doch in der Fußballersprache.«

Bieser ähnelte nun einem gegnerischen Verteidiger, der unbeeindruckt gefährlich abgrätschte. Doch im Gegensatz zu seinem früheren Verhalten auf dem Platz, wo ihm ein Gegenspieler leicht den Nerv ziehen konnte, fühlte er sich heute – als Feinkost- und Weinhändler und nun auch als Biograf – standhafter.

»Sie sind sich in der Schule begegnet«, erwiderte er, ohne auf Biesers Ratschlag einzugehen. »Waren Sie Tischnachbarn?«

»Von Beginn an, weiß ich nicht. Später schon.«

»Können Sie den Beginn der Freundschaft an einem Ereignis festmachen?«

Er überlegte. Wie ernsthaft, konnte Florian nicht einschätzen. »Ich spekuliere«, sagte er nach einer Weile, als sie die Grabreihe der 1950 Verstorbenen passierten. »Wir waren uns sympathisch. Ich erinnere mich, dass Ludwig bei allen meinen Kindergeburtstagen dabei war. Ich kann das sicher in den Fotos wiederfinden. Wir müssen uns sympathisch gewesen sein.«

»Er Ihnen. Er selbst könnte andere Beweggründe gehabt haben. Er hat sich später ein Schloss gekauft.«

»Es war eine Ruine. Hätte er mich ausgenützt, hätte ich das bemerkt. Wir wären nicht jahrzehntelang befreundet gewesen.«

»Er wurde Ihr Personalchef.«

»Viele Jahre. Bis zu seinem fünfzigsten Geburtstag. Wäre er eine Fehlbesetzung gewesen und nur aufgrund meiner Sympathie an die Stelle gekommen, hätte er die Tätigkeit nicht so lange ausgeübt.«

»Haben Sie gemeinsam studiert?«

»Nein. Er studierte Betriebswirtschaft in München, ich Jura in Freiburg. Als zukünftigem Firmenchef erschien mir die Juristerei sinnvoller.«

»Studieren war damals wie der Besuch des Gymnasiums für ein Arbeiterkind nicht üblich.«

»Der kleine Ludwig war, wie ich schon sagte, ein wacher Geist. Seine Eltern förderten ihn. Das wird übrigens heute als selbstverständlich erachtet.«

»Hatten Sie während der Studienzeit Kontakt? Machten Sie gemeinsam Urlaub? Verbrachten Sie die Weihnachtszeit zu Hause?«

»Wir haben uns regelmäßig in Baden-Baden gesehen. Weihnachten, ja, aber auch im Sommer. Wir waren Studenten und nicht nur am Studium interessiert.« Er lächelte.

»Erzählen Sie. Was fällt Ihnen ein, wenn Sie an diese Zeit zurückdenken?«

Er blieb in einer Grabreihe stehen und sah nachdenklich wirkend vor sich hin. Florian ging noch einen Schritt und blieb dann ebenfalls stehen. Er entdeckte die beiden Gemeindemitarbeiter, die vor der Leichenhalle warteten.

»Mir fällt eine Geschichte ein«, sagte Bieser mit einem Lächeln. »Es war im Sommer. Ich weiß nicht mehr, wie alt wir waren, vielleicht zwanzig oder einundzwanzig. Wir hatten die ganze Nacht getrunken und fuhren in der Morgendämmerung zum Schloss hoch.« Er zeigte auf das Schloss im Weinberg. »Es war noch eine Ruine. Wir tranken weiter und irgendwann stieg Ludwig auf eine Mauer und balancierte darauf. Er hatte vielleicht sogar eine Flasche Wein in der Hand. Vielleicht. Jedenfalls balancierte er sturzbesoffen, was wir alle waren. Ich höre noch jemanden rufen, Ludwig, du Irrer, komm da runter!« Er hielt inne. »Er hätte fallen und sterben können. Jahre später kaufte er das Schloss, das sein Grab hätte sein können. Ich habe nie wieder an diese Szene gedacht und sie nie mit dem Kauf der Ruine in Verbindung gebracht.«

»Sehen Sie eine Verbindung?«

»Ich beschreibe eine Szene, keine Zufälle.«

»Ist das einer? Ein Zufall?«

Er schüttelte den Kopf und ging weiter. Florian folgte ihm.

»Sie fragen nach Erinnerungen. Das ist eine.«

»Ist eine schöne Geschichte.«

»Sie sagen es selbst: Es ist eine Geschichte. Könnte man nicht besser erfinden.« Er lächelte mit einem Blick, der die Geschichte in den Bereich der Erfindung rückte.

»Selbst wenn Ludwig Ihnen diese Geschichte erzählt hätte, könnten Sie nicht sicher sein, ob sie erfunden ist. Sind wir nicht, was die Erinnerung an unser eigenes Leben betrifft, die größten Geschichtenerzähler?« Er zeigte auf die Grabsteine, an denen sie vorbeigingen. »Nur das Geburts- und das Todesjahr bleibt am Ende übrig – in Stein gemeißelt.« Er lachte auf und erzählte eine weitere Geschichte über Härringer in dessen zwanziger Jahren. »In jeder Generation hört sich das gleich an: Geschwindigkeit, Alkohol, Frauen.« Um Härringer nicht nur als Partylöwen zu zeichnen, schilderte Bieser seinen Einsatz als Personalchef gerade für schwächere Mitarbeiter und solche, die schwere Fehler gemacht hatten. »Wäre er nicht gewesen, hätten viele ihr Rentenalter bei uns nicht erlebt. Wie der Kellermeister in seiner Trauerrede sagte, Ludwig war ein treuer Mensch. Da ist nichts hinzuzufügen. Ich habe heute einen treuen Freund zu Grabe getragen.«

Sie näherten sich schweigend der noch offenen Begräbnisstätte. Die Schaufel steckte in dem Haufen Erde neben dem Weihwassergefäß, das Kreuz lehnte weiterhin an der ausgebaggerten Erde. Florian konnte die Inschrift noch immer nicht sehen. Während sie sich auf das Grab zu bewegten, erzählte Bieser von dem Tag, als Härringer ihm von seinem Plan erzählte, die Schlossruine zu kaufen. »Ich war überrascht, dass er sich für Weinbau interessierte. Er hatte damals im Gegensatz zu mir keinen Weinkeller.« Er hätte jedoch Leidenschaft und eine Energie vermittelt, die er die Jahre zuvor nicht mehr gehabt hatte, beschrieb Bieser seinen Eindruck. »Er wollte sich neu erfinden. Das sagte er damals. Ja. Ich erinnere mich genau. Er wollte sich neu erfinden.«

Bieser sprach weiter. Er wirkte auf Florian auf einmal offen; seine Tonlage veränderte sich mit dem Inhalt des Erzählten. Das eine und andere Mal vernahm er Wehmut und ein Stocken in der Stimme.

»Wir sind uns die letzten Jahre nicht mehr so viel begegnet. Hatten uns eine Karte zum Geburtstag geschrieben. Seinen Siebzigsten feierte er meines Wissens nicht, zu meinem war er verreist. Ich rechnete jetzt gar nicht mit einer Feier zu seinem Jubiläum. Ehrlich gesagt, ich hatte seinen Geburtstag nicht auf dem Plan. Er kündigte ihn aber standesgemäß an. Mit der Einladung schickte er mir eine Flasche Wein. Hat mich gefreut. Ich hatte seinen Aufstieg der letzten Jahre verfolgt. In der Fachpresse. Ich mochte seine Weine. Ich trank sie immer, wenn ich sie auf einer Karte im Restaurant entdeckte. Ich glaubte, das Terroir hier zu schmecken. Er schrieb in der Einladung, dass er einen neuen Wein kreieren wollte und wünschte meine Meinung dazu. Er schien noch nicht am Ende zu sein. Er hatte wohl Pläne.«

»Hatte der Wein einen bestimmten Namen?«, fragte Florian, an Härringers Spätburgunder denkend.

»Ja, einen ungewöhnlichen: Pinot Noir 243.«

Sie erreichten das Grab und Florian konnte nun endlich einen Blick auf die Inschrift des Kreuzes werfen. Ludwig Härringer stand darauf, sein Geburts- und Todesjahr war nicht aufgeführt.

8

Sie verabschiedeten sich mit einem Händedruck auf dem Parkplatz vor dem Friedhof. Sie hatten am offenen Grab, während Florian hin und wieder nervös zu den wartenden Gemeindemitarbeitern geblickt hatte, noch eine geschlagene Stunde über den Verstorbenen gesprochen. Florian hatte den Eindruck gehabt, dass Bieser dabei auch auf sein Leben zurückblickte und sich gelegentlich in nostalgisch verfärbter Vergangenheit verlor. Die Schulfreunde schien viel verbunden zu haben, bis sich im mittleren Alter die Wege trennten. Während ihrer Studentenzeit standen sie intensiv in Kontakt. Bieser gab die eine und andere weinselige Episode mit einem melancholischen Lächeln zum Besten.

»Ich sagte Ihnen ja: Wenn Sie an Vergangenem interessiert sind, dürfte hier und jetzt der beste Zeitpunkt für unser Gespräch sein.«

Florian bedankte sich.

»Wenn Sie weitere Fragen haben, melden Sie sich. Ob ich allerdings noch einmal im Stande bin, auf Zeitreise zu gehen, bezweifle ich. Wir wissen doch, dass allen Höhenflügen eine Landung folgt. Auf Wiedersehen.«

Er stieg in seinen Mercedes und blickte beim Ausparken und beim Wegfahren nicht zurück.

Florian sah ihm, sich ein Bild der beiden Freunde aus den Studentennächten machend, nach, bis das Geräusch des kleinen Baggers auf dem Friedhof ihn aus seinen Gedanken riss. Er blickte hinüber zum Grab, das nun zugeschüttet wurde, und stieg in seinen Wagen, der einsam auf dem Parkplatz stand.

Er fuhr nach Hause und fand Lena in einem Kundengespräch vor. Souverän und charmant führte sie die Unterhaltung. Er sah ihr eine Weile in der offenen Tür stehend zu und vergegenwärtigte sich wiederholt ihr junges Alter. Nach einer Weile entdeckte sie ihn. Er lächelte, grüßte und ging nach oben in seinen Wohnbereich. Unter dem Eindruck des Gesprächs mit Bieser machte er sich ausführliche Notizen, die er anschließend zu dem Stapel der bisherigen Unterlagen legte. Dann ging er in seinen Laden hinunter zu Lena und erkundigte sich nach der Arbeit.

»Ist prima gelaufen. Macht richtig Spaß. Habe sogar Große Gewächse verkauft.«

»Klasse. Ein Glück, dass ich dich gefunden habe.«

»Und wie war es bei dir?«

Er berichtete ihr, das dokumentierte Gespräch noch frisch im Gedächtnis.

»Eine Biografie schreiben – hört sich interessant an. Vielleicht ist das was für mich und ich raffe mich noch zu einem Studium auf.«

»Journalismus wäre doch was. Da kannst du alles machen, über Wein schreiben, über Menschen. Geschichten findest du an jeder Ecke.«

Sie überlegte und lächelte: »Ein Glück, dass ich dich getroffen habe.«

Er gab ihr den Nachmittag frei. Und als sie erzählte, dass sie nach Freiburg fahren werde, bat er sie, ihm ein günstiges Aufnahmegerät zu kaufen, und gab ihr hundert Euro aus der Kasse. »Ich hoffe, es reicht noch für einen Kaffee.«

Am Nachmittag herrschte die in der Herbstzeit übliche Kundenfrequenz. Dabei erhielt er von Feriengästen, die erst wieder in einem Jahr kommen wollten, Bestellungen für den jüngst gelesenen Jahrgang. »Wenn die Weißen auf der Flasche sind, schicke ich Ihnen einen Karton. Sie wissen aber, Sie können jederzeit auch im Internet auf meiner Webseite bestellen.«

Nach Geschäftsschluss fuhr er nach Colmar und aß in einer elsässischen Weinstube zu Abend. Am anderen Tag rief er von seinem Laden aus Härringers ersten Kellermeister an, dessen Trauerrede er gerne mitgeschrieben hätte. Er stellte sich und sein Ansinnen vor.

»Ich bin informiert, Herr Buchmann. Christine hat Sie mir gestern auf dem Friedhof gezeigt.«

Florian bat um einen baldigen Gesprächstermin. »Wenn es möglich ist.«

»Natürlich ist es bald möglich. Ich bin im Ruhestand.«

»Wann haben Sie Zeit? Ich komme gerne zu Ihnen.«

»Sie sind doch am Kaiserstuhl?«

»Ja.«

»Dann komme ich zu Ihnen. War schon lange nicht mehr da. Die Gelegenheit will ich nutzen. Es gibt wenig schönere Ecken hier.«

Sie verabredeten sich für den Nachmittag.

»Ich schaue bei Ihnen im Laden vorbei. Interessiert mich sehr.«

Florian beendete das Gespräch, rief Lena an und bat um ihre Aushilfe. Zu seiner Erleichterung sagte sie sofort zu. Das Aufnahmegerät hatte sie gekauft.

Als er auflegte, fiel ihm ein, dass er Ulla noch gar nicht gesagt hatte, wie zufrieden er mit Lena war. Er schrieb ihr eine SMS, in der er Lena rühmte und sich für die Vermittlung bedankte. »Ich weiß, dass ich dir vertrauen kann«, schrieb er noch. Dabei verspürte er das Bedürfnis, Ulla auch von seinen anderen Erfahrungen zu berichten. Er wollte jedoch damit bis zu ihrem nächsten Treffen warten, obwohl er wusste, dass Willi nicht eifersüchtig genug war, um das Handy seiner Frau zu überprüfen. Wie Florian einmal selbst mitbekommen und von Ulla mehrfach gehört hatte, verwechselte der Bürgermeister aber manchmal sein außerdienstliches beziehungsweise außereheliches Mobiltelefon mit seinem Diensthandy. Hatte dies den Anruf einer piepsigen Frauenstimme zur Folge, bekam der Bürgermeister stets einen hochroten Kopf. Er antwortete dann kühl und mit sonorer Stimme, die er nicht einmal seinem Gemeinderat gegenüber auflegte.

Keine fünf Minuten nachdem er die SMS abgeschickt hatte, antwortete Ulla sachlich und unverfänglich.

Das Mittagessen entnahm er aus seiner Frischtheke. Als Lena kam, legte er ihr nahe, bei Gelegenheit nach Endingen zu seinem Metzger zu fahren und Nachschub zu holen. »Du hast doch den Führerschein?«

»Aber kein Auto.«

Er bot ihr seinen Ape Piaggio an. »Wenn du dich traust.«

»Cool.«

Sie zog ihre Jacke aus und reichte ihm das Aufnahmegerät mit Quittung. Während er das Gerät auspackte und sich damit vertraut machte, erschien der Kellermeister aus dem Bühlertal in der offenen Tür.

»Herr Obert.« Florian ging auf ihn zu und reichte ihm die Hand. Der Händedruck hinterließ keine Druckspuren.

»Tag, Herr Buchmann.« Obert sah sich interessiert in dem Ladengeschäft um, während Lena grüßte.

»Guten Tag auch die Dame.« Obert ging an den Weinregalen entlang. »Mein lieber Scholli. Hier sind ja alle namhaften Winzer vertreten. Können Sie mich heute Nacht hier einschließen?«

»Wenn Sie wollen«, erwiderte Florian mit einem Grinsen.

»War ein Spaß. Aber Kompliment. Gefällt mir gut hier. Wann führen Sie Härringers Weine?«

»Ich wäre nicht abgeneigt gewesen, aber so …«

»Schlimme Sache. Wo wollen wir reden?«

»Wie viel Zeit haben Sie?«

»Genug. Ich bin schon eine Weile hier. Einmal um den Kaiserstuhl herum, von Endingen nach Burkheim. Ach, durch alle Dörfer. Ich weiß nicht, wie oft ich an der Kreuzung bei Burkheim stand. Und wissen Sie was? Das alles finde ich hier in Ihrem Laden. Ich meine es zu spüren. Ich denke, Sie sind der Richtige für die Biografie.«

»Möchten Sie einen Wein probieren?«

»Gerne.«

Er schenkte zwei Gläser ein. »Spätburgunder.«

»Nicht anderes habe ich erwartet.«

Er roch, schwenkte das Glas, roch wieder – und trank es in einem Zug aus. »Hmm. Was für ein samtiger Abgang. Hmm.«

»Noch einen?«

Er schüttelte den Kopf. »Nein. Ich werde später ein paar Flaschen mitnehmen. Jetzt, im Ruhestand, kann es, wenn es sein muss, jeden Tag eine Flasche sein. Mit siebenundsechzig achte ich nicht mehr aufs Maß. Beziehungsweise aufs Viertele.«

Florian verabschiedete sich von Lena und verließ mit Obert das Geschäft durch den Hintereingang. Sie stiegen in seinen auf dem Hinterhof geparkten Wagen. Obert plauderte gut gelaunt über Wein, Kaiserstuhl und Tuniberg, Südbaden allgemein und seinen Ruhestand. Er hatte sich so viel vorgenommen und nicht einmal die Hälfte davon geschafft. Nicht einmal die besten Weine trinke er. »Und dabei predigte ich immer den Klassiker: Das Leben ist zu kurz, um schlechten Wein zu trinken.«

Florian ließ ihn reden. Er fuhr zum Lenzenberg, wo er eine Einkehrmöglichkeit kannte. Die Fahrt die Weinberge hoch, die herrliche Aussichten auf Freiburg, den Schwarzwald und die Vogesen auf der anderen Rheinseite bot, ließ Obert nur kurzzeitig verstummen. Im Kaiserstuhl selbst faszinierte ihn eine Erhebung.

»Das ist der höchste Punkt«, erklärte Florian. »Der Totenkopf.« Aus den Augenwinkeln heraus sah er, wie sein Beifahrer kurz zusammenzuckte. Dann plauderte der Kellermeister im Ruhestand weiter.

Florian stellte den Wagen auf dem Parkplatz ab und ging mit Obert zu dem Rasthof. Sie fanden noch einen Platz auf der Außenterrasse. Die Gaststätte war gut besucht. Wanderer mit Rucksäcken und Mountainbiker bevölkerten bei Kaffee und Kuchen und Weizenbier den Aussichtspunkt. Als die Bedienung kam, überließ Obert Florian die Bestellung. »Sie wissen, was gut ist.«

Florian bestellte Grauburgunder und Wasser. Dann erklärte er dem früheren Kellermeister die Aussichten.

Obert zeigte sich weiterhin beeindruckt. Für Florians Gefühl fast zu aufgedreht. Sogar der wolkenlose Himmel brachte ihn zum Schwärmen. Als der Wein gebracht wurde, stieß er mit Florian an. »Auf die Natur.« Sie tranken einen Schluck, dann schaltete Florian das Aufnahmegerät ein und erkundigte sich nach dem Leben von Härringer. »Wie sind Sie zusammengekommen?«

Obert nahm einen weiteren Schluck. Härringer hätte damals, als er die Schlossruine kaufte, keine Ahnung von Wein gehabt. »Er wollte ein Weingut aufbauen. Das war sein Ziel. Nichts weniger! Und er wollte lernen, wie Wein gemacht wird.« Für ihn selbst sei das die Chance gewesen, sagte Obert. »Ich war bis dahin zweiter Kellermeister einer Winzergenossenschaft. Ludwig vertraute mir von Beginn an. Die Chemie, wie man so sagt, stimmte. Ich ging als Kellermeister bei ihm in Rente.«

»Das war?«

»2008. Mein Nachfolger ist Sven. Für Ludwig waren das Weingut und das Schloss wie eine Familie.« Er beschrieb Härringer als Patron, der sich als Schlossherr innerhalb des Dorfes auch sozial und für das Vereinsleben engagierte. »Das Rebland lag ihm sehr am Herzen.«

»Sie sagten, er engagierte sich. Nennen Sie Beispiele.«

Obert schilderte Sommer- wie Weihnachtsveranstaltungen im Schloss und großzügige Spenden.

»War Härringer reich? Sie waren von Anfang an dabei, wie liefen denn die ersten Jahre?«

»Das Weingut bewirtschaftete rasch über zwanzig Hektar. Um Geldangelegenheiten kümmerte ich mich aber nicht. Ich wollte meinen, unseren, Wein machen. Wir waren da auf einer Wellenlänge. Allerdings waren die beiden ersten Jahrgänge dürftig. Ich machte im Keller außerdem einen Anfängerfehler und ruinierte einiges. Beim Abstechen und Filtrieren bekam der Wein Sauerstoff. Die chemische Reaktion mit den im Wein vorhandenen Phenolen war katastrophal. Der Wein war nicht zu verkaufen. Mit so einer Qualität an den Start zu gehen, wäre tödlich …« Er hielt kurz inne. »… gewesen«. Er blickte Florian in die Augen. »Ludwig hat mich nicht rausgeschmissen. Wir lernten beide. Am Schluss war er sogar der bessere Weinmacher, obwohl er den Winzerberuf nicht erlernt hatte.«

Er griff zu seinem Glas, das jedoch ausgetrunken war. Florian bestellte ihm ein zweites.

»Jetzt will ich rot«, sagte Obert.

»War der unverkäufliche Wein Rotwein?«

»Ja.«

Florian dachte an Härringers Ziel, den perfekten Spätburgunder auszubauen und erwähnte den »Pinot Noir 243«.

»Nie gehört.«

»Er hat Ihnen nicht zufällig eine Flasche mit der Einladung zu seiner geplanten Geburtstagsfeier geschickt?«

»Nein.«

»Er hatte bis zuletzt Pläne für einen neuen Rotwein. Könnte dieser Ehrgeiz etwas mit den Anfängen zu tun haben? War der Fehlstart immer wieder ein Thema von ihm?«

»Nein. Das haben wir abgehakt und daraus gelernt – und uns nie wieder einen Fehler geleistet.«

»Sie haben später nicht mehr darüber geredet?«

»Wozu über Vergangenes reden. Wir blickten nach vorn. Und wir hatten Erfolg. Wir wollten nicht nur keine Fehler mehr machen, sondern zu den Besten gehören. Und Härringer Weine haben über die Jahre viele Preise eingeheimst. Sven hat da noch einmal Neuland beschritten. Auch der Weinausbau verändert sich ständig. Ich hatte am Schluss nicht mehr die Energie. Der Kundengeschmack ändert sich ja auch ständig. Da muss man mitgehen. Hunderttausend Flaschen Wein müssen verkauft werden.«

Er fiel in Erinnerungen an die Zusammenarbeit und schilderte Situationen im Weinberg, im Weinkeller und auf Messen. Da sei Härringer stets aufgeregt gewesen. Nachdem einmal ein auf einer Messe verkosteter Wein in einer überregionalen Tageszeitung blumig besprochen worden war, hatte er stets diese Resonanz erwartet. Er erzählte von der Arbeit im Weinberg und im Keller und erwähnte auch Härringers Philosophie vom ehrlichen Wein, dessen Herkunft sein Aushängeschild sein sollte. »Die Weinberglage allein sollte für den Wein sprechen.« Das sei Härringers Ziel gewesen. Über Härringer selbst konnte sich Obert nicht so facettenreich äußern wie über die gemeinsame Arbeit. »Er war ein treuer Mensch«, sagte er wiederholt.

Nach rund einer Stunde pausenlosen Erzählens und einem weiteren Glas Spätburgunder überfiel den Kellermeister im Ruhestand Wehmut und wohl auch die Schwere des Rotweins, wie Florian vermutete.

Florian schlug einen Imbiss vor und sie bestellten sich etwas zu essen. Während Obert Jägerschnitzel mit Spätzle und Salat nahm, begnügte sich Florian mit dem Tagesessen. Beim Essen stockte Oberts vorangegangener Redefluss. Nach einer weiteren Stunde fuhren sie zurück. Obert schwieg während der Fahrt. »Ludwig war ein treuer Mensch«, sagte Obert noch einmal beim Aussteigen. Dann verabschiedete er sich. Kaiserstühler Wein wollte der frühere Kellermeister nicht mehr mit ins Bühlertal nehmen. Florian erinnerte ihn nicht daran.

Er begleitete Obert zu dessen Fahrzeug und sah ihm lange und auch besorgt nach. Schließlich hatte Obert nicht gerade wenig getrunken. Dann ging er in seinen Laden und rief im Beisein Lenas Härringers Tochter an.

»Hallo, Florian«, sagte sie am Telefon. Dennoch klang sie traurig.

»Wie geht es Ihnen, Christine?«

»Wie soll es gehen? Schlecht.«

Er kündigte seinen Besuch an, um die Dokumente und Fotoalben sowie die Auflistung der Gesprächsteilnehmer zu holen.

Er könne jederzeit kommen, sagte sie. »Dann komme ich vielleicht auf andere Gedanken.«

Er versuchte, Trost und Zuversicht auszusprechen und fragte dann nach dem Weinpräsent zur Einladung.

»Wissen Sie, ob Ihr Vater …«

Sie unterbrach ihn. »Nennen Sie ihn doch bitte Ludwig.«

»... ob er den Personen, die er zu seinem Geburtstag eingeladen hatte, zur Einladung eine Flasche Wein mitgeschickt hatte?«

»Wäre mir neu. Hätte ich gewusst und bei den vielen Leuten auch selbst verschickt. Was sollte es für ein Wein sein?«

»Der Pinot Noir 243.«

»Den gibt es doch noch gar nicht.«

»Den Wein wollte er nächstes Jahr herausbringen.«

»Den Spätburgunder von diesem Jahr? Unmöglich. Der wird bei uns zwei oder drei Jahre im Fass liegen.«

»Vielleicht wollte er nicht so lange warten«, erwiderte Florian und beendete das Gespräch.

9

Ulla nahm seine Hand und legte sie auf ihren Bauch. »Du bist so abwesend. Komm, schieß dein Tor.«

»Treffer!« Er schnippte mit den Fingern in ihren Bauchnabel.

Sie lachte und deckte sich zu. »Was ist los?«

»Hat nichts mit dir zu tun.«

»Weiß ich doch.«

Er richtete sich auf. »Ich denke ständig an diese Flasche Wein.«

»243.«

»Ja. Es macht keinen Sinn, dass er mir gegenüber erwähnte, den Wein aus diesem Herbst nächstes Jahr herauszubringen. Einen Roten, mit dem er vielleicht seine Schlappe aus seiner Anfangszeit wettmachen wollte. Um einen ernstzunehmenden Spätburgunder in die Flasche zu füllen, muss er mindestens zwei Jahre im Fass liegen. Nach der Tochter können es auch drei Jahre sein. Was sollte das also?«

»Du hattest ja gesagt, er war verwirrt, melancholisch.«

»Aber weshalb schickt er seinem alten Freund Bieser eine solche Flasche? Der diesjährige Jahrgang dürfte nicht darin enthalten sein. Der liegt noch auf der Hefe.«

»Wahrscheinlich wollte er seinen Freund vorab informieren.«

»Bieser sagte, mit der Einladung erwähnte Härringer, einen neuen Wein kreieren zu wollen. Er wünschte seine Meinung dazu, so Bieser. Wenn in der Flasche jedoch gar nicht der neue Wein enthalten sein kann, was bezweckte er damit?«

»Er wollte ihm das Etikett zeigen! Du sagtest doch, er hat lange über einem Namen gebrütet. Er wollte ihm den Namen mitteilen, die Marke, mit der er den Wein zu verkaufen beabsichtigte.«

Florian dachte darüber nach. »So wird es sein. Er wollte ihm den Namen mitteilen.«

»So ist es. Alles klärt sich. Such bitte nicht ständig ein Rätsel in seiner Biografie. Jedes Leben birgt Rätselhaftes.« Sie boxte ihn auf die Schulter. »Komm wieder runter.«

Er verharrte jedoch aufgerichtet im Bett.

»Jetzt komm doch runter. Dein drittes Tor ist das Schönste.«

Er reagierte nicht, sondern starrte nachdenklich aus dem Schlafzimmerfenster auf den von den Straßenlaternen beleuchteten Marktplatz.

»Warum hat er lediglich Bieser den Namen mitgeteilt?«

Er sah zu Ulla, die die Bettdecke bis unters Kinn hochgezogen hatte und über seine Worte nachzudenken schien.

»Er hat dem Mann … Wie heißt der noch?«

»Bieser.«

»Er hat dem doch so viel zu verdanken. Bei aller Sympathie und Verbundenheit zwischen Schulfreunden – Härringer war sein Personalchef!«

»Der günstige Kredit, von dem Christine Härringer gesprochen hat, stammte sicher von Bieser. Hat er bei unserem Gespräch nach der Beerdigung gar nicht erwähnt.«

»Geld ist in diesen Kreisen doch nicht der Rede wert.«

»Das könnte der Grund gewesen sein: Dankbarkeit.«

»Bieser ist Weinliebhaber, wie er dir sagte. Das Präsent war eine Art Versprechen auf die Zukunft. Er wollte ihm den Mund wässrig machen – mit anderen Worten.«

»So wird es gewesen sein. Ein Versprechen auf die Zukunft.«

Er stand auf und ging unbekleidet zu seinem kleinen Schreibtisch, wo er in den Notizen nach den Zeichnungen der verschiedenen Etikettenentwürfe suchte. Als er wieder ins Bett stieg, legte sich Ulla mit ihm auf den Bauch. Gemeinsam betrachteten sie die befleckten Zettel aus Härringers Weinkeller.

»Gänseberg, Dachyl, Greta«, las Florian vor. »Merkwürdige Namen für einen Wein.«

»Ist eine Zahl besser?«

»Manche Weine klingen heute sogar nach Automarken. Achat und Chara habe ich auch schon gelesen. Chara ist das griechische Wort für Freude.«

»Greta erinnert auch an Griechenland«, erwiderte Ulla. »Und einen Gänseberg gibt es in der Türkei. Im Ida-Gebirge.«

»Wo?«

»Im Ida-Gebirge. Türkisch heißt das Gänseberg. Da lag Troja. Ein gleichnamiges Gebirgsmassiv gibt es auch auf Kreta. Kommt oft in Kreuzworträtseln vor. Gebirge auf Kreta mit drei Buchstaben. Ich und Willi waren einmal in der Nähe. Willi wollte jedoch nicht hoch. Auf dem höchsten Punkt ist eine Kapelle. Der Ort hat irgendetwas mit der griechischen Mythologie zu tun. Ich weiß nicht mehr genau inwiefern. Statt mit Zeus beschäftigten wir uns damals im Urlaub mit Ouzo. Du siehst aber, diese Namen gewinnen in der Weinbranche an Popularität.«

»Greta«, murmelte Florian. »Ist eindeutig ein G.«

»Schöner Name. Garbo wäre aber noch schöner. Falls ich einen Wein taufen dürfte, würde ich ihn Garbo nennen. Die Göttliche. Kann ein Schluck nicht manchmal göttlich sein?«

Sie sahen sich an, grinsten, küssten sich und betrachteten noch einmal die aufgeschriebenen Namen.

»Dachyl sagt mir gar nichts«, meinte Ulla.

»Ist unleserlich geschrieben. Vielleicht hat es eine andere Bedeutung.«

»Das h könnte ein t sein.«

»Dactyl.«

»Klingt griechisch.«

»Schon mal gehört?«

»Nee.« Sie schüttelte den Kopf. »Google doch mal.«

Als er zögerte, schlug sie die Bettdecke auf und gab ihm einen Klapps auf den Po.

»Sieh bitte mal nach. Interessiert mich. Ich bekomme richtig Lust auf Kreta.«

»Mit Willi?«

»Mit deinem!«

Er stand auf, ging in den Wohnbereich zum Schreibtisch und klappte seinen Laptop auf. Nachdem er die sechs Buchstaben eingegeben hatte, starrte er sprachlos auf den Bildschirm, der ihn grell beschien.

»Kommst du wieder?«, hörte er Ulla nach einer Weile aus dem Schlafzimmer rufen. »Flo? Stell dich bitte nicht schwerhörig.«

Er starrte weiterhin auf die Auskunft von Wikipedia. Er klickte die Seite nicht einmal an. Drei Buchstaben reichten ihm, um seine Gedanken in Härringers Biografie zu verlieren.

»Flo? Was ist denn? Hast du den Namen falsch geschrieben? Jetzt stell dich nicht taub!«

Er klickte auf die Seite, rief weitere auf und las fiebrig. Dann lehnte er sich zurück, fuhr sich durchs Haar. Er stand auf, ließ die letzte Seite aufgerufen und ging gedankenverloren zurück zu Ulla, die ihm die Bettdecke hochhielt.

»Hast du ein Gespenst gesehen? Den Eindruck machst du gerade.«

»Vielleicht.«

»Was heißt, vielleicht? Was hast du erfahren? Was bedeutet Dactyl?«

»Ist ein Mond.«

»Griechisch, oder?«

»Der erste entdeckte Asteroidenmond.«

»Ist ein guter Name für einen Wein.«

»Daktylen sind Dämonen aus der griechischen Mythologie, die auf dem Ida-Gebirge auf Kreta lebten.«

»Ah, ja. Härringers Überlegungen kreisten alle um das Gebirge.«

»Oder um den Asteroiden zu dem Mond. Der heißt Ida. Nach der griechischen Mythologie benannt. Der erste Asteroid, um den ein Mond entdeckt wurde. Ida wird auch 243 genannt.«

»Daher also der Name des Weins.«

»Ida verklausuliert«, murmelte Florian. »Ida. Bei unserer ersten Begegnung führte mich Härringer zu einer Kapelle und einem Kreuz. Weißt du, was darauf stand?«

»Natürlich nicht.«

»Es war ein Kreuz, wie man es oft am Straßenrand findet. Mit einem Namen sowie Geburts- und Todesjahr. Ida stand darauf. Die Jahreszahlen weiß ich nicht mehr, aber ich habe alles nachträglich aufgeschrieben.«

»Scheint eine Bedeutung für ihn zu haben.«

»Und er wollte sie mir mitteilen. Verklausuliert.«

»Glaubst du, er hat mit seinem Tod gerechnet?«

»Keine Ahnung. Ich sehe nur den Hinweis und die Mühe, die er sich gemacht hat, Ida in drei Zahlen wiederzugeben.« Er hielt die Notizen aus dem Weinkeller hoch.

»Er wird sie gekannt haben. Wann ist sie gestorben?«

Er stand auf, schlüpfte in Slip und Jeans und suchte auf dem Schreibtisch die Notiz. Als er mit dem Block ins Schlafzimmer zurückkam, war Ulla bereits angezogen.

»1939 geboren und 1956 gestorben.«

»Mit siebzehn.«

»Jung.«

»Er wollte ihr insgeheim den Wein widmen«, sagte Ulla.

»Und verteilt Hinweise? Glaube ich nicht. Wenn ich eines dieser Kreuze am Wegrand sehe, frage ich mich immer, wie viel nicht gelebtes Leben dahinter verborgen ist. Das hat er wörtlich gesagt, als wir vor dem Kreuz standen.« Er zeigte auf seine Notizen. »Er wollte mir etwas mitteilen.«

»Er war verwirrt. Erinnere dich an deinen Eindruck von ihm. Womöglich wollte er sich interessant machen. Im Rückblick verklären viele ihr Leben. Als Biograf kannst du nicht einmal Aussagen aus erster Hand Glauben schenken. Erinnerst du dich im Detail an deine Jugend?«

»Natürlich nicht.«

»Verrenn dich also nicht.«

»Mein Bauch sagt, dass Härringer mit dem Wein etwas ausdrücken wollte. Und wenn ich jemals einen Torriecher hatte, Ulla, dann nur, wenn ich auf meinen Bauch hörte.«

10

Der helle Putz der Kapelle reflektierte die grell scheinende Sonne, die hinter einer düsteren Wolkenschicht hervorstach. Florian stellte seinen Wagen an der Stelle ab, an der er vor wenigen Tagen schon geparkt hatte. Er stieg aus und betrachtete die Umgebung. Die Weinberge, die damals noch herbstlich verfärbt glühten, waren verblasst. Hundegebell hallte wieder zu der Anhöhe hoch. Er ging ein paar Schritte zum Hang. Das Bellen des Hundes war deutlicher zu hören. Durch die Rebzeilen hindurch sah er wieder die Umrisse eines abgelegenen Bauernhofes.

Er ging zur Kapelle und hörte wieder Härringers Worte. Die Aufzeichnungen darüber hatte er mitgenommen, sie lagen auf dem Beifahrersitz, er benötigte sie jedoch nicht, um sich die Begegnung zu vergegenwärtigen. Härringers Worte klangen deutlich.

»Orte gehören zu einem Leben wie wichtige Ereignisse«, sagte Härringer, und Florian hatte das Gefühl, er stehe neben ihm. »Ein spezieller Ort kann sogar eine größere Bedeutung haben als eine Hochzeit oder die Geburt des Kindes.« Härringer zündete in der Kapelle eine Kerze an. »Ja, dieser Ort hat eine ähnliche Bedeutung in meinem Leben wie meine Hochzeit und die Geburt meiner Tochter. Nicht die Kapelle, aber die Anhöhe mit den Reben und dem Waldstück dort unten.« Dann zeigte er zum Wald und erwähnte ein Weinfest auf den Ruinen eines früheren zweiten Schlosses. »Mit Tanz und viel Wein natürlich. Ungenießbarer Saft. Das können Sie sich vorstellen. Damals wurden die Trauben nicht ausgelesen. Menge zählte, auch wenn die Fäulnis sich breitgemacht hatte. Weißherbst erhielt den Namen Händelstifter. Wirklich kein Wunder, dass man davon aggressiv wurde.«

Wie vor wenigen Tagen folgte Florian Härringer in den Wald. »Ich konnte damals lange Zeit die Geräusche des Weinfestes von der Anhöhe hören, während ich mit dem Fahrrad durch den Wald nach Hause fuhr. Ich stamme aus der Stadt. Meine Eltern wohnten in Lichtental. Ich kann manche Stimmen, die Musik, Gelächter sogar noch heute hören.«

An einer Lichtung passierten sie das kleine Kreuz, an dem wieder frische Blumen und ein neues Grablicht standen. »Wenn ich eines dieser Kreuze am Wegrand sehe, frage ich mich immer, wie viel nicht gelebtes Leben dahinter verborgen ist«, hörte Florian Härringer sagen.

Florian betrachtete das Kreuz und die Inschrift. Härringer war so gegenwärtig, dass er ihn beinahe angesprochen hätte.

Ein Knacken im Wald schreckte ihn auf und riss ihn aus den Erinnerungen. Er entdeckte einen älteren Mann, der einen Hang hinunterstieg und auf einem kleinen Weg Kastanien sammelte. Florian grüßte, und der Mann sah ihn mit großen Augen an. »Das haben wir schon als Kinder gemacht. Sie fallen quasi vom Himmel«, sagte er.

Florian ging auf ihn zu. »Kastanien?«

»Meine Leibspeise im Herbst. Ich esse sie in dieser Zeit täglich. Zusammen mit neuem Wein ist das ein Gedicht. Die müssen nur eine Viertelstunde in heißem Wasser kochen. Dann kann man sie schälen. Ich schneide sie aber durch und kaue sie aus. Früher gab es Kastanien in jeder Gaststätte zu neuem Wein. Die standen in Körbchen auf dem Tisch.«

»Sind Sie Winzer?«

»Jetzt nicht mehr. Habe meine Reben verpachtet.«

»An das Weingut Härringer?«

»Winzergenossenschaft. Da bin ich immer noch Mitglied. Härringer, Gott hab ihn selig, wollte sie nie. Keine Ahnung, warum. Ist ne gute Lage. Direkt hier in der Nähe.«

»Sie kannten Härringer?«

Er schüttelte den Kopf. »Nein, aber das Schloss ist ja nicht zu übersehen.«

»Sind das alles hier seine Reben?«

»Nein. Alles gehört ihm nicht. Hier oben, erste Lage, gehört ihm gar nichts, obwohl er immer wieder die Möglichkeit zum Erwerb hatte. Das weiß ich. Ich hätte ihm auch meine verkauft. Aber er hatte nie Interesse geäußert. Wissen Sie, Reben können auch eine Last sein. Heute will sie kaum einer mehr bewirtschaften, auch meine Kinder nicht. Weintrinken ist zwar in Mode, aber die Mühe, mit der Natur zu arbeiten, die will sich heute keiner mehr machen. Unser Boden, unsere Heimat, wird verschmäht – wie auch die Kastanien, die vom Himmel fallen. Wer macht sich die Mühe, sie zu sammeln.«

»Sie waren als Kind schon hier?«

»Natürlich. Alle Kinder waren damals draußen in der Natur. Da sind wir aufgewachsen.«

»Ich habe gerade das Kreuz auf der Lichtung gesehen. Kannten Sie das Mädchen?«

»Die Ida?«

»Ja.«

»Natürlich. Sie war ein paar Jahre jünger als ich, aber ich kannte sie und …« Er hielt inne.

»Und? Was ist passiert?«

»Sie ist jung gestorben. Kann man ja auf dem Kreuz sehen.«

»Mit siebzehn.«

»Ja, schrecklich. Gott hab sie selig.«

»Was ist passiert?«

»Es ist hier passiert. Hier im Wald.«

»Ein Unfall?«

»Nein. 1956 war ein grauenhaftes Jahr. Der Frost hat die ganzen Reben ruiniert. Im Januar hatten alle Winzer den Rebschnitt bei fast sommerlichen Temperaturen gemacht, kurzärmelig, und im Februar, ich glaube es war um Fasching, kam der Winter. Es verriss Bäume. Die standen schon im Saft. Mein Vater war zu dieser Zeit im Wald und hat noch Jahre später und bis zu seinem Tod das Krachen umstürzender Bäume gehört. 1956 war ein schlimmes Jahr.«

»Was ist mit Ida passiert?«

»Sie wurde umgebracht. Hier im Wald. Da wurde sie auf jeden Fall gefunden.«

Florian dachte an den Wein und Härringers Namensfindung. War Ida seine Jugendliebe gewesen? Sein Schwarm in der Schule? Sie waren fast ein Jahrgang, Härringer war nur ein Jahr älter. »Warum wurde sie getötet?«, fragte er den alten Winzer.

»Keine Ahnung. Weiß man bis heute nicht genau. Sie wurde vergewaltigt und dann ermordet.«

»Wer hat das getan? Der Täter muss seine Strafe ja längst abgesessen haben.«

Der Mann mit einer Umhängetasche voll mit Kastanien lachte auf. »Längst abgesessen?! Er wurde nicht einmal dafür bestraft.«

»Weshalb?«

»Weil er nicht gefasst wurde!«

»Die Tat ist nicht aufgeklärt?«

»So ist es. Der Mörder läuft noch frei herum. Und Idas Mutter kann nicht sterben.«

»Sie muss alt sein.«

»Fünfundneunzig. Sie wartet nur noch auf die Aufklärung. Auf das Warum. Viel Zeit hat sie aber nicht mehr.«

»Sie kennen sie gut?«

»Nein. Sie wohnt hier ganz in der Nähe in dem Bauernhof. Ich glaube nicht, dass sie in Frieden gehen wird. 1956 war ein grauenhaftes Jahr.«

Florian nickte gedankenverloren.

»Was ist mit Ihnen? Wer sind Sie? Warum fragen Sie? Haben Sie etwas damit zu tun?«

»Nein. Ich kam zufällig vorbei und habe Sie zufällig getroffen.«

»Zufälle gibt es nicht. Das kann ich Ihnen aus der Erfahrung meines Lebens sagen. Nehmen Sie es, wie es kommt und sammeln Sie Kastanien. Die fallen fast vom Himmel.«

Er verabschiedete sich und ging, sich immer wieder bückend, von der Lichtung weg in den Wald hinein.

Florian sah ihm lange nach. Dann ging er zurück zum Kreuz und rief einen zum Freund gewordenen Fußballfan in Freiburg an. Thomas Hofrichter war dort Kriminalhauptkommissar und seit dem ersten Bundesligaaufstieg eingefleischter SC-Freiburg-Fan. Da er als überzeugter Badener eine natürliche Feindschaft zu allem Schwäbischen und vorwiegend dem VfB Stuttgart hegte und pflegte, war Florian durch seinen Hattrick für einen der größten Glücksmomente seines Lebens verantwortlich. Ihre Treffen riefen Hofrichter stets dieses Erfolgserlebnis in Erinnerung.

»Hallo Thomas. Ich bin es, Flo.«

»Häh!?«

In der Regel spielte er mit, aber jetzt hatte er keinen Nerv für das Flohä-Geplänkel.

»Ich habe eine Bitte.«

»Du weißt, ich kann dir nichts abschlagen.«

»Gut.« Er berichtete von dem unaufgeklärten Mord im Baden-Badener Rebland.

»Wie lange ist das her?«

»Fast sechzig Jahre.«

»Und wie kommst du jetzt darauf?«

»Erzähle ich dir später. Bekommst du Einsicht in die Akte?«

»Dürfte nicht einfach sein.«

»War unser Abstiegskampf damals einfach?«

»Ich kümmere mich drum, Flo«, erwiderte Hofrichter. »Du hörst von mir.«

Florian bedankte sich und lief zurück zu seinem Wagen an der Kapelle. Als er wieder das Hundegebell hörte, ging er zum Hang und warf einen Blick auf den abgelegenen Bauernhof. Er sah Bewegung auf dem Anwesen und erkannte einen Hund, der bellend über den Hof rannte.

Hatte Härringer ihn gezielt hierhergeführt? Um ihn auf Idas Spuren zu bringen? Er blieb noch eine Weile in dem Weinberg nahe der Kapelle mit Blick ins Tal stehen und fuhr dann zu Härringers Weingut, wo er sich zu Gesprächen über die geplante Biografie angekündigt hatte.

Härringers Tochter erwartete ihn bereits. Sie war schwarz gekleidet und stand rauchend vor dem Verkaufsraum, als er mit seiner Arbeitstasche, in der sich Notizblock und Aufnahmegerät befanden, den Schlosshof betrat. »Sie haben sich verspätet.«

Er entschuldigte sich. »Ist nicht meine Art. Auf der Autobahn war ein Unfall.«

Sie nickte und zog an der Zigarette. »Habe wieder angefangen. Wollen wir gleich beginnen?«

Er blickte absichtslos durch die offene Tür in den Verkaufsraum, der nicht nur neu gestrichen, sondern auch neu möbliert war.

»Nicht hier. Ich halte es da drinnen kaum aus. Aber wir können das Gebäude nicht abreißen. Wir müssen damit leben.« Sie warf die Kippe in den Kies und drückte sie aus. Dann schloss sie die Tür und drehte den Schlüssel um. Das Schild »Weinverkauf geöffnet« stellte sie umgedreht an die Wand. »Gehen wir in meine Wohnung. Sie haben doch Zeit mitgebracht?«

»Den ganzen Tag. Ich will ja noch mit Ihrer Mutter und dem Kellermeister – Weinmacher – reden.«

»Wird mir guttun, über Vater zu reden. Über sein Leben. Dann denke ich nicht nur immer an seinen Tod.«

Sie gingen nebeneinanderher über den Hof, betraten schweigend das Schloss und stiegen die Treppe in ihre Wohnung im Seitentrakt des Anwesens hoch. Hinter der Eingangstür aus Holz hingen dicke Samtvorhänge und ein antiker Kristall-Lüster. Auf dem Fischgrätenparkett lag ein ovaler Läufer. Sie schloss die Tür und fragte, ob er die Wohnung besichtigen möchte. Er zögerte. Aus Höflichkeit wollte er nicht ablehnen. Sie schien dies als Aufforderung zu sehen und führte ihn durch ihre Etagenwohnung mit Stuck und rund vier Meter hohen Decken, wie er schätzte. Über dem Kamin im Salon, sie nannte den Raum nicht Wohnzimmer, thronte ein riesiger Spiegel mit Goldrand. Die Möbel waren aus Samt und Leder. Die Couch sah unbenutzt aus. Die

Wohnung erschien ihm elegant und modern. Die Räume waren durch Kassettentüren miteinander verbunden. Im Esszimmer schimmerte Gold im Inneren der Leuchten, die über einer riesigen Tafel aus Eiche, wie er vermutete, hingen. Acht samtbezogene Sessel standen rund um den Tisch. Die Einrichtung wirkte auf ihn wie eine schicke Huldigung alter Pracht.

»Das Schlafzimmer wollen Sie nicht sehen, oder?«

Er schüttelte den Kopf, und sie führte ihn zurück in den Salon.

»Als ich nach meiner Scheidung hier einzog, veränderte ich ein paar Dinge. Vater hat nach dem Kauf der Ruine zwar auch meinen Rat bei der Umgestaltung eingeholt, aber er hatte den Anspruch, dem früheren Schloss gerecht zu werden. Bis zuletzt war Ludwig zwischen Vergangenheit und Gegenwart hin und her gerissen. Mir ist der Spagat zwischen Alt und Modern gut gelungen, finde ich.«

Er nickte zustimmend und nahm ihre Vorlage auf. Nach seinem Gespräch mit dem Kastaniensammler hatte er sich vorgenommen, das geplante Gespräch über Härringers Leben in diese Richtung zu lenken, ohne den unaufgeklärten Mord an dem Mädchen zu erwähnen. »Sie sagten, Ihr Vater …«

»Nennen Sie ihn doch bitte Ludwig. Setzen wir uns.«

Sie bat ihn, am Esszimmertisch Platz zu nehmen. »Möchten Sie etwas trinken. Wein?«

»Nein, danke.«

»Ich hole uns einfach Wasser und Wein. Es soll ja nicht wie Arbeit aussehen.«

Er setzte sich, nahm Notizblock und Aufnahmegerät aus seiner Tasche, während sie in die Küche ging. Durch die offenen Türen konnte er sie sehen. Sie hantierte hörbar und kam kurz darauf mit einem Tablett mit Wasser, zwei Flaschen Wein und vier Gläsern zurück.

»Ich wusste nicht, ob Sie Rot oder Weiß wollen«, sagte sie mit einem Lächeln.

»Weiß«, erwiderte er, seine Arbeitsutensilien beiseite schiebend.

Sie schenkte ihm und sich Wasser und Weißwein ein und erhob das Weinglas. »Auf Ludwig.«

Er nickte, stieß mit ihr an und trank einen Schluck. Als er ihren prüfenden Blick spürte, schmeckte er dem Wein nach. »Kenne ich. Habe ich bei unserer ersten Begegnung getrunken und als laudatiowürdig erachtet.«

»Ich weiß.«

Er stellte das Glas ab und schaltete das Aufnahmegerät ein. »Ist doch in Ordnung?«

»Natürlich. Ich erwarte, dass unser Gespräch im Buch zu finden ist.«

»Sie sagten …«, er zögerte, »… Ludwig war bis zuletzt zwischen Vergangenheit und Gegenwart hin und her gerissen. Wie äußerte sich das?«

Sie rutschte unruhig auf dem Samt des Sessels hin und her. »Wollen wir nicht mit der Kindheit beginnen? Chronologisch?«

»Ich sehe das Buch nicht als Abfolge von Jahren. Ich hoffe, Geschichten zu finden, die über den Menschen Härringer etwas erzählen. Wir werden sicherlich immer wieder in die Kindheit wechseln, auch in Ihre.«

»Die meinte ich. Was war Ihre Frage?«

Er wiederholte sie.

»Hatte wohl mit seinem anstehenden Geburtstag zu tun«, antwortete sie knapp.

»Ihnen fiel aber auf, dass er in dieser Zeit verstärkt in die Vergangenheit blickte.«

»Ja.«

»Wie äußerte sich das? Erzählen Sie einfach, das muss nicht druckreif sein.«

»Er wirkte nachdenklicher. Melancholisch. Er kramte in Fotoalben. Ich habe sie übrigens hier in einem Karton. Dann war er aber plötzlich wieder voller Energie und Pläne. Das wechselte täglich. Innerhalb eines Tages sogar.«

»Er wollte einen neuen Wein ausbauen. Das war sein Plan.«

»Nicht nur. Er hatte auch Pläne für das gesamte Weingut. Er blickte in die Zukunft. Wie es weitergeht – nach ihm.«

»Hatte er noch die Geschäftsleitung inne?«

»Ja.«

»Was war in dieser Hinsicht sein Plan?«

»Ich und Sven sollten das Weingut weiterführen, was wir auch tun werden. Sven war wie ein Sohn für ihn. Lange Zeit war er auch quasi sein Schwiegersohn. Wir waren einmal ein Paar.«

»Verheiratet?«

»Nein. Das war ich davor.«

»Ludwig hatte also mit Blick auf seinen fünfundsiebzigsten Geburtstag seinen Nachlass geregelt. Das können Sie so sagen.«

»Ja, kann man so sagen. Seine wechselhafte Stimmung rührte wohl daher. Das Weingut war sein Leben. Dies nun auch offiziell in andere Hände zu geben, fiel ihm wohl nicht leicht. Das ist eine Art Abschied. Loslassen. Wobei Vater sich bereits seit Jahren aus der ersten Reihe zurückgezogen hatte. Er stand nur noch mit seinem Namen für das Geschäft ein. Ich und Sven führten das Weingut. Sven war im Weinberg und im Keller verantwortlich, ich für den Vertrieb und das Marketing. In der Rolle des alternden Winzers hatte Vater sich lange Zeit wohl gefühlt. Die Stimmungsschwankungen kamen deswegen mit Sicherheit wegen des Jubiläums. Dass er Sie engagierte, Florian, entsprang einer spontanen Idee. In der Liga der Kaiserstühler wollte er immer spielen.«

»Erzählen Sie mir Situationen aus seinen letzten Tagen, in denen sich seine Stimmungsschwankungen zeigten.«

»Muss das sein?«

»Ihre Erinnerung ist frisch. Vielleicht finden wir eine schöne Szene, mit der das Buch beginnen könnte. Mit schwebt vor, jedes Jahrzehnt einem Wein zuzuordnen. Und ich würde gerne mit der letzten Phase beginnen. Die Kindheit möchte ich mit einer Beerenauslese beschreiben oder die Jugend – die süße Jugend. Das wird sich während der Arbeit zeigen.«

»Schöne Idee«, erwiderte sie, nachdem sie ihn missmutig angesehen hatte.

Florian ließ sich nicht aus seinem Konzept bringen. Er hatte ein klares Ziel, wohin das Gespräch führen sollte. Überrumpeln wollte er die Tochter, deren Stimmung sich durch einen unbedachten Satz innerhalb eines Augenblickes ändern konnte, aber nicht. »Denken Sie darüber nach«, sagte er sanft. »Wenn Sie eine Pause benötigen, sagen Sie es. Wir haben Zeit.« Er trank einen Schluck Wein.

Sie überlegte nicht lange. »Ludwig war in letzter Zeit oft im Keller. Sven wird Ihnen dazu mehr sagen können, wobei er im Keller eigentlich niemanden wahrnimmt. Wenn Vater dann nach oben kam, wirkte er zerstreut, auch melancholisch. Er sprach manchmal in Rätseln. Der Wein würde zu ihm reden. Er suche die Wahrheit im Wein, sagte er auch. Daran erinnere ich mich genau. Es ist, als hätte er es gestern zu mir gesagt. Es war ungewöhnlich, dass er nach dem Herbsten so viel Zeit im Weinkeller verbrachte. Er fühlte mit der Hand die Temperatur in den Fässern und lauschte den Gärgeräuschen. Er sprach vom Weinkeltern als Kunst. Er war beseelt.«

»Besessen?«, fragte Florian nach, da er den letzten Satz akustisch nicht verstanden hatte.

»Beseelt. Vielleicht fühlte er sich nun frei von allem Geschäftlichen. Sie müssen wissen, die Anfänge waren nicht einfach.«

»Er hatte einen Kredit aufgenommen.«

»Ja.«

»Von Karl Bieser?«

Sie nickte. »Es gab jedoch keine Geldsorgen in der Anfangszeit. Er wollte als Winzer Erfolg haben, sich etablieren. Ich meine, die Erntemenge war anfangs gering. Der Verkauf lief nicht.«

»Sein erster Kellermeister berichtete von Problemen im Keller. Viele Flaschen waren unverkäuflich.«

»Dann war es so. Zum Schluss war er frei – von wirtschaftlichen Zwängen. So würde ich es sehen. Er hatte es geschafft. Härringer war eine Marke. Der neue Wein sollte wahrscheinlich sein Vermächtnis, sein Kunstwerk, werden.«

»Sprach er in der letzten Zeit über die Anfangsjahre oder eine frühere Phase? Das Jahr 1956 ist bei hiesigen Winzern legendär. Da kam nach einem warmen Januar der Frost und zerstörte fast alle Rebstöcke.«

»1956 hatte mein Vater kein Weingut. Er ging ja noch zur Schule.«

»Das war nur ein Beispiel. Das Jahr fiel mir aufgrund des Frostes ein. Für die Fünfzigerjahre brauche ich aber auch Geschichten und einen charakteristischen Wein. Es ist seine Jugend.«

»Über diese Zeit müssen Sie mit meiner Mutter oder Karl sprechen.«

»Hat Ihr Vater Ihnen etwas von seiner Jugend erzählt, vielleicht auch über seine Studentenzeit in München?«

Sie überlegte kurz. »Nein, hat er nicht. Ich will auch nicht darüber reden, Florian. Das ist nicht meine Zeit mit Vater. Ich möchte erzählen, wie ich ihn erlebt habe, was er für mich bedeutete. Er war ein wunderbarer Vater. Ich war lange bevor er dieses Schloss erwarb seine Prinzessin. Aus dieser Zeit, meiner Kindheit und Jugend, kann ich Ihnen viele Eindrücke liefern.«

Sie begann ausführlich über ihre Kindheit und Jugend in Baden-Baden zu sprechen. Ihre Eltern bewohnten ein Haus der Familie Bieser. Das Unternehmen Bieser sei bereits im 19. Jahrhundert gegründet worden, mit dem Kauf einer Papiermühle außerhalb der Stadt, und Ludwig hätte es in der Fabrik bis zum Personalleiter gebracht. Ihre Kindheit und Jugend klang bilderbuchhaft. Dass ihr Vater mit fünfzig einen Schnitt machte, zeugte von Unternehmertum. »Ich war damals zwanzig und Studentin. Viele Menschen hätten die

Position meines Vaters bis zum Rentenalter behalten. Aber er wollte etwas Neues, etwas Eigenständiges, wagen.«

»Eigenständiges? Wollte er sich aus der Obhut seines Schulfreundes lösen? Kann man das sagen?«

»Vater kam aufgrund seiner Qualifikation in die Position. Ich glaube, ihn faszinierte der Ort hier. Das hat den Ausschlag gegeben.«

»Sprach er darüber?«

»Ich weiß nur, dass er als Kind und Jugendlicher oft hier war.«

»Er erwähnte mir gegenüber ein Weinfest weiter oben. Das besuchte er in seiner Jugend mit dem Fahrrad. Stimmen, Geräusche davon könnte er heute noch hören. Kann dieses Weinfest ebenfalls zu der Entscheidung beigetragen haben?«

»Möglich. Mir gegenüber erwähnte er es nie.« Sie berichtete über die Anfangsjahre im Weingut. Lange Zeit hätten sie auf einer Baustelle gelebt. »Das war damals nicht das Schloss von heute. Wir hatten auch harte Zeiten, bis das Gebäude und das Weingut glänzten. Nur Ludwigs Beharrlichkeit ist das zu verdanken. Unglaublich, was er hinterlässt.«

Sie hielt inne und schien um Fassung zu ringen.

Florian zögerte, das Gespräch zu steuern, um sie insgeheim auszufragen. Er fühlte sich ein wenig schlecht, da er ihre Gefühle für eine Recherche benutzte, deren Sinn er nicht einmal kannte. Sein Bauchgefühl und einige Schlaglichter des Gesprächs vermittelten ihm jedoch, dass der Erwerb der Schlossruine mehr als der Beginn von etwas Eigenständigem war.

Er wartete ab, ob sie sich fing. Sie begann jedoch offensichtlich gegen aufkommende Tränen zu kämpfen. Sie stand auf, ging im Salon, in dessen Größe sie klein und verletzlich schien, auf und ab und holte in der Küche etwas Süßes. »Beruhigt die Nerven«, sagte sie, als sie zurückkam. »Es ist schwieriger, über Vater zu reden, als ich gedacht habe. Nach so kurzer Zeit. Ich werde Ihnen meine Eindrücke aufschreiben. Dann haben Sie es bereits schwarz auf weiß und müssen nicht stundenlang die Aufnahme anhören.«

Er überlegte, ihren Vorschlag abzulehnen. Er wollte die Biografie in seinen Worten schreiben. Er befürchtete, dass ihre Formulierungen, die sie bearbeiten und der Emotionalität eines Gesprächs berauben konnte, zu sehr nach Hymne klangen. Außerdem war er gar nicht mehr sicher, ob er gegenwärtig der Biograf in ihrem Sinne war. Härringer hatte ihm etwas mitteilen wollen. Davon war er überzeugt. Und das würde er herausfinden.

Er begrüßte also ihren Vorschlag, das Gespräch auszusetzen. Sie solle das Geschehene doch erst einmal verarbeiten. »Wir können uns in ein paar Wochen unterhalten. Vielleicht ist es auch besser, erst einmal seine Weggefährten nach Erinnerungen zu fragen.«

Sie nickte schluchzend und entschuldigte sich. Dann reichte sie ihm den Karton mit den Fotoalben. »Der Vertrag liegt unterschrieben und in zweifacher Ausfertigung bei. Schicken Sie ihn einfach unterschrieben zurück. Das müssen Sie jetzt nicht tun. Eine Liste der möglichen Gesprächspartner liegt auch bei. Ich habe alle informiert.«

Sie bedankte sich für sein Verständnis. »Mutter ist in ihrer Wohnung.« Sie führte ihn ins Treppenhaus und begleitete ihn nach unten. »Sie kennen den Weg?«

»Ja. Das Schloss ist ja nicht so groß.«

Sie wies auf den Eingang zum Weinkeller hinter der Treppe. »Hier kommen Sie zu Sven. Er erwartet Sie auch. Entschuldigen Sie, dass ich nicht mitgehen kann.«

»Kein Problem.«

Sie reichte ihm die Hand. »Auf Wiedersehen.«

»Wiedersehen.«

Während sie die Treppe hinaufging, stellte er den Karton im Eingangsbereich ab. Dann ging er mit seiner Tasche den Gang hoch. Als er die Treppe zum Wohntrakt der Mutter hochstieg, vernahm er wieder klassische Musik, die über den kaum möblierten Flur strömte. Die Tür zur Wohnung stand offen und gab den Blick auf die hinter dem Schloss liegenden Weinberge frei. Florian näherte sich dem offenen Zimmer und entdeckte Härringers Witwe an der riesigen Fensterfront stehend. Sie blickte hinaus und hörte sein Klopfen nicht. Die Musik war laut und klang erneut wie eine Totenmesse.

Florian räusperte sich, klopfte noch einmal und ging dann einen Schritt in den Salon hinein. An der rechten Seitenwand entdeckte er einen Kamin. Auf einer riesigen Tafel standen eine Flasche Wein, Wasser und vier Gläser. Daneben stand ein Körbchen mit geschnittenem Brot. Er war im Begriff, ein weiteres Mal zu klopfen, als sie sich umdrehte. Sie wirkte nicht überrascht. Sie ging zur Anlage und schaltete die Musik leise.

»Guten Tag, Frau Härringer. Störe ich?«

»Ich habe Sie doch erwartet. Allerdings nicht so früh.«

Er überlegte, ob er den Gesprächsabbruch ihrer Tochter erwähnen sollte, ließ es jedoch.

»Setzen Sie sich und bedienen Sie sich. Wein ist trotz langer Reifezeit vergänglicher als wir.«

Sie setzte sich ihm gegenüber. Sie war schwarz gekleidet und wirkte elegant und auf eine sympathische Art adelig. Ihr Händedruck war dieses Mal kraftvoll.

»Fragen Sie«, sagte sie, als er Notizblock und Aufnahmegerät auf den Tisch legte.

»Sie unterstützen die Biografie?«

»Würde ich sonst mit Ihnen reden?«

Er zuckte mit den Schultern.

»Das mache ich nicht meiner Tochter zuliebe. Wir versuchen beide, Ludwig im Leben zu halten, falls Sie über Ihren Auftrag Klarheit benötigen. Mir erscheint das im Moment die einzige Möglichkeit zu sein, hier weiterzuleben. Fast fünfundzwanzig Jahre sind wir hier. Mauern halten länger als Wein. Bitte, fragen Sie. Das Gespräch wird mir guttun. Also schonen Sie mich nicht. Ich weiß, dass er umgebracht wurde und auch wie.«

»Ich möchte gerne zunächst zurückblicken. Wir werden heute sicher nicht über alles sprechen können. Das wird aber nicht das einzige Gespräch sein. Ihren Mann durfte ich noch kennenlernen und Begegnungen sind natürlich einprägsamer als Überlieferungen. Deswegen würde ich gerne über seine Kindheit und Jugend etwas erfahren. Wann haben Sie sich kennengelernt?«

»Nicht in der Schule. Ich besuchte nicht die höhere Schule und bin auch zwei Jahre jünger als er. Wir lernten uns in der Zeit des Wirtschaftswunders kennen. Ich weiß genau, dass er mir einen Sommer lang aufgefallen war. Ich träumte von ihm. Ich sehe jetzt gerade wieder sein Lachen, seinen entschlossenen Blick. Ich sehe ihn in Schlaghosen, in einem Hemd, auf einem Roller. Er war in dieser Zeit mit Karl und all den Jungs aus wohlhabenden Häusern unterwegs. Aber ich sah ihn immer als einen Nachbarsjungen. Wir wuchsen beide in Lichtental auf. Seinen ersten Kuss gab er mir nach der Matura. Zusammengekommen sind wir aber erst nach seinem Studium.«

»Hatten Sie Kontakt, als er studierte?«

»Wir sahen uns, wann immer er hier war. Aber vorrangig war er mit Karl und den anderen unterwegs. Die Hörner abstoßen, das war damals ein normales Verhalten, egal aus welchem Haus die jungen Männer kamen.«

»War klar, dass er nach seinem Studium zurück nach Baden-Baden kommen würde?«

»Ja. Das wusste ich auch.«

»Haben Sie auf ihn gewartet?«

»Kann man sagen. Ich wusste, dass er zurückkommt.«

»Zu Ihnen?«

»Wir waren noch nicht zusammen. Aber ich wusste, wir finden einander. Wir waren seelenverwandt. Mir war klar, unsere Zeit wird kommen.«

»Sein erster Kellermeister beschrieb ihn als treuen Menschen. Was Sie sagen, klingt ähnlich.«

»Seelenverwandtschaft hat mit Treue nichts zu tun.«

»Schildern Sie Ihre Anfänge als Paar. Wann haben Sie geheiratet?«

Sie berichtete ausführlich mit Jahreszeitangaben von ihrem langen, gemeinsamen Leben. Das Wetter schien der Weingutsbesitzerin auch im Rückblick bedeutsam. Sie schmückte die geschilderten Erlebnisse mit ihrem verstorbenen Mann stets aus, als würde sie sie noch einmal erleben. Als ihre Stimme zitterte, griff sie mit ihren runzligen Händen nach dem Wasserglas und blickte, unsicher wegen ihres Gefühlsausbruches, zu Florian. Was sie faktisch erzählte glich dem, was er bereits von Bieser gehört hatte: Der Arbeiterjunge, der es ganz nach oben auf den Mauerberg gebracht hatte.

Florian griff die Reblage auf und erwähnte die früheren Weinfeste auf der Anhöhe. »Haben Sie das Fest auch besucht? Es dürfte um das Jahr 1956 gewesen sein. Ihr Mann berichtete von eindrücklichen Erlebnissen.«

»Das Fest war bekannt und gut besucht. Es war immer ein Höhepunkt in der Gegend. Natürlich war ich auch dort.«

»Haben Sie ihn dort getroffen?«

»Gesehen wahrscheinlich. In den Sechzigern waren wir dann sicher gemeinsam dort.«

»Und 1956?«

»Das war ich sechzehn. Da war ich bestimmt nicht auf dem Weinfest, auch wenn es heute normal ist, dass Vierzehnjährige die Partymeilen bevölkern. Die Jugend tickt heute wie damals aber gleich. Mit juvenilen Geschichten sollten Sie das Buch daher nicht überfrachten. Das spiegelt sein Leben nicht wider.«

»Warum hat er die Schlossruine erworben?«

»Wegen unserer Herkunft möglicherweise. Ich war sofort angetan, als er mir seine Idee unterbreitete. Die Ruine könnten wir doch kaufen und ein Weingut eröffnen, sagte er damals beim Abendessen.« Sie blickte durch die riesige Fensterfront auf die umliegenden Weinberge. »Das ist auch Kulturpflege. Sie werden Fotos sehen, auf denen Sie das Schloss und die Reben nicht wiedererkennen. Leben und

Arbeiten mit der Erde, mit dem Boden, das war sein Ziel. Wir waren bis dahin viel gereist. Es war langweilig geworden, fremden Boden zu bereisen. Wir wollten unseren eigenen Besitz.« Sie stand auf und ging zum Fenster. »Ohne Ludwig wäre Umweg ärmer.« Sie kam zurück und schenkte ihm und sich Wein ein. »Trinken wir auf ihn. Ich weiß nicht, wo ich ohne ihn wäre, und ich will es auch nicht wissen.« Sie erhob ihr Glas und trank im Stehen. Er schaltete sein Aufnahmegerät aus und nippte an dem Glas. Er glaubte, den Härringer Stil mittlerweile einschätzen zu können. Da er zu viel Worte um den Wein nicht mochte, suchte er nicht nach einer Charakteristik, sondern nahm einen weiteren Schluck.

»Er wollte sein eigener Herr sein«, sagte sie nach einer Weile. Florian stand auf, stellte sich ihr gegenüber und ließ ihr Raum für ihre Gedanken. Sie redete über ihr eigenes Weinfest im Schlosshof in der Nachfolge des Festes auf dem Mauerberg. Sie erwähnte staunende Gesichter im Anblick flackernder Kerzen und weißer Tischdecken und Weißwein und Winzersekt in silbernen Kübeln. Er ließ sie reden und hatte das Gefühl, dass sie ihn nach zwei weiteren Gläsern Wein als ihren Ehemann betrachtete. Einmal sprach sie ihn sogar mit Ludwig an. Nach zwei Stunden begann er zaghaft das Ende des Gesprächs einzuläuten. Er benötigte jedoch mehrere Anläufe, um sich zu verabschieden. »Kommen Sie wieder. Unser Honorar gestattet Ihnen das doch sicher«, sagte sie beim Gehen. Als er die Treppe hinunter ging, hallte die Totenmesse wieder durch das ausgestorben wirkende Schloss. Beim Betreten des Gewölbes, das zum Weinkeller führte, vernahm er noch die Trauermusik der Witwe. Ermüdet von den bisherigen Gesprächen betrat er den Keller, in dem Kerzenlicht flackerte und das Gluckern der Gärung in den auf den Holzfässern angebrachten Gärröhrchen zu hören war.

»Hallo? Herr Arnold?«, rief er, als er inmitten der Holzfässer angekommen war. »Ich bin es, Florian Buchmann.«

Er wartete auf eine Antwort, vernahm aber nur ein Blubbern im Gärspund direkt neben ihm.

»Herr Arnold?« Er wartete einen Augenblick. Als er zurückgehen wollte, hörte er eine Stimme.

»Ist da jemand?«

»Ich bin es, Buchmann.«

»Ich komme gleich. Einen Moment.«

Nach wenigen Sekunden kam Arnold um die Ecke. Er trug Jeans, ein weißes Hemd und Gummistiefel. »Habe gerade geschwefelt. Entschuldigung.«

»Wir hatten ja keinen Zeitpunkt ausgemacht.«

»Wollen wir?« Er wartete nicht auf eine Antwort. Er nahm ein Weinglas von einem Fass und füllte eine rötliche Flüssigkeit von dem Holzfass ab. »Ist Traubensaft, aber ein Versprechen.« Er reichte Florian das Glas, der daran nippte. »Süß.«

»Die Hefe lassen wir lange darauf liegen«, erklärte er gestikulierend. »Das wird Ludwigs neuer Wein. Ich baue ihn so aus, wie er es gewollt hatte. Der Name bleibt natürlich auch, obwohl ich ihn nicht verstehe.«

»Was hat er Ihnen über den Wein gesagt?«

»Die erwünschte Charakteristik. Er hatte ja das Jahr über schon Teile der Parzelle selbst geschnitten. Seit Jahren erledigte er wieder die Laubarbeit und experimentierte sogar. Eine Seite weniger ausdünnen. Er wollte die Photosynthese steuern. Auch wenn ich den Weinkeller liebe, weiß ich, dass der Wein im Berg entsteht. Wir setzen auf die Natur und nutzen keine Schönungsmittel. Wir geben dem Wein Zeit. Ludwig war ganz aufgeregt, den Prozess im Keller zu verfolgen. Hier existiert nur Zeit und Temperatur.«

Florian fragte nach dem Namen des Weins.

»Darüber hat er nicht geredet. Ich habe Ihnen seine Notizen gegeben. Aber zur Charakteristik so viel: Er sollte kraftvoll, dicht, mit dunklen Aromen von Waldbeeren sein. So ungefähr hat er geredet. Aber unsere bisherigen Weine waren ja auch so. Unser Spätburgunder ist sehr gut. Ich ließ ihn einfach machen und reden. Ich hatte das Gefühl, es war eher ein Spleen. Oder eine Spielwiese für ihn. Den Gedanken, er könnte das Abfüllen des Weines womöglich gar nicht mehr erleben, den mochte er nicht. Ich machte einmal blöderweise so eine Bemerkung. Unsere Roten liegen bis zu vier Jahre im Fass. Wir können uns aber gerne nach oben begeben. Sie übernachten hier?«

Florian verneinte und verwies auf einen anderen Termin. »Ich habe bereits zwei Gespräche geführt.«

»Ist ermüdend, ein Leben nachzuzeichnen, was?«

»An einem Tag jedenfalls. Ein Leben ist aber nicht an einem Tag zu rekonstruieren.« Er stellte noch ein paar Fragen über den Namen, brachte Ida ins Spiel, dass 243 ein Asteroid gleichen Namens war, doch der Kellermeister konnte nichts Erhellendes dazu sagen. »Bei der Arbeit redeten wir nicht viel. Aber wir waren ja auch privat verbunden. Ich war fast sein Schwiegersohn.«

»Ich weiß.«

»C'est la vie. Christine und ich verstehen uns heute besser als früher. Wenn Sie also Lust auf eine Weinprobe haben, melden Sie sich.«

Florian verließ den Weinkeller über das Gewölbe und holte im Schloss den Karton mit den Dokumenten und Fotoalben. Als er über den Hof zu seinem Auto ging, rief Hofrichter aus Freiburg an. Der Kommissar hatte bereits Informationen über den unaufgeklärten Mord an dem Mädchen. »Wann wollen wir uns treffen?«

»Sofort«, erklärte Florian, dessen Gesprächsmüdigkeit der Neugier wich.

»Und, wo?«

»Na, wo wohl? Am Schwabentor!«

11

Nach einer zügigen Fahrt die A 5 hinunter parkte er kurze Zeit später seinen Wagen in der Eschholzstraße auf einem kostenlosen Parkplatz. Freiburg und Auto, das passte nicht für ihn zusammen. In seiner Fußballzeit hier hatte er mehr Knöllchen als Gelbe Karten bekommen. Er ging über den Platz vor der Herz-Jesu-Kirche, auf dem mehrere kleine Menschengruppen den schwindenden Spätsommer im Stühlinger mit Six-Packs und Picknickdecken festzuhalten versuchten, und lief über die Brücke am Bahnhof. Die blaue Fußgängerbrücke nebenan nutzte er nie. Er liebte das kleinstädtische Gewusel von Fußgängern und Zugfahrgästen, von an- und abfahrenden Trambahnen und Radfahrern. Als er in der Mitte der Brücke war, blieb er stehen und blickte die Schnewlinstraße hinunter, die sich seit seiner Fußballerzeit so sehr verändert hatte, dass sie fast nicht wiederzuerkennen war. Er blickte auf die Ecke, an der früher der *Grünhof* gewesen war und erinnerte sich an Samstagabende in dem Wirtshaus, als er unter treuen Fans sich die Sportschau und das Aktuelle Sportstudio in einem Atemzug angesehen hatte. Wenn ein SC-Spieler im *Grünhof* aufgetaucht war, gab es minutenlangen Applaus. Mit Harry Decheiver in der Stadt unterwegs, gab es sogar Standing Ovations. Der südbadische Underdog war mit seiner Rolle so eins, dass er sie auch im Erfolg nicht ablegen wollte und eher den Abstieg in die zweite Klasse in Kauf nahm und wieder von unten begann.

Über die vergangene Zeit sinnierend, ging Florian weiter und über den Bertoldsbrunnen zum Schwabentor, wo Hofrichter bereits wartete.

»Ich habe Hunger. Wollen wir was essen?«, begrüßte er den Kommissar, der dünnes, graues Haar trug und Jeans, Hemd und Jackett, das bei ihm so attraktiv wirkte wie kurze Hosen und bis zu den Knien hochgezogene Strümpfe.

»Markthalle?«, erwiderte Hofrichter, der stets ein Bier oder einen Wein und ein gewonnenes Fußballspiel brauchte, um redselig zu werden.

Die beiden trafen sich in der Regel am Weinstand in der Markthalle, wo sie zum Wein etwas von den Gastronomiebetrieben aßen. Florian hatte aber keine Lust auf Chinesisch, Brasilianisch oder Indisch. Nach Fisch war ihm auch nicht. Der Tag verlangte etwas Deftiges.

»Gehen wir zum Münster. Ich will eine Lange Rote.«

Sie gingen über die enge, schmucke Konviktstraße zum Münsterplatz, und Florian bestellte sich an einem Stand eine Wurst ohne Zwiebeln. Hofrichter verzichtete. »Ich will keine Schwarze.«

»Die sehen gut aus, sind doch nicht verkohlt.«

Während Florian im Gehen um das Münster aß und übervorsichtig darauf achtete, dass kein Senf auf seine Kleidung tropfte, klärte ihn Hofrichter über den Schwarzhandel um Würste und Brötchen am Münsterplatz auf. »Schwarz eingekauft und hier schwarz verkauft. Die realen Verkäufe wurden heruntergerechnet. Mit einer Software. Einige Beteiligte sind inzwischen zu Geldstrafen verurteilt worden.«

Florian wusste, dass der Wettbewerb um die Münsterwurst heiß umkämpft war. Sein Freund Weinbrenner aus Endingen hatte sich bei der letzten Ausschreibung vergeblich um die Konzession für einen der begehrten Wurststände am Münsterplatz beworben.

»Versteuert oder nicht. Hauptsache nicht schwarz«, sagte er, als er sich den Senf in den Mundwinkeln abwischte. »Gehen wir in die Markthalle. Jetzt schmeckt ein Spätburgunder.«

Sie gingen in die übervolle Halle und fanden eine kleine Lücke am Weinstand, in die sie sich drängten. Hofrichter schloss sich Florians Bestellung an. Nach dem ersten Schluck begann der Hauptkommissar sofort mit glasigen SC-Augen von damals zu schwärmen. »Drei Tore hast du den Schwobeseggel eingeschenkt. Ich spürte schon auf der Hinfahrt, dass da was geht. Selbst nach dem zuvor verlorenen Heimspiel gegen

Dresden wusste ich, dass wir nicht absteigen. Wer so viele Tore schießen kann, steigt nicht ab. Das habe ich damals gesagt. Und du mit deinem Hattrick hast mir Recht gegeben. Prost.«

Florian stieß auf die alten Zeiten an und fragte dann nach dem unaufgeklärten Mord. »Wie heißt sie mit Nachnamen?«

»Wagner. Ida Wagner. Siebzehn Jahre alt war sie. Bei Kriegsausbruch geboren. Hat nicht viel gehabt vom Leben.«

»Und der Mörder läuft noch frei herum.«

»Ist nicht gesagt. Er kann mittlerweile auch tot sein. Das ist ja so lange her. Manche Fälle werden deswegen nicht geklärt, weil der Täter zum Beispiel bei einem Verkehrsunfall ums Leben kommt.«

»Ob das den Hinterbliebenen hilft?«

Hofrichter zuckte mit den Schultern. Florian zögerte einen Augenblick, in dem Gerangel am Weinstand, zwischen Bestellungen aus zweiter Reihe, an ihm vorbeigetragenen, üppig bestückten Tellern und klapperndem Rückgabegeschirr das Thema anzusprechen. Verbrechen ist ein Teil der Gesellschaft, sagte er sich aber. Jeder hier kann Täter oder Opfer sein. »Was steht in der Akte?«, fragte er dann. »Wie ist es passiert? Gab es Verdächtige?«

Hofrichter zögerte nicht. »In der Regel werden die Akten unaufgeklärter Fälle alle paar Jahre wieder hervorgeholt. So auch in diesem Fall. Du hattest Glück. Der Beamte in Rastatt hatte die Akte noch im Kopf und rasch parat. Vor zwei Jahren war sie ergebnislos aus dem Schrank geholt worden. Sie ist nicht umfangreich. Das Mädchen arbeitete an dem Abend auf dem Fest als Küchenhilfe. Zum ersten Mal. Sie verließ nach Aussagen des Küchenpersonals ihren Platz nur ein, zwei Mal zum Rauchen. Da sei sie in der Nähe des Tanzbodens gestanden und hätte rauchend den Tanzenden zugesehen. Auf dem Nachhauseweg muss sie dann überrascht worden sein. Sie hatte von keiner Verabredung gesprochen. Vielleicht war sie dennoch mit ihrem Mörder verabredet. Sie wurde erwürgt. Mit bloßen Händen. Das Zungenbein war gebrochen.«

»Sie wurde vergewaltigt.«

»Nein.«

»Wurde mir aber gesagt.«

»Dann ist es Gerede. Die Rechtsmedizin hat keine Hinweise darauf. Die Leiche wurde hinter einem Baum und unter Sträuchern gefunden. Es gab Schleifspuren. Der Tatort war aber in unmittelbarer Nähe.«

»An der Lichtung.«

»Ja.«

»Gab es Tatverdächtige?«

Hofrichter lachte. »Alle, die auf dem Fest waren. Konnten natürlich nicht ermittelt werden. Und aus dem Umfeld des Opfers gab es keine Hinweise auf Tatverdächtige. Es sind alle Personen ihres Umfeldes überprüft worden. Sie war Zimmermädchen in einem Hotel in Baden-Baden. Welches, habe ich vergessen. Ich schätze, die Überprüfung des Hotelumfeldes hat zu viel Personal und Zeit gebunden, um die Festbesucher näher zu durchleuchten.«

»Der Mörder muss ja auf dem Fest gewesen sein!«

»Als die Leiche gefunden wurde, war Kehraus. Es konnte nur das Personal befragt werden und vereinzelt bekannte Gesichter. Natürlich wurde damals keine operative Fallanalyse gemacht. Es wurde kein Persönlichkeitsprofil des möglichen Täters erstellt und nach tatauslösenden Faktoren gesucht. Das war nicht üblich in der Zeit. Über Serienmörder gab es damals auch noch keine Profile. Die Viktimologie des Falles wurde demnach auch nicht näher betrachtet. Man weiß nur, dass das Mädchen nicht auffällig war, fast schon unscheinbar. Näheres wurde nicht analysiert. Ich würde den damaligen Beamten keine Vorwürfe machen. Wenn eine Vergewaltigung im Raum stand, wurde damals, und bis in die Siebzigerjahre auf jeden Fall, immer den Opfern auch eine Mitschuld gegeben.«

»Das alles ist hinter einem kleinen Kreuz im Wald verborgen«, erwiderte Florian.

»Es gibt Straftaten, die sind nicht aufzuklären oder vor Gericht nicht nachzuweisen. Das ist leider so. Das ist für alle, die Angehörigen, die Polizei, die Gesellschaft, furchtbar. Aber so ist das Leben. Weswegen interessiert dich der Fall?«

Florian klärte seinen Freund auf.

Hofrichter trank sein Glas aus und bestellte für beide ein zweites.

»Klingt haarsträubend?«

»Gewagt, aber Hypothesen lenken Ermittlungshandlungen. Man muss in jede Richtung denken. Gerade in den Fällen, in denen sich kein Verdächtiger aufdrängt.«

Florian präzisierte seine Überlegungen und gab im Gemurmel am überfüllten Weinstand seinem Freund einen Überblick über seine Ermittlungsergebnisse: von Härringers Gang zum Wegkreuz über den Namen des Weins bis zur Versendung einer Flasche an Karl Bieser. »Das war die einzige, die er mit der Einladung zu seiner Geburtstagsfeier verschickte.«

»Du glaubst, dass beide mit der Tat etwas zu tun haben? Sie könnten das Mädchen auch nur gekannt haben. Der Wein als Erinnerung. Vielleicht wollte der Alte sich auch nur wichtigmachen, rätselhaft erscheinen. Du glaubst nicht, wie viele Spinner sich nach einem Mordfall melden, sich selbst oder andere belasten. Und wir müssen allen Hinweisen nachgehen.«

»Ich verdächtige niemanden. Ich suche einen Hinweis, der meine Ahnung bestätigt.«

»Das gerade wirft man immer der Polizei vor. Sich auf einen Verdächtigen zu konzentrieren und Beweise für dessen Schuld zu suchen und die richtigen Spuren zu vernachlässigen. Verrenne dich nicht, Flo. Das ist kein Dribbling. Hier geht es um Leben und Tod.«

»Eben. Härringer ist auch tot. Ermordet.«

»Glaubst du, beide Taten stehen im Zusammenhang?«

»Ich sehe nur Ida, das Kreuz, 243. Der erste Asteroid mit eigenem Mond. Dactyl.«

»In der Tatnacht war Neumond, steht in den Akten.«

»Siehst du!«, rief Florian.

»Weder mit Kreuzworträtseln noch der Wetterkarte wirst du ein Verbrechen aufklären. Der Schlüssel ist immer das

Motiv. Auch wenn nie alle Motive und Randbedingungen erkennbar sind. Aber jedes Gewaltverbrechen hat ein Motiv.«

»In diesem Fall?«

»Dass sie nicht vergewaltigt wurde, heißt nicht, dass er es nicht versucht hat.«

»Sie hat sich gewehrt und …«

»Möglicherweise war er an dem Abend alkoholisiert, vielleicht frustriert oder zornig auf wen auch immer. Und sie hat es abbekommen. Das kann ein einmaliger Ausbruch gewesen sein. Der Täter muss später keine weiteren Straftaten begangen haben. Er dürfte aber Spuren der Tat an sich gehabt haben. Wäre er vernommen worden, wäre das aufgefallen. Das Mädchen hat sich nämlich gewehrt. Kratzspuren an ihrem Hals zeugten davon. Bei dem Versuch, sich zu befreien, fügte sie sich die Kratzer selbst zu. Ein typisches Merkmal bei Strangulationen. Das dauert ja eine Weile. Um jemanden zu erwürgen, muss man ziemlich lange die Luftröhre zudrücken.«

Florian erschauderte und sah zwei kräftige Hände, die einen zarten Mädchenhals würgten, bildlich vor sich. Als Hofrichter sein Glas austrank, starrte er ihm auf den Kehlkopf.

»Was ist?«

»Nichts.«

»Das Motiv bei Härringer könnte Raub sein, so wie du mir die Tat geschildert hast«, sagte Hofrichter. »Er ertappte den Räuber und wurde getötet. Das Übertöten hier kann aus einem Affekt entstanden sein. Unter Angst verlieren viele die Kontrolle über sich.«

»Spricht Overkilling nicht für eine Täter-Opfer-Beziehung?«

»Nicht ausschließlich. Es spricht auch für junge, meist alkoholisierte oder drogenabhängige Räuber. Finde für jedes Verhalten eine Erklärung, Flo. Ohne Motiv wirst du den alten Fall aber nicht aufklären. Und glaub bitte nicht, dass die Polizei damals schlampig ermittelte und etwas übersehen hat.«

»Mein Bauch sagt mir, dass Härringer nichts ohne Absicht getan und gesagt hat. Und ich weiß von dir, dass ihr in Vernehmungen nach Straftaten auch auf euer Bauchgefühl hört.«

»Bauchgefühl ist eines, Beweise sind was anderes. Und rätselhafte Flaschenetikette sind keine Beweise.«

Florian nickte mit hängenden Schultern.

»Heute überprüfen wir sofort die Einbuchungen der Handys an den Funkmasten und die Verbindungsnachweise. Heute. Aber du willst einen Mord von 1956 aufklären. Der einzige mögliche Beweis, der in den Akten zu finden ist, sind bei meinem jetzigen Erkenntnisstand die Ohrringe des Mädchens beziehungsweise ein Ohrring. Einer verblieb im Ohr, der andere wurde trotz intensiver Suche nicht am Tatort gefunden. Wenn du den zweiten Ohrring findest, könntest du nahe am Täter sein. Aber der Ohrring könnte genauso gut noch im Wald liegen.«

»Ist es realistisch, dass ein Täter einen Ohrring mitnimmt und aufbewahrt? Als Souvenir?«

»Es gibt zwei Erklärungen: Der Täter nimmt etwas mit als Souvenir, als Trophäe oder als eine Art Wiedergutmachung. Wir nennen das Undoing. Das findet sich aber auch am Tatort. Die Leiche wird geschmückt oder zugedeckt. Was hier nicht der Fall ist. Hier wurde die Leiche nur rasch versteckt. Der Ohrring kann aber wie gesagt im Todeskampf abgefallen sein. Der Täter hat ihn mitgenommen, um ihn wegzuwerfen. Dass du ihn heute noch finden wirst, bezweifle ich.«

»Wo ist der Ohrring, der an Ida gefunden wurde? In der Asservatenkammer?«

»Kaum. Ich denke, den haben die Angehörigen erhalten. Gibt es überhaupt welche?«

»Die Mutter. Sie lebt noch.«

»Hmm«, erwiderte Hofrichter. »Die muss ja steinalt sein.«

12

Der Bauernhof lag im Schatten der Weinberge. Das Anwesen war riesig und heruntergekommen. Ein alter Traktor stand vor einer offenen Scheune, in der Heu und Holz lagerten. Ein Hänger war mit Äpfeln beladen, deren Gärung Florian hinter verschlossener Fensterscheibe zu riechen glaubte.

Er saß in seinem Wagen vor der Scheune und verharrte hinter der Scheibe. Ein Schäferhund belagerte bellend die Tür auf der Fahrerseite und sprang immer wieder hoch. Das Kratzen der Krallen am Lack verursachte ihm Gänsehaut, wie der Anblick von Sabber und kantigen Eckzähnen. Während er in das Maul des bellenden Hundes starrte, bereute er seine spontane Eingebung, hierher gefahren zu sein, nachdem Lena am Morgen zur Schicht in seinen Laden gekommen war. Er fasste an den Schlüssel im Zündschloss und wollte gerade starten, als ein älterer Mann aus dem Hauptgebäude kam, das bessere Zeiten gekannt hatte.

»Zorn! Aus! Still!«, rief der Mann, der Hosenträger über einem karierten Hemd trug und dessen Alter Florian auf über siebzig schätzte.

Der Hund bellte aufgeregt weiter und sprang immer wieder die Fahrertür hoch.

Florian fühlte sich in seinem alten Romeo immer noch unwohl. Er war nicht sicher, ob der Mann weniger aggressiv auftrat als der Hund. Seine Stimme versprach keine Höflichkeit.

»Zorn! Aus! Aus!«

Der Mann erhob seine rechte Hand, als er sich dem Auto näherte. Der Hund verstummte und duckte sich eingeschüchtert.

Der Bauer, wie Florian dachte, zeigte mit ausgestreckter Hand zum Haus – »Ab!« – und Zorn trottete über den Hof in eine weitere offene Scheune, in deren Eingang er sich sphinxartig hinlegte und nicht mehr bewegte.

Während der Mann ins Auto sah, suchte Florian nach Worten. Auf der Fahrt hierher hatte er Radio gehört und sich mit einigen Liedern abgelenkt, im Vertrauen, es werde sich alles fügen. Er hatte jedoch nicht damit gerechnet, eingeschüchtert und eingesperrt in seinem kleinen Alfa zu sitzen.

Der Mann beugte sich zum Fenster hinunter und klopfte an die Scheibe. Sein Blick verströmte kein Willkommen.

Florian öffnete vorsichtig die Tür. Da der Mann nicht zurückwich, zwängte er sich durch einen kleinen Spalt heraus. »Guten Morgen.«

Der Mann grüßte nicht.

»Florian Buchmann«, stellte er sich vor. »Entschuldigen Sie, dass ich unangekündigt hier auftauche. Ist das hier der Wagner-Hof?«

»Warum wollen Sie das wissen?«

»Ich bin Autor und Journalist und arbeite an einem Buch über unaufgeklärte Verbrechen im Südwesten. Der Mord an Ida Wagner, äh …« Er überlegte, in welchem Verhältnis der Mann zu dem Mädchen stand. Er schien im gleichen Alter zu sein. Ida wäre heute ebenfalls über siebzig Jahre alt. »Sind Sie der Bruder?«

»Ihr Sohn wohl nicht!«

»Ich würde gerne mit Idas Mutter sprechen. Über das Leben als Angehörige eines Verbrechensopfers. Ich will, dass das Verbrechen nicht vergessen bleibt.«

»Das Verbrechen! Aber nicht Ida!«

»Doch. In erster Linie. Ich will, dass Ida nicht vergessen wird.«

»Wir haben sie nie vergessen.«

»Ist es möglich, mit Ihrer Mutter zu sprechen?«

»Mama ist alt«, erwiderte Idas Bruder. »Sie hat ihren Frieden mit dem Verbrechen gemacht. Ich möchte ihr jede Aufregung ersparen. Sie hat Jahrzehnte gebraucht.«

»Will sie nicht wissen, wer die Tat begangen hat?«

Idas Bruder erstarrte. Er betrachtete Florian mit großen Augen, in denen allmählich Wut hervorquoll. Er schien innerlich zu beben, das spürte Florian, der mit seinem Oberkörper zurückwich. Er ging leicht in die Defensive und war deshalb auf den Ausbruch des älteren Mann vorbereitet, der trotz seiner sieben Jahrzehnte auf dem Buckel auf eine seltsame Art alterslos wirkte. Als er mit seiner rechten Hand zum Faustschlag ausholte, drehte sich Florian weg. Der Schlag, dessen Luftzug er spürte, ging ins Leere. Alarmiert sprang der Hund auf und bellte auf der Stelle verharrend.

Florian streckte seine beiden Hände mit den Handflächen nach vorn dem Mann entgegen, der erneut ausholte. Er zögerte jedoch offensichtlich, nicht eingeschüchtert, wie Florian fand, sondern überrascht und benommen über seinen Ausbruch.

»Gottfried!«, schallte es plötzlich über den Hof. »Gottfried!« Florian konnte im Hundegebell den Namen erst beim zweiten Mal verstehen.

»Zorn! Aus!«, schrie die Stimme auf den Hof, und der Hund hörte auf zu bellen.

Florian entdeckte in einem offenen Fenster neben der Eingangstreppe des Hauptgebäudes eine alte Frau, deren Runzeln er sogar aus der Entfernung erkennen konnte.

»Was ist da los, Gottfried?!«, rief sie aufgebracht aus dem Fenster.

»Nichts, Mama.«

»Das sehe ich! Wer ist der Mann?«

Florian wollte sich der Frau nähern, doch Gottfried hielt ihn am Oberarm fest. Er drehte sich um und entdeckte im Gesicht des Sohnes Angst statt Aggressionen. Florian nickte ihm beruhigend zu und ging über den Hof zu der Frau ans Fenster, während er den Hund im Blick behielt.

»Wer sind Sie?«, fragte die Mutter, als er unter ihrem Fenster stand. Der Sohn verharrte noch immer an seinem Alfa.

Florian wiederholte seine Lüge, die er auch schon dem Sohn gegenüber benutzt hatte. Die ganze Geschichte schien ihm zu kompliziert und unwirklich. Bei passender Gelegenheit würde er Idas Familie die Wahrheit sagen.

»Aha«, erwiderte die Mutter, deren Verstand im Gegensatz zu ihrem Gesicht nicht runzlig schien. »Ein Buch über ungeklärte Fälle. Ist gerade in Mode, oder?«

»Kann ich nicht beurteilen.«

»Mit dem Elend anderer beschäftigt man sich gerne. Wir können auf dem Mond spazieren, aber nicht alle Verbrechen aufklären. Jeder will wissen, wie man mit so etwas lebt, aber wenn man darüber spricht, hört keiner zu. Getötet, umgebracht, das hört und liest man überall, im Fernsehen, in Zeitschriften oder Büchern, aber die Vorstellung, selbst da zu liegen, im Wald oder auf dem Seziertisch, die schaudert alle. Wer will schon mit bloßen Händen erwürgt werden? Oder, wie heute, einfach totgetreten. Eigentlich müsste ich schon lange tot sein, so widerlich finde ich das Leben, aber ich komme einfach nicht zur Ruhe. Meine arme Ida.«

Florian wurde unsicher. Er fühlte sich schlecht, weil er unter einem Vorwand in das Leben der Mutter eingedrungen war.

»Er fragte, ob du nicht wissen willst, wer der Täter ist«, hörte er den Sohn hinter sich sagen. Der ältere Mann kam auf ihn zu und stellte sich neben ihn.

»Spielen Sie nicht mit unseren Gefühlen«, erwiderte die Mutter. »Wir haben aufgehört, Verdächtigungen auszusprechen.« Sie sah ihn streng an. Ihre Augen blitzten unter unbeweglichen Gesichtsfalten, die kaum eine Regung erkennen ließen. »Was wollen Sie eigentlich? Ein Buch schreiben oder uns den Täter nennen?«

Beides, dachte er, aber er war nicht in der Lage, es zu sagen. Dass er dem Sohn gegenüber, um zur Mutter zu gelangen, den Täter ins Spiel gebracht hatte, bereute er. Zu korrigieren war es nicht mehr. Nach dem Ohrring konnte er jetzt unmöglich fragen. Er entschuldigte sich stammelnd und verabschiedete sich. »Es war ein Fehler, Sie zu überfallen und in ihr Leben einzudringen.«

»Wir haben kein richtiges Leben«, erwiderte die Mutter und sah ihn lange an. Dann bat sie ihn zu bleiben und lud ihn ins Haus. Mit dem Sohn im Schlepptau betrat er das in die Jahre gekommene Fachwerkhaus. Die Mutter empfing ihn in einer Mantelschürze, gebückt und mit schwerem Gang. Sie hielt sich an einem Stock fest. Ihr Körper wirkte alt und müde. »Setzen wir uns.« Sie ging zu einem Holztisch mit Eckbank. Das Zimmer mit tiefer Decke war dominiert von einem riesigen Fernseher und einem grünen Kachelofen mit Sitzgelegenheit und Kissen ringsum. Die Wände waren kahl, an der Decke über dem Holztisch, auf dem eine Fernsehzeitschrift und eine Fernbedienung lagen, hing eine Lampe mit einem Stoffbezug, der aus den Fünfzigerjahren zu stammen schien.

»Wie war noch einmal Ihr Name?«, fragte sie, nachdem sie sich an den Tisch gesetzt hatten. Ihr Sohn nahm am Kachelofen Platz.

»Ich habe mich Ihnen noch nicht vorgestellt«, erwiderte Florian und nannte seinen Namen.

»Sie kommen woher?«

»Aus einem Dorf am Kaiserstuhl.«

»Wollte ich immer mal hin.«

»Ist nicht weit.«

»Wenn man nicht lebt, ist alles weit«, erwiderte sie trocken. »Sie müssen nicht betroffen sein. Das war unsere Entscheidung, so zu leben. Jetzt ist es zu spät. Die Jahrzehnte kamen und gingen, alle mit Veränderungen verbunden, nur wir auf dem Hof warteten nur. Wenn man so lebt und anfangs alle verdächtigt, macht man sich keine Freunde. Heute raten Psychologen in diesen Fällen zu einem neuen Partner, einem weiteren Kind, einer Reise, einem neuen Leben, als wenn man das alte einfach ablegen könnte wie im Wald unter Sträuchern. Wir sterben alle, aber niemand darf so sterben. Ob jung oder alt, das ist egal. Gott sein, über Leben und Tod entscheiden, das darf man nicht. Ich habe aufgehört, an Gott zu glauben. Das kommt zum Unglück hinzu. Man verliert den Glauben. Ich kann nicht einmal auf Gerechtigkeit nach dem Tod hoffen.«

Florian atmete tief durch. Er war beeindruckt und gleichzeitig eingeschüchtert. Er war sich noch immer nicht sicher, was er sagen wollte. Er konnte unmöglich einen Verdacht äußern, Mutter und Sohn erregen und aufbringen und die Verdächtigen ihrem Zorn ausliefern. Er konnte nicht Gott sein.

Die Mutter schien sein Zaudern zu spüren. Sie legte ihm ihre Hand auf den Unterarm und begann von Ida zu erzählen. Sie schilderte Szenen aus der Kindheit, malte Kindergeburtstage auf dem Bauernhof aus, beschrieb die Schulzeit, die Arbeit im Hotel und den Sommer 1956, in dem sie zum ersten Mal allein ausgegangen war. Am Tattag sei sie den Hang hoch zum Fest gelaufen. »Es ist ja gleich da oben passiert.«

Die Mutter hielt inne und schien in sich zusammenzusacken. Sie wirkte mit einem Mal müde und erschöpft. Sie erhob sich und entschuldigte sich. »Sie dürfen wieder kommen, Herr Buchmann. Ich spüre, dass Sie Opfern verbunden sind. Das spüre ich, auch wenn Sie nicht die ganze Wahrheit gesagt haben. Sagen Sie sie mir bei Gelegenheit. Auf Wiedersehen.« Sie reichte ihm die Hand und verließ mit schweren Schritten das Wohnzimmer. »Bring den Herrn hinaus«, sagte sie beim Vorbeigehen zu ihrem Sohn, der umgehend aufstand und zu Florian an den Tisch kam. »Gehen wir.«

Schweigend begleitete er Florian zum Auto und blieb an der Seite des Hundes im Hof stehen, bis er außer Sichtweite war. Florian sah immer wieder im Rückspiegel zurück. Als er im Tal war und das Schild »Umweg« las, steuerte er den Wagen zu der Anhöhe, auf der damals das Weinfest stattgefunden hatte. Er parkte an der Kapelle und blickte vom Hang aus auf den Wagner-Hof hinunter. Zorn rannte bellend über den Hof.

Er ging zum Wegkreuz und sah Ida vor sich, ein Mädchen im Sommer 1956, wie sie rauchend am Tanzboden stand. Um nach Hause zu kommen, hätte sie nur den Hang hinunter und nicht in den Wald gehen müssen. War sie mit ihrem Mörder verabredet? Hatte sie ihn gekannt oder am Abend kennen gelernt? Hatte er sie hier erwartet? War sie neugierig und er besoffen und geil und zornig, als sie sich widersetzte?

Er versuchte, sich einen möglichen Tatablauf vorzustellen. Das Bild des erschlagenen, blutüberströmten Härringer tauchte jedoch wieder vor seinem inneren Auge auf. Verwirrt starrte er auf das Wegkreuz mit den drei Buchstaben. Dann griff er zum Handy und rief Bieser an.

»Ich bin gerade in der Nähe und hätte noch ein paar Fragen.«

»Dann kommen Sie doch vorbei!« Bieser gab ihm seine Adresse durch und legte grußlos auf.

Florian ging zu seinem Wagen und fuhr nach Baden-Baden zu Biesers Villa. Das Hoftor stand offen, und er fuhr auf das prächtige Anwesen unweit des Kurhauses. In der Einfahrt parkte er neben einem Mercedes und ging die Treppe zur Eingangstür der Villa hoch. Bevor er klingeln konnte, öffnete sich die Tür.

Bieser begrüßte ihn im maßgeschneiderten Anzug, bat ihn aber nicht herein. »Ich habe noch einen Termin. Schießen Sie los. Wir gehen in den Garten.«

Er wies den Weg und ging mit Florian hinter das Haus, wo sich eine repräsentative, parkähnliche Gartenlandschaft mit Schichtmauerwerk und einem Teich öffnete. Am plätschernden Teich mit Seerosen war eine Sitzgelegenheit auf einem Holzboden angebracht mit einer Pergola als Sonnenschutz. Florian entdeckte Weinreben, die sich an dem Gestänge hochschlängelten.

»Also, fragen Sie«, sagte Bieser, als sie an der Mauer entlanggingen.

Florian zögerte nicht. Auf der Fahrt hierher hatte er eine Strategie entwickelt. »Ich bin durch Äußerungen und Notizen von Herrn Härringer auf ein Ereignis gestoßen, das für ihn von Bedeutung zu sein schien«, sagte er, die Gartenlandschaft betrachtend. »Das Weinfest auf dem Mauerberg im Sommer 1956.« Er machte eine Pause und beobachtete Biesers Reaktion.

Bieser zeigte keine. Er ging schlendernd, die Hände in den Hosentaschen, neben Florian her.

»Ich dachte, weil Sie in dieser Zeit eng befreundet gewesen waren, könnten Sie mir etwas darüber erzählen.«

»Wahrscheinlich waren wir auf dem Fest. Wir sind höchstwahrscheinlich gemeinsam hingegangen. Ob auch nach Hause, das weiß ich nicht. Vielleicht hat er ein Mädchen dort kennen gelernt.«

»Und Sie?«

Bieser sah zu ihm herüber. »Was haben Sie in dem Alter gemacht? Haben Sie in einem Kloster gelebt?«

»Sagt Ihnen der Name Ida Wagner etwas?« Florian beobachtete die Reaktion.

Bieser reagierte wieder nicht. Er schien über den Namen nachzudenken und schüttelte dann den Kopf. »Nein. Ich will nicht sagen, dass ich Sie nicht gekannt oder gesehen habe, wenn es ein Mädchen auf dem Fest war. Aber daran kann ich mich nach der langen Zeit beim besten Willen nicht erinnern.«

»Versuchen Sie es. Es ist lange her, wie Sie selbst sagen.«

Bieser ging den Verlauf des Weges weiter, der in einem Kreis um den parkähnlichen Garten führte. Bäume und Sträucher hinderten den Blick auf das Nachbaranwesen. Die Spitze der Villa nebenan war zu erkennen.

»Tut mir leid«, sagte Bieser nach einer Weile. »War Sie Ludwigs große Liebe? Ist sie in einem Tagebuch aufgetaucht?«

»Nein. Auf einem kleinen Kreuz im Wald nahe des damaligen Festplatzes. Härringer hat mich zu dem Ort geführt.«

»Zu einem Kreuz.«

»Sie kennen es nicht?«

»Sollte ich?«

»Ida Wagner wurde in der Nacht des Weinfestes getötet. Der Fall ist bis heute nicht geklärt. Ich gehe davon aus, dass der Mord damals großes Aufsehen in der Region erregt hat.«

»Ach, dieser Fall. Ja! Natürlich war das damals in aller Munde. Ich habe die Geschichte allerdings durch die Jahre vergessen. Es ist länger her als mein halbes Leben.«

»Zwei Drittel Ihres Lebens.«

»Schrecklich. Und Ludwig hat Sie zu dem Kreuz geführt?«

»Ja.«

»Mit welcher Absicht?«

»Das versuche ich herauszufinden, Herr Bieser.«

»Sie sprachen eingangs von Aufzeichnungen und Notizen.«

»Er war im Begriff, mir etwas mitzuteilen.«

Bieser fragte nicht nach. Er nahm seine Hände aus den Taschen und schien nichts mit ihnen anzufangen zu wissen. Er verschränkte sie hinter dem Rücken und ließ sie im gleichen Atemzug angespannt an sich herunterhängen. Während sie sich der Rückseite des Hauses, das mit einer großen Terrasse und bodentiefen Fenstern aufwartete, hinter der Florian einen Kopf zu sehen glaubte, näherten, sah Bieser immer wieder zur Fassade hoch.

»Härringer hat Ihnen zur Geburtstagseinladung eine Flasche Wein geschickt. Das sagten Sie mir nach der Trauerfeier. Erinnern Sie sich?«

»Wenn Sie das wissen, habe ich das wohl gesagt.«

»Erinnern Sie sich an den Namen des Weines? Es war ein ungewöhnlicher Name. Das sagten Sie auch.«

Bieser schien eine Antwort abzuwägen. Er sah zur Terrasse hoch, auf der ein Tisch mit Gartenstühlen stand, und blieb dann stehen. »243 Pinot Noir«, sagte er dann, Florian tief in die Augen blickend.

Florian blieb ebenfalls stehen und erwiderte den Blick. »Haben Sie eine Ahnung, was die Zahl bedeutet?«

»Nein, habe ich nicht. Ich habe mich auch nicht damit beschäftigt.«

»Das ist eine Bezeichnung eines Asteroiden. Der erste mit eigenem Mond.«

»Ist mir neu, dass Ludwig sich mit dem Universum beschäftigte.«

»Ein anderer Name ist Ida. Nach der Nymphe der griechischen Mythologie benannt.« Er hielt inne und beobachtete die Reaktion.

Bieser zuckte mit den Schultern. »Na und!«

»Härringer hat sich bei der Namensgebung viel Mühe gemacht. Es gibt viele Notizen, die alle um Ida kreisen. So heißt auch ein Gebirge auf Kreta und in der Türkei.«

»Marketing ist sehr wichtig im Weingeschäft, das wusste Ludwig von Beginn an. Es gibt so viele Etikettenkäufer. Das wissen Sie doch sicher auch. Guter Wein verkauft sich nicht von allein.«

»Ich wundere mich aber, weshalb er nur Ihnen die Flasche geschickt hat.«

»Wir sind alte Freunde. Ich habe ihn von Beginn an unterstützt. Ich schätze, deswegen hat er nur mir die Flasche geschickt. Auf was wollen Sie denn hinaus? Was soll die Fragerei? Das hat mit seiner Biografie doch nichts zu tun!«

»Ich denke schon. Härringer war im Begriff, mir etwas mitzuteilen.«

»Das sagten Sie bereits. Und jetzt, da er tot ist, spielen Sie Detektiv? Glauben Sie etwa, ich habe Ludwig … Das kann ich gar nicht aussprechen, so absurd ist die Vorstellung. Sie rufen mich an, können sofort vorbeikommen und dann pinkeln Sie mir ans Bein!?«

»Ich versuche lediglich auf Fragen Antworten zu bekommen«, erwiderte Florian, von Biesers Angriff überrascht.

»Sie beschmutzen auch Ludwig! Ist das Ihr Auftrag!? Wissen Elisabeth und Christine davon?«

»Ich versuche den Mann, dessen Biografie ich schreiben soll, zu begreifen.«

»Schauen Sie sich an, was er erreicht hat. Dann haben Sie ihn begriffen und müssen keine schmutzige Wäsche waschen. Macht Ihnen das eigentlich Spaß, in fremden Leben herumzuschnüffeln? Ich dachte, Sie hatten als Fußballer Erfolg? Absteigen kann man im Leben halt immer!«

Während Florian nach Worten suchte, wies Bieser ihm den Weg vor das Haus und ging neben ihm her.

»Seien Sie mir nicht böse, wenn ich für weitere Gespräche nicht mehr zur Verfügung stehe. Ich habe mich zweimal mit Ihnen unterhalten. Das sollte einem Biografen genügen. Strapazieren Sie bitte nicht meine Höflichkeit.«

Als sie vor der Villa in die Nähe der geparkten Autos kamen, reichte ihm Bieser die Hand. »Ludwig wurde brutal getötet. Bringen Sie ihn nicht noch ein zweites Mal um!« Dann ging er die Treppe hoch und in sein Haus hinein.

Florian blieb benommen in der Einfahrt stehen. Er war verwirrt von der Attacke und versuchte, sie einzuschätzen. Er dachte über Biesers Worte nach, auf der Suche nach einem ihn entlarvenden Satz. Hatte Bieser einen Schluss gezogen, den nur jemand mit Hintergrundwissen – Täterwissen! – hatte ziehen können? »Glauben Sie etwa, ich habe …«, hatte Bieser gesagt und es nicht ausgesprochen. Florian überlegte, ob er dafür die Vorlage gegeben hatte. Er hatte aber doch nur den Mord an Ida und den Wein gleichen Namens erwähnt?

Als sich ein Vorhang hinter einem Fenster in der Villa bewegte, stieg er in seinen Wagen und fuhr auf die Autobahn. Im dichten Verkehr Richtung Süden kamen ihm Zweifel. Täuschte er sich? Konstruierte er einen Zusammenhang, den es gar nicht gab? Vielleicht hatte Hofrichter damit Recht, dass sich mit Kreuzworträtseln, griechischer Mythologie und der Wetterkarte kein Verbrechen aufklären lasse. Ihn beschlich das Gefühl, dass er sich bei seiner Reise in die Vergangenheit verrannt hatte. Bieser war zwar bis in die angespannten Gesichtsmuskeln ein Geschäftsmann, der es gewohnt war, Menschen unter sich zu haben, den brutalen Übergriff auf Härringer traute er ihm aber nicht zu. Die Polizei hatte ihn außerdem bestimmt routinemäßig überprüft. Befand er sich auf der falschen Spur?

Während er tief in Gedanken und mit geringer Geschwindigkeit auf der rechten Fahrbahn fuhr, fand er sich aufgrund des starken Verkehrs kurz vor der Autobahnausfahrt Teningen zwischen zwei Lkws gefangen, so dass er beinahe die Abfahrt verpasste. In letzter Sekunde scherte er aus und erntete im Rückspiegel eine Salve Scheinwerferlicht des hinter ihm fahrenden Lastwagens.

Noch aufgewühlt fuhr er nach Gottratskirchen. Als er ins Dorf hinein fuhr und den Sportplatz passierte, entdeckte er den Bürgermeister am Spielfeldrand. Zwei Jugendmannschaften spielten gegeneinander. Willi stand schick gekleidet beim heimischen Trainer und den Auswechselspielern. Er erkannte Florians Wagen und forderte ihn winkend zum Halten auf.

Florian stellte seinen Wagen am Parkplatz neben dem Clubhaus ab und lief zu ihm.

»Zwei null liegen wir hinten, ist gerade Halbzeit gewesen«, sagte Willi, als er auf ihn zuging. Als sie sich die Hände reichten, schlug er Florian kumpelhaft auf die Schulter.

»Wir bräuchten so einen Trainer wie dich! Wie oft habe ich dir schon gesagt, dass du der Richtige für die Jungs bist. Die schauen zu dir auf. Und falls wir aufsteigen, finden wir sicher einen Sponsor, der auch dir etwas überweist. Überlege es dir doch noch mal!«

»Du kennst die Antwort doch, Willi. Fußball ist kein Thema mehr für mich. Alles hat seine Zeit. Das ist vorbei. Und Peter ist ein sehr guter Trainer für die Jungs. Würden wir zweimal hintereinander mit mir verlieren, müsstest du mich entlassen. Und in die Verlegenheit will ich dich als Präsident und Bürgermeister nicht bringen. Und mich auch nicht. Bei dem Spiel kann ich nur verlieren.«

»Wahrscheinlich hast du Recht. Und auf dem Sportplatz wirst du auch keine Frau kennen lernen. Wird ja mal Zeit. Wie lange bist du schon hier?«

»Lange genug.«

»Gibt es eigentlich in meinem Gottratskirchen keine Frau für dich?«

»Doch. Einige. Aber die sind alle verheiratet!«

Der Bürgermeister schlug ihm lachend auf die Schulter. »Hah!« Dann blickte er kurz an den Spielfeldrand und flüsterte Florian ins Ohr: »Unter uns. Für einen gelegentlichen Trikottausch ist das nicht das Schlechteste. Die wollen dich nämlich nicht gleich heiraten. Kann dir bei jungem Gemüse schon passieren.«

»Du musst es wissen.«

»Ich weiß es! Äh. Wie kommst du darauf, dass ich es wissen müsste?«

»Als Bürgermeister – mit deinem Aussehen und Auftreten – bist du doch sicher ständig in ...Versu... in Gefahr.«

»Da hast du Recht. Vielleicht sollte ich dich mal zu dem einen oder anderen Empfang oder Galaabend mitnehmen.«

»Vielleicht. Vielleicht komme ich mal darauf zurück.«

»Mach das!«, sagte Willi und blickte wieder zum Spielfeldrand. »Hast du eine neue Weinempfehlung? Ich könnte mal wieder unterstützend zu meinem Charme einen Top-Wein von dir einsetzen. Habe einen Trainer im Blick.« Er boxte Florian auf die Schulter. »Kann ja nicht warten, bis du dich endlich entscheidest.«

Im Spiel fiel das dritte Gästetor, und der Bürgermeister warf ihm einen gequälten Blick zu. »Siehst du!« Dann ging er zu Trainer und Auswechselspielern zurück und schrie aufmunternde Worte auf den Platz. »Los, Jungs. Nicht die Köpfe hängen lassen. Da ist noch nichts verloren!«

Florian blickte ihm amüsiert wie kopfschüttelnd hinterher. Er sah sich noch ein paar Spielzüge an und fuhr dann in seinen Laden. Lena war gerade dabei aufzuräumen. Er erkundigte sich nach dem Tag.

»Geht so«, sagte Lena. »Das Übliche. Wenn alle, die hier hereinkommen, quatschen und Wein verkosten, auch was kaufen würden, das wäre gut! Vielleicht solltest du den Wein nur kostenlos ausschenken bei anschließendem Kauf. Ansonsten fällt ein Obolus an. Das habe ich auf einem Weingut in der Toskana gesehen.«

»Habe ich auch schon überlegt. Will aber nicht kleinlich erscheinen.«

»Nur so wird man groß.«

Florian lachte auf. »Du bist toll. Glück gehabt.«

»Ich auch.« Sie beendete ihre Arbeit und verabschiedete sich mit einem Wangenkuss. »Schönen Abend, Chef!«

Er schloss die Ladentür von innen und ging nach oben in seine Wohnung. Er richtete sich auf einem Teller etwas zu essen, schenkte sich Wein ein und ging mit dem Abendbrot zu seinem Schreibtisch. Während er aß und trank, blätterte er in seinen Notizen, die er über Härringers Biografie gemacht hatte. Oder waren es Notizen über den Mordfall Ida?

13

Als er am anderen Morgen Punkt neun seinen Laden wieder öffnete und sich Gedanken über die Beschriftung der Tafeln machte, entdeckte er Leopold. Der Kommissar aus Rastatt ging über den Marktplatz und kam auf ihn zu. »Guten Morgen, Herr Buchmann.«

»Morgen.« Florian war überrascht und griff nicht sofort nach der ausgestreckten Hand.

»Ich habe heute Urlaub und lag aber wie immer um fünf Uhr wach. Dann dachte ich, mach doch mal einen Ausflug zum Kaiserstuhl.«

»Ist arg früh.«

»Man braucht ja auch eine Weile, um überall herumzufahren. Zur Kaffeezeit wollte ich wieder zu Hause sein.« Er betrachtete den Laden. »Das ist also Ihr Geschäft?«

Florian antwortete nicht. Der Auftritt irritierte ihn, und er sah sich nicht veranlasst, einem Polizisten an dessen Urlaubstag Fragen zu beantworten. »Sie sind rein privat hier?«, fragte er stattdessen.

»Arbeiten Sie im Urlaub?«

»Ich versuche beides miteinander zu verbinden«, erwiderte Florian und bat den Kommissar in seinen Laden. Während Leopold sich umsah, dachte Florian weiter über den Besuch nach. Der Auftritt kam ihm verdächtig vor. Leopold schien auch nicht glücklich damit zu sein. Dem Kommissar fehlte die bislang ausgedünstete Arroganz. Offensichtlich war er nicht aus eigenen Stücken gekommen.

»Schön, gefällt mir«, sagte Leopold. »Haben Sie es wirklich nötig, in fremden Leben herumzuschnüffeln?« Er ging an den Weinregalen entlang.

»Bitte?«, fragte Florian, obwohl er den Satz verstanden hatte. Die Hintergrundmusik, die stets dezent im Laden lief – Jazz, Klassik je nach Stimmungslage –, war kaum zu hören.

»Sie haben mich schon verstanden«, erwiderte Leopold und schlenderte weiter. »Fünfzig Euro die Flasche. Respekt.« Dann blieb er stehen und sah Florian tief in die Augen. »Was haben Sie denn in der Kasse? Keine Angst vor Dieben?«

»Das Risiko dürfte hier auf dem Marktplatz zu groß sein.«

»Zwei Täter kommen herein, einer lenkt Sie ab und der andere greift in die Kasse. Und wenn Sie reagieren, kriegen Sie eins auf den Schädel. Das passiert überall. Oder ist der Kaiserstuhl der Garten Eden? Obwohl, da gab es ja auch schon Totschlag.«

War das eine Drohung? Florian erwiderte den undurchsichtigen Blick und dachte darüber nach. Was wollte der urlaubende Kommissar hier? Sandte er versteckte Botschaften aus? Wurde er von jemandem geschickt?

»Sie haben Recht. Ich habe Sie verstanden. Jedes Wort. Aber was wollen Sie mir damit sagen?«

»War doch zu verstehen: Schöner Laden. Ich denke, das Geschäft geht gut. Ansonsten könnten Sie nicht diese Preise hier verlangen. Empfehlen Sie mir eine Flasche. Ohne Wein will ich Sie nicht verlassen.«

»Wie hoch ist Ihr Budget?«

»Für eine Flasche?«

»Lassen Sie mich raten: Maximal zehn Euro?«

Die beiden Männer sahen sich gefährlich tief und lange in die Augen. Florian war klar, dass er den Kommissar mit dem Betrag provoziert hatte. Das war auch seine Absicht gewesen. Wenn Leopold gekommen war, um ihn einzuschüchtern, dann wollte er ihm zeigen, dass er nicht einzuschüchtern war.

Er drehte sich ab, ging an den Regalen vorbei und zeigte und beschrieb ein paar Flaschen in dem Preissegment. Leopold war sichtlich überfordert, eine Auswahl zu treffen. »Stellen Sie mir einfach einen Karton zusammen.«

»Einen Karton?«

»Hören Sie schlecht?«

»Habe schon verstanden.«

Während er sechs Flaschen zusammenstellte, dachte er über die Beweggründe Leopolds nach, ihn aufzusuchen. Es schien nur Sinn zu machen, wenn er im Auftrag gekommen war, um ihm ein Zeichen zu geben. Ein Zeichen, nicht in einem Leben zu schnüffeln.

»Haben Sie eigentlich auch das Alibi von Karl Bieser überprüft?«, fragte er angriffslustig, als er nach dem Bezahlen dem Kommissar den Karton überreichte. Mit der Ware in den Händen reagierte Leopold defensiv. Er suchte nach Worten.

»Härringers Tochter«, fuhr Florian fort, »sagte mir zwar, dass alle aus dem Umfeld ihres Vaters überprüft wurden. Auch sie selbst. Aber ich bezweifle die Hartnäckigkeit der Polizei. Ein Alibi gerät doch erst durch hartnäckiges Nachfragen ins Wanken.« Er sah die Wirkung seines Angriffs. Er hatte das Gefühl, dass sich Leopold, den Weinkarton in beiden Händen vor seinem Körper haltend, ertappt fühlte. »Hat Bieser Sie über meinen Besuch bei ihm informiert?«, setzte er nach. Polizeivernehmungen, Kreuzverhöre in amerikanischen Justizthrillern funktionieren wie Pressing beim Fußball, dachte er sich: Man zwingt den Gegner zu Fehlern.

Leopold suchte sichtlich nach Worten, nach einer Strategie, um sich aus der beengten Lage zu lösen. Nach einer Weile fand er zu seiner kühlen Art, die er im Dienst stets bewahrte, zurück. Er lächelte undurchsichtig und verabschiedete sich. »Passen Sie auf Ihre Kasse auf. Jeder Junkie kann sich bei den Preisen ausrechnen, was am Ende des Tages in der Kasse liegt. Auf Wiedersehen, Herr Buchmann.«

Florian folgte ihm zur Tür und sah ihm nach. Er dachte über die Worte nach und wischte sie als Angstmache beiseite. Er ging zur Verkaufstheke, griff zum Telefon und rief Härringers Tochter an. Ihr traute er neben Bieser zu, den Kommissar über seine Recherche im Mordfall Ida informiert zu haben. Wenn Bieser Christine über seinen Besuch in Baden-Baden und seine Nachfragen zum Fall Ida benachrichtigt hätte, wäre sie bestimmt nicht erfreut darüber gewesen.

Sie meldete sich jedoch freundlich, offen und ohne hörbaren Unmut am Telefon. »Florian! Schön, Sie zu hören. Ich muss mich für das abrupte Ende unseres Gespräches entschuldigen.«

»Nein«, wiegelte er ab. »Das war vollkommen in Ordnung. Es war viel zu früh, um über … Ludwig zu reden.«

»Das war mein Wunsch. Und ich möchte mich gerne wieder mit Ihnen unterhalten. Mein Vorschlag, Ihnen schriftliche Notizen zu überlassen, kam nicht so gut an, glaube ich. Oder?«

Florian spielte die Sache herunter, obwohl ihm der Vorschlag nicht gefallen hatte.

Sie redeten über ihre Gefühlslage und plauderten dann über den Herbst, die Weinlese und den geringen Ertrag. Florian hatte nicht das Gefühl, dass Bieser sie über seine Recherche in Kenntnis gesetzt hatte. Dass Leopold bei ihm aufgetaucht war, geschah wohl nicht in ihrem Auftrag. Hatte Bieser dann den Kommissar benachrichtigt? Es konnte kein Zufall sein, dass der bei ihm aufgetaucht war. Während einer heißen Ermittlungsphase, wenige Tage nach dem Verbrechen, Urlaub zu nehmen, um privat die Person, die die Leiche gefunden hatte, aufzusuchen, konnte nur Absicht sein. Während Christine über das gesunkene Ansehen ihres Vaters klagte – »Es ist unglaublich, wie ein Opfer eines Verbrechens behandelt wird und eine Mitschuld erhält.« –, dachte er über Bieser und den Auftritt des Kommissars nach. Hatte er ins Schwarze getroffen? War Bieser nervös geworden? Wie entrückt musste der Unternehmer sein, wenn er glaubte, die Polizei für sich nutzen zu können? Dass Bieser möglicherweise den Kommissar steuerte, machte ihn wütend. Unzählige Skandale im Land – nicht nur im Wettbüro und auf dem Fußballplatz – ließen ihn alles für möglich halten.

Während Christine unaufhörlich redete und immer wieder Persönliches mitteilte, fiel ihm eine Idee ein, Bieser in Zugzwang zu bringen. Er schlug Härringers Tochter vor, die zum Jubiläum geplante Weinprobe mit Laudatio nachzuholen. Härringers Geburtstag sei ja durch das Verbrechen völlig in Vergessenheit geraten.

»Er hatte drei Tage nach der Tat Geburtstag«, erwiderte die Tochter und begann zu schluchzen.

Florian erinnerte sich an den Tag und das Gespräch mit ihr, als er den Auftrag angenommen hatte. Er erinnerte sich auch an das Kreuz auf der Beerdigung, auf dem keine Zeitangaben zu sehen gewesen waren. Das Bild erschreckte ihn. Das Schluchzen der Tochter ließ ihn zudem frösteln.

»Das ist eine schöne Idee«, sagte sie nach einer Weile.

»Es werden alle Personen eingeladen, die auf seiner Liste waren, die er mir gefaxt hatte.« Er hatte die Liste mehrfach im Stapel seiner Notizen betrachtet. »Es waren fünfzehn Personen mit Partnern. Die laden wir jetzt nicht ein. Oder?«

»Das überlasse ich Ihnen. Es ist Ihre Idee und es ist eine schöne Idee. Ich fühle jedes Mal, wenn ich mit Ihnen spreche, dass Sie uns verbunden sind.«

Florian war durch das Gespräch sicher, dass sie nicht hinter dem Auftritt des Kommissars steckte. Sie schien keinen Schimmer zu haben, dass er nach einer Verbindung ihres Vaters zum Mordfall Ida suchte. Er bat sie, die fünfzehn Personen einzuladen, und erklärte, ihr die Liste nach dem Telefonat zu faxen. Sie klärten den Termin und den Veranstaltungsort, ein Restaurant in der Umgebung. Die ursprüngliche Örtlichkeit, die Probierstube neben dem Verkaufsraum, schloss sie aus. »Es muss zwar weitergehen, aber an sein Leben erinnern, wo er erschlagen wurde, ist unmöglich.«

Florian hätte die Veranstaltung aus ermittlungstaktischen Gründen gerne in Tatortnähe gemacht, verstand jedoch die Haltung der Tochter. Er versuchte nicht sie zu überreden. Außerdem war er nicht sicher, ob der Mörder in der Runde zu finden wäre. Sein Vorschlag war in erster Linie auf Bieser gerichtet, den er hinter dem Auftauchen des Kommissars in Gottratskirchen vermutete.

Nach dem Telefonat faxte er die Liste nach Umweg. Sein Laden war noch keine halbe Stunde geöffnet, und sein Leben als Biograf erschien ihm aufregender als das engste Abstiegsspiel. Als er abends die Ladentür wieder schloss und die mit Kreide beschrifteten Tafeln in eine Ecke stellte, rief ihn Härringers Tochter an. »Ich habe alle telefonisch eingeladen«, sagte sie aufgeregt. »Und alle werden kommen.«

14

Er traf eine halbe Stunde vor Beginn der Feier im Restaurant in Neuweier ein. Christine, ihre Mutter, beide in Schwarz gekleidet, und der Kellermeister warteten bereits in dem reservierten Nebenraum. In einer Ecke thronte auf einer Staffelei ein Foto Härringers. Trauerflor zierte den goldenen Rahmen. Auf der mit weißen Tischtüchern eingedeckten Tafel loderte ein Kerzenmeer, obwohl genügend Sonnenlicht durch die zugezogenen, orangefarbenen Vorhänge drang. Aufgrund des Altersdurchschnitts der Gäste und einer mehrstündigen Anreise einer Person hatten sich Florian und Christine auf ein sonntägliches Mittagessen verständigt.

Als Florian die drei Gastgeber begrüßte, fiel ihm ein, dass der Kellermeister, der sich als Weinmacher bezeichnete, nicht auf der Einladungsliste gestanden hatte. Er gehörte für Härringer wohl trotz der Trennung von seiner Tochter weiterhin zur Familie. »Sven war wie ein Sohn für ihn«, hatte Christine gesagt, erinnerte er sich. Arnold führte ihn zu einem Beistelltisch, auf dem Weinflaschen in Temperierbehältern standen. »Wie Sie es uns aufgetragen haben«, sagte er. »Bin gespannt auf Ihre Zuordnung.«

Florian prüfte die Flaschen und ging zurück zur Tochter und der Mutter. Die beiden wirkten gefasst und fröhlich. Sie erklärten, dass sie sich auf den Tag gefreut hätten. »Es ist, als würde Ludwig weiterleben«, sagte die Mutter und bat die Bedienung um ein Glas Härringer Sekt. Während der Begrüßungstrunk gebracht wurde, erschienen nach und nach die eingeladenen fünfzehn Gäste. Florian hatte die Liste am Abend zuvor noch einmal durchgesehen und im Internet nach Informationen gesucht. Über die wenigsten hatte er jedoch etwas erfahren. Neben den ihm bereits bekannten Daten über Bieser erhielt er einen dünnen Eindruck zweier Gastronomen und Informationen über einen Weinkommissionär von der Mosel. Knappe Auskünfte von ihren betrieblichen Internetauftritten, »Wir über uns«, die wenig aussagekräftig waren.

Die Gäste begrüßten, unsicher, wie Florian fand, die Witwe und die Tochter und drückten ihr Mitgefühl aus. Sie schienen mit der Esseneinladung überfordert zu sein. Was sollen wir hier, glaubte Florian mit vielen Fragezeichen in ihren Gesichtern zu sehen. Fast alle waren bereits zur Beerdigung gekommen. Florian erinnerte sich jedoch an niemanden außer Bieser und Obert, die er bereits kennen gelernt und gesprochen hatte. Der frühere Kellermeister, der ihn in Gottratskirchen besucht hatte, begrüßte ihn mit glasigen Augen.

Bieser drückte ihm mit einem undurchsichtigen Blick die Hand und begann sofort ein Gespräch mit einem anderen Gast. »Schön, dich zu sehen, auch wenn der Anlass traurig ist.« »Hat mich gewundert, die neuerliche Einladung«, hörte Florian den ihm unbekannten Gast sagen.

Er stand neben Christine und ihrer Mutter und wurde den Eintreffenden als »Ludwigs Biograf« vorgestellt. Die Gäste stellten sich ihm dann selbst vor, ohne zu erwähnen, in welcher Verbindung sie zu Härringer gestanden hatten. Florian hatte ja aber vor, dies im Verlauf des Nachmittages herauszufinden. Arnold hielt sich in der Nähe der aufgereihten Weinflaschen auf, und Florian sah in seinen Augenwinkeln, dass er hin und wieder einem Gast einen Wein erklärte. Während der Begrüßung wurde Winzersekt gereicht. Härringers Witwe hatte schon das zweite Glas in der Hand.

Als letzter Gast traf die Person mit der längsten Anreise ein. »Er kommt von der Mosel«, flüsterte Christine Florian zu, als der kernige Mann die Mutter umarmte. Er entschuldigte sich, dass er nicht zur Trauerfeier hatte kommen können. »Die Einladung zum Geburtstag hatte mich so gefreut, dass mich sein Tod umgehauen hat. Ich war nicht in der Lage zu kommen, Elisabeth«, sagte der Mann, den Florian auf Anfang sechzig schätzte.

»Heinrich Lorch«, erwiderte er, als Christine Florian wieder als »Ludwigs Biograf« vorstellte.

»Buchmann«, sagte Florian beim Händedruck.

»Passt!« Lorch lächelte und ging in die Runde. Florian löste sich von der Tochter und der Mutter und beobachtete die Gäste, die alle mit einem Glas Sekt in der Hand im Raum standen und sich miteinander unterhielten oder begrüßten. Fast alle schienen sich zu kennen.

Christine kam zu Florian, nahm ihm sein Glas aus der Hand und stieß es mit ihrem zusammen. Als alle Gäste zu ihr blickten, reichte sie ihm das Glas mit einem Lächeln zurück.

Sie begrüßte offiziell die Gäste und äußerte ihre Freude und die ihrer Mutter darüber, dass alle gekommen waren. »Ich bin sicher, dass Ludwig bei uns ist«, sagte sie und alle, außer Florian, blickten zu dem Foto Härringers auf der Staffelei. Florian hingegen musterte die Gäste. Christine übergab dann das Wort an ihn. »Herr Buchmann hatte die Idee für diesen Tag.«

Florian begrüßte ebenfalls die Gäste und stellte sich vor. Als früherer Laudator und jetziger Biograf. Er erklärte auch, dass er die Leiche gefunden hatte. »Es geht heute um sein Leben, aber wir können nicht so tun, als wäre er sanft entschlummert. Tut mir leid.« Dann gab er einen Überblick auf das Programm und das Menü. »Ich habe vier Gänge mit seinen Weinen zusammengestellt. Ludwig, ich nenne ihn auf Wunsch seiner Tochter so, hatte mich für eine Weinprobe engagiert und mir beim ersten Treffen sein Weinsortiment zur Verkostung präsentiert. Ich verzichtete auf den Genuss aller Weine und nahm mir stattdessen nur den Weißburgunder vor. Die weißen Burgunder sind nicht überall nach meinem Geschmack. Für mich müssen sie mollig sein. Das gelingt oft am Kaiserstuhl, aber selten in Riesling-Regionen. Also probierte ich nur den Weißburgunder – und der war mollig. Mein Plan für die Biografie ist, jedem Jahrzehnt eine Sorte zuzuordnen. Das hoffe ich heute mit Ihnen herauszufinden. Nach dem Menü verkosten wir die dort« – er zeigte auf den Beistelltisch – »aufgereihten Weine. Während wir das eine und andere Glas auf Ludwig erheben, erzählen Sie mir einfach frei heraus etwas über Ludwig. Sie alle hatte er ja zu seinem Jubiläum eingeladen.«

In Christines Gesicht glaubte er Enttäuschung zu lesen. Was war mit der Laudatio, schien sie sich zu fragen. Davon unbeeindruckt, stellte er das Menü vor, das er mit dem Koch des Restaurants abgestimmt hatte. »Da wir hier im Badischen an der Grenze zum Elsass sind, beginnen wir mit einer überbackenen Schneckensuppe. Mit viel Pernod, viel Knoblauch und Sahne. Als Kontrapunkt nehmen wir einen Wein, der eine gewisse Aromatik, aber auch eine schöne Säurestruktur hat. Wenn man in der Küche mit Sahne arbeitet, braucht man eine schöne Säure. Dann wird es verdaulicher. Ein guter Kontrapunkt für eine mächtige Schneckensuppe ist der Sauvignon Blanc. Und da das Weingut Härringer den hervorragend hinbekommt, trinken wir ihn dazu. Aufgrund der Höhe der Reblage hat er eine schöne aromatische Einlagerung und eine vibrierende Säure.«

Er sah in den Gesichtern von Christine und Arnold, die das Weingut nun offiziell führten, ein Strahlen. »Danach haben wir gerösteten Seeteufel mit einer Vinaigrette aus Gartenkräutern. Und ein paar Bratkartoffeln. Dazu passt perfekt ein Grauburgunder aus dem Holzfass, den das Weingut Härringer so ausbaut. Die nussigen Aromen harmonieren mit den Oliven der Vinaigrette und auch mit den Bratkartoffeln. Als Hauptgang, wir befinden uns ja im Herbst, nehmen wir Rehrücken Baden-Baden mit Spätzle, Preiselbeeren und Gemüse. Dazu natürlich ein schöner Spätburgunder. Die Rotfruchtigkeit der Preiselbeeren findet sich im Spätburgunder wieder. Der Pinot Noir war, manche werden es wissen, die große Leidenschaft Ludwigs. Er hatte bis zuletzt an einem neuen Produkt gearbeitet. 243 sollte der Wein einmal heißen. Pinot Noir 243, mehr nicht. Wir werden sicher nachher noch darüber reden.«

Er machte eine Pause und beobachtete die Runde, die ihm gegenüberstand und ihm entgegenblickte. Er zögerte, die Farbe des Spätburgunders mit der Blutlache, die Härringer umgeben hatte, in Verbindung zu bringen und entschied sich dagegen. »Die schöne Kirschfrucht des im Holz gereiften Spätburgunders, Barrique wäre zu viel, wird sich mit der Soße wunderbar vertragen. Da können Sie sich jetzt schon darauf freuen. Zum Abschluss gibt es dann Weinbergpfirsich mit Riesling-Zabaione. Dazu eine Riesling Auslese, weil das Dessert auch nicht zu süß ist. Guten Appetit!«

Christine, ihre Mutter und Arnold applaudierten, und die Gäste klatschten ebenfalls.

Florian blieb ungerührt und beobachtete aufmerksam während des Applauses die Runde. Als er Bieser ansah, entdeckte er ein verhaltenes Kompliment. War es auf die Rede oder seine Reaktion auf Leopolds Erscheinen gemünzt, fragte er sich. Dass Bieser hinter dem Besuch des Kommissars stand, bezweifelte er nicht.

Christine bat im Namen des Weinguts die Gäste zu Tisch. Es sei freie Platzwahl – darauf hatte Florian gedrängt – erklärte sie und zog Florian an ihre Seite. Arnold setzte sich an die Seite ihrer Mutter. Während die Gäste nach Plätzen und Nachbarn suchten, versuchte Florian in Reaktionen, Blicken, einem Lächeln oder einem Erstarren der Gesichtszüge etwas zu lesen. Er glaubte zu sehen, dass der Weinkommissionär von der Mosel zögerte, sich neben Arnold zu setzen. Die beiden hatten kurz Blickkontakt. Dann drehte sich Lorch weg und nahm einen Platz an der unteren Seite der Tafel ein. Als Bieser sich in dem kleinen Auftrieb am Tisch selbstbewusst neben Arnold, in die Nähe der Trauerfamilie, setzte, schien Arnold erleichtert zu sein.

Florian sah sich während des Essens nicht verpflichtet, das Gespräch zu führen. Die Tafel war jedoch auch zu groß nur für ein Gespräch. Es entstanden, in der Regel zwischen Nachbarn, aber auch zwischen gegenüber sitzenden Personen, viele kleine Gesprächskreise. Florian gelang es lediglich, ein paar Gesprächsfetzen aufzunehmen. »Letztes Mal, als ich Ludwig sah …« »Erinnerst du dich noch …?« »Der Wein ist gut.« »Und die Suppe. Hmm.« Christine nahm ihn außerdem während des Essens in Beschlag. Sie bedankte sich wiederholt für die Worte bei der Menüvorstellung. »Das können Sie öfter für uns tun. Wir machen im Schloss Menüs mit korrespondierenden Weinen. Und Sie begleiten die kulinarischen Weinreisen.« Anschließend fragte sie ihn nach seinen Kenntnissen und seinem Leben aus. »Haben Sie das alles in Italien gelernt?« Er achtete darauf, nicht selbst zum Thema zu werden und antwortete ihr höflich und knapp. Wenn sich eine Möglichkeit ergab, einen Schlenker bei seiner Antwort zu machen, tat er es und verwickelte sie in biografische Gesprächsthemen. Im Verlauf des Menüs und mit ausgiebiger Verkostung der gereichten Weine verlor sie sich immer tiefer in Erinnerungen. Mit einem Ohr lauschte Florian stets dem Gespräch zwischen Arnold und Bieser. Bieser wandte sich jedoch oft an die Witwe, die verloren zwischen Christine und Arnold saß. »Es ist traurig. Nicht mal im Rentenalter schafft man es, viele Kontakte, die in jungen Jahren selbstverständlich waren, zu pflegen«, vernahm er einmal.

Während er sich auf seinen Lauschangriff konzentrierte und zu jedem Gang lediglich ein kleines Glas trank, beobachtete er die Runde. Der Mann von der Mosel unterhielt sich zurückhaltend mit seinem Nachbarn. Für Florians Empfinden fühlte er sich unwohl. Den Wein rührte er verständlicherweise kaum an. Florian erkundigte sich bei Christine nach ihm.

»Wer Heinrich Lorch ist?«

»Ja.«

»Ehrlich gesagt, kenne ich ihn kaum, eigentlich gar nicht. Er ist Weinkommissionär. Ich hatte nie mit ihm zu tun. Unser Weingut hatte noch nie eine geschäftliche Verbindung zur Mosel. Vielleicht haben Sie sich einmal auf einer Messe kennen gelernt?« Sie fragte ihre Mutter nach Lorch. »Woher kannten sie sich?«

»Heinrich hat Ludwig beim Aufbau des Weinguts beraten. Ludwig hatte damals ja keine Ahnung von Wein.«

»Kennen Sie Herrn Lorch?« Florian nutzte die Gelegenheit und fragte Arnold, der ihm, während er mit Bieser sprach, zuhörte. Das war ihm aufgefallen.

»Ich bin erst seit ein paar Jahren hier im Betrieb«, antwortete Arnold und verriet Florian so, dass er ihnen zugehört hatte.

»Ich dachte, Ludwig hat ihn vielleicht einmal erwähnt. Als er die Einladungsliste zusammenstellte.«

»Hat er mir auch nicht erklärt«, mischte sich Christine zur sichtlichen Erleichterung Arnolds ein. »Ich kenne ihn nicht.«

»Sie auch nicht?«, fragte Florian Arnold, der hektisch den Kopf schüttelte. »Nein.«

Um kein Misstrauen und keine Missstimmung zu erregen, erkundigte sich Florian nach Lorchs Nachbarn. »Dann muss ich sie nachher nicht alle ausfragen.«

Der eine sei ein Gastronom aus Freiburg und der andere ein Druckereibesitzer, der von Beginn an die Etiketten des Weinguts druckte, erklärten Christine und ihre Mutter.

»Gestaltete er sie auch mit?«

»Nein«, antwortete Christine. »Das war schon immer unsere Sache. Wir schicken ihm die Daten, die er dann druckt und liefert. Mehr haben wir nicht miteinander zu tun? Nicht wahr, Sven?«

»Ja, genau«, antwortete Arnold.

Im Verlauf des weiteren Mittagessens erfragte Florian den biografischen Hintergrund der restlichen Gäste. Neben weiteren Gastronomen aus Mannheim und vom Bodensee, die früh Härringer Weine auf ihre Karten genommen und ihnen treu geblieben waren, waren zwei betagte Golfkollegen und zwei Sparkassendirektoren im Ruhestand, die, beide Weinliebhaber, wiederholt bei der Weinlese mitgeholfen hatten, anwesend. »Ohne dafür bezahlt zu werden und ohne Ludwig früher günstige Kredite gegeben zu haben«, fügte Christine hinzu. »Sie sind einfach Freunde unseres Weingutes.« Darüber hinaus waren ein hiesiger Studienkollege, ein Kindergartenfreund und ein örtlicher Weingutsbesitzer sowie ein früherer Arbeitskollege eingeladen.

Nach dem Essen und einem Espresso gab Florian den Impuls, die Tischrunde aufzulösen. »Wer will kann spazieren gehen, es ist schönes Wetter, oder hier mit mir weiter Weine verkosten. Wie haben Ihnen denn das Menü und die Weine dazu geschmeckt?«

Er erntete ein begeistertes, gemurmeltes Echo. »Sehr gut.« »Gut.« »Gute Auswahl.« »Perfekt. Musste mich richtig bremsen.«

Während einige Gäste nach draußen gingen, suchte Florian die Nähe der im Nebenraum Verbliebenen. Er hatte sich die Namen zu den Gesichtern eingeprägt und sprach alle persönlich an.

Die Golfspieler und Freunde des Weinguts suchten von sich aus das Gespräch mit ihm und fragten interessiert nach Aromen und der Schulung der Sensorik. Florian antwortete knapp, aber kompetent. Die Gastronomen zeigten Interesse, ihn für ähnliche Veranstaltungen zu buchen. »Wir haben keinen eigenen Sommelier. Aber Sie spielen in der Liga«, erklärte einer und gab ihm seine Visitenkarte. Die beiden anderen Wirte zückten daraufhin ebenfalls ihre Kärtchen. »Es kann sein, dass ich mich auch wegen der Biografie bei Ihnen melden werde«, erwiderte er.

»Gerne.« »Tun Sie sich keinen Zwang an.« »Ich lade Sie gerne zu einem Abend ein.«

Das Trio war nur mit Mühe loszuwerden. Florian hatte den Eindruck, die Gastronomen und die Golfspieler vernachlässigen zu können. Als die anderen Gäste von draußen hereinkamen, wandte er sich diesen nach und nach zu. Er unterhielt sich mit dem Druckereibesitzer, dem Weingutsbesitzer aus der Nachbarschaft und dem Freund aus den Kindergartentagen und kam zu dem Schluss, dass sie aus Höflichkeit und Sentimentalität eingeladen worden waren. Alle drei hatten mit Ludwig kaum etwas zu tun. Das Etikett für den neuen Spätburgunder hatte Härringer nicht mit dem Drucker besprochen. Der Freund aus den Kindertagen schien sogar verwirrter über die Einladung zu sein als über Härringers Ermordung. »Ich konnte es nicht glauben, als die Einladung kam. Nach der Grundschule haben sich unsere Wege getrennt. Ich glaube, wir haben uns noch ein paar Mal gesehen, aber nie wieder miteinander gesprochen.«

»Wie war er denn in der Grundschule?«

»Das ist so lange her.«

»Ihre Wege trennten sich, sagten sie. Weshalb?«

»Er ging aufs Gymnasium, ich nicht.«

»War er ein guter Schüler?«

»Meines Wissens war er nicht besser als ich.«

Florian sprach daraufhin mit dem früheren Kommilitonen und dem Arbeitskollegen in Biesers Firma. Sie schienen ebenfalls aus Sentimentalität eingeladen worden zu sein. Sie beschrieben Härringer als zuverlässig, korrekt, kollegial. Der Studienkollege erklärte, ihm viel zu verdanken zu haben. »Ich hätte ihn einladen müssen! Mein Gott, war ich damals faul.« Florian ging anschließend elegant seiner Rolle nach und charakterisierte kurz die aufgereihten Weine. Dann suchte er den Kontakt mit dem Weinkommissionär von der Mosel, der das bestätigte, was er bereits von Christine Härringer gehört hatte. »Ludwig wollte sich wohl nicht hier an einen Weinfachmann wenden, als er sein Weingut gründete. Deswegen kam er zu mir, schätze ich. Wie er zu mir kam? Über Empfehlungen vielleicht. Kann ich nicht sagen. Ich fragte ihn sicher nicht danach. Ich war damals ja schon eine Weile im Geschäft. Denkt jemand an deutschen Wein, Riesling, denkt er halt an die Mosel. Das müsste Ihnen auch am Kaiserstuhl bekannt sein.«

»Wann haben Sie ihn zum letzten Mal gesehen?«

»Zum letzten Mal?«

»Ja.«

»Da muss ich überlegen. Das ist auf jeden Fall lange her. Ludwig hat ja schnell gelernt und bald keine Hilfe mehr benötigt. Nach ein paar Jahren war er der Fachmann. Ich kann es nicht in Jahren sagen, aber in Jahrzehnten. Im letzten Jahrzehnt hatten wir mit Sicherheit keinen Kontakt. Deswegen hat mich auch die Einladung so gefreut und sein Tod umgehauen. Wirklich. Ich konnte es nicht glauben. Ich kann es immer noch nicht glauben.«

»In Kontakt mit dem Weingut waren Sie also schon lange nicht mehr?«

»Nein.«

»Herrn Arnold kennen Sie demnach nicht?«

»Den jetzigen Kellermeister? Nein. Ich kenne noch den alten.« Er winkte Obert, der mit einem Glas in der Nähe stand, zu sich. »Heinz.« Er prostete ihm zu. »Auf Ludwig.«

Florian stieß mit ihnen an. »Wann haben Sie beide sich denn das letzte Mal gesehen?«

»Das ist auch lange her«, erwiderte Lorch.

»Sehr lange«, sagte Obert. »Damals und vielleicht mal auf einer Veranstaltung. Die Mosel fließt hier aber nicht um die Ecke. Wenn man mit Wein arbeitet, im Weinberg und im Keller, da hat mich nicht so viel Zeit, Herr Buchmann.«

»Reisen in andere Weinbaugebiete gehören doch auch zum Leben eines Winzers«, erwiderte Florian.

»Viele zieht es sogar ins Ausland. Die ausländischen Weine sind ja auch unsere größte Konkurrenz.«

Sie unterhielten sich noch eine Weile über den hart umkämpften Weinmarkt in Deutschland, während Florian die Gäste nicht aus seiner Aufmerksamkeit ließ. Er bemerkte, dass Bieser im Begriff war, sich zu verabschieden. Rund eine Stunde war seit dem Essen vergangen. Kaffee und Kuchen standen noch auf dem Programm. Florian hatte aber nicht den Eindruck, dass Bieser spazieren gehen wolle. Er sprach mit Christine und ihrer Mutter und hatte sich bereits von einigen Gästen mit Handschlag verabschiedet. Florian entschuldigte sich bei seinen Gesprächspartnern und ging zu Bieser hin. »Sie gehen?«

»Ja. Ich habe leider noch eine andere Veranstaltung. Das habe ich Elisabeth und Christine gerade erklärt.«

»Schön, dass du trotzdem gekommen bist«, sagte Härringers Witwe.

»Es hat uns sehr gefreut«, erwiderte Christine.

»Könnte ich Sie noch einen Augenblick sprechen?«, fragte Florian.

»Begleiten Sie mich nach draußen.« Er reichte den beiden Frauen die Hand und verließ den Nebenraum, ohne sich in die Runde zu verabschieden.

Florian ging hinter ihm her. Sie verließen das Restaurant und gingen zum Parkplatz. »Eine gute Show haben Sie da abgezogen«, meinte Bieser.

»Habe ich für Sie veranstaltet. Ich lasse mich nicht einschüchtern. Ich schnüffle in fremden Leben herum. Wenn es sein muss, auch in Ihrem. Haben Sie mir den Kommissar in den Laden geschickt?«

»Was meinen Sie?«

»Tun Sie nicht so unschuldig.«

Bieser blieb stehen und sah Florian, der ebenfalls stehen blieb, streng in die Augen.

»Im Gegensatz zu Ludwig habe ich viele Freunde«, erklärte er. »Ludwig musste schon Hinz und Kunz einladen, um auf eine einigermaßen stattliche Zahl zu kommen. Eigenbrötler im Weinberg und im Weinkeller haben es eben nicht leicht. Führen Sie mich nicht weiter vor, Fußballer! Wenn Sie beginnen, Ihre seltsamen Gedanken öffentlich zu machen, bekommen Sie Ärger. Ein Fußballer in den Schlagzeilen ist immer ein guter Treffer! Guten Tag, Herr Buchmann.«

Bieser ließ ihn stehen und stieg in seinen Wagen. Dann fuhr er davon.

Florian sah ihm unbeeindruckt nach. Bieser hatte ihm deutlich zu erkennen gegeben, dass er den Kommissar aus

Rastatt zu ihm geschickt hatte. Andererseits hatte Bieser sich nicht getraut, der Einladung fernzubleiben. Florians Schachzug war aufgegangen. Wollte sich Bieser nicht dem Risiko aussetzen, durch sein Fernbleiben verdächtig zu erscheinen? Wem? Ihm oder den Angehörigen? Hätte ihn seine Abwesenheit mit Härringers Tod in Verbindung gebracht? Florian dachte darüber nach. Seine Gedanken verwirrten ihn jedoch zunehmend. Pinot Noir 243 hatte aber eine Botschaft, die an Bieser gerichtet war, da war er sich sicher. Die anderen Gäste hatten mit der Einladung keine Flasche erhalten. Hatte Bieser die Botschaft verstanden?

Er sah weiter die Straße hinunter, die Bieser längst verlassen hatte. Dann betrat er wieder das Lokal und ging auf die Toilette. Als er zu den am Hintereingang befindlichen Anlagen lief, entdeckte er durch eine Milchglasscheibe im Hinterhof das bordeauxrote Hemd des Weinkommissionärs. Neben Lorch stand eine weitere Person. Florian ging auf die dem Hof näher gelegene Frauentoilette und horchte durch ein aufgestelltes, kleines Klappfenster in Deckenhöhe in den Hof. Er konnte dem Gespräch allerdings kaum folgen. »Was sollte das?«, verstand er einmal. »Wir kennen uns nicht!«

Er griff nach dem Papierkorb und versuchte, darauf zu stehen. Der Alubehälter rutschte jedoch weg, und er knallte gegen die Wand. Putz klebte an seinem Hemd, das an einer Stelle eingerissen war. Er horchte wieder durch die Luke. Er vernahm Worte wie »lange« und »Zeit« und konnte so die Stimme der zweiten Person identifizieren. Es war Arnold, Ludwigs zweiter Kellermeister.

Er verließ die Frauentoilette. Als er herauskam, stieß er auf Christine, die auf dem Weg zur Toilette war. »Haben Sie zu viel getrunken?«, sagte sie mit einem Lächeln.

»Nein. Aber ich muss in Gedanken gewesen sein.«

»Männer sind da.« Sie zeigte auf die Nachbartür.

Er nickte und wollte auf die Herrentoilette gehen. Sie betrachtete ihn jedoch mit glasigen Augen, und er wollte sie nicht stehen lassen.

»Es war schön. Ein schöner Mittag mit vielen alten Geschichten. Das war eine schöne Idee von Ihnen. Danke.«

»Keine Ursache.«

»Gleich gibt es Kaffee und Kuchen. Kann ich gebrauchen. Ich glaube, ich habe zu viel getrunken.«

Er lächelte ihr zu, und beide gingen dann gleichzeitig auf ihre Toiletten.

Als Florian in das Lokal zurückkam, waren Lorch, dessen weinrotes Hemd nun noch kräftiger schien, und Arnold bereits im Nebenraum. Sie standen getrennt voneinander und unterhielten sich mit weiteren Gästen, während Kaffee und Kuchen gebracht wurde. Im Verlauf des Nachmittages suchte Florian erneut ein Gespräch mit Lorch und mischte sich in ein Gespräch, das Obert und Arnold, die beiden Kellermeister, führten. Nach gezielten, aber unauffälligen Fragen erhielt er erneut die Antwort, dass Lorch und Arnold sich nicht kannten.

Nach dem Kaffee verabschiedete sich der Weinkommissionär. Er habe noch eine kleine Autofahrt vor sich, erklärte er. Während er Härringers Witwe und Christine die Hand reichte, grüßte er in die Runde. Nachdem er gegangen war, machten sich bald auch die weiteren Gäste auf den Heimweg. Florian hielt sich bei der Verabschiedung abseits. Er registrierte viel weinselige Sentimentalität. Viele versprachen sich ein baldiges Wiedersehen. »Nicht erst, wenn …«

Der gewaltsame Tod Härringers war außer in Florians Eingangsworten kein Gesprächsthema gewesen. Nachdem sich alle verabschiedet hatten, wirkten die drei Gastgeber ein wenig verloren in dem Raum mit dem Bild Härringers auf der Staffelei.

Florian ging zu ihnen hin.

»Das war schön«, sagte Christine zu Florian, als er sich zu ihnen gesellte.

»Ihre Weine sind wirklich gut. Sie treten ein großes Erbe an.«

»Wie ich Ihnen schon sagte, Florian. Sven macht seit Jahren die Weine. Das sind schon seine, unsere Weine«, erwiderte Christine.

Sie redeten noch eine Weile. Florian erklärte, den von ihm unterschriebenen Vertrag mit der Post geschickt zu haben. »Ich wollte das nicht mit Heute vermischen.« Dann verabschiedete er sich.

»Lassen Sie von sich hören«, sagte Christine, als sie ihm die Hand reichte.

»Denken Sie an unsere Weinprobe«, meinte Arnold.

Florian verließ den Raum und stieg in seinen Wagen. Das Mittagessen bei Sonnenschein und zugezogenen Vorhängen hatte ihn ermüdet. Er drückte sich in den Fahrersitz und atmete tief durch. Dann schrieb er Ulla eine SMS. Was sie mache? Es sei perfektes Biergartenwetter. Bin auf dem Heimweg von Umweg, schrieb er noch.

Als er auf die Autobahn fuhr, erhielt er ihre Antwort.

15

Sie trafen sich eine Stunde später in einer Gartenwirtschaft in der Nähe des Baggersees in Niederrimsingen. Florian erreichte den Ort am Tuniberg vor Ulla und bestellte sich ein großes Pils. Der sonnige Biergarten war überwiegend mit Mountainbikern bevölkert. Für Ende Oktober war es auch für südbadische Verhältnisse zu warm; die sonnenbebrillten Radsportler waren fast alle kurzärmelig.

Florian hatte gerade den ersten großen Schluck getrunken, als Ulla angefahren kam. Trotz Helm und Sonnenbrille erkannte er sie sofort. Der enge Sportdress stand ihr. Am Eingang des Biergartens stieg sie von ihrem Mountainbike und stellte es am Zaun ab. Nachdem sie den Helm abgenommen hatte, schüttelte sie ihre schwarzen Haare. Dann hängte sie den Helm an die Lenkstange und kam zu ihm hin, ohne das Rad abzuschließen.

Florian stand auf, und sie küssten sich auf die Wange.

»Vorsicht. Ich schwitze.«

»Erlebe ich nicht das erste Mal.« Er grinste und setzte sich mit ihr hin.

»Ich bin noch in den Höhenweg eingestiegen. Der direkte Weg versprach zu wenig Anstrengung. Ich war geladen. Willi hat mich den ganzen Tag hingehalten. Erst sagt er, er kommt gleich nach der Eröffnung des Zwiebelkuchenfestes was weiß ich wo, dann ruft er an, er kommt eine Stunde später und dann kommt er gar nicht. Als ich jetzt nach deiner SMS losgefahren bin, kam er gerade. Er roch aber nicht nach Zwiebeln!«

Florian schüttelte amüsiert den Kopf. Er winkte der Bedienung und fragte Ulla nach ihrem Wunsch. »Bier?«

»Ein großes!«

Er gab die Bestellung auf und sah sie grinsend an.

»Was ist?«

»Selten, dass ich dich so geladen erlebe.«

»Das würde noch fehlen. Dich habe ich zur Entspannung. Also, begnüge dich mit dieser Seite von mir. Die andere würde dir nicht gefallen.«

Er erzählte ihr von seiner letzten Begegnung mit dem Bürgermeister. »Dann fragt er mich, ob es denn in seinem Gottratskirchen keine Frau für mich gibt.«

»Nachdem er sie alle flachgelegt hat?!«

»Gibt's schon, habe ich ihm geantwortet. Aber die wären alle verheiratet!«

Sie lachte und klopfte sich auf die in den Radlerhosen kräftig wirkenden Oberschenkel. Dann wurde ihr Bier gebracht. Sie prosteten sich zu.

»Ich bin glücklich, dass wir uns überhaupt kennen gelernt haben«, sagte sie und nahm einen mächtigen Schluck. Dann erkundigte sie sich nach dem Stand seiner Arbeit als Biograf. »Hast du herausgefunden, was es mit dem Wein auf sich hat? Versteckt sich hinter 243 Ida?«

Er klärte sie über den alten Mordfall auf.

»Ob das Zufall ist?«, erwiderte sie.

»Sehe ich genauso.«

Er berichtete ihr von dem heutigen Tag und wie es dazu gekommen war.

»Der Kommissar ist in seinem Urlaub bei dir aufgetaucht, einen Tag, nachdem du mit diesem Bieser gesprochen hattest?«

»Was für ein Zufall!«

»Glaubt man heutzutage sofort, dass Polizei und Justiz korrupt sind.«

Er schilderte ihr seine Beobachtung, dass der Weinkommissionär und der jetzige Kellermeister sich entgegen ihren Äußerungen kennen würden.

»Du hast nur Stimmen gehört. Du hast sie nicht zusammen gesehen«, mahnte Ulla.

»Ich habe keinen Beweis, das ist richtig. Aber irgendetwas stimmt da nicht.«

»Hör auf deinen Bauch. Das hat dich auch zu Ida geführt. Mit siebzehn umgebracht und der Mörder läuft noch frei herum!« Sie schüttelte fassungslos den Kopf. »Was wollen du und dein Bauch nun unternehmen?«

»Ich werde mir ansehen, was der Mann an der Mosel so tut.«

»Du fährst an die Mosel?«

»Ja.«

»Wann?«

»Morgen. Willst du mit?«

Sie überlegte kurz. »Eigentlich gerne. Sehr gerne. Aber morgen passt es wirklich nicht. Bin mit Mutter verabredet. Den Termin habe ich bereits einmal verschoben. Das kann ich ihr nicht antun. Wir wollen nach Basel.«

»Kein Problem. Kommst du nachher noch mit?«

Sie sagte wieder ab und berührte ihn an der Hand. Sie sei mit Willi und einem befreundeten Paar zum Essen verabredet. »Wir könnten uns morgen Abend sehen«, fügte sie hinzu.

»Schön. Dann kann ich dir erzählen, was ich an der Mosel erlebt habe.«

»Such einen guten Wein aus«, sagte sie und erhob ihr Glas. Sie prosteten sich noch einmal zu und plauderten über einer weiteren Bestellung. Dann verabschiedeten sie sich. Florian sah ihr, im Auto sitzend zu, wie sie ihren Helm und ihre Sonnenbrille aufzog und losradelte. Als er ihr folgte und sie überholte, hupte er.

Er fuhr nach Hause und suchte im Internet weitere Informationen über Lorch. Er fand jedoch nicht mehr als »wir über uns«. Lorch hatte eine Tochter, die mit ihm den Weinhandel betrieb, den Lorch selbst gegründet hatte. Es war ein Betrieb unter vielen. Florian wusste, dass sich die Weinwirtschaft an der Mosel von Baden unterschied. Es gab unzählige Winzer, Kellereien und Weinkommissionäre. Der Handel war dort stärker verbreitet als im beschaulichen Baden, wo Winzergenossenschaften und Weingüter dominierten. Er wusste von Kellereien, die eine Million Liter Wein am Tag auslieferten und auch ausländische Trauben verwerteten. Der deutsche Wein hatte ja nicht die Kapazität, den inländischen Bedarf zu decken. Die Mehrzahl der im Land gekauften Weine ging außerdem über den Scanner im Supermarkt oder im Discounter und nicht über die Ladentheke eines Feinkostladens oder Weingutes.

Er notierte sich die Adresse des Betriebs und informierte Lena, dass er morgen den ganzen Tag unterwegs sein werde. »Kein Problem«, sagte seine Aushilfe, die bei seinem Anruf auf ihren Inlinern unterwegs war. »Ich schmeiß den Laden, klar!«

Am anderen Morgen fuhr er früh, vor acht, los. Er hatte rund dreihundert Kilometer vor sich. Er packte Wasser, Salami seines Metzgerfreundes Weinbrenner ein und kaufte beim Bäcker im Ort drei Elsässer. Dann fuhr er über Frankreich und Saarbrücken in das Dorf an der Mittelmosel. Bevor er die Autobahn verließ, pinkelte er noch an einem Rastplatz. In dem kleinen Ort an einer Moselschleife fand er auf Anhieb die Adresse. Er parkte in der Nähe und beobachtete das Gebäude, während er sich einen Elsässerweck belegte und aß. Er hatte während der rund dreistündigen Fahrt nichts gegessen und zu seinem Bedauern auch keinen Blick für die atemberaubende Landschaft gehabt. Er wartete eine halbe Stunde, in der er ein weiteres Brötchen im Auto verkrümelte, und überlegte, Lorch einen Besuch abzustatten. Er sei geschäftlich hier und gerade vorbeigekommen. Einen genauen Plan hatte er sich nicht zurechtgelegt gehabt.

Während er über seine Vorgehensweise nachdachte, entdeckte er Lorch. Der Weinkommissionär trug ein weißes Hemd, einen Pullover, ein Jackett und Jeans. Er verließ das Haus und ging über den Hof. Dort stieg er in seinen Wagen und fuhr weg. Florian hängte sich an ihn und folgte ihm Richtung Bernkastel-Kues. Nach einer kurzen Fahrt durch weitere Dörfer stoppte Lorch bei einer Spedition – Otto Benitz – und betrat den Haupteingang. Dass ein Weinhändler mit Spediteuren zusammenarbeiten muss, war Florian bekannt. Er wartete geduldig in der Nähe. Als Lorch nach einer Stunde nicht herauskam, wurde er ungeduldig. Er stieg aus, die Krümel auf seiner Hose abschüttelnd, und ging die Straße hoch zu der Spedition, auf deren Hof ein Lkw stand.

Er huschte hinter den Lastwagen.

Das Firmengelände war überschaubar und das Gebäude erstreckte sich vom Haupteingang nach hinten in den Hof zu einer Halle mit drei Toren. Das Zwischengebäude zum Hof hin war fensterlos.

Florian schlich über den Hof. Ein Container gab ihm nach Passieren des Lastwagens Sichtschutz. Eines der drei Tore der Halle am Ende des Hofes stand offen. Florian blickte, hinter dem Container kniend, zum Bürogebäude am Haupteingang. Die Fenster hatten keine Vorhänge. Niemand war in den beiden Räumen zu sehen. Er wartete eine Weile, dann sprintete er gebückt unter die Fenster und huschte an der fensterlosen Hauswand entlang nach hinten zu dem offen stehenden Tor. Er verharrte am Eingang, äugte in die Halle und entdeckte eine Treppe, die zu einem Büro mit einer riesigen Glasfront führte. In dem Raum entdeckte er Lorch mit dem weißen Hemdkragen. Sein Jackett hatte er ausgezogen. Er redete im Stehen mit einem ungefähr gleichaltrigen Mann, der einen Anzug trug und auf Florian nicht wie ein Spediteur wirkte. Der Betrieb ließ aufgrund der Größe und des Zustandes des Hofes und der Halle keinen Chef im Anzug erwarten. Die Halle wirkte schmuddelig, staubig. Florian glaubte, Schmiermittel zwischen seinen Fingern zu spüren. In dem durch die geschlossenen Tore dunklen Bereich der Halle, in den etwas Licht durch ein Fenster an der Rückwand fiel, erblickte Florian einen Müllsack mit getrockneter Maische, die gärend herausquoll. An einer Wand standen Ersatzreifen und eine Batterie. Eine mobile Hebebühne ließ ihn annehmen, dass die Halle auch als Werkstatt diente.

Florian sah wieder in das Büro, aus dem undeutliche Stimmen klangen. Er konnte die Unterhaltung hören, aber nicht verstehen. Die beiden Männer standen noch immer und gingen gelegentlich in dem Raum auf und ab. Ein Gesicht drückte sich einmal nahezu gegen die Scheibe, in die Halle starrend. Florian zuckte zurück und ging einen Schritt hinaus in den Hof. Von der Straße aus war er nun deutlich zu sehen, wie er am Tor lauschte. Er erschrak und linste wieder in die Halle. Als keiner der beiden Männer in dem Büro in seine Blickrichtung sah, stürmte er gebückt in den Raum. Nach einem kurzen Antritt stellte er sich an die Wand unter dem Büro und schlich mit dem Rücken an der Wand zur Treppe. Die Stimmen wurden etwas deutlicher, verstehen konnte er aber immer noch nichts. Es schien um eine Ladung zu gehen, mutmaßte er, die Gesprächsfetzen analysierend.

Während er sich zur Treppe bewegte, hörte er, wie die Tür geöffnet wurde. Er erschrak und wollte sich verstecken. Die nun verständlicheren Stimmen hielten ihn jedoch zurück. »Ich brauche drei Hänger, sonst lohnt sich das nicht.« »Auf die Schnelle kann ich keine drei disponieren. Ich habe noch andere Kunden.« Als die Tür knallte und die Männer im Büro blieben, begriff er, dass er sich weit vorgewagt hatte. Wo hatte er sich verstecken wollen, wenn sie heruntergekommen wären? Er sah sich um und entdeckte keine Möglichkeit, innerhalb von Sekunden in Deckung gehen zu können. Er zweifelte an seinem Tun und fragte sich, was er denn geglaubt hatte, belauschen zu können? Ihm fiel ein, dass er überhaupt nicht wusste, was er wollte. Er bedauerte, Lorch nicht in seinem Betrieb aufgesucht zu haben. Stattdessen bewegte er sich strafrechtlich auf dünnem Eis. Er entschied sich zum Rückzug und hangelte sich an der Wand zurück. Als er am Ausgangspunkt war und zum Tor hinaussprinten wollte, stieß er an einen Besen. Der Stiel knallte auf den Boden. Er erstarrte, obwohl die Bürotür aufgerissen wurde. »Ist da jemand?« Er drückte sich gegen die Wand und atmete tief durch, während schnelle Schritte – er konnte nicht einschätzen, ob beide Männer ihm hinterherkamen – über die Treppenstufen polterten. Als er die Schritte bereits am unteren Ende der Treppe vermutete, entschied er sich zur Flucht und stürmte aus der Halle hinaus. Als er den Hof erreichte, lief ihm der Mann im Anzug vom Haupteingang aus kommend entgegen. Er war offensichtlich innerhalb des Gebäudes zum Haupteingang gerannt, um ihm den Weg abzuschneiden. Florian blieb stehen, drehte sich um und sah sich Lorch gegenüber, der aus der Halle auf ihn zugerannt kam.

»Wer ist das?«, hörte er den Anzugträger hinter sich.

»Den kenne ich«, erwiderte Lorch.

»Wer ist das?«, hörte er den anderen noch einmal fragen, während er Lorch fixierte.

Lorch schien ihn beim ersten Blick erkannt zu haben. »Ein Schnüffler!«, erklärte er.

Dann spürte Florian einen dumpfen Schlag am Hinterkopf, und ihm wurde schwarz vor Augen.

16

»Die Polizei will Sie sprechen«, sagte eine Krankenschwester, als sie die Tür öffnete. »Sind Sie vernehmungsfähig?«

Florian nickte, obwohl er Kopfschmerzen hatte. Er saß aufrecht im Bett in einem engen, fensterlosen Raum der Notaufnahme. Er trug ein Krankenhaushemd und hatte einen Verband am Kopf. Ein Venenzugang drückte am Unterarm. Er hing aber nicht mehr an einem Tropf. Der stand neben dem Bett.

Hinter der Krankenschwester erschien ein uniformierter Polizist. Während die Krankenschwester in der Tür stehen blieb, stellte sich der Polizeibeamte vor und fragte nach Florians Befinden.

»Der Schädel brummt noch ein bisschen.«

»Sie waren bewusstlos, als Sie gefunden wurden.«

»Wo?«

»Haben Sie keine Erinnerung?«

»Nein. Im Moment nicht.«

»Sie wissen nicht, was passiert ist?«

»Keine Ahnung.«

»Wurden Sie im Auto niedergeschlagen?«

Er schüttelte ahnungslos den Kopf.

»Was haben Sie an der Stelle gemacht? Sie wurden an einem abgelegenen Parkplatz aufgefunden. Von Passanten.«

»Ich habe keine Erinnerung.«

»Kann der Schock sein. Sie haben eine Gehirnerschütterung. Wer hat Sie niedergeschlagen? Waren Sie hier mit jemandem verabredet? Sie sind ja nicht von hier.«

Er schüttelte den Kopf.

»Ihr Handy und Ihr Portemonnaie wurden nicht entwendet. Beraubt wurden Sie offensichtlich nicht.«

»Ich habe keine Erinnerung.«

»Wer ist Ulla?«

»Bitte?«

»Das Erste, was Sie gesagt haben, als die Passanten Sie entdeckten, war Ulla. Sie haben den Namen wiederholt erwähnt. Wer ist die Frau?«

Er überlegte angestrengt. »Eine Freundin.«

»Ihr Gedächtnis funktioniert«, erwiderte der Polizist. »Versuchen Sie sich auch an den Vorfall zu erinnern. Wie kamen Sie zu der Stelle? Wurden Sie dorthin gebracht? Wen haben Sie getroffen? Was haben Sie hier gemacht?«

Er erklärte, Weinhändler zu sein. »Ich wollte Weingüter aufsuchen.«

»Welche?«

Er überlegte. »Ich hatte ein paar ausgewählt und wollte Sie ohne Ankündigung aufsuchen.«

»Ich verstehe.« Der Polizist sah ihn verständnislos an.

»Ich wollte nur Weine verkosten.«

»Mit dem Auto?«

»Verkosten heißt nicht trinken, auch wenn man über die Schleimhäute etwas Alkohol aufnimmt.«

»Fällt Ihnen nun auch ein, wie Sie zu der Stelle gekommen sind? Wurden Sie dort niedergeschlagen oder an einem anderen Ort und an die Stelle gebracht? Wurden Sie überfallen? Hatten Sie eine Pause gemacht, um vielleicht pinkeln zu gehen?«

Er schüttelte den Kopf. »Keine Ahnung. Ich erinnere mich nicht.«

»Ich glaube, das reicht«, sagte die Krankenschwester in der Tür.

»Wollen Sie Anzeige erstatten?«

Er sah zögerlich zu dem Polizisten hin.

»Es handelt sich offensichtlich um Körperverletzung. Sie haben eine Platzwunde. Es sieht nicht so aus, als wären Sie auf den Hinterkopf gefallen.«

»Wen soll ich anzeigen?«, erwiderte Florian. »Ich habe keinerlei Erinnerung.«

»Falls Ihnen noch etwas einfällt, melden Sie sich einfach. Ich bin nur hier, weil Sie mit dem Notarztwagen eingeliefert wurden. Soweit ich informiert bin, müssen Sie nicht im Krankenhaus bleiben.«

»Nach Hause fahren, dürfen Sie aber nicht«, erklärte die Krankenschwester bestimmt. Dann lächelte sie: »Wir haben Ihre Freundin angerufen. Die Nummer war unter Ulla in Ihrem Handy gespeichert.«

Der Beamte wünschte »gute Besserung«, klappte seinen Notizblock zu und verließ den Raum.

Die Krankenschwester kam zu Florian ans Bett. »Sie ist unterwegs.«

»Bin ich schon lange hier?«

»Eine ganze Weile. Sie haben lange geschlafen. Haben Sie Hunger?«

Er schüttelte den Kopf. Die Krankenschwester fasste ihn am Arm und ging aus dem Behandlungszimmer.

Er wartete, bis die Tür geschlossen war, und versuchte sich an das Geschehene zu erinnern. Dass er auf dem Hof der Spedition niedergeschlagen wurde, war ihm bewusst. Was danach geschehen war, daran hatte er keine Erinnerung. Dass Passanten ihn gefunden und den Notarzt gerufen hatten, war ihm fremd. Dass er »Ulla« gesagt hatte, weniger.

Lorch und der Spediteur im Anzug mussten ihn in seinem Wagen an die Stelle verfrachtet haben. Weshalb? Während er darüber nachdachte und sich anschließend fragte, wie lange er bewusstlos gewesen war und geschlafen hatte, ging die Tür auf. Die Krankenschwester kam mit einem Lächeln herein. Hinter ihr erschien Ulla mit besorgter Miene.

»Ulla«, sagte die Krankenschwester. Ob sie seine Erinnerung wecken wollte oder ihrer Freude über die Ankunft seiner von ihr vermuteten Partnerin Ausdruck gab, konnte Florian nicht beurteilen. Sie blieb jedoch in der Tür stehen, bis Ulla ihn geküsst hatte.

»Was habe ich mir alles während der Zugfahrt ausgemalt«, sagte sie erleichtert. »Du bist okay?«

»Mir geht's gut. Jetzt brummt nicht einmal mehr der Schädel. Du bist mit dem Zug hier?«

»Du wirst nicht Auto fahren können, wurde mir gesagt. Bin natürlich gleich los.«

»Was hast du Willi und deiner Mutter gesagt?«

»Ist doch egal. Was ist passiert?«

»Erzähle ich dir später. Gehen wir.«

»Du kannst gehen?«

»Leichte Gehirnerschütterung. Die habe ich mir auch schon auf dem Spielfeld zugezogen. Mir ist nicht schlecht. Ich bin okay. Die Strecke würde ich dennoch ungern zurückfahren.«

»Ich frage erst einmal nach. Bleib bitte im Bett.«

Sie ging aus dem Zimmer. Er sah sich nach seiner Kleidung um und entdeckte sie auf einer Liege vor einer spanischen Wand. Weshalb wurde er niedergeschlagen, fragte er sich. Für einen Einbrecher hatten sie ihn nicht gehalten. »Er ist ein Schnüffler«, hatte Lorch gesagt, der ihn erkannt hatte. Wovor hatten die beiden Angst? Angst? Dann hätten sie ihn aber doch nicht nur weggeschafft? Er grübelte darüber nach und verspürte wieder stärkere Kopfschmerzen. Ihm wurde leicht übel. Er streckte sich auf dem Bett aus. Nach einer Weile kam Ulla mit einem Arzt und der Krankenschwester zurück. Der Arzt erkundigte sich nach seinem Zustand und machte neurologische Tests, die er problemlos bewältigte. »Sie können gehen«, sagte der Arzt abschließend. »Stellen Sie sich morgen bei Ihrem Hausarzt vor. Der Verband muss aber nicht erneuert werden. Sie hat es gut gemeint«, sagte er mit Blick auf die Krankenschwester. Dann verließ er den Raum. Die Krankenschwester versuchte, ihn zu einer Mahlzeit zu überreden. Nur eine Suppe. Er sei schwach und brauche zur Infusion Nahrung.

»Wir essen unterwegs«, erwiderte Florian freundlich. Dann bedankte er sich bei der jungen Schwester.

»Ihr Auto steht auf dem Krankenhausparkplatz, ein Polizeibeamter hat ihn hierhergefahren, Schlüssel ist bei Ihren Kleidern.« Sie wünschte eine »gute Heimreise« und verließ das Zimmer.

Florian richtete sich auf und stieg langsam und schwerfällig aus dem Bett. Mit Hilfe von Ulla zog er sich an. Beide lachten einige Male darüber. »Das kommt alles auf eine Ehefrau zu«, scherzte er. Nach einem Kuss verließen sie das Krankenhaus.

»Wir fahren nicht durch Frankreich heim«, sagte er, als sie auf dem Krankenhausparkplatz in seinen Wagen stiegen. Er überprüfte den Innenraum, suchte nach Blutspuren, fand keine Hinweise und öffnete das Handschuhfach. »Nichts«, erklärte er. »Kein Blut. Geklaut wurde auch nichts.«

»Seltsam«, erwiderte Ulla und startete den Motor.

Sie fuhren schweigend aus Bernkastel-Kues heraus Richtung Pirmasens. Auf der Landstraße schilderte er ihr den Vorfall in der Spedition.

»Du kannst dich daran erinnern?«

»Natürlich.«

»Die Schwester sagte doch, du konntest der Polizei nichts mitteilen?«

»Ich glaube, es war eine Kurzschlussreaktion des Anzugträgers. Die wollten mir nichts antun. Sonst hätten sie es getan. Ich muss ihnen auf die Füße getreten sein.«

»Du hast sie belauscht!«

»Das war nicht der Grund, Ulla.«

»Was dann?«

»Ich bin in ein Wespennest geraten!«

»Wie meinst du das?«

»Ist mir noch schleierhaft.«

»Warum hast du der Polizei denn nichts gesagt?«

»Ich will keine Ermittlungen wegen Körperverletzung. Ich will erfahren, was der Weinkommissionär mit Härringer zu tun hat.«

»Lass die Polizei das übernehmen.«

»Was? Das Geheimnis hinter einem Etikett zu suchen?«

Er blickte sie fragend an. Sie konzentrierte sich jedoch aufs Fahren.

»Ich werde das Rätsel in Härringers Biografie lösen. Er hat es mir auch gestellt!«

»Verrenne dich nicht, Flo. Das Ganze gefällt mir nicht. Es ist nicht ungefährlich.«

»Sport birgt auch Gefahren. Trotz Helm bleibt eine Abfahrt mit dem Mountainbike lebensgefährlich. Aber wenn du oben bist, musst du runter.«

»Du kannst langsam fahren. Aufpassen.«

»Werde ich auch tun. Das heute war dämlich von mir. Hätte ich Lorch mit etwas konfrontiert, hätte ich sicher mehr erhalten als einen brummenden Schädel.«

»Hast du noch Kopfschmerzen?«

»Nein.« Er lachte und sah wieder zu ihr hin, nicht fragend, sondern liebevoll. »Danke, dass du gekommen bist.«

»Deine einzigen Worte waren Ulla. Da blieb mir nichts anderes übrig.«

Sie sah kurz zu ihm herüber und berührte einen Moment seinen Oberschenkel. Dann konzentrierte sie sich wieder aufs Fahren. Florian betrachtete sie noch eine Weile voller Zärtlichkeit, dann nickte er ein. Nach einer halben Stunde wachte er auf. Er erkundigte sich, wo sie waren und verspürte Appetit. »Hast du auch Hunger?«

Sie nickte. Hinter Pirmasens stoppten sie in einem Dorf an der Landstraße und nahmen in einer leeren Gaststätte, die nie bessere Tage gekannt zu haben schien, ein Tellergericht zu sich. Sie tranken dazu Apfelschorle und anschließend Kaffee. Dann fuhren sie weiter. Als sie bei Karlsruhe auf die Autobahn Richtung Basel fuhren, dämmerte es. Die Scheinwerfer der Autos auf der Gegenfahrbahn blendeten Florian. Er schloss die Augen und schlief wieder ein. Als er aufwachte, schreckte er hoch. »Was ist passiert?«

»Du hast geschlafen.«

»Wo sind wir?«

»Höhe Baden-Baden.«

Er griff nach seinem Handy und wählte.

»Was machst du?«

»Wir fahren bei Bühl raus«, erwiderte er und sprach ins Telefon. »Guten Abend, Herr Obert. Buchmann hier. Ich sehe, Sie sind zu Hause. Ich bin gerade in der Nähe. Könnte ich kurz vorbeikommen? Ich habe noch ein paar Fragen.«

»Kommen Sie vorbei, wenn es nicht zu lange dauert«, erwiderte Obert und beschrieb den Weg.

Florian erklärte, in einer halben Stunde bei ihm zu sein und legte auf. Dann schilderte er Ulla seinen Gedankenblitz. Sie zeigte sich nicht glücklich darüber. Dennoch machte sie mit ihm den Abstecher ins Bühlertal. Die langsam einbrechende Dunkelheit und der schwächer werdende Autoverkehr ließen die Fahrt Richtung Schwarzwaldhochstraße abenteuerlich erscheinen. Die Nacht, die sie umgab, verströmte Müdigkeit, Isolation und Unbehagen. Bei Florian und bei Ulla. Das spürte er. Er konnte es in ihrem Blick, der angestrengt konzentriert wirkte und starr auf die dunkle Straße gerichtet war, lesen. Er berührte ihre Wange und gab ihr die letzte Richtungsweisung. »Hier muss es gleich sein. Da ist es.«

Sie parkte am Straßenrand vor einem Reihenhaus. Er sah aufmunternd zu ihr hin und stieg aus. »Sei unbesorgt. Bin gleich wieder da«, sagte er. Dann schlug er die Tür zu. Als er den gepflasterten Hof betrat, knipste der Bewegungsmelder einen grellen Strahler an. Bevor er die Treppe zum Haus erreichte, öffnete Obert bereits die Tür.

»Guten Abend, Herr Obert«, sagte Florian und reichte ihm die Hand. »Entschuldigen Sie meinen Überfall.« Er hielt inne und versuchte in dem finsteren Gesicht etwas zu lesen. Das Hoflicht war wieder erloschen, und Obert schaltete nicht gleich die Lampe am Eingang an. War er über den Vorfall an der Mosel informiert? Er und Lorch schienen sich zu mögen. Das Wiedersehen beim Mittagsessen tags zuvor hatte herzlich gewirkt. Oberts Miene ließ keinen Hinweis erkennen.

»Was haben Sie denn gemacht?«, fragte Obert und zeigte auf den Kopfverband, nachdem er das Licht an der Haustür eingeschaltet hatte.

»Ach, das. Nichts. Bin gegen eine Tür geknallt.«

»Was wollen Sie wissen? Ich habe Gäste und kann Sie leider nicht hereinbitten.«

Florian horchte durch die offen stehende Tür in das Haus und vernahm mehrere Stimmen, Geplauder und gelegentliches Lachen.

»Ich habe eigentlich nur eine Frage. Was hat Härringer und Heinrich Lorch miteinander verbunden? Sagen Sie nicht, Lorch war sein Berater! Das glaube ich heute nicht mehr.«

»Es war so. Ich war damals noch nicht in der Lage, ohne Beistand im Keller zu arbeiten. Ich hatte bei Ludwig zum ersten Mal die alleinige Verantwortung. Ich war vorher zweiter Kellermeister, wie Sie wissen. Das ist was anderes.«

»Lorch hat Sie und Härringer also beraten? Ein Weinkommissionär berät ein aufstrebendes Weingut?«

»Er kommt von der Kellertechnik. Er macht auch selbst Wein, den er an Kellereien verkauft.«

»Er hat Sie also damals beraten. Ich frage noch einmal. Ich will nur eine Antwort auf diese Frage, dann gehe ich und behellige Sie nie wieder. Was hat Härringer und Lorch verbunden? War Lorch sein Berater?«

Obert zögerte. Florian konnte in seinem Gesicht sehen, dass er mit der Antwort rang. Er sagte nichts und überlegte angestrengt. Florian gab ihm Zeit.

»Es ist längst verjährt«, sagte Obert nach einer Weile.

»Was?«

»Es ist verjährt und strafrechtlich auch verfolgt worden. Lorch hat wie viele andere eine Geldstrafe kassiert. Es ist doch schon so lange her. Darüber geschrieben wurde auch. Was wollen Sie denn damit? Wir machen doch alle Fehler!«

Florian verstand nicht, was er meinte und fragte nach.

»Ich sagte Ihnen doch, dass ich damals im Keller einen Anfängerfehler gemacht habe.«

»Beim Abstechen und Filtrieren.«

»Ja. Es war mein Fehler. Unglaublich, dass ich danach weiterarbeiten durfte. Ist mir aber nie wieder passiert.«

»Der Wein bekam Sauerstoff.«

»Das war furchtbar. Das verfärbt sich und stinkt wie faule Eier. Der Wein war weder zu verkaufen noch zu retten! Zwei Edelstahltankfüllungen. Mit diesem Jahrgang wollten wir aber an den Start gehen. Ludwig hatte beim Herbsten, seinem ersten Jahrgang, schon viel Wirbel und Werbung gemacht. Man war gespannt. Kollegen, der Markt, Fachpresse. Ein Eingestehen des Fehlers hätte tödlich sein können, bevor es überhaupt losgegangen wäre. Sie können sich vorstellen, dass die Lage des Weinguts auf dem Schloss gewisse Erwartungen geschürt hat.« Er machte eine Pause. »Es war mein Bock. Ohne die Hilfe von Lorch hätten wir einpacken können.« Er kam die Treppe herunter und stellte sich Florian gegenüber. »Er hat uns Wein besorgt, der in keiner Weinbuchführung auftauchte. So konnten wir mit Wein und unserem Namen auf den Markt.«

»Ich verstehe«, erwiderte Florian, dem Schwarzhandel mit Wein und Etikettenschwindel nicht unbekannt war.

»Es hat niemand bemerkt. Im Jahr darauf haben wir noch einmal eine kleinere Menge bezogen. Aber das war es. Ich habe mir nie wieder einen Fehler geleistet. Ludwig und ich waren danach davon besessen, den besten Wein zu machen. Nennen Sie es Betrug, aber es war in meinen Augen kein Verbrechen. Der Wein, den wir als erste Härringer-Lage verkauften, kam zum großen Teil aus einer anderen Lage. Lorch hatte uns aber gute Ware besorgt. Ludwig zahlte auch nicht schlecht. Es ging nicht um Geld. Es ging um unseren Namen. Das war alles. Ich muss das nicht mit ins Grab nehmen. Es war kein Verbrechen und es bestand keine Gesundheitsgefährdung. Wir haben nicht gepantscht. Im Supermarkt und in den Discountern kann es bedenklicher sein. In der ganzen EU herrscht doch gesetzlich legitimierter Etikettenschwindel!«

»Sie sagten, Lorch wurde hierfür bestraft. Auch Härringer und Sie?«

»Nein. Als die Sache später aufflog, es war ja nicht nur Lorch beteiligt, sondern weitere Kommissionäre, aber auch

Winzer und Spediteure, da plauderte Lorch nichts aus. Ludwig war ihm sein Leben lang deswegen verbunden, auch wenn beide sich nie wieder gesehen haben, soweit ich weiß. Das war ihre Verbindung. Jetzt wissen Sie es.«

»Stand Lorch auch mit Arnold in Verbindung?«

»Mit Sven? Nein! Sven macht keine Fehler im Keller. Der war reif, als er meine Nachfolge antrat.«

Florian dachte an seine Beobachtung, die bei ihm den Eindruck geweckt hatte, dass Lorch und Arnold sich kannten.

»War's das?«, fragte Obert. »Für mich schmälert das nicht Härringers Ansehen. Nicht mal meines. Was wiegt ein Fehler gegen jahrelanges sauberes Arbeiten? Aber wenn Sie das unbedingt erwähnen wollen, dann benennen Sie mich als Schuldigen. Nur weil ich Anfänger Wein vernichtet habe, kamen wir in diese Situation. Jeder andere Gutsbesitzer hätte den Kellermeister entlassen. Vergessen Sie nicht, das dann auch zu erwähnen. Kommen Sie gut nach Hause.«

Er reichte ihm seine Hand, und Florian drückte sie lange. Obert löschte das Licht an der Haustür und ging zurück in sein Haus. Florian blieb noch einen Augenblick im Dunkeln stehen. Als er aus dem gepflasterten Hof ging, stellte ihn der Bewegungsmelder wieder in grelles Licht.

Ulla erwartete ihn mit besorgter Miene. Sie war ausgestiegen und stand am Wagen, die Fahrertür in der Hand.

»Wir können weiter«, sagte Florian, dessen Kopfverband durch das reflektierende Licht der Straßenlaterne leuchtete.

Ulla wartete, bis er eingestiegen war. Dann setzte sie sich hinters Steuer und fuhr los. »Ich bleibe so lange, bis du im Bett bist!«

Auf der restlichen Fahrt berichtete er ihr von dem Gespräch an der Haustür. Ein Mordmotiv sei darin nicht zu erkennen. »Lorch wurde angeblich dafür bestraft. Selbst wenn Härringer seine … Jugendsünde, so nenne ich es mal, hätte öffentlich machen wollen, war das für Lorch kein Grund gewesen, ihn zu töten.«

»Dein Erscheinen muss ihn dennoch nervös gemacht haben. Wärst du sonst niedergeschlagen worden?«

»Vielleicht war es doch nur eine Kurzschlussreaktion des Anzugträgers. Wahrscheinlich hat der Dreck am Stecken. Sein Anzug passt nicht zu dem Gewerbe und der Größe des Betriebs.«

»Immerhin weiß du jetzt, weshalb Härringer den Weinkommissionär zu seinem Jubiläum eingeladen hatte.«

»Aus Dankbarkeit. Härringer war wirklich eine treue Seele. Sagte Obert mehrfach.«

»Vielleicht ist er also doch Opfer eines Raubes geworden.«

»Was den Hinweis auf Ida allerdings nicht erklärt«, erwiderte Florian.

Sie nickte zustimmend. Während sie sich aufs Fahren konzentrierte, dachte er in die Dunkelheit starrend darüber nach. Er hatte noch immer das Bauchgefühl, dass beide Verbrechen etwas miteinander zu tun hatten, auch wenn mehr als fünfzig Jahre zwischen ihnen lagen. Sein Grübeln verstärkte wieder seine Kopfschmerzen. Er fasste sich an den Verband und stützte seinen Kopf mit seiner rechten Hand.

»Alles in Ordnung?«, fragte Ulla.

»Der Schädel brummt wieder.«

»Kein Wunder«, sagte sie und berührte kurz seine Stirn. Die restliche Fahrt über schwiegen beide. Ulla steuerte den Wagen ins Dorf und parkte auf dem Hinterhof des Hauses. Der Marktplatz war leer, das Rathaus gegenüber unbeleuchtet. Sie betraten das Haus, und Ulla führte ihn direkt ins Badezimmer. Als sie ihm beim Ausziehen half und den Schlafanzug holte, lachten beide wieder. Nachdem er die Zähne geputzt hatte, begleitete sie ihn ins Bett. Während er unter die Decke kroch, setzte sie sich an den Rand des Bettes.

»Ich muss jetzt leider gehen. War schon lange genug unterwegs.«

»Geh ruhig. Ich bin in Ordnung.«

»Schlaf dich gesund. Ich sehe morgen nach dir.«

»Was erzählst du Willi?«

»Die Wahrheit.«

Er sah verwirrt zu ihr auf.

»Die Wahrheit von heute. Ich habe dir in einer Notsituation geholfen. Würde auch Willi für dich tun.«

»Ob diese Erkenntnis meinem Genesungsprozess hilft?«

»Ohne dich wäre er geschieden. Ob ihm das lieber wäre? Und dir? In meinem Leben ist Platz für euch beide.«

»Inoffiziell.«

»Ist es hilfreich oder sinnvoll, wenn man alles weiß? Vielleicht muss man mit Geheimnissen leben können.«

Er dachte darüber nach. Sie küsste ihn auf die verbundene Stirn und den Mund und verließ ihn dann. »Gute Nacht. Bis morgen.«

»Ulla?« Er versuchte sich aufzurichten, die Kopfschmerzen hielten ihn jedoch zurück.

Sie blieb in der Tür stehen. »Ja?«

Er zögerte. »Ich ... Danke«, sagte er schließlich und drückte den Kopf ins Kissen.

»Schlaf gut.« Sie schaltete das Licht im Schlafzimmer aus.

Er horchte ihren Schritten nach und vernahm auch das Schließen der Tür zum Hinterhof. Im Dunklen dachte er über ihre Worte nach. Mit Geheimnissen könne man leben. Aber mit Mord?

Am anderen Morgen öffnete er den Laden wie immer gegen neun. Er nahm die von Lena am Vortag beschrifteten Tafeln und stellte sie vor die Tür. Es war frisch, und er fröstelte im Hemd. Er hatte schlecht geschlafen, sein Schädel hatte aber nicht nur wegen des Schlages unablässig gepocht. Er blieb vor seinem Laden stehen und sah hinüber zum Rathaus, das einige Bedienstete betraten. Nach einer Weile kam auch der Bürgermeister. Er trug wie immer einen Anzug, der eine Spur zu elegant für seinen Dorfposten war. Er sah herüber zu Florians Laden und entdeckte seinen Inhaber. Er winkte und kam zu ihm hin. Florian ging ihm ein paar Schritte entgegen.

»Was hört man denn für Sachen?«

Florian zögerte. Er wusste nicht, was Ulla ihm gesagt hatte.

»Hast du zu viel Moselwein verkostet, dass du gestürzt bist?«

»Natürlich nicht. Unachtsamkeit.«

»Alles so weit in Ordnung?«

»Danke der Nachfrage. Ohne Ulla hätte ich die Nacht im Krankenhaus verbringen müssen.«

»Meine Frau hat eben ein großes Herz – und Zeit«, fügte er mit einem breiten Grinsen hinzu. »Ich muss jetzt leider – arbeiten!«, fügte er hinzu und nannte einen Geschäftstermin als Grund. »Das Seniorenhaus muss auf den Weg gebracht werden. Wir altern alle. Niemand soll Gottratskirchen verlassen müssen, weil hier keine Pflegeangebote vorzufinden sind. Das wird mein Vermächtnis hier«, erklärte er und verabschiedete sich. »Keine Kopfbälle! Häh?! Aber das war ja nie deine Stärke! Hah!« Er schlug ihm auf die Schulter und schlenderte über den Marktplatz, eine Hand locker in der Hosentasche, während die andere eine dünne Tasche hielt.

Florian sah ihm nach, bis er die Stufen des Rathauses erreichte. Er begann zu frieren und ging zurück in den Laden. Aus seinem Wohnbereich holte er einen Pullover. Dann checkte er seine E-Mails und die gestrigen Umsätze. Lena konnte er wirklich den Laden überlassen. Nach einer Weile kam Ulla vorbei und erkundigte sich nach seinem Befinden. »Ich gehe nachher zum Arzt und lass mir den Verband abnehmen. Es ist alles okay.«

»Heute bleibst du aber im Dorf«, erwiderte sie. »Ich gehe nämlich jetzt mit Mutter nach Basel.«

Sie grinste und verabschiedete sich. Als sie gegangen war, holte er sich beim Bäcker um die Ecke ein Holzofenbrot und musste sich an der Ladentheke und unterwegs ein paar Sprüche gefallen lassen. »Das Kopfballungeheuer!« »Hast du was an den Ohren, Flohä?!«

Zurück im Laden aß er eine dicke Scheibe Brot mit Weinbrenner-Salami. Nachdem ihn zwei Kunden auf den Kopfverband angesprochen hatten, schloss er den Laden vorübergehend und ging zu seinem Hausarzt. Als Privatpatient und Dorfpromi mit vergangenem Fußball- und aktuellem Notfallstatus kam er rasch an die Reihe. Dem älteren Hausarzt, der sonntags die Fußballer im Ort medizinisch betreute, schilderte er eine kleine Auseinandersetzung als Grund. Er habe sich in einen Streit eingemischt und eine »übergebraten« bekommen. Als der Arzt den Verband löste, fragte er nach dem Gegenstand, mit dem er geschlagen wurde. »Hmm. Schwierig«, sagte der Hausarzt. »Könnte eine Stange gewesen sein. Hat aber nur eine kleine Platzwunde bewirkt. Sieht gut aus.« Er erkundigte sich weiter nach dem Vorfall und seinem Befinden. Florian spielte die Auseinandersetzung herunter und erwähnte sein Frösteln. Das hänge mit der Gehirnerschütterung zusammen, erklärte der Arzt und verschrieb ihm Ruhe. Einen Verband brauche er nicht mehr.

Florian ging zurück in seinen Laden und verbuchte den üblichen Durchlauf, der ihn früher beglückt und zufrieden gestellt hätte. Nun fühlte er sich aber in seinem appetitlichen Laden wie eingesperrt. Ida und Härringer begannen in seinem Schädel stärker zu pochen als die gestrigen Kopfschmerzen. Was hatte Lorch damit zu tun? Auch wenn er keine polizeilichen Ermittlungen gewollt hatte, konnte er den Vorfall nicht als Ausraster des Anzugträgers hinnehmen. Ihm fiel ein, dass Lorch zu Härringers Beerdigung nicht erschienen war. Er hatte es der Witwe gegenüber mit dem Schock der Todesnachricht begründet. Die Einladung zur Geburtstagfeier zuvor hätte ihn so sehr gefreut, dass die Ermordung ihn umgehauen hatte. So hatte er es genannt.

Für Florian klang dies nachvollziehbar. Es passte auch zu der Geschichte, die ihm der erste Kellermeister berichtet hatte. Härringer hatte Lorch aus Dankbarkeit für die Unterstützung nach dem Anfängerfehler im Weinkeller eingeladen. Es schien stimmig, dass sich die beiden jahrelang nicht mehr gesehen hatten. Ob Lorch und Härringers zweiter Kellermeister sich noch nie gesehen hatten, bezweifelte er allerdings. Lorch hatte sich nach einem kurzen Blickkontakt mit Arnold ostentativ einen Platz am anderen Tischende gesucht. Während er über die Bedeutung ihrer Bekanntschaft nachdachte, triumphierte er über seinen Coup, keine Tischordnung ausgegeben zu haben. Den ganzen Vormittag dachte er darüber nach. Auch in Kundengesprächen, in denen er gelegentlich mit seinen abschweifenden Gedanken konfrontiert wurde. »Ich hatte Weißburgunder gewollt, nicht Grauburgunder.« »Ich wollte Fenchelschinken und keinen Koriander.« Er dribbelte sich aber immer elegant aus der Situation. Als eine längere Zeit keine Kundschaft kam, war er erleichtert. Er nutzte die Zeit, um über den Fall nachzudenken. Schon aus geschäftlichen Gründen musste er das Rätsel lösen, sagte er sich, als er wiederholt glücklich reagierte, wenn ein Passant am Schaufenster vorbeilief. Er rief Härringers Tochter an und verlangte Arnold zu sprechen.

»Er ist im Keller. Wie immer.«

Er erklärte, mit ihm einen Gesprächstermin ausmachen zu wollen. »Wir hatten beim letzten Mal nur kurz geredet und haben unser geplantes Gespräch in Verbindung mit einer Weinprobe verschoben.«

»Dann werden Sie auch im Schloss übernachten?«, fragte Christine. »Wir werden viel Wein verkosten«, hatte Arnold damals gesagt. Florian erinnerte sich daran und wollte ihn, wenn nötig, beim Wort nehmen. Vielleicht plapperte der Weinmacher dann auch etwas Unbedachtes aus. »Vielleicht«, antwortete er der Tochter. »Ich lasse es offen.«

»Eine Weinprobe mit Sven ist nicht zum Ausspucken. Wann wollen Sie kommen?«

»Heute Abend. Wenn es geht.«

»Geht bestimmt. Wir sind immer hier. Ich sage ihm gleich Bescheid. Wenn Sie nichts mehr von uns hören, geht es in Ordnung. Ich sorge für das Essen und richte Ihnen ein Gästezimmer.«

Er bedankte sich und wollte auflegen. Sie schien das Gespräch jedoch noch nicht beenden zu wollen. Sie grüßte nicht, legte aber auch nicht auf.

»Florian?«, fragte sie nach einer Weile.

»Ja.«

»Ich wollte mich noch für die Worte über unseren Wein beim Mittagessen bedanken. Das ging runter wie Öl. Danke. Ich bin sicher, wir werden noch viel miteinander zu tun haben. Bis heute Abend.«

»Wiedersehen.«

Er legte auf und wartete auf den Rückruf, der nicht kam. In der Mittagspause legte er sich auf die Couch und schlief rasch ein. Nach einer Stunde wachte er auf. Er kochte sich Pasta mit Tomatensoße und Sardellen, Kapern und Peperoni, Spaghetti Puttanesca, und aß einen großen Teller. Sollte er abends viel Wein trinken müssen, konnte eine Grundlage nicht schaden.

Den Nachmittag verbrachte er ungeduldig und unkonzentriert im Laden. Da auch nachmittags kein Anruf aus dem Schloss kam, fuhr er nach Feierabend nach Umweg.

Als er geparkt hatte und auf den Hof lief, kam ihm Christine entgegen. »Sven wartet im Keller. Haben Sie keine dicke Jacke dabei? Es ist kalt da unten.«

Er trug Hemd, Pullover und ein Jackett mit Schal und fühlte sich ausreichend gekleidet.

»Ich kann Ihnen eine Jacke geben. Von Ludwig.«

Er lehnte ab. Sie erwähnte, ein Bett gerichtet zu haben und ging mit ihm ins Schloss. »Sie kennen ja den Weg. Ich bringe in einer Stunde das Essen«, sagte sie und ging die Treppe hoch in ihre Wohnung. Die Vorstellung, hier zu übernachten, war ihm aufgrund ihrer Überschwänglichkeit nicht ganz geheuer. Wenn möglich, wollte er in seinem eigenen Bett schlafen. Er öffnete die Tür zum Keller und betrat das Gewölbe. Es war finster und still. Durch die Schlitze in der Wand fiel kein Licht mehr, die Sonne war bereits untergegangen. Nur Kerzenlicht flackerte aus dem Weinkeller auf den Gang. Er ging langsam in den Keller und spürte schnell die feuchte Kühle. Er knöpfte sein Jackett zu und zog den Schal enger um sich. Im Keller brannten auf allen Holzfässern Kerzen. Das Blubbern der Gärung war ihm mittlerweile vertraut. Neben jedem Gärspund brannte ein Teelicht.

Arnold lief an den Fässern vorbei und hielt seine rechte Handfläche jeweils an ein Fass.

»Guten Abend, Herr Arnold«, sagte er.

Der Kellermeister drehte sich zu ihm um und grüßte ebenfalls. »Kommen Sie.« Er wartete, bis Florian bei ihm war. »Ich fühle die Temperatur mit der Hand. Auch durchs Holz. Luftzug spüre ich natürlich auch. Hefe ist so empfindlich. Es kann entscheidend sein, wo ein Fass im Keller steht. Zwischen dort …« Er zeigte auf ein Fass am anderen Ende der Reihe. »… und hier kann ein Grad Temperaturunterschied sein. Fühlen Sie.«

Florian wartete, ob Arnold auf seine Wunde am Hinterkopf blickte. Die Reaktion konnte ihm vielleicht verraten, ob Arnold über den Vorfall mit Lorch informiert war. Das Licht war schummrig, aber er konnte ihm in die Augen sehen. Arnold wandte seinen Blick jedoch nicht von dem Fass ab. Florian legte seine Hand auf das Fass und spürte nur Holz. Feuchtes Holz. Um das Gespräch weiterzuführen, fragte er nach dem Unterschied zwischen der Arbeit im Weinberg und im Keller. »Natürlich können wir hier unten nur mit dem arbeiten, was uns die Natur liefert. Aber Wein wird zur Hälfte im Berg und Keller gemacht, auch wenn viele ältere Winzer das Verhältnis zugunsten der Natur verschieben.«

Florian fragte nach den Gestaltungsmöglichkeiten im Weinberg. »Hängt nicht alles von der Lage und dem Klima ab?«

»Natürlich. Wir können aber auch beeinflussen. Ich halte die Rebstöcke immer ein bisschen im Stress. Die dürfen nie zu gut ernährt werden. Bei Rebstöcken ist es wie mit den Menschen. Geht's ihnen zu gut, werden sie fettleibig und depressiv. Ich lasse Gräser näher am Stamm wachsen, baue eine positive Konkurrenz, damit sich kleine aromatische Trauben bilden.«

Florian ließ ihn ausführlich über seine Arbeitsweise und Philosophie reden und stellte nur Fragen, wenn der Fluss abzubrechen schien. Nach einer Weile, als Arnold das Abstechen und Filtrieren erklärte, öffnete er eine Flasche. Florian war froh, dass er beim Trinken nicht die gleiche Leidenschaft hatte wie beim Weinausbau und beim Reden darüber.

Sie probierten einen Schluck. Arnold fragte nach seiner Einschätzung und einem passenden Essen. »Riesling, klar. Fruchtig, nicht zu viel Säure. Muss man nicht gleich was dazu essen. Erst noch ein zweites Glas.«

Arnold nickte. »So soll mein Wein sein. Er soll nach mehr schreien. Die Säure soll den Speichelfluss anregen.« Er öffnete eine andere Flasche.

Um nicht im Weinthema und Weinkonsum zu versanden, begann Florian über Härringer zu reden. »Deswegen bin ich ja auch gekommen. Wie Christine wünscht, soll die Biografie Kunden geschenkt werden. Daher ist das Buch auch eine Art Marketing.«

»Härringer ist eine Marke«, erwiderte Arnold. »Natürlich überschatten die Vorkommnisse gerade alles. Würde sich aber sicher beruhigen. Zeit heilt alle Wunden.« Er schenkte aus der zweiten Flasche ein. »Grauburgunder im Holz.«

Florian ging nicht darauf ein. »Sie sind nicht für das Buch?«

»Doch, natürlich. Wir haben hier geteilte Aufgaben. Ich mache den Wein und Christine verkauft ihn. Ich bin nicht so von mir eingenommen, dass ich glaube, Wein verkaufe sich von allein. Nicht für den Preis, den wir anstreben. Sie arbeiten also auch für mich. Fragen Sie!«

Florian achtete darauf, dass Arnolds Glas stets schnell leer wurde. Das bedeutete allerdings für ihn mitzutrinken. Während sie über die Zusammenarbeit im Weingut sprachen, tranken sie noch einmal Riesling und öffneten eine weitere Flasche. Florian erwähnte nach einem Glas Sauvignon Blanc Heinrich Lorch. »Den Weinkommissionär von der Mosel.« Er hätte Härringer in dessen Anfangszeit beraten. »Der damalige Kellermeister Obert sagte mir, dass er im Gegensatz zu Ihnen zu Beginn seiner Tätigkeit ein Anfänger war. Hat Ludwig über seine Anfangszeit mit Ihnen gesprochen?«

Arnold überlegte, trank einen Schluck und schüttelte den Kopf. »Nein, das war nie ein Thema. Alle fangen doch einmal an und müssen lernen. Kein Kellermeister fällt vom Himmel.«

»Wie sind Sie und Ludwig eigentlich zusammengekommen?«

»Ich war mit Christine liiert. Ich war damals zweiter Kellermeister in einer Winzergenossenschaft. Wie so viele. Ich war bereit für diese Chance. Ich habe sie nicht wegen Christine bekommen. Mein erster Jahrgang bekam bereits viele Auszeichnungen. Ich habe im Ausland gelernt, war in allen Weinbaugebieten unterwegs.«

»Demnach auch an der Mosel. Kennen Sie eigentlich Herrn Lorch?«

»Das haben Sie mich schon einmal gefragt. Kennen Sie das Weinanbaugebiet Mosel? Wissen Sie, wie viele Winzer und Weinkommissionäre es dort gibt? Natürlich war ich auch da unterwegs. Man lernt immer bei den Besten.« Er öffnete eine weitere Flasche. Einen Riesling aus seinem ersten Jahr hier. »Der Markt verlangt junge Weißweine, aber für viele ist es eine Schande, jung getrunken zu werden.« Er schenkte Florian und dann sich selbst ein. »Riesling zwingt einen, den Blick aus Baden zu lenken. Aber mittlerweile gibt es auch hier sehr gute.« Er trank mit geschlossenen Augen. Florian kostete ebenfalls. Während er dem Wein nachschmeckte, überdachte er seine Gesprächsstrategie. Den Plan, beim Trinken Informationen zu erfahren, musste er abhaken. Arnold war zu nüchtern, um etwas auszuplappern. Ihm fiel ein, dass Christine bald mit dem Essen kommen würde. Da er nicht wusste, ob sie blieb, entschied er sich, nicht mehr um den Grund seines Besuches herumzureden. Konfrontation erschien ihm die beste Strategie. Er erwähnte den Anfängerfehler des ersten Kellermeisters und die Unterstützung von Lorch mit schwarz gehandeltem Wein.

»Deswegen hat Ludwig ihn eingeladen?«, erwiderte Arnold. Über die Sache an sich, schien er nicht überrascht. »Das wurde damals viel praktiziert. Es war auch in der Presse und wurde strafrechtlich verfolgt. In den ersten beiden Jahren, sagten Sie?«

»Ich habe keinen Grund, an Oberts Aussage zu zweifeln. Es ging nicht um Bereicherung, um Panschen, sondern um das Auftreten am Markt. Da habe ich keinen Zweifel. Es waren auch nur zwei Tanks.«

Arnold nickte. »Die strafrechtlich verfolgten Fälle brachten es meines Wissens auf eine Menge von über einer Million Liter Wein. Ich denke, wir müssen das Gespräch nicht vertiefen. Ich glaube auch, das Thema sollte in dem Buch nicht erscheinen. Weiß Christine davon?«

»Keine Ahnung. Ich habe das ihr gegenüber noch nicht erwähnt.«

»Noch? Haben Sie es vor?«

»Sie sagen selbst, es ist kein Thema. Ich werde es ihr gegenüber zumindest ansprechen. Ob es in die Biografie muss, sei dahingestellt. Für Ludwig hatte es jedenfalls eine Bedeutung. Sonst hätte er Lorch nicht nach so langer Zeit zu seinem Jubiläum eingeladen. Lorch schien davon überwältigt gewesen zu sein.«

Arnold zuckte mit den Schultern und öffnete eine Flasche Weißburgunder. »Probieren Sie das mal als Kaiserstühler. Wir können auch Burgunder.«

Er kostete und zeigte sich beeindruckt. Das war der Wein, den er bei seinem ersten Treffen mit Härringer getrunken hatte. Er erzählte es Arnold, dessen Stimmung sich abrupt veränderte. Er wurde zurückhaltender und wich ein paar

Schritte zurück ins Halbdunkel der Kerzenlichter. Florian ging, über den Wein redend, zu ihm hin.

Arnold wirkte nachdenklich. Verwirrt, meinte Florian. Arnold sah ihn nicht mehr an. Er starrte auf den Boden. Florian hörte auf zu reden. Es war still im Keller, nur das Blubbern der Gärung war gelegentlich zu hören.

»Alles in Ordnung?«, fragte Florian nach einer Weile.

Arnold starrte noch immer auf den Boden. Das Glas Weißburgunder hielt er fest in der Hand. Seine bisher gezeigte Euphorie über seine Arbeit war einer seltsamen Stille gewichen, die Florian nicht einschätzen konnte.

»Alles okay?«

»Bitte?«

»Ist alles in Ordnung bei Ihnen?«

»Natürlich.«

»Hatte nicht den Eindruck.«

Er winkte ab. »Ich musste an Ludwig denken. Ich komme mit der Situation eigentlich gut klar, ich bin fast nur hier unten, aber ab und zu erscheint die Vergangenheit gegenwärtig. Da kann man nichts machen.«

»So lange ist es eben noch nicht her. Die Zeit kann hier noch nicht heilend in Erscheinung getreten sein.«

»Sie sagen es. Hier unten hat Zeit außerdem eine andere Ausdehnung. Ich komme oft erst in der Dunkelheit heraus.«

Er ging zurück zu dem Tisch mit den Flaschen. »Ihr Glas ist leer.«

Florian ging ihm nach. Arnold griff nach der Flasche und wollte ihm nachschenken. Florian legte jedoch seine Hand auf sein Glas. »Sie haben noch gar nicht getrunken.«

Arnold trank das Glas in einem Zug aus und schenkte beiden nach, als Christine in den Keller kam. Sie trug eine Platte und hielt in der anderen Hand einen Korb. »Unterhaltet ihr euch gut?«, fragte sie und stellte die Platte auf den Tisch. Florian entdeckte Roastbeef, ein paar dampfende Bratkartoffeln, kaltes Hühnchen und Käse. Dazu Oliven und marinierte Paprika und in Öl getauchte Staudensellerie. In dem Korb hatte sie Brot und Besteck. »Wollt ihr allein sein?«, fragte sie, nachdem sie zwei Teller auf den Tisch gestellt hatte. Einen dritten ließ sie im Korb.

Während Florian mit der Antwort wartete, bat Arnold sie zu bleiben. »Wir haben keine Geheimnisse«, erklärte er. Nachdem sie sich ihren Teller herausgenommen und ebenfalls belegt hatte, erwähnte Arnold zu Florians Überraschung den Etikettenschwindel in der Gründungszeit des Weinguts. »Hast du das gewusst?«

Sie reagierte überrascht. »Wer hat das gesagt?«

»Der Biograf«, erwiderte Arnold mit Blick auf Florian. »Er hat es herausgefunden. Obert hat es ihm gesagt.«

»Einfach so?« Sie sah mit offenem Mund zu Florian.

»Ja«, erwiderte er knapp. Die Situation war ihm unangenehm. Arnold hatte ihn erneut überrascht.

»Heinz? Das glaube ich nicht«, erwiderte Christine.

Florian erklärte sich. »Es ergab sich im Gespräch. Wir redeten über Heinrich Lorch und dabei erwähnte es Obert. Es ist kein Verbrechen«, wiegelte er ab. Dann wollte er mit einer Frage die Kontrolle über das Gespräch erhalten: »Sie haben das also nicht gewusst?«

»Das hängt man ja nicht an die große Glocke! Ludwig hat es Ihnen, auch wenn Sie nur kurz Kontakt hatten, auch nicht gleich aufs Brot geschmiert.«

Ihm fiel ein, dass Härringer ihm in der kurzen Zeit das Kreuz für Ida gezeigt und ihn auf die Spur von 243 gebracht hatte. Während er darüber nachdachte, versuchte er das Thema zu beenden. »Es hat keine Bedeutung und wir müssen heute nicht entscheiden, ob es in die Biografie gehört.«

»Natürlich nicht«, erklärte Christine. »Sie wissen doch selbst, Florian, dass so etwas größere Schatten wirft. Viel größer als das Objekt selbst ist. Ein negatives Ereignis kann neun positive überschatten. So ist es leider. Oder glauben Sie, dass dieses Ereignis der Schlüssel zur Biografie meines Vaters ist?«

Sie sah ihn an, ohne eine Antwort zu erwarten. Das konnte er auf ihrer Stirn, die zornig erschien, lesen.

»Fehler machen alle«, sagte sie. »Und viele machen einen Fehler, um einen solchen auszubügeln. Im Fußballgeschäft stehen die Spieler nicht einmal hin und erklären, das sei kein Tor oder kein Foul oder kein Elfmeter gewesen. Stattdessen bejubeln sie Phantomtore! Haben Sie immer fair gespielt?«

Er überlegte, wie er aus der Defensive herauskommen konnte und entschied sich für eine die Situation auflockernde Antwort. »Es ist lange her«, sagte er mit einem Grinsen. Ihre Stirn begann sich zu entspannen. Sie grinste ebenfalls. Nach einer Weile lachte sie sogar. Florian lachte mit und sah zu Arnold hinüber, dessen Lachen ihm jedoch angestrengt erschien.

»Zum Essen würde ich jetzt gerne Pinot Noir trinken«, erklärte er. Arnold öffnete augenblicklich eine Flasche und holte drei Gläser aus einem zur Vitrine umgebauten Holzfass. Während sie im Stehen aßen und tranken, lenkte Florian das Gespräch auf den Spätburgunder und Härringers letzten Wein 243. Er erfuhr jedoch nicht mehr, als er schon wusste. Härringers Leidenschaft fürs Keltern war in letzter Zeit wieder erwacht. Als Arnold eine weitere Flasche Rotwein aus seinem ersten Jahr als verantwortlicher Kellermeister öffnete, zögerte Florian. Er legte seine Hand aufs Glas.

»Sie wollen doch jetzt nicht mehr nach Hause fahren?«, sagte Christine. »Das kann ich nicht verantworten.«

Obwohl er lieber in seinem Bett geschlafen hätte, sah er ein, dass er im Verlauf des Abends zu viel getrunken hatte. Aufgrund der zahlreich geöffneten Flaschen, die sie zwar nicht ausgetrunken hatten, hatte er den Überblick über seinen Konsum verloren. Auszurechnen, wie viel er bereits abgebaut hatte, war ihm nicht mehr möglich. Er willigte ein, hier zu schlafen. Die Zahnbürste habe er ja in seiner Jackeninnentasche. Er öffnete das Jackett und zeigte die Zahnbürste, die in der Innentasche neben zwei Kugelschreibern steckte.

Christine lächelte und forderte Arnold nickend auf nachzuschenken. Sie tranken die Flasche aus und leerten ebenfalls zusammen die Platte mit dem Essen. Die Unterhaltung prägte überwiegend Christine, die über ihren Vater sprach, als würde er noch leben. Um andere Themen ins Spiel zu bringen, lobte Florian wiederholt ihr Essen, was Arnold veranlasste, über Aromen im Wein zu reden. Die Traube sei die einzige Frucht, die nicht nur nach sich selbst schmecke, erklärte er. »Ein Orange schmeckt wie eine Orange, eine Banane nach Banane, aber vergorener Traubensaft kann das Aroma von Zitrusfrüchten oder auch von Vanille haben.« Neunhundert Aromen seien in der Traube wissenschaftlich nachgewiesen worden. Die Traube, der größte Zuckersammler unter den Früchten, nuschelte er.

Florian hatte längst aufgehört, das Gespräch in eine bestimmte Richtung zu steuern. Auch weil er nicht mehr wusste, in welche überhaupt. Arnold war nicht zu entlocken gewesen, dass er den Weinkommissionär kannte. Möglicherweise hatte er die Blicke beim Mittagessen falsch ausgelegt. Er ermahnte sich, nicht zu viel in Blicke, Worte oder Zeichen hineinzuinterpretieren. Im Fußball plädierte er ja auch für den objektiven Videobeweis. Außerdem spürte er den Alkohol. Auch deswegen ließ er die beiden reden – weil er sich selbst nuscheln gehört hatte.

Nachdem die Flasche leer war, entstand eine Pause, nach der sich alle verständigten, zu Bett zu gehen. »Ich schlafe auch im Schloss«, erklärte Arnold. Der Kellermeister begann aufzuräumen und stellte die Weinflaschen zusammen. Florian und Christine bliesen die Kerzen aus. Christine kicherte einmal dabei.

Als es stockdunkel wurde, leuchtete Arnold mit einer Taschenlampe. Sie verließen gemeinsam den Keller. Im Treppenhaus verabschiedete sich Arnold. Als er Florian die Hand reichte, erklärte er, ihn morgen zu besuchen. Gegen Abend. Nach der Arbeit. »Ich bin neugierig geworden auf Sie und Ihren Laden.« Dann schwankte er den Gang hoch.

»Er hat ein Zimmer im Wohntrakt für die Erntehelfer«, flüsterte Christine und ging mit Florian die Treppe hoch in ihre Wohnung. Sie schaltete sämtliche Lichter an und zeigte ihm das Gästezimmer. »Das Gäste-WC mit Bad ist hier.« Dann verabschiedete sie sich. »Gute Nacht.«

»Schlafen Sie gut«, sagte Florian und legte sich nach dem Zähneputzen mit Unterhemd und Unterhose in das Bett in dem kleinen, mit nostalgischem Schick eingerichteten Gästezimmer. Er löschte das Licht und versuchte zu schlafen. Sein durch die Erlebnisse des Abends und den konsumierten Alkohol aufgewühlter Geist ließ ihm jedoch keine Ruhe. Er fand keinen Schlaf. Er wälzte sich in dem knarrenden Holzbett. Nach einer Weile drehte er sich auf den Rücken und versuchte über seinen Atem zur Ruhe zu kommen. Allmählich wurde er müde. Er zog die Bettdecke bis zu seinem Kinn hoch und war im Begriff einzuschlafen, als ihn ein Geräusch wieder aufschreckte. Er vernahm Schritte, die sich seinem Zimmer näherten. Er horchte in die Dunkelheit, als Licht ihn blendete. Die Tür wurde einen Spalt geöffnet. Er schreckte auf und sah in das grelle Licht.

»Florian?«, hörte er eine weibliche Stimme.

Obwohl er die Stimme erkannte, war er beunruhigt.

Christine öffnete die Tür einen weiteren Spalt, und er erkannte im Gegenlicht die Form ihres Kopfes und ein Negligé, dessen linker Träger die Schulter heruntergerutscht war.

»Florian? Schlafen Sie?«

»Ich war gerade im Begriff.«

»Oh. Ich wollte Sie nicht wecken.«

»Macht nichts.«

»Ist alles in Ordnung bei Ihnen? Mit dem Zimmer?«

»Ja, wunderbar. Es ist geschmackvoll wie die ganze Wohnung.«

»Freut mich, dass es Ihnen gefällt. Gute Nacht.«

»Ja, gute Nacht.«

Sie schloss die Tür und ließ ihn in der Dunkelheit zurück.

17

Er stand auf und zog sich leise im Dunkeln an. Als er sich die Socken überstreifte, verlor er das Gleichgewicht und sackte auf das Bett. Es war früh, die Dämmerung hatte noch nicht eingesetzt. Er hatte die ganze Nacht kaum geschlafen. Müde öffnete er die Tür des Gästezimmers und horchte in die Wohnung. Es war ruhig und dunkel. Die Tür zum Schlafzimmer der Tochter war geschlossen. Er lauschte einen Augenblick, dann verließ er die Wohnung. Er putzte sich nicht einmal die Zähne, um kein Geräusch zu verursachen.

Die Eingangstür des Schlosses war von innen verriegelt. Er zögerte aufzuschließen und das Gebäude aufgeschlossen zu lassen, entschied sich aber fürs Gehen. Als er über den Kies im Schlosshof ging, glaubte er in der allmählich einsetzenden Dämmerung in der Wohnung hinter dem Vorhang eines Fensters Härringers Tochter zu sehen. Er sah kurz hoch und ging schnell weiter zu seinem Wagen. Auf der Autobahnraststätte Renchen trank er einen Kaffee. Er war erschlagen von der Nacht und hatte die Befürchtung, während der Fahrt einzunicken. Als er in Gottratskirchen ankam, war Lena bereits im Laden.

»Wie siehst du denn aus?«

Er berichtete ihr von der Weinprobe. »Kaum geschlafen, der Schädel brummt etwas.«

»Ich bin ja hier. Leg dich aufs Ohr.«

Er ging nach oben und machte sich frisch für den Tag. »Am Nachmittag, wenn der Laden geschlossen ist, machen wir ein paar Besorgungen. Hast du Zeit?«, sagte er zu Lena, als er mit feuchten Haaren zurück in sein Geschäft kam.

»Klar.«

Während Lena Kundschaft bediente, überprüfte er seine Bestände und machte sich Notizen. Dabei schlichen sich immer wieder Gedanken über den vergangenen Abend ein, die ihm in seinem unausgeschlafenen Zustand durch den Kopf geisterten. Als er Lena seine Notizen zeigte mit dem Hinweis, am Nachmittag die unterstrichenen Bestände aufzufüllen, entdeckte sie einen Zettel mit den Bemerkungen »Lorch-Sven, Etikettenschwindel, Anfängerfehler und 243«.

»Sind das unsere Produkte? Noch nie gesehen.«

Er betrachtete seine Notizen. »Oh. Das sind Gedanken zu der Biografie, an der ich arbeite.«

»Etikettenschwindel?«

»Aufgrund eines Anfängerfehlers. Keine große Geschichte. Ich bin nur völlig gerädert.«

»Dann leg dich doch hin.«

Um den Tag bestehen zu können, gab Florian sich geschlagen. Abends hatte sich ja noch Arnold angekündigt. Er erwähnte den Besuch.

»Mit dem du gestern getrunken hast? Will er nun deine Weine probieren?«

»Keine Ahnung.«

Er ging nach oben in seine Wohnung und legte sich auf die Couch. Die Vorhänge zog er nicht zu. Trotz Tageslicht und der Geräuschkulisse vom Marktplatz schlief er sofort ein. Als er aufwachte, blickte er in Ullas besorgtes Gesicht. »Lena hat mich hoch gelassen. Sie sagte, du warst heute Nacht nicht hier?«

Er informierte sie knapp. Sie schüttelte verärgert den Kopf. »Was bist du für ein Dickschädel!? Wirst niedergeschlagen und gehst gleich wieder los. Und trinkst auch noch! Ich dachte, du erholst dich. Ich bin gekommen, um nach dir zu sehen.«

»Mir geht's gut.«

»Das sehe ich. Du bist blass.«

Er erklärte den Sinn der Weinprobe im Schloss.

»Du musstet da hingehen, ja, ja.«

Sie war noch immer verärgert. Er richtete sich auf und überging den Kopfschmerz.

»Ich wollte dir eigentlich ein Süppchen machen. Aber wenn du die Nacht auf einem Schloss trinken kannst, wirst du dir auch selbst eine Suppe machen können.«

Sie stellte einen Korb mit einem Suppenhuhn, Nudeln und Suppengemüse auf die Couch und ging weg.

»Ulla?«

Als sie nicht reagierte, hob er in einer hilflosen Geste beide Hände. Er stand auf und kümmerte sich um das Suppenhuhn. Als es im Wasser mit Suppengemüse und einer zuvor scharf angebratenen Zwiebel köchelte, gab er Ingwer dazu. Dann ging er nach unten und lud Lena zum Mittagessen ein. »Und danach machen wir eine Tour.« Er ging zurück in die Küche, sah nach der Suppe und legte sich erneut auf die Couch. Als er am Einnicken war, erhielt er eine SMS. Christine bedauerte seinen zeitigen Abgang. Ihren nächtlichen Auftritt erwähnte sie nicht. Er schrieb ihr kurz zurück. Ein wichtiger Termin, den er vergessen hatte zu erwähnen, hätte ihn zum raschen Aufbruch bewogen. Er überlegte, auch Ulla eine SMS zu schreiben, ließ es aber sein.

Er ging in die offene Küche, spähte in den Topf, die Kraftbrühe einatmend, und setzte sich an den Schreibtisch. Die Gedanken, die sich zuvor in seine Bestandsaufnahme geschlichen hatten, schrieb er noch einmal – bewusst – auf: »Lorch-Sven, Etikettenschwindel, Anfängerfehler und 243«. Alle mit Fragezeichen. Während die mittleren Gedanken ihm plausibel und geklärt erschienen, blickte ihn die Besetzung der Flanken mit mehreren Fragezeichen an. Härringers Ehrgeiz, einen neuen Wein zu schaffen, konnte zwar im Anfängerfehler zu erklären sein. Dass sich Ida dahinter verbarg, wollte er aber nicht als Zufall annehmen. Härringer hatte nichts zufällig gesagt oder getan. Davon war er überzeugt. Dass Lorch und Arnold sich nicht kannten, erschien jedoch glaubhaft und nachvollziehbar. Weswegen dann aber die vielen Fragezeichen? Zwar unbewusst geschrieben, dennoch ein Zeichen. Er könne Arnold heute Abend bei dessen Besuch ja noch einmal auf den Zahn fühlen, sagte er sich und setzte das Nudelwasser auf.

Er löste gerade das Fleisch des Suppenhuhns, als Lena zu ihm kam. »Riecht gut.«

Er reichte ihr Geschirr und Besteck, und sie deckte den Tisch, während er die Suppe fertig machte und frische Petersilie darauf streute.

Die Mahlzeit gab ihm Kraft. »Nachher darfst du Piaggio fahren«, sagte er Lena.

Nach dem Mittagessen und einem Kaffee gingen sie über den Hof zur mit Weinkartons vollgestellten Garage, in der der italienische dreirädrige Kastenwagen stand. Florian schob den blauen Piaggio rückwärts auf den Hof und öffnete für Lena die Beifahrertür. Sie setzte sich mit großen Augen hinein und sah sich in dem Fahrerhäuschen grinsend um. Er schloss das Garagentor und setzte sich ans Steuer. Mit knatterndem Auspuff fuhren sie vom Hof und über den Marktplatz aus dem Dorf hinaus.

Der Wagen keuchte auf dem Weg zum Vogelsangpass hinauf, und Lena fragte scherzend, ob sie schieben müsse.

Auf der Anhöhe entdeckte er einen Winzer und stoppte. Bei laufendem Motor unterhielt er sich mit dem Mann und stellte ihm Lena als seine Mitarbeiterin vor. Es könne sein, dass sie einmal allein komme, um Wein zu besorgen.

»Darf sie denn schon Alkohol trinken?«, fragte der Winzer mit einem Grinsen im Gesicht. Beim Wegfahren schlug er auf das Dach des Wagens, der darunter bebte.

Nach einem Abstecher zu einem Winzer in Oberbergen, wo Florian sich auch Lenas Zuhause zeigen ließ und knatternd die Gasse auf- und abfuhr, besuchten sie ein Restaurant in Niederrotweil, für das Florian die Weinkarte zusammenstellte. Anschließend tuckerten sie nach Endingen. »Christoph ist ein sehr guter Freund«, sagte Florian, als er direkt vor der Metzgerei parkte. Weinbrenner kam noch bei laufendem Motor in seiner Schürze aus seinem Laden geeilt.

»Häh? Man versteht ja sein eigenes Wort nicht!«

»Häh?!«, erwiderte Florian, noch einmal Gas gebend. Dann stieg er aus. Als er in Lenas Gesicht ein Stirnrunzeln über die Begrüßung der sehr guten Freunde sah, erklärte er die schwerhörige Blödelei. »Er und ein Kommissar aus Freiburg können nicht damit aufhören.«

Er stellte Weinbrenner Lena als seine Mitarbeiterin vor.

»Ich sollte mal über die Rabatte nachdenken, die ich dir gewähre«, erwiderte Weinbrenner und bat die beiden in seine Metzgerei. Florian ließ Lena die Reaktionen der Kunden auf Weinbrenners »Wurscht« schildern. »Mir glaubst du ja nicht. Du meinst doch immer, ich esse die alle allein.«

Florian gab eine üppige Bestellung auf und nahm auch einen geräucherten Schwarzwälder Schinken mit. Der alte sei gut angeschnitten, den werde er selbst essen. »Ich will aber unbedingt so ein ganzes Ding im Laden hängen haben.«

»Sieht geil aus«, meinte Lena.

Sie plauderten noch eine Weile unter den glühenden Blicken von Weinbrenners Verkäuferinnen, die hinter der kühlen Theke stehend Florian anhimmelten. »Flo?« »Häh?!« Dann tuckerten sie mit der Wurst und dem Schinken, der auf der Ladefläche hin und her schaukelte, zurück.

»Ich wusste gar nicht, dass du ein Star bist«, sagte Lena.

»Für die Mädels halt. Für die ist jede Wurst ein Star!«

Zurück im *Wollkanisch* räumten sie die neue Ware ein und sortierten alte aus. Mit dem Schinken sei alles Mögliche zu machen, sagte Florian und schnitt Lena ein großes Stück ab. Zum Dank fürs Mitfahren gab er ihr für daheim eine Flasche Wein mit. Als sie gegangen war, sah er nach der Uhrzeit. Es war Spätnachmittag. Arnold hatte nicht gesagt, wann er kommen wollte. Gegen Abend, nach der Arbeit, hatte er gesagt. Allerdings hatte er da bereits Schlagseite gehabt. Ob er sich überhaupt noch daran erinnerte? Er überlegte anzurufen, um nicht vergeblich wartend die nächsten Stunden abzusitzen. Der Ausflug mit Lena hatte ihn belebt und Lust auf Nichtstun und gedankenloses Rumhängen gemacht, was noch vor wenigen Tagen Teil seines Alltags gewesen war. Härringer, sein Tod, der Auftrag, seine Biografie zu schreiben, und der ungeklärte Mordfall Ida überschatteten jedoch inzwischen seine Tage. Er brütete ständig über fremdem Leben. War es ein Fehler gewesen, den Auftrag anzunehmen, fragte er sich, während er in seinem geschlossenen Laden auf und ab ging. Er beschloss, den Kellermeister nicht anzurufen und einen Spaziergang im Weinberg zu machen. Arnold konnte ihn ja über Härringers Tochter mobil erreichen.

Während der zwei Stunden, in denen er spazieren ging und in den Reben hin und wieder Einheimische traf, erreichte ihn kein Anruf. Als er über den Marktplatz zu seinem Laden ging, stand niemand wartend davor. Es dämmerte bereits. Die Straßenlaternen auf dem Platz waren eingeschaltet. Im Rathaus gegenüber brannte noch Licht. Es war nicht das Büro des Bürgermeisters. Florian wartete eine Weile vor seinem Geschäft und ging dann über den Hinterhof in sein kleines schmuckes Fachwerkhaus. Als er die Treppe hoch in seine Wohnung ging, erreichte ihn eine SMS. Es war eine Nachricht von Arnold. Er könne leider nicht kommen. Ein kleines Problem im Keller hindere ihn. Ich komme ein anderes Mal, schrieb er noch.

Froh, nicht gewartet zu haben, sondern seinem eigenen Leben nachgegangen zu sein, wärmte er sich die Nudelsuppe mit Hühnerfleischeinlage auf und aß einen Teller davon. Der spontane Spaziergang am Nachmittag hatte ihn froh gestimmt. Er verspürte keine Kopfschmerzen mehr. Er schöpfte sich einen zweiten Teller voll, als es an der Hintertür klingelte. Er überlegte kurz, wer es sein könnte. Dann ging er zur Tür.

»Ich bin es«, hörte er Ulla sagen.

Überrascht öffnete er ihr die Tür.

»Darf ich hereinkommen?«

»Natürlich.« Er bat sie herein und schloss die Tür, sich kurz im Hinterhof umsehend.

»Ich wollte nach dir sehen. Hatte das Gefühl, mich heute Mittag wie deine Ehefrau verhalten zu haben.«

»Ist …«

»Sag nicht, dass es in Ordnung war und dir womöglich noch gefallen hat!«

»Nein, natürlich nicht. Ich will mich nicht mit dir streiten.«

»Ich auch nicht.« Sie küsste ihn. »Was macht der Dickschädel?«

»Gut.« Er bat sie nach oben.

Als sie die Suppe roch, lächelte sie ihm zu. »Du brauchst keine Ehefrau!«

Er nickte zustimmend und bot ihr einen Teller an. Sie lehnte ab, da sie bereits gegessen hatte. Während er aß, berichtete er ihr von dem Ausflug mit Lena. »Hat gutgetan.« Dass er sich Gedanken über die Arbeit als Biograf gemacht hatte, verschwieg er. Ebenso den abgesagten Besuch von Härringers Kellermeister.

Als hätte sie seine Gedanken erahnt, erwähnte sie einen Mann, den sie gerade vor dem Laden und in der Nähe des Hinterhofes gesehen hatte. »War komisch. Es wirkte, als spionierte er hier herum. Ich kam nicht über den Marktplatz. An der Ecke sah ich ihn neben deinem Laden stehen. Er blickte ständig zum Haus und auch hier hoch zum beleuchteten Fenster.«

»Gerade eben?«

»Ja. Jetzt. Er hat mich nicht gesehen. Ich bin kurz stehen geblieben. Dachte erst, es ist Willi. Nicht mal wegen uns. Willi hat ja schon oft bei dir nach Ladenschluss Wein besorgt.«

»Und dann?« Florian war neugierig wie verwundert.

»Willi war es nicht. Ich ging dann in den Hof. Ich wollte gerade klingeln, als ich Schritte hörte. Hab mich sofort an die Garagenwand gedrückt. Dann kam der Mann. Ich sah nur einen Schatten. Du hast ja keinen Bewegungsmelder. Eigentlich Gott sei Dank. Ich denke aber, es war der Mann von vor dem Laden. Der Marktplatz war leer.«

»Und was hat der gemacht?«

»Er stand eine ganze Weile an der Einfahrt. Dann ging er auf den Marktplatz zurück. Ich wartete noch ein paar Minuten an der Wand. Als er nicht mehr auftauchte, habe ich geklingelt. Hattest du Besuch erwartet?«

»Nein.«

»Vielleicht ein Passant. Dein Geschäft sieht ja einladend aus. Und dann der Name. Das weckt neugierige Blicke.«

Er nickte und dachte über den Vorfall nach.

»Wie sah der Mann aus?«

»Es war dunkel. Ich war einige Meter entfernt, als ich ihn vor dem Laden sah.«

»Wie alt war er ungefähr?«

Sie überlegte.

»Mitte vierzig?«

»Könnte sein.«

»Bisschen kleiner als ich?«

»Möglich. Ja, könnte passen.«

»Schwarze Haare?«

»Nicht blond auf jeden Fall.«

Er stellte weitere Fragen, die sie durchweg mit Ja beantwortete. »Sag mal, kennst du den Mann? Das hört sich an, als beschreibst du jemanden?«

Er wiegelte ab, mit einem genauen Bild des Besuchers vor Augen.

18

Er wartete eine Weile, nachdem er Ulla an der Haustür verabschiedet hatte. Dann verließ er ebenfalls das Haus über den Hinterhof. Obwohl er nicht damit rechnete, den Besucher anzutreffen, lief er die nähere Umgebung ab. In den Gassen rund um den Marktplatz war es stockdunkel. Das Licht der Laternen vom Dorfplatz schimmerte nur an manchen Hauswänden und in dunkle Ecken. In den meisten Fachwerkhäusern flackerte der Fernseher hinter Vorhängen. Er drehte eine Runde und dachte darüber nach, was es bedeuten konnte, wenn sich sein Verdacht bewahrheitete. Noch im Dunkeln unterwegs schickte er Lena eine SMS. Ob sie morgen früh den Laden öffnen könnte? Ihre Zusage kam, als er noch durch die Gassen lief.

Am anderen Morgen stand er vor Einbruch der Dämmerung auf und fuhr nach Frankreich. Drei Stunden später erreichte er das Dorf an der Mittelmosel und die Firmenadresse des Weinkommissionärs. Im Gegensatz zu seinem ersten Besuch parkte er direkt auf dem Hof. Er stieg aus und ging in das Gebäude, in dem Lorch auch zu wohnen schien. Zwei Türklingeln bestätigten den Eindruck. Er klingelte an dem Schild mit der Aufschrift Weinkommission Lorch. Er hatte dieses Mal nicht vor, den Mann zu belauschen, sondern ihn offensiv anzugehen.

Lorch selbst öffnete die Tür und reagierte verblüfft. Er trug schwarze Hosen und wieder ein bordeauxrotes Hemd. Florian kostete das Überraschungsmoment aus. Er wartete ab. Er grüßte nicht, erklärte sich nicht, er beobachtete lediglich Lorch, der ihm mit großen Augen und mit offenem Mund gegenüberstand.

»Ich hoffe nicht, dass Sie überrascht sind, mich lebend zu sehen«, sagte Florian schließlich. Er blickte kurz nach hinten über seine Schulter. »Ihr Schläger im Anzug ist wohl nicht hier.«

Lorch reagierte noch immer nicht.

»Ist er Ihr Schläger oder Ihr Geschäftspartner?«
Lorchs Gesichtsfarbe nahm den Ton seines Hemdes an.
»Sind Sie noch im Schwarzhandel tätig?«
Der Weinkommissionär schien sich zu fassen. Sein Blick wurde finster. »Was wollen Sie?«, blaffte er.
»Eine Information.«
Lorch lachte. »Haben Sie nicht schon genug erfahren?«
»Und Sie? Glauben Sie, Sie kommen mit Körperverletzung davon? Das ist eine andere Sache, als Wein zu panschen. Das ist kein Vergehen gegen das Weingesetz, das mit einem Bußgeld unter den Tisch gekehrt wird.«
Lorch warf einen Blick über den Hof und auf die Straße. »Kommen Sie herein.« Er öffnete die Tür und Florian ging vorsichtig an ihm vorbei. Er sah sich kurz auf dem Flur um, fixierte wieder Lorch und stellte sich mit dem Rücken an die Wand.
Lorch schloss die Tür und bat ihn, in ein offen stehendes Zimmer zu gehen. »Gehen wir in mein Büro.«
»Bleiben wir hier«, erwiderte Florian. »Ich habe kein Interesse, mit Ihnen zu plaudern.«
»Okay«, erwiderte Lorch. »Das war eine Kurzschlussreaktion von Otto. Völliger Blödsinn. Wir haben Ihnen nichts weiter getan.«
»Weshalb sind Sie so nervös geworden?«
»Hören Sie mal: Sie haben sich auf den Hof geschlichen. Ist das nicht Hausfriedensbruch?«
»Ich habe geklingelt, niemanden angetroffen und bin dann auf den Hof – könnte ich sagen. Dass ich niedergeschlagen wurde, ist aber polizeilich dokumentiert. Verdrehen wir nicht die Ausgangssituation, Herr Lorch. Ich denke, Sie haben etwas zu verbergen.«
»Was wollen Sie?«
»Eine Information, wie ich ja schon zu Ihrer Belustigung sagte.«
Lorch war offensichtlich nicht mehr zum Lachen zumute. Er starrte Florian misstrauisch an. »Fragen Sie«, sagte er

dann, nachdem Florian ihm ausdruckslos entgegengeblickt hatte.

»Kennen Sie Sven Arnold?«

Lorch schien über die Frage überrascht. »Den Kellermeister?«

»Genau den.«

Lorch dachte über die Antwort nach, auf der Suche nach einem Haken, das konnte Florian deutlich in seinem Gesicht lesen.

»Ich präzisiere die Frage«, sagte Florian. »Haben Sie ihn am vergangenen Sonntag bei dem Mittagessen zu Ehren von Ludwig Härringer zum ersten Mal gesehen?«

»Was wollen Sie wissen?«

»Können Sie die Frage beantworten?«

»Was hat das mit Ihnen zu tun? Haben Sie uns deswegen belauscht?«

»Beantworten Sie einfach die Frage.«

»Wenn ich Sie verstanden habe.«

»Einfache Frage, einfache Antwort: Ja oder Nein. Hatten Sie vor dem Mittagessen bereits Kontakt zu Arnold?«

»Das ist alles, was Sie wissen wollen?«

»Fangen wir damit an.«

»Was kommt dann?«

»Ich stelle die Fragen. Antworten Sie einfach.«

Er schien noch immer über den Haken nachzudenken. Florian begriff, dass Lorch mehr zu verbergen hatte als die Antwort auf seine Frage.

»Wir kannten uns schon vorher«, erklärte Lorch schließlich.

»Seit wann?«

»Seit vielen Jahren. Sven hat nach seiner Prüfung zum Kellermeister und Weinküfermeister hier in einer Großkellerei gearbeitet.«

Florian rechnete die Ausbildung auf Arnolds Alter zurück. »Das könnte in den Neunzigern gewesen sein.«

»Ja, in dieser Zeit.«

»So lange kennen Sie sich bereits?«

»Wir hatten seither nicht mehr viel Kontakt. Jeder ging seinen Weg.«

»Woraus bestand der Kontakt in der Zeit?«

Lorch zögerte.

»Mir ist bekannt, dass Sie das Weingut Härringer in dieser Zeit mit schwarzem Wein beliefert haben.«

»Sven hatte damit nichts zu tun. Er war damals noch nicht Kellermeister bei Ludwig.«

»Ist mir bekannt. Was hatten Sie aber mit ihm zu tun?«

»Das ist lange her. Verjährt und strafrechtlich verfolgt. Ich habe Ludwig nie damit in Verbindung gebracht. Die Menge war viel zu gering.«

»Und Arnold?«

»Der hatte, wie ich schon sagte, mit Härringer damals nichts zu tun.«

»Mit Ihnen?«

Lorch überlegte wieder. »Lassen Sie mich dann in Ruhe?«

»Wenn Sie mir die Wahrheit sagen, ja. Ich bin nicht gekommen, um zur Polizei zu gehen. Sagen Sie mir, was ich wissen will, dann vergessen wir die Sache. Mir ist es egal, ob Sie und Ihr Spediteur noch immer krumme Geschäfte machen. Wofür gibt es hier in der Pfalz denn eine Staatsanwaltschaft für Wein- und Lebensmittelstrafsachen? Ich verfahre so: Wenn Sie hart spielen wollen, grätsche ich Sie ab. Und der Schiri hat hinten keine Augen!«

Lorch lachte auf und breitete gelassen seine Hände aus. »Sven hat mir damals geholfen. Das ist alles. Er war jung und brauchte Geld wie ich. Als der Schwarzhandel Jahre später aufflog, war er aber bereits ausgestiegen. Deswegen habe ich ihn nicht belastet.«

»Wie lange hat er mitgemacht?«

»Zwei Jahre. Dann ging er ins Ausland. Ich wusste, dass er seinen Weg gehen wird.«

»Um wie viel Geld ist es gegangen?«

»Bis zu zwei Mark Mehrerlös pro Liter Verschnitt. Sven hat keinen Reibach gemacht. Er wollte nur so viel, um im Ausland zu lernen. Er war jung und ehrgeizig. Das ist eine Jugendsünde.«

Und für Sie, wollte Florian fragen, ließ es aber sein. Um über den Weinkommissionär zu richten, war er nicht gekommen. Er verabschiedete sich ohne weitere Fragen. Als sich Lorch für den Schlag auf den Hinterkopf entschuldigte, dachte er über die Kopfschmerzen nach, die ihm seine neue Tätigkeit bislang eingebracht hatte, den Kater nach der Weinprobe mit anschließender Schlaflosigkeit im Schloss mitgerechnet.

Er stieg in seinen Wagen, von Lorch vom Bürofenster aus beobachtet, und fuhr davon. In einer Metzgerei im Dorf nahm er im Stehen ein Tagesgericht zu sich und rief Arnold an. Ohne nähere Erklärungen verabredete er sich mit ihm auf der Autobahnraststätte Baden-Baden. »Es geht um Ihre Jugendsünde«, sagte er nur.

Als er drei Stunden später die halbleere Raststätte betrat, wartete Arnold bereits an einem Tisch am Fenster.

»Jugendsünde. Sie haben mich neugierig gemacht«, erklärte er, als er Florian mit Handschlag begrüßte. Während er sich wieder vor seine Tasse Kaffee setzte, bediente sich Florian ebenfalls selbst. Er holte einen Kaffee und ein Stück Kuchen und beobachtete Arnold aus den Augenwinkeln. Der Kellermeister sah aus dem Fenster hinaus. Florian glaubte, seine Gedanken mit dem Autobahnverkehr kreisen zu sehen. Nachdem er bezahlt hatte, setzte er sich ihm gegenüber.

»Abwaschwasser«, sagte Arnold mit Blick auf den Kaffee.

Florian zuckte mit den Schultern und trank einen Schluck. »Es gibt Wein, der ist dünner.«

»Genug herumgeredet«, erwiderte Arnold. »Was wollen Sie mir sagen?«

»Hat Heinrich Lorch Sie zufällig angerufen?«

Arnold regierte überrascht. »Nein. Weshalb?«

»Ich komme gerade von ihm.«

»Ah! Deswegen das Treffen auf der Autobahn. Ich verstehe.«

»Er erzählte mir von Ihrer Bekanntschaft. Sie kennen sich. Schon lange.«

»Ich verstehe. Diese Jugendsünde. Hat er Ihnen alles erzählt?«

Florian schilderte ihm seine an der Mosel erhaltenen Informationen.

»Dann können Sie sicher nachvollziehen, dass wir unsere Bekanntschaft nicht an die große Glocke hängen wollen. Wie Heinrich Ihnen sagte, ist es zwar verjährt und strafrechtlich bereinigt. Damit will man ja aber nicht prahlen. Das verstehen Sie doch? Ich habe jetzt einen Namen.«

»Natürlich. Verstehe ich. Jetzt kann ich den Blick zwischen Ihnen und Lorch beim Mittagessen einordnen. Hat mich lange beschäftigt.«

»Ihr Blick als Fußballer für den freien Mann und den Raum ist bekannt«, erwiderte Arnold. Er grinste. »Ich habe mich über Sie schlaugemacht. Wie Sie sich auch über mich.«

»Es ging Ihnen bei dem Schwarzhandel nur um die Finanzierung Ihrer Auslandsreisen?«

»Genau. Der Verdienst reichte nicht, meine Eltern konnten mich nur ideell unterstützen. Die Versuchung war groß und nahe. Damals waren wir nicht die einzigen Schwindler.« Er erwähnte seine Weinreisen nach Australien, Südafrika, Chile und Südeuropa. »Da habe ich so viel gesehen und gelernt. Ich wäre heute nicht der Weinmacher ohne diese Erfahrungen. Das war das Geld wert. Eine Gefährdung für den Verbraucher gab es damals ja nicht. Das betonten die Lebensmittelprüfer immer.« Er erwähnte, dass auch Härringer mit schwarzem Wein gehandelt hatte. »Und Ludwig war froh und dankbar, dass Heinrich ihm geholfen hatte.«

»Das war eine geringe Menge«, erwiderte Florian.

»Kleinvieh macht Mist. Aber ich sehe das genauso wie Sie, Herr Buchmann. Im rechtlichen Sinn war es ein Vergehen gegen das Weingesetz. Sie können Ludwig nicht die Absolution erteilen und mit dem Finger auf Lorch und mich zeigen. Ludwig und ich wollten uns nicht bereichern, sondern ..., wir wollten etwas schaffen, weiterkommen. Ludwig und ich waren uns in vielen Dingen ähnlich. Das zeigt sich auch hier.«

»Wussten Sie, dass Ludwig Lorch in Anspruch genommen hatte?«

»Nein.«

»Sie waren damals nicht beteiligt?«

»Das war vor meiner Zeit. Ich war nur zwei Herbste mit dabei. Ich stellte Kontakte her und frisierte Bücher. Wissen Sie, nur bei uns wird die Rebsorte auf das Etikett geschrieben. Alle reden von Bordeaux und da ist immer Merlot mit dabei. Verschnitt, wie das schon klingt. Oder die Qualitätsstufen! Das deutsche Weingesetz ist eine Katastrophe und nicht der deutsche Wein!«

»Etikettenschwindel und die gesetzliche Regelung, was auf ein Etikett muss, sind zwei Paar Stiefel. Sie sagten, der Härringer-Verschnitt war vor Ihrer Zeit und Sie wüssten nichts darüber. War Ludwig Ihre spätere Beteiligung an dem Geschäft bekannt?«

»Ich wüsste nicht. Wir haben nicht darüber geredet. Vielleicht hätten wir das tun sollen. Es war ja eine von vielen Gemeinsamkeiten. Wir waren uns sehr ähnlich.«

Während Florian nachdachte, schob Arnold seine leere Kaffeetasse auf dem Tisch hin und her. »War es das?«

Florian starrte gedankenverloren auf die Autobahn. Er suchte nach einer Möglichkeit, Arnold damit zu konfrontieren, dass Ulla ihn gestern vor seinem Haus hatte herumschleichen sehen. Er zögerte jedoch. Er hatte Arnold Ulla gegenüber so beschrieben, dass sie nur zustimmen konnte. Ein Mann um die vierzig, nicht blond, etwas kleiner als er, war überall zu finden. Dass ein Unbekannter hinter ihm herschnüffelte, hielt er aber für vollkommen unwahrscheinlich.

»War es das?«, wiederholte Arnold. »Sind wir fertig? Im Keller wartet nämlich mein Wein. Diese Zeit des kontrollierten Nichtstuns im Keller erfordert meine absolute Aufmerksamkeit. Das können Sie wahrscheinlich nicht verstehen.«

»Doch«, erwiderte Florian, weiter über einen Einstieg nachdenkend.

Arnold stand auf. »Also. Sie bleiben noch?«

Florian erhob sich rasch und ließ seine halb ausgetrunkene Kaffeetasse stehen.

»Abwaschwasser. Sagte ich doch«, meinte Arnold mit Blick auf die Tasse.

Sie verließen dann gemeinsam die Raststätte. Vor der Tür verabschiedete sich Arnold. Als er zu seinem Wagen ging, kam Florian ihm nach. »Ist das Ihrer?«

»Ja.«

»Waren Sie gestern am Kaiserstuhl?«

Arnold reagierte alarmiert. Florian sah dies in seinem Blick.

»Ich meine, ich hätte diesen Wagen mit Baden-Badener Kennzeichen bei uns im Dorf gesehen. Gegen Abend. Als wir uns eigentlich treffen wollten.«

»Kann nicht sein«, erwiderte Arnold. »Ich habe Ihnen doch geschrieben, dass ich verhindert bin.«

»Genau. Deswegen war ich im Dorf unterwegs und meine, diesen Wagen gesehen zu haben.«

»Diesen auf keinen Fall. Ich gehe davon aus, dass es dunkel war. Da kann man doch kaum ein Auto unterscheiden.«

»Aber das Kennzeichen. Ist mir aufgefallen.«

»Unmöglich. Also ich war es nicht. Sonst hätte ich doch bei Ihnen vorbeigeschaut. Das werde ich übrigens bei Gelegenheit noch tun.«

Er reichte Florian die Hand. »Auf Wiedersehen.«

»Wiedersehen. Danke fürs Kommen.«

Arnold stieg in seinen Wagen und fuhr davon. Florian sah ihm nach. Er blieb lange vor der Raststätte stehen und rief dann seinen Freund bei der Freiburger Kriminalpolizei an.

19

Er parkte seinen Wagen auf dem Hinterhof, betrat sein Haus und schaltete das Licht im Laden ein. Der Verkaufsraum war inzwischen geschlossen. Lena hatte ihm auf einer Tafel mit Kreide eine kurze Nachricht mit Gruß hinterlassen. Alles sei prima gelaufen. Er schloss die Eingangstür des Geschäfts auf und richtete auf der Theke neben der Registrierkasse etwas zu essen, zwei Gläser und eine Flasche Wein. Dann ging er nach oben in seine Wohnung und holte seine gesamten Notizen, die er über Härringer und Ida angefertigt hatte. Als er mit dem Stapel nach unten kam, klopfte es an der Tür.

»Es ist offen«, rief er und legte seine Notizen am Fuß der Wendeltreppe ab.

Hofrichter kam in den Laden, und die beiden Freunde begrüßten sich mit Handschlag.

»Hier habe ich was zu essen gerichtet«, sagte Florian und zeigte auf das Abendessen.

»Ist ja wie in der Markthalle«, erwiderte Hofrichter.

Die beiden aßen einen Happen und tranken ein Glas Wein.

»Ich bin natürlich kein Profiler«, erklärte Hofrichter. »Aber wir können die beiden Fälle gerne zusammen durchgehen. Mit mir kannst du ja nicht nur über Fußball reden, das weißt du.«

»Schön, dass du gekommen bist.«

»Ein amerikanischer Psychiater beschrieb einmal, ich weiß nicht mehr genau, wann und in welchem Fall es war, in seiner Täterprofilerstellung auch die Kleidung des Täters. Als die Polizei den Mann in seiner Wohnung verhaftete, trug er einen Pyjama. Er zog sich dann um und schlüpfte genau in die von dem Profiler beschriebene Kleidung.«

»Wahnsinn.«

»Die Muster ähneln sich aber immer: Beschissene Kindheit. Viele Menschen erfüllen dieses Profil.« Hofrichter lachte auf. »Die wenigsten Verbrecher werden aufgrund einer Täterprofilerstellung überführt. Also hab keine zu großen Erwartungen. Ich werde dir den oder die Täter nicht liefern können. Auch kein Profi vom BKA. Es handelt sich ja nicht um eine Serie.«

»Weiß ich. Ich erhoffe mir einfach Klarheit. Ich grüble, ich misstraue jedem, ich misstraue Blicken und soll doch eigentlich nur eine Biografie schreiben. In der kommen jedoch zwei Morde vor!«

Hofrichter nahm einen weiteren Happen und schenkte sich Wein nach. »Vor der Erstellung eines Täterprofils steht aber die Rekonstruktion der Tat. Es ist wie bei einer Diagnose eines Arztes. Es werden Daten gesammelt, bewertet, Hypothesen formuliert, ein Profil entwickelt und getestet. Dann gibt es Rückmeldungen. Eine Fallanalyse versucht, das Verbrechen zu rekonstruieren und zu interpretieren. Unser Problem ist natürlich, dass wir kaum Daten haben. Und einen Mordfall, der Ewigkeiten zurückliegt. Hier habe ich immerhin eine Art Akteneinsicht erhalten. Vergiss nur nicht, wir sind keine Ermittler, Flo. Das muss dir klar sein. Wir haben keinen Obduktionsbericht, keine Handydatenauswertungen, keine Zeugenbefragungen. Aber wir haben dich!«

Florian blickte überrascht zu Hofrichter, der eine ihm ungewohnte kriminalistische Leidenschaft zeigte.

»Die Analyse des Tathergangs ist das Herzstück der operativen Fallanalyse. Wo kam der Täter rein? Wie ging er raus? Wurde die Leiche bewegt? Hierzu muss man den Tatort kennen. Trotz Tatortfotos und Skizzen gibt es immer Tatortbegehungen, bei denen das Geschehen nachgestellt wird. Du warst am Tatort. Du hast die Leiche gefunden. Und den Tatort im Wald kennst du auch. So schlecht stehen wir also gar nicht da!«

Sein Blick fiel auf die mit Kreide beschrifteten Tafeln. Während auf einer Tafel Lenas Nachricht stand, waren auf der anderen Angebote aufgelistet. Eine Flasche Spätburgunder mit Fenchelsalami für fünfzehn Euro, Kastanien mit neuem Wein für fünf Euro.

Hofrichter ging mit seinem Glas in der Hand zu den Tafeln. »Auf die zeichnest du jeweils einen Tatort, während ich die Teller leere.«

Florian stellte sein Glas ab und holte die beiden Tafeln. Mit einem feuchten Tuch wischte er sie ab und skizzierte den Wald und den Verkaufsraum des Weinguts Härringer. In diese Skizze zeichnete er auch die Leiche als Strichmännchen ein. Um den Kopf ein Kreis, der die Blutlache symbolisierte.

Hofrichter unterbrach ihn nicht. Der Kommissar verspeiste im Stehen den Imbiss und trank ein weiteres Glas. Als Florian fertig war, stellte Hofrichter die Tafeln auf einen runden Beistelltisch, auf dem in kleinen Holzkisten eingepackte Weinflaschen standen. Die Tafeln lehnte er an die Kisten.

»Wir beginnen mit dem aktuellen Fall, da wir uns hier auf deine Erinnerung stützen müssen. Wir sammeln erst einmal die Daten.« Er holte einen kleinen Notizblock aus seiner Jacke und klappte ihn auf. »Tatort ist der Verkaufsraum des Weinguts.«

»Er liegt abgelegen vom Dorf und am Eingang des Schlosshofes«, erwiderte Florian. Hofrichter machte sich Notizen. »Das Schloss, der Eingang zum Wohntrakt, befindet sich um die Ecke.« Florian zeigte den Weg mit dem Finger auf der Tafel und über sie hinaus nach.

»Der Verkaufsraum ist nicht einsehbar vom Schloss?«

»Nein.«

»War der Verkaufsraum geöffnet?«

»Ich denke, ja. Vormittags war Härringer zuständig, nachmittags die Tochter.«

»Gibt es einen zweiten Eingang beziehungsweise einen Hinterausgang?«

»Weiß ich nicht. Neben dem Verkaufsraum liegt eine Probierstube, die bin ich bis zum Ende gegangen. Bis zu einer kleinen Kammer, in der Licht brannte. Ich glaube nicht, dass ich eine Tür gesehen habe.«

»Erinnere dich. Erinnere dich an die Situation. Vergegenwärtige sie dir. Wie war das Wetter?«

»Es war bedeckt.«

»Hat es geregnet?«

»Ich glaube nicht. Nein.«

»Wo hast du geparkt? Wie bist du rein? Wie war deine Stimmung?«

Florian dachte über die Fragen nach und ging in seinem Laden hin und her. Er versuchte, sich an den Tag zu erinnern, und blickte gelegentlich zu Hofrichter.

»Ich war unbekümmert an dem Tag. Ich fuhr aus einer Laune heraus spontan zu Härringer. Irgendetwas zog mich hin. Ich parkte wie beim ersten Mal außerhalb des Schlosses und ging über den Hof. Kies. Das Geräusch verbinde ich seither mit der Tat. Da ich Härringer im Verkaufsraum vermutete, ging ich hinein. Es war geöffnet, ja. Beim Eintreten fiel mir ein Fleck an der Innenseite der Glastür auf. Sah wie Blut aus. Ich dachte, es ist Rotwein.«

»Der Täter verließ also den Tatort durch diese Tür, durch die er auch hereinkam«, erwiderte Hofrichter. »Sprich weiter.«

»Der Verkaufsraum schien leer. Ich sah weder die Leiche hinter der Theke noch das Blut. Deswegen ging ich nebenan in die Probierstube und in die beleuchtete Kammer. Gläser und in Kartons gestapelter Wein standen auf einer Ablage, an der ein Tischkorkenzieher angebracht war. Es roch nach Wein. Zwei entkorkte, halbleere Flaschen standen am Rand der Arbeitsplatte neben einem Korb mit trockenem Weißbrot. Da war keine Tür. Da bin ich mir sicher.«

»Gut. Sehr gut. Bleiben wir beim Tatort. Wir haben keine forensischen Daten. Du ersetzt deswegen den Obduktionsbericht. Du bist zurück in den Verkaufsraum gegangen. Was hast du gesehen? Erinnere dich und erwähne alles. Jede noch so kleine Nebensächlichkeit ist wichtig. Die liegen möglicherweise außerhalb der Kontrolle des Täters. Nebensächlichkeiten können Aspekte der Tat sein, auf die der Täter nicht geachtet hat. Die könnten ihn aber verraten!«

Florian ging wieder hin und her. Die Erinnerung an die blutige Entdeckung fiel ihm nicht leicht. Er lief längere Zeit schweigend und nachdenklich in seinem Feinkostladen herum, während der Kommissar immer wieder im Schatten des baumelnden Schinkens verschwand und sein Weinglas, das er gelassen zum Mund führte, im Licht der Strahler aufblitzte.

»Ich kam in den Verkaufsraum zurück«, sagte Florian schließlich. »Ich wollte gehen. An der Tür fiel mir der Fleck wieder auf. Und dann entdeckte ich einen ähnlichen Fleck auf der Theke des Verkaufsraumes. Die Fläche war aus Glas. Ich ging näher hin und entdeckte auf dem Boden Blut. Viel Blut. Die Theke und die Wand dahinter waren blutbeschmiert. Sogar eine Franse der Tischlampe in der Sitzecke war blutbefleckt. Ich kam noch näher und erblickte Schuhe. Es waren dieselben Schuhe, die Härringer bei unserer ersten Begegnung getragen hatte. Der Raum hinter der Theke war blutüberströmt.«

»Bist du in das Blut getreten?«

»Nein.«

»Hast du Schuhabdrücke gesehen? Ein Ansatz eines Profils?«

»Nein.«

»Wie groß war das Blutspritzerfeld?«

»Zwei, drei Meter. Härringer lag auf dem Rücken, sein Kopf lag in einer riesigen Blutlache. Der Schädel war zertrümmert, Hirnmasse ausgetreten. Die Kehle war aufgeschlitzt. In seinem Hals steckte ein Korkenzieher. Dann bin ich raus.«

»Gut. Sehr gut«, erwiderte Hofrichter. Er machte sich Notizen und betrachtete die Tafel mit der Skizze des Tatortes. In Gedanken schien er Florians Schilderungen nachzugehen.

Florian kam zu ihm und stellte sich neben ihn. Während er ebenfalls die Skizze betrachtete, vergegenwärtigte er sich noch einmal die Szene. Blut blitzte immer wieder in der weißen Kreide auf.

»Nun zum Opfer.« Hofrichter drehte sich ihm zu. »Alt, wehrlos, angesehene Persönlichkeit. Was wissen wir noch über ihn?«

Florian schilderte seine biografischen Erkenntnisse und Einschätzungen.

»Nur Fakten, keine Mutmaßungen«, unterbrach ihn der Kommissar. Florian kramte in seinen am Fuß der Wendeltreppe abgelegten Notizen, holte aus seiner Wohnung die Fotoalben, die ihm die Tochter gegeben hatte, konnte sich jedoch nur wiederholen. »Das sind die bekannten Fakten.« Sie betrachteten die Alben, die Florian bislang nur durchgeblättert hatte. Die akkurat geordneten Bilder dokumentierten fast nur die Zeit nach der Eröffnung des Weinguts. In einem kleinen Album waren Hochzeitsfotos zu sehen. Florian suchte auf den Bildern nach bekannten Gesichtern, entdeckte jedoch niemand. Die Gesellschaft war klein. Weitere Fotos zeigten wohl die anschließende Hochzeitsreise. »Karl Bieser, sein bester Freund in der Zeit, ist nicht zu sehen. War wohl auch kein Trauzeuge.«

Hofrichter klappte das Album zu. »Ist gut. Belassen wir es bei diesen Daten. Gehen wir der Reihenfolge nach.«

Florian legte die Alben beiseite.

»Wir haben einen einfachen Mord«, sagte Hofrichter. »Ein Opfer. Tötungsdelikte werden hinsichtlich des primären Motivs unterteilt: in Beziehungs-, Bereicherungs-, Sexual- und gruppendynamische Delikte. Während ein Sexualdelikt ausscheidet und gruppendynamischen Delikten ein ideologischer Hintergrund zugeordnet wird, bleiben also eine Beziehungstat aufgrund der Brutalität der Tatausführung und ein Raubmord. Das Übertöten kann ja auch für ertappte Räuber sprechen. Sehen wir uns das Opfer an. Je höher das Opferrisiko ist, je geringer ist das Täterrisiko.

Prostituierte gelten bekanntlich als Gruppe mit hohem Opferrisiko. Angehörige der Mittelschicht haben eher ein niedriges. Wir zählen Härringer hier dazu. Als Schlossbesitzer steht er sogar noch darüber. Das Täterrisiko hängt aber nicht nur vom Opfer ab, sondern auch vom Ort und dem Zeitpunkt der Tat. Birgt dies ein Entdeckungsrisiko für den Täter? Du hast gesagt, das Weingut liegt abgelegen, der Verkaufsraum ist vom Wohngebäude aus nicht einsehbar.«

»Ja. Es war aber Vormittag. Am helllichten Tag.«

»Der Himmel war bedeckt, hast du gesagt.«

Florian nickte und fürchtete, dass Hofrichter die Raubmordtheorie zu beweisen versuchte.

»Licht brannte in der Kammer am Ende der Probierstube«, rekonstruierte Hofrichter. »Härringer war dort beschäftigt, als der oder die Räuber, einer könnte Schmiere gestanden haben, in den Verkaufsraum kamen. Das Objekt war zuvor ausgespäht worden. Der trübe Tag bot die Gelegenheit. Der Täter, ich bleibe in der Einzahl, geht rein mit dem Bewusstsein, den Alten anzutreffen, und rechnet nicht mit Widerstand. Unter dem Vorhalt einer Waffe würde der das Geld herausgeben. Härringer ist aber in der Kammer. Der Räuber geht an die Kasse – dieser Aspekt der Tat ist uns leider unbekannt – und greift zu. Als er weggeht, vielleicht nimmt er auch schon die Maske herunter, erscheint Härringer, der von Geräuschen aufgeschreckt wurde. Da rastet der ertappte Räuber aus.«

Hofrichter sah zu Florian, der es eindeutig im Gesicht des Kommissars ablesen konnte: Bingo!

»Klingt plausibel«, erwiderte Florian. »Mit welcher Waffe schlägt er ihm aber den Schädel ein und weshalb noch der Korkenzieher in den Hals?«

»Nach einer Weinflasche hat er wohl nicht gegriffen. Die wäre durch die Wucht der Schläge zerbrochen. Glasscherben hättest du sicher gesehen. Führte der Räuber eine Waffe mit? Du hast gesagt, Hirnmasse war ausgetreten. Das spricht nicht für eine Stange, sondern für einen dumpfen Gegenstand, einen Hammer zum Beispiel. Innerhalb der Beschaffungskriminalität wird dieser oft als potenzielle Waffe mitgeführt.«

»Um die Raubmordtheorie bestätigt zu bekommen, habe ich dich nicht hergebeten«, erwiderte Florian. Die Plausibilität von Hofrichters Ausführungen frustrierte ihn.

»Wir versuchen doch nur Klarheit zu gewinnen.« Hofrichter klopfte ihm auf die Schulter. »Du willst doch nicht den Fall nach dem Motto lösen: Ich habe einen Wunschtäter und will diesen auf Teufel komm raus überführen. Suche Beweise! Jede Tat hat ein Motiv. Das habe ich dir schon einmal gesagt. Bei Raubmord liegt das Motiv natürlich auf der Hand: Bereicherung. Da reichen manchmal wenige Euro. Der Mord wäre in diesem Fall nicht eingeplant gewesen. Jeder, der eine Waffe mitführt, kann sie natürlich situationsbedingt einsetzen. Überprüfen wir nun eine mögliche Beziehungstat. Ich bin sicher, dass die Polizei das Umfeld des Opfers durchgekämmt hat. Das volle Programm: Handyauswertungen, Alibiüberprüfungen, Zeugenvernehmungen. Die Suche nach einem Motiv. Hatte Härringer Feinde? Gab es Streitereien? Konflikte? Tatverdächtige? Bei Beziehungstaten kennen sich Täter und Opfer. Du weiß sicher, dass diese in der Regel aufgeklärt werden.«

Florian erwähnte den Auftritt des ermittelnden Kommissars in Gottratskirchen, nachdem er Bieser in dessen Baden-Badener Villa aufgesucht hatte.

»Hmm. Unglücklich«, erwiderte Hofrichter. »Seltsam. Aber ein Kommissar hat nicht die Möglichkeit, einen Tatverdächtigen zu schützen oder Beweise zu manipulieren.«

»Könnte er bei einer Alibiüberprüfung nicht so genau nachgefragt haben?«

»Könnte. Aber da ist eine SoKo am Werk, da drehen viele Rädchen. Keine Ahnung, warum er hier aufgetaucht ist. Glaubst du, dass Bieser mit dem Mord etwas zu tun hat?«

Florian überlegte lange. »Nein. Ich glaube nicht, dass er Härringer umgebracht hat. Aber könntest du sein Alibi in Erfahrung bringen?«

»Ich werde es versuchen. Noch was? Ich möchte nicht zweimal meine Kontakte spielen lassen.«

»Nein, wüsste nicht. Arnold ist mir zwar nicht geheuer. Ich sehe aber kein Motiv.«

»Hat er ein Alibi?«

»Ich denke schon. Er wurde mit Sicherheit überprüft.«

»Erfrag ich einfach auch. Dann wird er dir nicht mehr im Kopf herumspuken.«

Florian versank einen Moment in Gedanken und sagte dann: »Der Korkenzieher im Hals, das ist doch ein Zeichen? Das war bestimmt nicht nötig, um ihn zu töten. Was sagt dies denn aus?«

»Ein nebensächlicher Aspekt scheint es nicht zu sein. Wir sind in einem Verkaufsraum eines Weingutes. Da wird Wein verkostet. Demnach werden auch Flaschen geöffnet. Der Korkenzieher lag in greifbarer Nähe.« Er ging an den Tisch mit den beschrifteten Tafeln. »Nehmen wir uns den alten Fall vor. Du siehst ja eine Verbindung.« Er betrachtete Florians Skizze des Tatortes im Wald. Florian stellte sich neben ihn, während Hofrichter die bisherigen Erkenntnisse aus der alten Ermittlungsakte zusammenfasste. »Hier handelt es sich um ein Sexualdelikt, auch wenn das Opfer nicht vergewaltigt worden war. Für die Feststellung des Delikts muss nicht unbedingt eine offensichtliche Sexualhandlung vorliegen. Eine nicht zu kontrollierende Reaktion des Opfers könnte den Moment der Tötungshandlung ausgelöst haben, bevor es zur Vergewaltigung kam. Von einer Serie und einem Serientäter können wir aber nicht sprechen. Dann wäre sicherlich in Baden-Baden und Umgebung weiter ermittelt worden.«

»Könnte die Tat einmalig gewesen sein?«

»Kann vorkommen. Nicht jeder Sexualstraftäter ist ein Triebtäter. Ein Verbrechen kann für den Täter Signalwirkung haben, der Auslöser sein, um wieder auf die richtige Spur zu kommen. Der Mörder könnte hinterher keiner Fliege mehr etwas zuleide getan haben. Die Faktoren, die diese Tat begünstigten, die emotionale Grundstimmung, Frust,

Wut, Unruhe, könnte er in den Griff bekommen haben. Bei sexuell motivierten Tötungsdelikten ist bekannt, dass die Täter vor der Tat viele Stressfaktoren in ihrem Privatleben haben. In Verbindung mit Alkohol kann das ein tödlicher Cocktail sein.«

»Ida wurde nach dem Weinfest ermordet. Hier.« Er zeigte auf einen Punkt in seiner Skizze. »Das Fest war da oben. Ihr Elternhaus ist hier. Sie hätte eigentlich den Hang hinunter gehen können.«

»Nachts?«, fragte Hofrichter.

»Im Wald dürfte es nicht heller gewesen sein.«

Der Kommissar nickte. »Dann war sie mit dem Mörder verabredet.«

»Sie haben sich auf dem Fest kennen gelernt. Allerdings hat sie gearbeitet und kaum Pausen gemacht. Nur zum Rauchen. Da stand sie an der Tanzfläche.«

»Schwer nachvollziehbar, dass diese kurzen Pausen für eine Verabredung gereicht haben«, erwiderte Hofrichter. »Es ist leider zu lange her, um sich ein Bild des Opfers an diesem Tag zu machen. War sie gut gelaunt, offen, in Feierstimmung? Es gibt Momente, da ist man empfänglicher. Sie war siebzehn. Abenteuerlustig, wer weiß. Wir werden das nicht mehr erfahren. Oder willst du ihre Mutter fast sechzig Jahre später fragen, wie lebensfreudig sie am Tag ihrer Ermordung war?«

»Ist das denn wichtig?«

»Um die Tat zu rekonstruieren und ein Täterprofil zu erstellen, schon. In der Auswahl des Opfers spiegeln sich Entscheidungen des Mörders wider. Das Aussehen kann entscheidend sein, ein Beuteschema, aber auch der Umstand, dass das Opfer leicht anzugreifen und zu überwältigen war. Das sagt viel aus.«

»Sie muss ihn dort kennen gelernt haben, sonst wäre sie den Hang hinunter gelaufen«, erwiderte Florian. »Leichte Beute kann sie nicht gewesen sein. Verdammt, wie ich darüber rede: Ida. Ihr Name ist Ida!«

»Wenn sie, Ida, sich in ihren Rauchpausen verabredet hatte, war sie es auch: leichte Beute. Zumindest in den Augen ihres Mörders. Dass sie sich dann gewehrt hat, könnte die Tötungshandlung eingeleitet haben.«

»Gib bloß ihr nicht die Schuld!«

»Natürlich nicht. Das sind Erklärungen. Durch eine Fallanalyse versuchen wir das Verbrechen zu verstehen, um daraus Schlüsse für die Aufklärung zu ziehen. Verstehe mich nicht falsch.«

»Entschuldigung.«

»Vergiss es. Mich kotzt es auch an, dass Leute damit durchkommen. Ich hasse diese fast schon gesellschaftliche Übereinkunft, dass jeder eine Leiche im Keller hat. Aber wir müssen uns an Beweise halten.«

»Gehen wir davon aus, dass es so war. Ida und ihr Mörder zeigten Interesse füreinander. Wir haben keine Zeugenaussagen darüber, was Ida nach ihrer Arbeit getan hat. Sie könnte den Jungen an der Tanzfläche kennen gelernt und sich später mit ihm getroffen haben. Wir gehen doch von einem Heranwachsenden als Täter aus, oder?«

»Ja. Natürlich.«

»Ein Spaziergang in den Wald folgte. Es war in der Nähe des Festes, es waren Stimmen zu hören. Ida fühlte sich sicher.«

»Der Bursche sah es als Einladung an und dann passierte es.«

»Er war alkoholisiert, verärgert auf jemand anderen«, kombinierte Florian. »Vielleicht war er zuvor abgeblitzt und hatte angestaute Wut.«

Hofrichter nickte zustimmend.

»Oder …« Florian hob die Hand. »Er war es nicht gewohnt, dass man sich ihm widersetzte.«

Ihre Blicke trafen sich in gemeinsamer Übereinkunft. So könnte es gewesen sein. So war es! Florian sah die Tat vor seinem inneren Auge. Er erblickte ein junges Mädchen, das neugierig in den Wald ging und dann minutenlang gewürgt wurde. Er sah ihren Todeskampf, ihren Lebenswillen. Nur der Täter blieb unsichtbar, verschwommen. Während er Härringer und Bieser hinter dem jugendlichen Täter zu erkennen versuchte, ging Hofrichter von den beiden Tafeln weg und schenkte Wein in die auf der Theke stehenden Gläser ein. »Wir werden das nicht mehr erfahren, Flo. Härringer ist tot. Du hast selbst gesagt, dass sein damaliger Kumpel Bieser ihn sicherlich nicht getötet hat. Ob sie beide Ida ermordet haben oder einer von ihnen, werden wir nicht mehr erfahren. Härringer hat das mit in sein Grab genommen. Vielleicht war es Zufall, ein Witz des Lebens, dass auch er umgebracht wurde. Für Bieser könnte dies dann eine glückliche Fügung gewesen sein, wenn dieser etwas damit zu tun haben sollte.«

»Beide haben studiert. Einer in München, der andere in Freiburg. Sie waren nach der Tat also nicht ständig hier.«

»Täter ziehen nach Straftaten selten um. Viele verwahrlosen, trinken, nehmen Drogen und fallen so auf. Aber wir haben hierzu keine Ermittlungsergebnisse. Wie schon in der Markthalle gesagt, hat der Täter sicherlich Kratzspuren davongetragen. Wäre er gleich überprüft worden, wären sie aufgefallen. Wenn ein Mord nicht in den ersten Tagen aufgeklärt wird, bleibt er meist ungesühnt.«

Hofrichter reichte ihm das Glas. Florian winkte jedoch ab.

»Die Verbindung der beiden Verbrechen besteht nur in einem Etikett, auf dem verklausuliert Ida steht«, sagte Hofrichter dann. »Härringer lebte in der Umgebung. Das Kreuz gehört zu dem Wald. Es muss keine Bedeutung für ihn gehabt haben. Dass er nur seinem alten Kumpel die Flasche mit dem Etikett schickte, kann nichts oder alles Mögliche bedeuten. Es ist besser, wenn es für dich auch keine Bedeutung hat, Flo. Du wirst den Fall nicht mehr aufklären. Wir können hier noch Stunden reden und die Frage nach dem Beweis hinauszögern.«

»Danke.«

»Sei mir nicht böse. Ich will dir nur helfen.«

»Ich weiß. Es war nicht sarkastisch gemeint. Ich wollte Klarheit. Und die habe ich bekommen! Danke.«

Er nahm nun das Glas und prostete Hofrichter zu, der den Kopf schüttelte. »Scheiß Job. Man zieht nur das Elend an. Und im Fußball gibt's seit deinen Tagen auch kaum Erfolgserlebnisse. Scheiß Leben.«

Florian schlug seinem Freund aufmunternd auf die Schulter.

»Jetzt weißt du, warum ich so tief in der glorreichen Zeit stecke«, erwiderte Hofrichter. »Es gibt für alles eine Erklärung. Jede Tat hat ein Motiv! Verhalten spiegelt Persönlichkeit.«

»Man kann immer wieder aufsteigen«, sagte Florian und holte aus einem Regal eine Flasche Spätburgunder. »Noir. Dunkel wie die Nacht. Du kannst hier schlafen.« Dann schloss er den Laden und ging mit dem Kommissar nach oben.

20

Der Duft frisch gebrühten Kaffees weckte ihn. Florian kroch aus dem Bett und ging in Shirt und Shorts und leicht verkatert in die Küche. Hofrichter stand zerknittert, aber immerhin in Hemd und Hose am Herd. Sie grüßten sich wortlos und tranken in der offenen Küche eine Tasse Kaffee im Stehen.

»Gut geschlafen?«, fragte Florian, als er seinem Freund und sich eine zweite Tasse einschenkte.

»Geht so. Und du? Haben dich die Geister des Schlossbesitzers noch lange verfolgt?«

Er sah Hofrichter verwundert an. »Habe ich viel Blödsinn geredet?«

»Nee«, wiegelte der Kommissar ab. »Nur das, was einen einsamen Wolf halt über die Zeit auf der Seele drückt.«

»Verarsch mich nicht. Was habe ich erzählt?«

»Du hast lediglich über diese Biografie geredet.«

»Wie?«

»Als wäre es eine Last, sie zu schreiben.«

Florian dachte darüber nach und versuchte sich an das weinselige Gespräch der Nacht zu erinnern.

»Schreib das Buch und dann geht es weiter. Verliere deine Leichtigkeit nicht. Das hat dich als Fußballer ausgezeichnet und zeichnet dich auch als Weinhändler aus. Denn du verkaufst nicht nur gute Tropfen, sondern auch Lebensgefühl. Bleib am Ball.«

»Und du bei deiner Frau.«

Hofrichter sah ihn erschrocken an. »Was habe ich gesagt?«

»Alles.«

»Was, alles? Verarsch mich nicht.«

Florian schlug ihm auf die Schulter. »Nimm ein bisschen Lebensgefühl von hier mit. Deine Frau wird es dir danken. Ihr seid noch zu jung für ein Rentnerleben.«

Hofrichter sah auf die Uhr. »Ich muss gehen. Ich danke dir. Ich melde mich wegen den Alibis.«

»Alibis? Brauchst du eines wegen deiner Frau?«

Hofrichter winkte ab. »Der Rotwein war nicht nur finster wie die Nacht, der knipst auch das Licht aus! Du hörst von mir.«

Er nahm seine Jacke von der Garderobe und ging die Treppe hinunter.

Florian winkte ihm nach und beugte sich über die Theke. Seinen Kopf stützte er mit der Hand. So blieb er eine Weile an der Küchentheke versunken stehen. Dann machte er sich frisch für den Tag. Da Lena heute frei hatte, musste er den Tag im Laden überstehen. Nach einem Frühstück mit Oliven, Lachs und Ei öffnete er mit einem leichten Widerwillen sein Geschäft. Ihm war bewusst, dass es nicht nur an seinem Kater lag. Die Öffnungszeiten, die ihm früher viel Freiraum ermöglicht hatten, hielten ihn nun gefangen. »Während ich hier im Laden sitze, läuft ein Mörder frei herum«, dachte er, als er die skizzierten Tatorte auf den Tafeln wegwischte und sie neu beschriftete. Die Lust auf Essen und Trinken kam ihm angesichts der Verbrechen obszön vor. Und während er die Tafeln auf den Pflastersteinen vor seinem Geschäft aufstellte, malte er sich eine pikante Situation aus: Was würde passieren, wenn er auf den Tafeln seine Verdächtigungen mitteilen würde? Was würde passieren, wenn er seine Affäre mit der Frau des Bürgermeisters hier auf den Tafeln publik machen würde oder die zahlreichen Affären des Dorfvorstehers? Die Heuchelei widerte ihn an, und er überlegte, seine Gedanken in die Tat umzusetzen. Er verharrte vor seinem Geschäft auf dem Marktplatz und wurde hin und wieder von Passanten gegrüßt. »Hallo Flo.« »Morgen.«

Sein Zorn auf sich selbst flaute langsam ab. Seine emotionale Grundstimmung war heute nicht die beste. Er sollte auf der Hut sein und nichts Unbedachtes unternehmen. Er ging zurück in den Laden und dachte an Idas Mutter und ihren

Bruder, die ihren Zorn auf vier Beinen hegten. Sie hatten es zugelassen, dass Idas Mörder auch ihr Leben zerstört hatte. Er verwarf den Gedanken, seine Affäre mit Ulla an die Tafel zu kreiden. Weshalb sollte er das tun? Um sich zu quälen?

Er ging wieder nach draußen und betrachtete seine Tagesangebote mit einem anderen Blick. Erschienen sie ihm noch vor wenigen Minuten obszön, ließen sie ihm nun das Wasser im Mund zusammenlaufen.

Während der nächsten Stunden verspürte er bei seiner Tätigkeit im Laden und in Kundengesprächen die frühere Lust am Feinkost- und Weinhandel. Er fühlte sich auch nicht mehr gefangen. Als er sein Geschäft zur Mittagszeit schloss, war er weder erleichtert noch fühlte er sich befreit. Er aß in seinem Stammlokal im Dorf zu Mittag und bewältigte auch die nachmittägliche Öffnungszeit mit Freude. Kurz vor Ladenschluss meldete er sich bei Härringers Tochter und kündigte einen spontanen Besuch an.

»Soll ich etwas zu essen machen?«, fragte sie erfreut.

Er lehnte unter dem Vorwand, bereits gegessen zu haben, freundlich ab.

Nach Ladenschluss holte er die Tafeln von der Straße und packte die Fotoalben, die er mit Hofrichter am Abend zuvor betrachtet hatte, ein. Dann fuhr er nach Umweg. Als er über den Kies im Schlosshof lief, die Fotoalben hatte er im Wagen gelassen, kam ihm Christine entgegen. »Sie können doch bis vors Haus fahren«, sagte sie mit einem Lächeln. »Wollen wir in den Verkaufsraum?«, fragte sie. »Er ist neu. Wird Ihnen gefallen.«

Er lehnte unter Zuhilfenahme einer Notlüge ab.

»Das Leben muss weitergehen«, sagte sie und ging mit ihm in das Büro im Eingangsbereich des Schlosses.

Für mich auch, dachte er, als er sich ihr gegenüber setzte. Sie betrachtete ihn prüfend, und er ließ sie gewähren. Sie lächelte und erwähnte seinen frühen, raschen Aufbruch nach seiner Nacht im Schloss. »War nicht gentlemanlike«, sagte sie. Auf ihren Auftritt im Negligé in seinem Gästezimmer ging sie mit keiner Silbe ein. Nur in ihrem verschmitzten Schlafzimmerblick und durch ihre hochgezogene rechte Augenbraue entdeckte er ihre Erinnerung an den Besuch im Nachthemd.

»Was führt Sie denn so spontan zu uns? Oder zu mir?«

»Sie sind der Ansprechpartner für mich. Sie haben mir auch den Auftrag erteilt und den Vertrag unterschrieben.«

»Sie reden so geschäftlich. Wir sind doch schon weiter.«

Er zögerte, obwohl er auf der Herfahrt die Worte wohl überlegt hatte. Die Wahrheit wollte er ihr nicht sagen. Das war für ihn auch eine Frage von Charakter und Würde – obwohl er Härringer in Verbindung mit einem Mord sah, der es ihm unmöglich machte, eine Biografie über sein Leben zu schreiben.

»Ich muss leider die Arbeit an dem Buch aus Zeitgründen aussetzen oder beenden, wenn Sie das Buch zeitnah veröffentlichen wollen.« Das war für ihn die Hoffnung, ohne große Probleme aus dem Vertrag herauszukommen.

Er hielt inne und wartete auf ihre Reaktion.

Sie reagierte nicht. Sie sah ihn noch immer mit einem schleierhaften Schlafzimmerblick an. Die Augenbraue zuckte eher verschmitzt als verärgert.

»Es tut mir leid«, fügte er hinzu.

»Weshalb?«, fragte sie nach einer Weile. »Ich hatte das Gefühl, Sie haben Freude an Ludwigs Leben und unserem Weingut hier.«

»Habe ich auch. Wie gesagt, ich muss leider aus Zeitgründen …«

»Dann verschieben wir die Veröffentlichung.«

Das hatte er befürchtet. »Ich kann Ihnen zum jetzigen Zeitpunkt kein Lieferdatum nennen. Ich werde in Freiburg ein zweites Geschäft eröffnen. Ich kann Ihnen dadurch beim besten Willen keine Zusage machen. Die Möglichkeit, dort einen Laden aufzumachen, kam an mich herangeflogen. Eine Superlage mit einer erschwinglichen Miete. Das ist die Chance für mich. Ich muss zusagen.«

Er verschoss gleich sein ganzes Pulver, das er eigentlich nach und nach in seine Argumentation hatte einbauen wollen. Ihr betrübtes Gesicht, das echte Enttäuschung zu zeigen schien, hatte ihn dazu veranlasst. Er wollte nur aus der Nummer heraus. Dass sie später herausfinden konnte, dass er gelogen und überhaupt kein Geschäft in Freiburg eröffnete, war ihm in diesem Moment egal. Er wollte dem Vertrag und der Familie Härringer einfach entfliehen.

»Sie haben den Mietvertrag noch nicht unterschrieben?«

»Nein, aber ich habe es vor.«

»Gibt es eine Möglichkeit, Sie umzustimmen?«

»Seien Sie mir nicht böse, das Buch wäre einmalig, mein Kerngeschäft bleibt der Handel und da sollte man expandieren, wenn möglich.«

»Sie haben natürlich Recht. Ich will Ihrem Geschäft nicht im Wege stehen. Ich weiß, wie das ist. Man muss das Eisen schmieden ... Sie wissen schon.«

Er atmete erleichtert auf, obwohl ihn ihre Reaktion auf seine Lüge beschämte.

»Sie werden aber auf jeden Fall unsere Weine in Freiburg anbieten?«, sagte sie.

»Ja, ja. Natürlich«, erwiderte er hastig. Er fühlte sich so schlecht, dass er ihr nicht ins Gesicht blicken konnte.

Sie lächelte. »Schade. Ich hatte das Gefühl, dass Sie meinen Vater verstehen, begreifen können. So wie er war. Er hatte Vertrauen in Sie – nach so kurzer Zeit. Aber das wissen Sie ja.«

Florian sah in ihr Lächeln und rang mit sich, ihr von seinen Vermutungen zu erzählen. Das Opfer ein Täter? Er überlegte, ihr reinen Wein einzuschenken, ließ es aber sein. Es war nur ein Verdacht. Er hatte nicht das Recht, diesen zu äußern. Und da Härringer tot war, konnte der sich nicht mehr verteidigen. Das war für ihn ausschlaggebend. Nicht seine Schwäche, einer schmachtenden, verständnisvollen Frau nicht die Wahrheit sagen zu können. Oder war es Angst, ihren Zorn zu erregen? Während er über die komplizierte Situation nachdachte, holte sie aus einer Schublade den von ihm unterschriebenen Vertrag und zerriss ihn.

»Haben Sie gedacht, ich mache Ihnen Ärger?« Sie wartete nicht auf seine Antwort. »Ja. Das habe ich Ihnen angesehen. Wirke ich so gallig?«

»Nein. Auf keinen Fall.«

»Sie haben ja auch noch keine Anzahlung erhalten. Eine Rechnung ist bisher nicht eingegangen.«

Ihm fiel ein, dass er die Anzahlung ohne Rechnungsstellung erwartet hatte. Gut so, dachte er.

»Das Honorar für die Laudatio deckt sicher Ihre bisherigen Auslagen«, erwiderte sie.

»Natürlich. Ich zahle es aber auch zurück.«

»Sie haben die Laudatio sogar gehalten. Das Mittagessen war wirklich schön. Wir sind quitt, Florian.« Sie sah ihm tief in die Augen. »Wir bleiben ja in Kontakt. Wann ist die Eröffnung?«

»Vielleicht zu Weihnachten. Ich hoffe.«

»Na dann.«

»Werden Sie das Buch anderweitig schreiben lassen?«

»Eher nicht. Wer soll das machen? Sie waren der Richtige. Vielleicht ist es auch gut so. Es war ein Impuls von mir und Mutter. Wir wollten nicht wahrhaben, dass Ludwig plötzlich aus unserem Leben gerissen wurde. Zeit ändert viel, Florian. Man muss mit ihr gehen. Das wissen Sie doch am besten.«

Er sah sich durch ihr Verhalten ermutigt, nach den Ermittlungen zu fragen.

»Wir wissen nicht mehr, als in der Zeitung zu lesen ist. Die Polizei ermittelt, die SoKo ist noch nicht aufgelöst, nur verkleinert. Wir gehen hier alle von Raubmord aus. Vater war zur falschen Zeit am falschen Ort.«

»Es war sein Ort«, erwiderte Florian.

»Die Zeit tickt eben nicht immer richtig«, sagte sie und sah ihn gelöst, mit einem Lächeln an.

21

Ihre Gelassenheit spukte ihm auf der nächtlichen Autobahnfahrt durch den Kopf. Scheinwerferlichter von der Gegenfahrbahn blendeten ihn und erschienen ihm wie Blitzlichter aus dem Leben Ludwig Härringers: Die erste Begegnung im Weingut, die Fahrt zur Kapelle, der Weg in den Wald zum Kreuz und das blutige Ende ein paar Tage später. Härringers Worte während ihres Telefonats schallten außerdem in seinem Kopf. Die beinahe verheilte Wunde am Hinterkopf pochte, und er verspürte leichte Kopfschmerzen.

Härringers Tochter hatte ihn erneut irritiert. Ihr bisheriges Verhalten erschien ihm komplett rätselhaft. Er sah sie schwarz gekleidet, wie sie einen Tag nach der Tat in seinem Laden auftauchte und ihm das Angebot unterbreitete. Er sah sie im Nachthemd, einen Träger die Schulter hinunterhängend, und nun bei ihrem letzten Gespräch, wie sie seine Entscheidung ohne Zorn akzeptiert hatte. »Die Zeit tickt eben nicht immer richtig«, zitierte er sie.

Er fuhr mit geringer Geschwindigkeit auf der rechten Fahrbahn. Es war kaum Verkehr. Er starrte auf die nächtliche Autobahn, die ihm endlos und finster erschien.

Als er Gottratskirchen erreicht und auf seinem Hof geparkt hatte, blieb er noch eine Weile im Auto sitzen. Dann betrat er sein Haus. Auf der Treppe hielt er inne und ging in seinen Laden im Erdgeschoss. Das Licht schaltete er nicht ein. Der Schein einer Straßenlaterne vom Marktplatz schimmerte in sein kulinarisches Reich, das er langsam und freudig beschritt. Dann legte er sich ins Bett und schlief sofort ein.

Am anderen Morgen stand er früh auf. Er hatte gut geschlafen und fühlte sich in Gedanken frei. Nach einem Kaffee im Stehen setzte er sich an seinen Schreibtisch, den Stapel Notizen über Härringers Leben türmte er vor sich auf. Er nahm die erste Seite, sah kurz darüber, zerknüllte sie und warf sie in den Papierkorb. Mit der zweiten und dritten Seite verfuhr er ähnlich. Dann packte er den ganzen Stapel und steckte ihn in den antiken Eimer, der ihm als Papierkorb diente. Er stand auf, trank eine zweite Tasse Kaffee und aß ein Marmeladenbrötchen. Dann ging er nach unten in seinen Laden und öffnete ihn. Das Aufschlagen der beiden Türflügel erfüllte ihn mit einer Freude, die er früher so oft beim Anblick des mittelalterlichen Marktplatzes mit dem ehemaligen Kornhaus als Rathaus verspürt hatte. Er griff nach den Tafeln, beschriftete sie mit Tagesangeboten und stellte sie vor seinem Laden auf. Dann ging er zurück und zählte das Geld in der Kasse. Dabei blickte er zur offenen Tür. Bislang hatte er sich in Gottratskirchen sicher gefühlt. Er beschloss für sich, dass das so bleiben sollte. Als ein Fußgänger vorbeikam und in seinen Laden hineinrief, fühlte er sich bestärkt.

Seine Gedanken wanderten jedoch allmählich wieder zu Härringer. Zu dem Überfall im Verkaufsraum seines Weinguts und zu seinem letzten Etikett: Ida. Während der erste Kunde erschien und er ihn beriet, dachte er immer wieder an Härringer – und Ida. Selbst wenn Ludwig Härringer zufälliges Opfer eines Raubmordes geworden war, hatte er vorgehabt, ihn auf die Spur zu Idas Mörder zu bringen.

Der Gedanke ließ ihn nicht mehr los. Er verspürte wieder eine Unruhe. In der Mittagspause holte er die Notizen aus dem Papierkorb und sah alle Seiten, auch die bereits zerknüllten, durch. »Ich hatte das Gefühl, dass Sie meinen Vater verstehen, begreifen können. So wie er war. Er hatte Vertrauen in Sie«, hörte er die Worte von Härringers Tochter. Er breitete einige Seiten, auf denen er Stellen markiert hatte, auf dem Boden in seiner Wohnung aus und kroch auf allen Vieren über die verzettelte Biografie Härringers.

»Weggefährten sind genauso wichtig wie Orte.«

»Das Leben verläuft nicht chronologisch.«

»Orte gehören zu einem Leben wie wichtige Ereignisse.«

»Härringer zündet am Altar eine Kerze an und setzt sich in die erste Reihe«, hatte Florian mit einem Rotstift an den Rand der Seite geschrieben.

»Dieser Ort hat eine ähnliche Bedeutung in meinem Leben wie meine Hochzeit und die Geburt meiner Tochter. Nicht die Kapelle, aber die Anhöhe mit den Reben und dem Waldstück dort unten.«

»Nach dem Krieg wurde lange Zeit hier immer ein Weinfest veranstaltet. Mit Tanz und viel Wein natürlich. Ungenießbarer Saft. Wirklich kein Wunder, dass man davon aggressiv wurde.«

»Ich kann manche Stimmen, die Musik, Gelächter sogar noch heute hören.«

»Er lauschte den Geräuschen des Weinfestes« stand wieder in roter Schrift am Seitenrand.

»Wenn ich eines dieser Kreuze am Wegrand sehe, frage ich mich immer, wie viel nicht gelebtes Leben dahinter verborgen ist.«

»Wenn man alt ist, zieht es einen an die Orte der Kindheit und der Jugend.«

Florian suchte nach den Notizen, die er über die Gespräche mit Bieser angefertigt hatte. Er breitete sie auf dem Boden aus, überflog sie, fand aber keine auffallenden Zitate und eigene Bemerkungen. Auf den Seiten war keine rote Anmerkung zu sehen.

Er nahm den restlichen Stapel in die Hand und blätterte ihn kniend durch. Die bisherige Recherche rauschte an ihm vorbei: Das Treffen mit dem ersten Kellermeister, das gemeinsame Mittagessen als nachträgliche Geburtstagsfeier, die Gespräche mit Tochter und Mutter, der Ausflug an die Mosel und die Weinprobe mit Arnold. »Warum tauchte Arnold auf, obwohl er per SMS abgesagt hatte?«, stand in roter Schrift und mit großem Fragezeichen auf einer Seite.

Er blätterte weiter und stieß auf einen Satz, den er unterstrichen hatte. »Eine von vielen Gemeinsamkeiten.« Das war Arnolds Antwort, als er ihn mit dem Schwarzhandel an der Mosel konfrontiert hatte, in den auch Härringer verstrickt war. »Wir waren uns sehr ähnlich«, stand darunter. Ebenfalls unterstrichen.

Florian starrte auf die Sätze. »Wir waren uns sehr ähnlich.« »Eine von vielen Gemeinsamkeiten.«

Er legte die Seite ab und dachte über die Gemeinsamkeiten von Härringer und Arnold nach. Beide wollten Spitzenweine schaffen. Den Ehrgeiz hatten sie. Beide hatten nach oben gewollt. Um zu lernen, hatte Arnold mit dem Weinkommissionär Geschäfte gemacht, Härringer, um nicht beim ersten Jahrgang schlecht dazustehen. Härringer hatte es bis zum Personalchef und zum Schlossherrn und Weingutsbesitzer gebracht. Arnold ebenfalls vom Keller bis an die Spitze. Das Weingut im Schloss hatte er aber bereits zu Härringers Lebzeiten mit der Tochter geführt, das war also kein Motiv.

»Jede Tat hat ein Motiv«, hörte er seinen Freund von der Freiburger Kripo sagen.

Er durchwühlte weiter Notizen, während die Mittagspause langsam zu Ende ging.

»Ich hatte das Gefühl, dass Sie meinen Vater begreifen können.«

Die Worte der Tochter geisterten in seinem Kopf, und er kroch wieder auf allen Vieren über die auf dem Boden ausgelegten Notizen. Als das Telefon klingelte, erschrak er und brachte einige Blätter durcheinander. Er stürzte zu seinem auf dem Schreibtisch abgelegten Handy.

»Ich bin es«, sagte die Stimme Hofrichters. »Alles in Ordnung? Was macht der Schädel?«

»Öh, alles gut. Ich bin in Form.«

»Gut. Ich habe die Informationen bekommen. Die Alibis. War nicht einfach.«

»Danke! Und?«

»Sind sauber. Bieser war mit seiner Frau bei einem Verbandstreffen. Da waren zig Leute. Du musst der Polizei in Rastatt also nicht misstrauen. Das Alibi ist lupenrein. Du hast ja selbst gesagt, der Alte kann es nicht gewesen sein. Dann habe ich noch über den anderen das Alibi erfragt.«

»Arnold?«

»Ja.«

»Und?«

»Er steckte auf der Autobahn fest. Er war zwar mit Härringer verabredet, aber er blieb im Stau stecken. Er war in dieser Ecke in einem Funkmast eingebucht. Das ist also auch sauber.«

Florian schnaufte tief durch. Er war zwar sicher gewesen, dass Arnolds Alibi überprüft worden war, dies nun von der Polizei quasi offiziell zu hören, dämpfte sein gerade wieder aufgeblühtes Recherchefieber.

»Hmm.«

»Alles in Ordnung?«, fragte Hofrichter. »Sind doch keine Neuigkeiten. Jetzt schreib das Buch und dann ist gut!«

»Hmm.«

»Also, wir hören voneinander.«

»Ja. Ich danke dir.«

»Keine Ursache. Ach, übrigens«, rief Hofrichter, als Florian schon auflegen wollte. »Arnold schrieb Härringer eine SMS, in der er seine Verspätung und den Stau mitteilte. Da war der aber schon tot. Die Nachricht hat ihn nicht mehr erreicht. Die SMS ging an einen Toten. Oder er wurde gerade in dieser Zeit getötet. Falls das Handy geklingelt hat, könnte das den Raubmörder auch angestachelt haben. Ciao!«

»Ciao«, erwiderte Florian und legte auf.

Er atmete noch einmal tief durch. Dann blickte er über die verstreuten und teilweise durcheinandergewirbelten Notizen. Sie erschienen ihm undurchsichtiger denn je. Er starrte auf das weiße Blättermeer und vergaß die Öffnungszeit seines Ladens. Nach einer Weile klingelte erneut sein Handy.

Ulla meldete sich besorgt. »Ich stehe vor deinem verschlossenen Laden. Was ist los?«

»Ach, so!« Er sprang auf und eilte telefonierend nach unten. »Habe ich vergessen.«

Als er sie durchs Schaufenster sah, küsste er sie durchs Telefon und legte auf. Dann öffnete er den Laden.

»Das hat es ja noch nie gegeben. Was ist los?«

Er überlegte, ob er ihr die Wahrheit sagen sollte und weihte sie schließlich ein.

»Du hast gekündigt und recherchierst weiter? Flo«, erwiderte sie mit einem Kopfschütteln.

»Ich kann ihn begreifen«, sagte er mit ausgebreiteten Händen. »Ich bin so nahe dran. Erinnerst du dich an den Mann, der hier herumgeschlichen ist?«

»Natürlich.«

»Ich bin sicher, es war der Kellermeister. Sven Arnold.«

»Okay, gut. Was wollte er?«

»Mich beobachten, mich unter die Lupe nehmen, denke ich.«

»Wusste er, dass du hier bist?«

»Wir waren verabredet!«

»Ihr seid verabredet gewesen?«

»Er hatte mir vorher eine SMS geschrieben, dass er nicht kommen könne.«

Sie dachte darüber nach. »Dann wollte er sehen, was du machst.«

»So ungefähr. Er wollte mich beobachten.«

»Nicht die feine Art«, erwiderte Ulla.

»Zur Tatzeit, als Härringer umgebracht wurde, war er mit ihm verabredet. Er blieb jedoch im Stau stecken und schickte eine SMS – an den bereits Toten.«

»Was ist daran ungewöhnlich? Er hat seine Verspätung angekündigt.«

»Natürlich. Aber ist diese Strategie nicht auffällig? Diese Ähnlichkeit? Ich kenne nicht die genaue Todeszeit. Härringer war bereits tot, als ich ihn fand. Aber hätte Arnold ihn nicht vorher töten und sich danach ein Alibi mit der SMS verschaffen können?«

»Wenn er dich hätte umbringen wollen und er hier war, hätte die Ortung seines Handy ihn verraten«, erwiderte Ulla.

»Er wollte mich nicht umbringen. Er wollte mich nur beobachten. Um mich vielleicht einschätzen zu können. Ich erschien ihm gefährlich. Du hast einen Mann hier gesehen. Das ist also kein Hirngespinst von mir.«

»Jemand war hier, ein Mann wie ich ihn beschrieben habe. Das ist Fakt. Könnte passen, was du sagst. Du hast ihn nervös gemacht, und er wollte vielleicht auch dich nervös machen. Das ist ein Motiv.«

»Für die Tat hat er aber keines«, erwiderte Florian.

»Kein Motiv?«

»Er war wie ein Sohn für Härringer und bereits mit der Tochter für das Weingut verantwortlich. Ein Mord hätte ihn nicht zum Erben gemacht.«

Er dachte darüber nach, während zu seinem Missfallen ein Kunde in den Laden kam. »Kannst du übernehmen?«, fragte er Ulla. Als sie nickte, ging er nach oben zu seinen Notizen.

»Wir sind uns sehr ähnlich«, fiel ihm in dem weißen Blättermeer auf. Er beugte sich über die Seiten und kroch wieder auf allen Vieren darüber, als Ulla nach oben kam.

»Was ist denn das?«

Er erklärte ihr seine Gedanken. »Ich kann ihn begreifen!«

»Soll ich unten weitermachen oder Lena anrufen?«

»Einen Augenblick«, erwiderte er. »Ich muss loslassen. Ende oder Lösung. Vielleicht meine ich, ihn verstehen zu müssen. Beide waren ehrgeizig. Ich bin überzeugt, die Verstrickung von Härringer in den Mord an Ida hat auch mit Ehrgeiz zu tun. Härringer machte Karriere bei Bieser und kaufte sich ein Schloss, auch wenn es damals eine Ruine war.« Er verlor sich in seinen Gedanken und ging verwirrt auf und ab.

»Beide waren ehrgeizig«, half ihm Ulla.

»Härringer war vor seinem fünfundsiebzigsten Geburtstag, quasi am Ende seines Lebens, in einer Phase der Abrechnung.« Er wühlte in den Seiten und fischte eine heraus. »Wenn man alt ist, zieht es einen an die Orte der Kindheit und der Jugend«, las er Ulla vor. »Er blickte zurück und sah einen ehrgeizigen Menschen, der es geschafft hatte. Von ganz oben blickte er hinunter und zurück und sah seine Abgründe. Den Punkt, der ihn nach oben gebracht hatte.« Er griff nach einem weiteren Blatt. »›Ein spezieller Ort kann sogar eine größere Bedeutung haben, als eine Hochzeit oder die Geburt des Kindes.‹ Erinnerst du dich?«

Sie nickte, und er las weitere Zitate vor. Dann hielt er inne und sah zu ihr hin. »Er hat mich bei unserer ersten Begegnung zu seinem wunden Punkt geführt. Ich weiß nicht, was er vorhatte, ihm war nicht klar, dass ihm bald der Schädel eingeschlagen würde. Aber er wollte ein Geheimnis preisgeben. Wie auch immer. Ein Zeichen an Bieser, eine Aufforderung zur Reue, zur Wiedergutmachung. Er begann, sich zu hassen. Sein Leben.«

»Hat sich bislang nicht so angehört.«

»Ich versuche ihn zu verstehen.«

»Sprich weiter«, erwiderte sie.

»Er verachtete sein Leben, seinen Ehrgeiz. Er war mir gegenüber, einem Fußballtalent, das es nicht nach oben und in die Nationalmannschaft geschafft hatte und sich nun als Weinhändler für eine Laudatio vorstellte, nicht hochnäsig. Im Gegenteil, er hatte Sympathie für mein Leben. Das habe ich gespürt und das hat mir auch seine Tochter bestätigt. Das glaube ich ihr. Das hatte er ihr gesagt. Er war ja auch so großzügig, dass er den Kellermeister im Weingut behielt, als seine Tochter sich von diesem trennte. Das war für ihn kein Grund, die Zusammenarbeit zu beenden. Die beiden harmonierten.«

»Sie waren sich ähnlich«, erwiderte Ulla.

»Ja. Was könnte die Harmonie beeinträchtigt haben?« Er stand auf und kam mit fragendem Blick zu ihr. »Irgendetwas muss vorgefallen sein, wenn tatsächlich Arnold die Tat begangen hat. Sein Alibi ist nicht lupenrein. Er schickt ihm eine SMS von der Autobahn. Weshalb waren sie eigentlich verabredet? Sie sahen sich doch täglich im Weingut?«

Ulla zuckte mit den Schultern.

Er ging an ihr vorbei und horchte die Treppe hinunter in den geöffneten Laden.

»Ist jemand da? Soll ich runter?«, fragte Ulla.

»Nein. Niemand da. Bleib hier. Du inspirierst mich.«

»Als Detektiv?«

»Als Gerechtigkeitsfanatiker.« Er ging zurück ins Wohnzimmer und lief über die verstreuten Blätter. Einige Seiten blieben an seinen Schuhsohlen hängen und verrutschten. Es knirschte und hörte sich für ihn an wie seine Schritte auf dem Kies im Schlosshof.

»Weshalb waren sie verabredet?«

»Vielleicht kann dir die Tochter das erklären.«

»Vielleicht. Härringer wollte wenige Tage später seinen Geburtstag feiern. Er hatte Weggefährten, wie er es nannte, eingeladen. Auch den Weinkommissionär, der ihm in seiner Anfangszeit in einer Notlage geholfen hatte. Er hatte ihn außerdem nicht belastet, als er aufflog. Härringer war ihm verbunden. Der Weinkommissionär war ergriffen über die Einladung. Das konnte ich erleben. Hier ging es um Gefühle, auch wenn es die Sentimentalität eines alten Mannes war. Arnold stand nicht auf der Einladungsliste.«

»Er gehörte zur Familie.«

»Dachte ich auch immer.« Er überlegte und kramte dann in seinen verstreuten Notizen.

»Hallo? Ist da jemand?«, schallte es aus dem Laden hoch.

»Ich gehe«, sagte Ulla und eilte nach unten, während Florian zum Fenster ging und nachdenklich auf den Marktplatz stierte. Dann schaltete er seinen Laptop ein und öffnete die Internetseite der Weinkommission Lorch an der Mosel. Er wählte die aufgelistete Mobilnummer und wartete ungeduldig auf ein Freizeichen. Als eine männliche Stimme sich meldete, ballte er die Faust.

»Herr Lorch?«

»Ja. Wer ist denn dran?«

»Der, den Sie und Ihr Geschäftspartner niedergeschlagen haben. Sie sind wohl noch immer im Geschäft, oder?«

»Was wollen Sie? Haben Sie noch nicht genug?«

»Diese Frage sollten Sie sich selbst stellen. Das interessiert mich nicht. Ich habe nur noch eine Frage. Dann ist die Sache für mich erledigt.«

»Soll ich Ihnen das glauben?«

»Sie müssen.«

»Schießen Sie los?«

»Wie hat Härringer Sie zu seinem geplanten Geburtstag eingeladen? Schriftlich?«

»Natürlich. Eine schöne Karte.«

»Hat er Sie nicht angerufen oder aufgesucht?«

»Nein. Ich war aber so überrascht, dass ich ihn angerufen habe.«

»Haben Sie mit Härringer über Arnold geredet?«

»Wenig. Er hat nicht nachgefragt.«

»Wonach? Wusste Härringer, dass Arnold auch Geschäfte mit Ihnen gemacht hatte?«

»Keine Ahnung. Er hat nicht nachgefragt.«

»Wonach?«

»Ich war so überrascht und überwältigt über die Einladung. In einem unbedachten Moment erwähnte ich, dass ich mit seinem neuen Kellermeister auch Geschäfte gemacht hatte.«

»Das sagten Sie ihm?«

»Ja, so nebenbei, im Spaß. Ist ja schon lange her.«

»Und Härringer hat nicht nachgefragt?«

»Nein.«

»Gut. Ich danke Ihnen.«

»Lassen Sie mich nun in Ruhe?«

»Wenn mein Schädel nicht mehr brummt«, erwiderte Florian und legte auf, gerade als Ulla zurückkam. »Bin wieder da.«

»Härringer hasste seinen Ehrgeiz und den von Arnold. Das ist das Motiv«, erklärte er mit einem Siegesgefühl.

»Verstehe ich nicht.«

»Härringer erfuhr, dass auch Arnold krumme Geschäfte gemacht hatte, um Karriere zu machen. Um nach oben zu kommen. Deswegen waren sie verabredet.«

»Zu einer Aussprache?«

»Zu seiner Entlassung«, rief er mit ausgestreckter Hand. Dann erklärte er Ulla die Zusammenhänge.

»Klingt plausibel«, erwiderte sie. »Aber wie willst du das alles beweisen?«

Er überlegte. »Mit Ida«, sagte er dann mit breiter Brust. »Tote können sich nämlich nicht verteidigen.«

22

Zorn belagerte wieder seine Fahrertür, nachdem er vor der offenen Scheune geparkt hatte. Der Hänger neben dem Traktor war leer, die gärenden Äpfel waren abgeladen und nicht mehr zu riechen. Florian verharrte im Wagen und lachte über den Schäferhund, der immer wieder an der Autotür hochsprang. Der Sabber und die Eckzähne seines aufgerissenen Maules jagten ihm keine Angst mehr ein. Dennoch wartete er auf das Herrchen.

Nach kurzer Zeit erschien Idas Bruder Gottfried. Er kam in Latzhosen aus dem Haus und blieb am Fuß der Treppe stehen, als er den Wagen zu erkennen schien. Florian beobachtete ihn im Rückspiegel, den er zum Hauseingang drehte.

»Zorn! Aus!«, rief der siebzigjährige Mann. Nach einer weiteren Aufforderung verzog sich der Hund und legte sich neben den Reifen des Traktors. Gottfried blieb an der Treppe stehen. Florian beobachtete ihn im Spiegel und wartete auf seine Reaktion. Als er nicht näher kam, stieg Florian aus und grüßte. »Guten Morgen. Erinnern Sie sich an mich?«

»Wir haben nicht allzu viele Gäste«, schallte es hinter ihm. Idas Mutter blickte aus dem geöffneten Fenster und winkte Florian zu sich. »Sind Sie gekommen, um uns die Wahrheit zu sagen?«, rief sie ihm zu.

Florian erinnerte sich an ihre Worte bei seinem ersten Besuch. Er hatte bisher nicht mehr daran gedacht. Dass er gekommen war, um sie der Wahrheit näherzubringen, bestärkte ihn, als er über den riesigen Hof zum Haus lief. Während Gottfried ihn misstrauisch beäugte, grüßte ihn die Mutter mit seinem Namen. »Habe ich nicht vergessen. Ich wusste, dass Sie wiederkommen. Sie fühlen sich Opfern verbunden. Kommen Sie herein.«

Er ging die Treppe hoch, sich nach hinten umsehend, da er Gottfried nicht richtig traute. Der Rentner, der älter wirkte als viele Siebzigjährige, die er kannte, viel älter sogar als

Härringer und Bieser, die nach Florians Einschätzung ein paar Jahre älter waren, folgte ihm wortlos.

Idas Mutter stand auf ihren Stock gestützt in der Tür und bat ihn wieder an den Tisch. Der riesige Fernseher lief, eine Dauerwerbesendung von Urlaubsreisen. Er setzte sich der Mutter gegenüber. Sie schaltete mit der auf dem Tisch liegenden Fernbedienung den Fernseher aus. Gottfried setzte sich wieder an den Kachelofen.

»Sie kennen die Wahrheit?«, fragte sie und sah ihm in die Augen.

»Du darfst ihm kein Wort glauben, Mutter. Das ist ein Schwindler. Ich weiß nicht, was er vorhat, aber die Wahrheit kann er nicht kennen«, brüllte Gottfried.

»Sei bitte ruhig«, sagte sie ihrem Sohn und wandte sich mit einer entschuldigenden Geste zu Florian. »Er ist mein Jüngster.«

Florian blickte in ihr runzliges, beinahe furchteinflößendes Gesicht. In ihren Augen, die in den Falten kaum zu erkennen waren, entdeckte er eine Wärme, eine Offenheit und Unschuld, die ihn zögern ließ. Er überdachte seinen Plan, sah aber keine andere Möglichkeit, die Wahrheit ans Licht zu bringen. Jeder hat einen Schwachpunkt, sagte er sich. Fußballspiele werden in der Regel durch erzwungene Fehler entschieden.

»Die Wahrheit kennen und beweisen, das sind zwei paar Stiefel, das wissen Sie. Wahllos Verdächtigungen auszusprechen, ist keine Strategie. Ich habe Hinweise, dass zwei Männer mit der Tötung Ihrer Tochter in Verbindung stehen.«

»Was redet der denn für einen Blödsinn!?«, rief Gottfried. »Schmeiß ihn raus, Mutter.«

»Sei still, Gottfried. Wir haben lange nichts mehr von dem Fall gehört. Die Zeit ist gekommen.« Sie sah wieder zu Florian. »Sprechen Sie.«

»In Verbindung stehen, habe ich gesagt. Ich bin nicht gekommen, um Ihnen den Täter zu liefern. Ich bin gekommen, um Sie zu warnen. Es könnte Aufsehen geben.«

»Was redest du für einen Schwachsinn?! Hau ab! Verschwinde«, brüllte Gottfried und stand auf. Als seine Mutter die Hand in seine Richtung erhob, setzte er sich kleinlaut hin.

»Ich will nicht, dass Sie sich aufregen und erregen. Abgerechnet wird am Schluss. Um ans Ziel zu kommen, muss man manchmal Umwege in Kauf nehmen.«

»Ich habe keine Ahnung, was Sie wollen. Aber ich vertraue Ihnen. Arbeiten Sie wirklich an einem Buch?«

Er bejahte die Frage, erklärte sich dann jedoch. »Ich schreibe kein Buch über unaufgeklärte Mordfälle, sondern hatte den Auftrag, eine Biografie über Ludwig Härringer zu schreiben.«

»Den ermordeten Weingutsbesitzer?«

»Ja.«

»Hatte, sagten Sie. Sie schreiben es nicht mehr?«

Er berichtete ihr ausführlich über die Begegnung mit Härringer und seine gelegten Spuren zu Ida.

»Ein Weinetikett als Beweis«, sagte Gottfried kopfschüttelnd. »Wirf den Schwätzer endlich raus. Der will sich nur wichtigmachen!«

»Hat Härringer …?« Die Mutter brachte den Satz nicht zu Ende. »Er wohnte ja hier oben. Die ganze Zeit«, sagte sie, dabei mit Mühe um ihre Fassung ringend.

»Ich glaube nicht«, antwortete Florian. »Es könnte aber sein, dass er als Täter bezichtigt wird.«

»Weshalb?«

»Weil Tötungsopfer sich nicht verteidigen können.«

Gottfried stand erregt auf. Er kam an den Tisch und stellte sich bedrohlich vor Florian. »Jetzt reicht's!«

»Dann geh raus«, erwiderte die Mutter. »Meine Zeit wird knapp. Und ich will das Geständnis aus dem Mund ihres Mörders hören, wenn er noch lebt. Wer nicht nachfragt, erfährt nichts. Sie hat der Himmel geschickt«, sagte sie zu Florian. »Sie sind also Journalist und Autor?«

Er klärte sie über seinen wahren Hintergrund auf.

»Ein Fußballer«, stöhnte Gottfried, der noch immer am Tisch stand.

»Setz dich oder geh raus«, bellte seine Mutter, und er nahm wieder am Kachelofen Platz.

Florian erwähnte Idas Ohrringe, die sie in der Tatnacht getragen hatte. »Haben Sie den einen von der Polizei zurückbekommen?«

»Ja. Wollen Sie ihn sehen?«

»Ich würde ihn gerne mitnehmen.«

»Das ist ein Perverser«, rief Gottfried. »Der schmückt sich mit so was. Das erregt ihn!«

Florian sah in den Augen der Mutter, dass sie ähnliche Gedanken hatte.

»Um die Wahrheit herauszukitzeln brauche ich ihn vielleicht. Dann hat es Sinn gemacht, ihn so lange aufzubewahren. Ein Gegenstand, der bei der Tat eine Rolle gespielt hat, kann beim Mörder eine Reaktion auslösen. Der zweite Ohrclip ist ja verschwunden. Den könnte der Täter an sich genommen haben. Als Erinnerung, als Trophäe oder als eine Art Reue und Wiedergutmachung. Undoing heißt das in der Kriminalistik. Falls dies so ist, könnte der zweite Ring, so klein er auch sein mag, einen Stein ins Rollen bringen.«

Die Mutter sah ihn schweigend an. Nach einer Weile wich ihr Misstrauen, und sie blickte ihn wieder warmherzig und in der vorigen Offenheit und Unschuld an.

»Ich vertraue Ihnen. Ich spüre, dass Ida Sie umtreibt. Ich sehe mein Mädchen förmlich in Ihnen.« Sie legte ihre runzlige Hand auf seinen Unterarm. »Was für eine Verschwendung von Leben.« Dann stand sie auf und verließ ohne Stock das Wohnzimmer. Florian sah aus dem Fenster hinaus auf den Hof und beobachtete den Sohn in den Augenwinkeln. Draußen im Hof trottete Zorn auf und ab.

Nach einer Weile kam Idas Mutter zurück. Sie hielt eine kleine Schmuckschatulle in der Hand. Sie stellte sie andächtig auf den Tisch vor Florian und öffnete sie. Eine kleine Tüte lag darin, in der ein kleiner Ohrring eingepackt war. Als die Mutter das ehemalige Asservat herausfingerte, kam ein darunter liegendes Schwarz-Weiß-Foto von Ida zum Vorschein. Ein junges Mädchen mit einem lebensfreudigen Lächeln war darauf zu sehen. Florian fiel ein, dass er zuvor noch kein Bild von Ida gesehen hatte.

23

Er stand vor der großen Terrasse auf der Rückseite der Villa und glaubte am Rand der Fensterfront einen Kopf zu sehen. Nachdem er mehrere Male geklingelt und lange vor der Villa ausgeharrt hatte, war er hinter das Haus in den Park gegangen. Biesers Mercedes stand in der offenen Hofeinfahrt.

Der Umriss des Kopfes verschwand. Florian war nun sicher, jemanden gesehen zu haben. Ob es Bieser selbst war, konnte er nicht einschätzen. Bei seinem letzten Besuch hatte er auch einen Kopf hinter der Scheibe gesehen und ihn Biesers Ehefrau zugeordnet.

Er ging zurück zum Eingang und klingelte erneut. Nach einer Weile öffnete eine Frau. Sie sah elegant aus, war gut gekleidet, konnte ihr Alter aber nicht verbergen. Sie war weit über siebzig, schätzte Florian.

»Guten Tag«, sagte er, als sich die schwere Tür einen Spalt breit öffnete.

»Sie wünschen?«

»Mein Name ist Buchmann. Ich würde gerne Ihren Mann sprechen.«

»Er ist nicht da.«

Florian sah über seine Schulter nach hinten zum Mercedes und nickte. »Ich weiß nicht, ob Sie informiert sind: Ich arbeite an einer Biografie über Ludwig Härringer. Hierfür habe ich bereits mit Ihrem Mann Gespräche geführt. Ich habe nur ein paar Nachfragen, die können Sie mir vielleicht auch beantworten. Hätten Sie ein paar Minuten?«

»Ich glaube nicht, dass ich Ihnen da helfen kann. Mit Ludwig hatte ich nicht viel Kontakt. Er war ein Schulfreund meines Mannes und arbeitete für ihn.«

»Es handelt sich um die Zeit um 1956. Waren Sie da schon mit Ihrem Mann zusammen?«

»Verheiratet? Nein.«

»Befreundet?«

»Warum wollen Sie das wissen?«

Sie schien reserviert, aber neugierig. Florian spürte, dass sie nicht die Absicht hatte, das Gespräch an der Tür sofort zu beenden. Ihn ins Haus zu bitten, schien sie aber auch nicht zu wollen. Er sah zwischen Tür und Türrahmen eine Lücke. Während ihr Unterkörper im Haus verharrte, beugte sie sich in dem engen Spalt zur Tür hinaus. Ihren Kopf zog sie zurück. Florian entdeckte kleine Ohrringe, eine Halskette und Schmuck an den Fingern.

»Was wollen Sie?«, fragte sie, als er nicht gleich antwortete, da er sie musterte.

Er zögerte, den entscheidenden Pass zu spielen. Aber er war hierhergekommen, um diesen Zug auszuführen. Er war mit einer Stange niedergeschlagen worden, hatte zu viel Wein getrunken, um hinter das Geheimnis des Etiketts zu kommen, und nun stand er am Elfmeterpunkt. Sein Zaudern erinnerte ihn an manche Spielsituationen, in denen er mehr als einen Hattrick versiebt hatte. Wie in einem Fußballspiel können im Leben Sekunden entscheidend sein, dachte er.

»Was wollen Sie?«, wiederholte Biesers Ehefrau.

Er sah zu ihr hin und blickte in ein fragendes Gesicht.

»Wollen wir nicht lieber hineingehen?«

»Was wollen Sie wissen?«

»Wie gesagt, mich interessiert das Jahr 1956. Waren Sie in dieser Zeit mit Ihrem Mann bereits liiert?«

»Ja!«

»Erinnern Sie sich, dass Ihr Mann nach dem Weinfest im Jahr 1956 Kratzspuren im Gesicht hatte?«

»Jetzt reicht es aber!«, brüllte eine männliche Stimme hinter der Tür, die dann aufgerissen wurde. Bieser erschien neben seiner Ehefrau, die Florian noch immer mit fragendem Gesicht anstarrte.

»Verschwinden Sie!«, baute sich Bieser vor Florian auf.

»Ja, ich erinnere mich«, flüsterte die Ehefrau.

»Was?«, brüllte Bieser, der im Gegensatz zu Florian die Antwort nicht gehört zu haben schien.

»Ich erinnere mich.«

»Blödsinn. Nach so langer Zeit.« Er wandte sich wieder zu Florian auf der Treppe. »Verschwinden Sie. Sonst rufe ich die Polizei.«

»Du hattest an einem Tag Kratzspuren im Gesicht und am Hals, das weiß ich noch genau.« Sie blickte zu ihrem Mann. »Von einer Katze hattest du gesagt.« Sie drehte sich wieder zu Florian. »Wie kommen Sie darauf? Was hat das mit Härringers Biografie zu tun?«

»Wollen wir nicht lieber ins Haus gehen?«, erwiderte Florian.

»Sie werden mein Haus nicht betreten!«

»Kommen Sie herein«, sagte Biesers Frau. Sie ging einen Schritt zur Seite und machte Platz für Florian, der an dem Ehepaar vorbei in die Villa ging. Der Eingangsbereich war hell, der Boden mit schwarzen und weißen Fliesen ausgelegt. Es sah aus wie ein Schachbrett. An einer Wand stand eine antike Kommode, über der ein mit Gold verzierter Spiegel hing. Eine schneeweiße Treppe führte ins obere Stockwerk, in dem weitere Spiegel hingen und eine Ahnengalerie aufgereiht war. Der Kronleuchter dort hing schwer über dem Eingangsbereich.

»Wir bleiben hier«, erklärte Bieser.

»Warum willst du nicht mit dem Mann reden? Er stellt nur Fragen, die auch mich interessieren.«

»Der ist einfach lästig!«

»Er schreibt an einem Buch über Härringer. Ludwig war dein Freund. Ihr seid gemeinsam zur Schule gegangen. Er war dein Personalchef. Wer, wenn nicht du, kann ihm über die vergangene Zeit etwas erzählen?«

»Ich habe mich bereits zwei Mal mit ihm unterhalten. Das sollte reichen.«

Sie wandte sich von ihrem Mann ab zu Florian. »Fragen Sie.«

»Sie erinnern sich also an die Verletzung. Sind Sie sicher, dass es unmittelbar nach dem Weinfest war?«

»Ich erinnere mich genau«, sagte die Ehefrau. »Es war kurz nach dem Weinfest. Vielleicht zwei Tage später. Wir waren nicht gemeinsam auf dem Fest da oben. Ich glaube, wir hatten vorher gestritten. Aber wir haben uns sicher einen oder zwei Tage später getroffen. Ich hatte auf ein Treffen gedrängt. Im Spaß fragte ich, als ...« Sie blickte zu ihrem Mann. »...du mir von der Katze erzähltest, ob es nicht eine zweibeinige war.«

»Ich erinnere mich nicht. Wie lange ist das her?«, erwiderte Bieser kühl.

»Ich sehe die Kratzer noch deutlich vor mir«, erklärte seine Frau und fasste ihm ins Gesicht. »Hier.«

Bieser wich zurück und kämpfte offensichtlich gegen abermals aufsteigende Erregung an.

»Was hat das aber mit Härringers Biografie zu tun?«, fragte die Ehefrau.

»Auf dem Weinfest wurde ein Mädchen ermordet. Sie war siebzehn Jahre alt. Erinnern Sie sich auch daran?«

Sie überlegte. »Ihr Name war Ida. Ich erinnere mich. Meines Wissens ist im Rebland seither nichts Ähnliches mehr passiert.«

»Der Mörder wurde nie gefasst«, sagte Florian und sah dabei zu Bieser hin.

Der reagierte nicht. Er wirkte nachdenklich und schien den Gesprächsverlauf zu beobachten.

»Was hat das mit Ludwig Härringer zu tun?«, fragte die Ehefrau.

»Härringer hat Ihrem Mann eine Flasche Wein geschickt, die verklausuliert den Namen Ida trägt.«

Sie sah ihren Mann an. »Was sollte das bedeuten? Hattet ihr mit der Sache zu tun? Ihr seid doch beide damals auf dem Fest gewesen.«

Ihr Mann lachte. »Da waren viele, Gerda.«

»Dass Ludwig nun getötet wurde, hat das etwas damit zu tun?«

»Glaube ich nicht. Ich war es jedenfalls nicht. Wir waren zu dieser Zeit ja zusammen.«

»Was Herr Buchmann erzählt hat, klingt plausibel. Warum, meinst du, hat Ludwig dir diese Flasche geschickt? Ich habe sie gesehen, ich weiß, wo sie steht.«

Bieser antwortete nicht. Florian las eindeutig in seinem Gesicht, dass er sich bereits eine Antwort zurechtgelegt hatte. Er schien begriffen zu haben, dass seine Frau nicht aufhören würde Fragen zu stellen.

»Warum hast du die Flasche mit dem Etikett bekommen?«

»Ich weiß nicht, warum er umgebracht wurde«, erwiderte er. »Wenn es ein Räuber war, war es vielleicht Ironie oder auch nur Gerechtigkeit. Ich denke, er wollte mich an die Tat erinnern.«

»An welche Tat?«, fragte die Ehefrau.

»An den Mord an dem Mädchen.«

»Was? Ich verstehe nicht.«

Bieser wirkte unbeeindruckt. Er holte zum entscheidenden Schlag aus, das konnte Florian in seinem berechnenden Blick sehen.

»Ludwig hat das Mädchen umgebracht. Auf dem Heimweg.«

»Was? Du weißt das?!«

»Er hat es mir noch in der Nacht gesagt. Er war betrunken und verstört und wusste selbst nicht, was passiert war und wie. Wir haben uns deswegen gestritten und gerauft. Daher meine Verletzungen.«

Florian sah ihre Erleichterung.

»Ich versprach ihm in der Nacht, wie ein Priester, als Freund, niemandem davon zu erzählen. Ich habe mich anschließend um ihn gekümmert. Unterstützte ihn, wo es ging. Er sollte nie wieder in eine Situation kommen, in der seine Wut erneut ausbrechen konnte. Aber irgendwann konnte ich seine Nähe nicht mehr ertragen und deswegen trennten sich unsere Wege. Verraten konnte ich ihn aber trotzdem nicht. Ich hatte es ihm versprochen. Wie ein Priester.«

»Weshalb der Wein?«, fragte Florian. »Haben Sie das Zeichen verstanden?«

»Natürlich nicht. Ludwig hätte mich vielleicht darauf angesprochen. Ich bin überzeugt, dass er nicht mit seiner Ermordung gerechnet hat. Das Gewissen plagte ihn. Gut. Er hat mir einen Brocken hingeschmissen. Wie Ihnen. Vielleicht erhoffte er sich, dass ich ihn verraten werde. Er selbst konnte es wohl nicht – gestehen.«

»Du hast es die ganzen Jahre gewusst?« Die Erleichterung seiner Frau über die Ursache der Kratzspuren wich der Bestürzung über seine Aussage. Florian sah abwartend zwischen dem Ehepaar hin und her.

»Ich hatte es versprochen.«

»Er hat sie umgebracht.«

»Sie hatte ihn ausgelacht, weil er nicht …« Er hielt inne. Florian erkannte wieder Erleichterung im Gesicht seiner Frau.

»Er war betrunken und sie hat ihn ausgelacht«, sagte Bieser mit einer Gestik, die das Gespräch für beendet erklärte.

Seine Frau wirkte gedankenverloren. Sie sah zu ihrem Mann und dann zu Florian.

Biesers Reaktion überraschte Florian nicht. Dem Juristen hatte er diese Finte zugetraut. »Härringer ist tot«, erwiderte er mit einer vieldeutigen Geste. »Würden Sie eine Aussage bei der Polizei machen? Der Fall ist nicht aufgeklärt und die Angehörigen kennen noch immer nicht den Täter.«

Bieser zögerte. Seine Frau blickte ihn jedoch auffordernd an. »Er ist tot«, sagte sie. Bieser sah nicht zu ihr hin. Er betrachtete Florian mit einem misstrauischen Blick.

»Ich informiere die Polizei«, erklärte Florian. Dann ging er aus dem Haus und ließ die Eheleute allein.

24

Während er die Treppe der Villa hinunterschritt, rief er die Mordkommission in Rastatt an. Da Leopold nicht zu sprechen war, hinterließ er ihm eine Nachricht. Karl Bieser wolle eine Aussage zum Mordfall Ida Wagner machen. Auf die Nachfrage des Kriminalbeamten, um welchen Mordfall es sich denn handle, erwiderte er: »Der Mörder bekommt Jugendstrafe.«

Er legte auf und fuhr zurück nach Gottratskirchen – mit einem Siegesgefühl. Er hatte eine Tür weit aufgestoßen. Florian war überzeugt, dass es Bieser trotz Jurastudium nicht möglich sein würde, seine Aussage aufrechtzuerhalten. Nachfragen der Polizei und vor allem der Ehefrau würden Widersprüche aufzeigen. Für die Ehefrau ging es nicht nur um Mord, sondern um ihre Ehe und um ihr eigenes Leben.

Gut gelaunt betrat er seinen geöffneten Laden.

»Was ist los?«, fragte Lena. »Du sprühst vor Energie.«

»Ich hatte einen Lauf«, erklärte er. »Du kommst klar?«

»Natürlich.«

Er klopfte ihr auf die Schulter und schritt aus dem Hintereingang auf den Hof. Im Cordjackett stieg er in seinen Piaggio und kurvte knatternd durch die Gegend. In Burkheim nahm er Kaffee und Kuchen zu sich und ging anschließend einen Wanderweg hoch. Er blickte über die Landschaft und fühlte sich mit ihr verbundener denn je. Ein Stück Lebensgefühl zu verkaufen erschien ihm reizvoller, als wortreich gegenwärtiges und vergangenes Leben zu beschreiben. Die Aussicht, seine Existenz auch als Laudator und Biograf zu bestreiten, fühlte sich nicht mehr prickelnd an. Die Idee, in Freiburg eine Filiale aufzubauen, die aus einer Notlüge geboren worden war, gefiel ihm umso mehr. Das wollte er sich für die nahe Zukunft vornehmen. Er ging zurück zu seinem Gefährt auf drei Rädern. Auf der Rückfahrt stoppte er am Vogelsangpass und lief zur Eichelspitze hoch. Auf dem

Turm lag ihm nicht nur der Kaiserstuhl zu Füßen, sondern die ganze Region. Als er die Hornisgrinde ausmachte, wurde ihm klar, wie nahe Härringer und dessen Leben bei ihm lag.

Er fuhr zurück ins Dorf, noch immer gelöst und gut gelaunt. Als er den Piaggio in die Garage schob, kam Lena aus dem Laden.

»Da ist eine Frau für dich. Wartet schon eine ganze Weile. Ich konnte dich telefonisch nicht erreichen.«

Er hatte sein Telefon beim Spaziergang im Auto vergessen und nicht mehr danach gesehen. Er griff nach dem Handy und steckte es ein. »Wie heißt sie?«

»Härringer«, antwortete Lena und ging zurück ins Geschäft.

Er schloss die Garage und folgte Lena, die sich hinter der Verkaufstheke beschäftigte.

Christine stand am Eingang und blickte auf den Marktplatz. Als Lena sein Kommen ankündigte, drehte sie sich um. Sie trug wieder Schwarz und sah besorgt aus. Sie kam ihm entgegen. »Vater soll ein Mörder sein? Ein Vergewaltiger?«

»Gehen wir hinaus«, erwiderte Florian und fasste sie an die Schulter. Dann nickte er Lena zu und verließ mit Härringers Tochter seinen Laden. Sie gingen über den Marktplatz, der zu dieser spätnachmittäglichen Zeit kaum bevölkert war, und liefen eine kleine Straße entlang, die zum Sportplatz außerhalb des Dorfes führte.

»Ein Mörder?«, sagte sie nach schweigsamen Schritten. »Glauben Sie das?«

»Nein.«

»Aber die Polizei. Karl soll es gesagt haben. Und Sie haben es herausgefunden! Stimmt das, Florian?«

»Es ist nur ein Teil der Wahrheit. Eine Etappe auf dem Weg dorthin. Ich dachte mir, dass Sie kommen. Ich hoffte es jedenfalls.«

»Ich verstehe Sie nicht, Florian. Ludwig soll Ihnen die Hinweise selbst gegeben haben?«

»Das stimmt, ja.«

Sie schüttelte fassungslos den Kopf. Er klärte sie behutsam auf.

»Weil Vater Sie zu einem Kreuz führte und dieses Etikett entwarf?«

»Es hat letztlich dazu geführt, dass Bieser eine Aussage gemacht hat. Er und Ihr Vater haben mit dem Mord an dem Mädchen etwas zu tun. Da bin ich sicher.«

»Wenn das in die Zeitung kommt …? Es stimmt also, was Karl gesagt hat?«

»Ich glaube nicht. Nein. Ich denke, Bieser hat das Mädchen getötet. Ihr Vater war Zeuge, Mitwisser. Er hat es gewusst. Vielleicht half er seinem Freund, die Leiche in den Wald zu schaffen und mit Sträuchern zu bedecken. Dass Ihr Vater anschließend Karriere bei seinem Schulfreund gemacht und dieser ihm beim Kauf der Schlossruine und beim Aufbau des Weingutes geholfen hat, spricht dafür. Ihr Vater war ehrgeizig. Er wollte es zu etwas bringen.«

»Das war er«, erwiderte sie.

»Er hat die Tat benutzt. Dann vielleicht verdrängt. Aber nun im Alter, den eigenen Tod vor Augen, klopfte das Verbrechen wieder an. Sein Gewissen, Reue, wir wissen es nicht. Ich weiß nicht, was Ihr Vater vorhatte. Aber er wollte es nicht mit ins Grab nehmen. Da bin ich mir sicher. Er kam nie davon los. Das Weingut liegt unterhalb des Tatortes. Bei unserem ersten Gespräch führte er mich gleich dorthin. Dieser Ort hat eine ähnliche Bedeutung in meinem Leben wie meine Hochzeit und die Geburt meiner Tochter. Nicht die Kapelle, aber die Anhöhe mit den Reben und dem Waldstück dort unten, sagte er. Das war wohlüberlegt. Wenn ich eines dieser Kreuze am Wegrand sehe, frage ich mich immer, wie viel nicht gelebtes Leben dahinter verborgen ist. Das Verbrechen in seiner Jugend hat ihn im Alter eingeholt. Er hat sich gehasst dafür. Und für seinen Ehrgeiz!«

»Er war kein schlechter Mensch«, sagte die Tochter. Sie sah Florian fragend an.

Er antwortete nicht darauf.

»Haben Sie deswegen den Auftrag gekündigt?«

»Ja.«

»Das mit dem Geschäft in Freiburg ist eine Lüge?«

»Nein«, erwiderte er. »Das habe ich vor und das werde ich auch tun. Vielleicht auch mit Ihren Weinen.«

»Ich kann mir nicht vorstellen, dass noch jemand die kaufen möchte. Da hängt Blut dran. Für immer. Vater ist tot. Er kann sich nicht mehr verteidigen. Hat seine Ermordung mit damals zu tun?«

»Ich glaube nicht.«

»Sie sagen, Karl hat das Mädchen umgebracht. Können Sie das beweisen?«

»Die Zeit wird es ans Licht bringen. Ich kann mir vorstellen, dass seine Frau der Gedanke quält, ihr Leben mit einem Mörder verbracht zu haben. Der Stein ist im Rollen. Und den hat Ihr Vater ausgelöst. Späte Reue. Er hat dafür bezahlt.«

»Ein Raubmord als gerechte Strafe?«, erwiderte die Tochter. »Für ein paar hundert Euro erschlagen.« Sie lachte bitter.

»Ich glaube nicht, dass es Raubmord war.«

Sie blieb stehen. »Was dann?«

Er blieb ebenfalls stehen. Sie hatten das Dorf verlassen, das friedlich dalag und dessen mittelalterlicher Kern Nostalgie verströmte.

»Was dann?«, fragte Härringers Tochter noch einmal. »Warum musste er sterben? Was war es?«

»Ehrgeiz«, antwortete Florian.

»Ehrgeiz? Ich verstehe nicht.«

»Ihr Vater erfuhr bei der Vorbereitung seines Geburtstages, als er den Weinkommissionär aus Verbundenheit und Dankbarkeit eingeladen hat, dass Arnold ebenfalls mit diesem krumme Geschäfte gemacht hatte.«

»Sven?«

»Ja.«

»Und?«

»Sie müssen verstehen, dass Ihr Vater sich und seinen Ehrgeiz hasste. Er begann ihn gerade zu hassen und zu verachten.«

»Woher wissen Sie das?«

»Ich habe Ihren Vater verstanden. Ich begreife ihn. Seine Biografie erscheint mir schlüssig.«

»So!?«

»Das ist nicht einfach für Sie, das weiß ich. Es klingt seltsam – und schmerzhaft. Wenn Sie aber wissen wollen, wer ihn umgebracht hat, sollten Sie sich diese Fragen stellen. Arnold ist Ihr ehemaliger Lebensgefährte und Ihr Geschäftspartner. Denken Sie an Biesers Ehefrau.«

»Sven war für Ludwig wie ein Sohn!«

Er antwortete ihr nicht. Sie sah ihn eine Weile fragend an. »Reden Sie weiter«, sagte sie schließlich.

»Ludwig Härringer verachtete sich für seinen Ehrgeiz und sah in Arnold den gleichen Typ. Wir sind uns sehr ähnlich, wir haben viele Gemeinsamkeiten, sagte mir Arnold, als ich ihn auf die gemeinsame Vergangenheit an der Mosel ansprach. Und das konnte Ihr Vater nicht ertragen. Deswegen wollte er ihn entlassen. Sein Fehler war, dass er sich zu einer Aussprache bereit erklärte. Bevor Ihr Vater es Ihnen mitteilen konnte, war er tot.«

»Sven hat ein Alibi.«

»Vermeintlich. Wurde das Zeitfenster nachgeprüft? Wann genau kam die SMS und wann war der Todeszeitpunkt? Der wird nicht auf die Minute genau bestimmt. Ich bin sicher, dass er den Mord hätte begehen können.«

»Er war doch im Stau auf der Autobahn.«

»Bei dem dortigen Funkmast werden sicher nicht nur auf der Autobahn fahrende Autos eingebucht. Ich bin überzeugt, dass es dort auf der Strecke immer Staus gibt.«

»Sie waren verabredet«, erwiderte sie und dachte sichtlich über Florians These nach. »Ich wusste nicht, dass sie verabredet waren. Ist ungewöhnlich gewesen. Aber Sven schickte Vater ja die SMS.«

»Einem Toten. Jemandem, dem er kurze Zeit vorher den Schädel eingeschlagen hatte.«

Sie betrachtete ihn nicht mehr skeptisch, sondern mit der Offenheit, mit der sie ihm fast immer begegnet war. Sie standen sich im Gras am Straßenrand gegenüber. Die frühe Dämmerung des zu Ende gehenden Oktobers begann sich auszubreiten. Die wenigen Autos, die an ihnen vorbeifuhren, hatten bereits die Scheinwerferlichter eingeschaltet.

»Wie wollen Sie das beweisen?«, fragte sie.

Er zog sie, als ein Auto zu nahe auf ihrer Seite angefahren kam, zu sich heran. »Entlassen Sie ihn«, sagte er. »Kündigen Sie ihm noch heute.«

»Ich verstehe nicht«, erwiderte sie mit einem hilflosen Blick.

Er berührte ihre Schulter. »Vertrauen Sie mir. Entlassen Sie Arnold.«

25

Er spürte ihren Blick, während er am Steuer ihres Wagens saß und sich auf die Fahrt auf der Autobahn konzentrierte. Es war dunkel geworden und begann leicht zu regnen. Die gespannte Stille seit ihrem Telefonat mit Arnold wurde durch das Geräusch des Scheibenwischers verstärkt.

Als sie dem Kellermeister knapp und kühl die fristlose Kündigung mitteilte und diese auch schriftlich mit ihrem Smartphone verschickte, war Florian an ihrer Seite gestanden. Das Gespräch hatte nicht lange gedauert. »Ich will nicht darüber reden. Es ist vorbei«, hatte sie nur gesagt. Dann hatte sie die formlose Kündigung getippt und war geistesabwesend neben Florian in ihren Wagen gestiegen.

»Ich kann Sie jetzt nicht aus den Augen lassen«, hatte Florian erklärt.

Als sie sich der Autobahnabfahrt Bühl näherten, spürte er ihre Hand an seinem rechten Unterarm.

»Seine Geburtstagsfeier sollte etwas ganz Besonderes werden. Mutter und ich wollten eine Gala, aber er bestand auf einem kleinen Rahmen«, sagte sie nach einer Weile. »Und irgendwann kam er mit Ihnen. Seien Sie mir nicht böse, wenn ich gerade nicht weiß, ob dies ein Segen oder ein Fluch war.«

Sie drückte seinen Arm und ließ von ihm ab, als er von der Autobahn abfuhr. Während der Fahrt nach Umweg schwieg sie. Sie starrte aus dem Fenster in die dunkle Landschaft. Florian schwieg ebenfalls. Er wusste nicht, was passieren würde. Seine Ahnung davon schüchterte ihn aber ein. Er fokussierte sich auf die anstehende Begegnung wie auf ein entscheidendes Fußballspiel. Damals hatte er sich allerdings mit Musik zugedröhnt, was selten zu einem Erfolg geführt hatte. Nun, einige Jahre älter, zog er die Kraft aus der Stille und seinem Atem.

Als er die Strecke zum Weingut und dem Schloss hochfuhr, beobachtete er, wie sich Christine ununterbrochen die Hände rieb.

Er fragte sich, ob Arnold am Tattag diese Strecke genommen hatte.

»Gibt es auch einen zweiten Weg hier hoch?«

»Einen kleinen durch den Wald. Nicht für Autos. Die Polizei hat dies aber überprüft.«

Sie schwiegen wieder. »Glauben Sie wirklich, dass er kommt?«, fragte Christine nach einer Weile.

»Ja. Wozu hätte er denn das alles gemacht?«

Sie nickte. »Ich hoffe, er kommt nicht.«

»Kann ich verstehen.«

»Nicht wegen Vater, sondern wegen Ihnen.«

»Hmm.« Er versuchte zu lächeln, was misslang. Je näher sie dem Schloss kamen, desto größer wurde auch seine Anspannung. Früher hatte er am stärksten gespielt, wenn er nichts zu verlieren gehabt hatte. War Druck da, hatte er nicht immer seinen besten Tag gehabt. Hier ging es allerdings um mehr als drei Punkte. Es ging um Leben und Tod – um sein Leben. Um einen vielleicht endgültigen Abstieg.

Es begann heftig zu regnen. Der Scheibenwischer verschaffte nur jeweils für einen kurzen Augenblick freie Sicht. Sie fuhren das letzte Stück durch den Wald und erreichten das Schloss. Florian steuerte durch den Torbogen in den Hof hinein bis zum Gebäude. Das Geräusch beim Fahren über den Kies ließ ihn zusammenzucken und an die blutige Tat denken. Er blendete das Bild jedoch aus. Als er geparkt und die Scheinwerfer ausgeschaltet hatte, verharrten beiden ohne Absprache noch im Wagen, während der Regen auf das Auto prasselte und die Windschutzscheibe keine Sicht mehr bot.

»Gehen wir«, sagte er nach einer Weile. Sie stiegen aus und rannten zum Eingang. Während er ihr den Schlüsselbund überreichte und sie die Tür aufschloss, blickte er sich auf dem dunklen Hof um. Im Wohnbereich der Mutter brannte Licht. Er glaubte auch, von dort wieder klassische Musik zu hören. Als Christine die Tür öffnete und sie den Eingangsbereich im Seitentrakt betraten, konnte er Musik über den Gang aus dem Quergebäude hören.

»Schließen Sie wieder ab«, sagte er. »Er hat doch einen Schlüssel, oder?«

»Ja.« Sie verriegelte die Tür und ging mit ihm die Treppe in ihre Wohnung hoch. Sie öffnete die Eingangstür, schaltete den Kristall-Lüster ein und schob die Samtvorhänge beiseite.

»Auch einen Schlüssel für hier?«

Sie nickte. »Wir waren einmal ein Paar.«

»Lassen Sie aber offen«, erklärte er. Dann folgte er ihr in die beleuchtete Wohnung und sah sich um. Er schob Möbel hin und her, suchte nach Lichtschaltern und nahm Gegenstände in die Hand, die als Waffe in Frage kamen. Sie sah ihm zu. Sie verharrte im Raum unter der hohen Decke und sah ihm schweigend zu. Ihre Angst schien durch sein Verhalten größer zu werden. Nach einer Weile trat er zu ihr hin. »Gut. Alles klar. Gehen wir weiter.«

Sie führte ihn ins Schlafzimmer und schaltete die Deckenlampe ein.

»Soll ich das Bett neu beziehen?«

»Auf keinen Fall. Ich lege mich in meiner Kleidung hinein. Im Schlafanzug will ich mich ihm nicht stellen.«

»Natürlich.«

Er inspizierte auch das Schlafzimmer. Das Doppelbett stand ausladend im Raum und war mit vielen Kissen bestückt. Am Kopfende lag ein Plüschtier. Das Bett wirkte wie der Raum und die gesamte Wohnung: antike Pracht in schicker Eleganz. Dunkle Holzmöbel thronten vor cremefarbenen Wänden, weiße Vorhänge fielen hauchdünn von der hohen Decke auf den Boden. Als Florian in dem Schlafzimmer auf und ab ging, knarrten die Dielen. Gut, sagte er sich. Er fragte nach den Lichtschaltern. »Kann man das Deckenlicht vom Bett aus einschalten?«

»Nein. Nur die Lampen.«

Er entdeckte eine Stehlampe und auf der anderen Seite des Bettes eine kleine Lampe mit Fransen auf einer mit Büchern bestückten Kommode.

»Haben Sie eine Taschenlampe?«

Sie nickte und ging weg, um sie zu holen. Er schaltete das Deckenlicht aus und wartete im einfallenden Licht des Salons. Nach einer Weile kam sie mit einer großen Taschenlampe zurück. Er schaltete sie ein, schloss die Schlafzimmertür und registrierte erleichtert einen satten Strahl. »Ich habe nachts immer Angst in dem großen Haus«, sagte sie.

»Gehen Sie schlafen«, erwiderte er. »Sie bleiben im Gästezimmer, bis ich zu Ihnen komme. Verstanden?«

Sie nickte. »Wollen Sie noch ein Glas Wein?«

Er lachte auf und lehnte ab. Er öffnete wieder das Schlafzimmer. »Schlafen Sie bei offener Tür?«

»Ja.«

»Gut.«

Sie sah ihm tief in die Augen. Sie standen beide im Licht, das vom Salon aus durch die Tür fiel.

»Haben Sie Hunger?«

»Nein.«

»Es ist noch früh. Wollen Sie sich schon hinlegen? Kann lang werden.«

»Wir können nichts anderes machen als warten.«

»Gut. Dann gehe ich auch.« Sie zögerte und kam näher zu ihm. »Pass auf dich auf«, sagte sie leise. Dann küsste sie ihn auf die Wange nahe seinen Lippen und drehte sich um. Ihr Kopf warf einen Schatten auf sein Gesicht. Er sah ihr nach und lauschte den Geräuschen im Badezimmer. Als sie das Licht löschte, wartete er, bis sie die Tür zum Gästezimmer schloss, und schaltete dann die Taschenlampe ein. Er ging zum Bett und legte sich mit seinen Schuhen hinein. Die Bettdecke zog er bis zum Kinn hoch.

Mit der Taschenlampe leuchtete er durch das dunkle Zimmer und zur Tür. Er schaltete die Lampe aus und wieder ein. Der Strahl war grell und würde jeden Angreifer blenden. Er knipste das Licht schließlich aus und schloss die Augen. Er atmete ruhig, um nicht daran zu denken, wen er hier erwartete. Er musste jedoch daran denken! Zu gelassen durfte er nicht werden. Da bestand die Gefahr einzuschlafen. Er strengte sich an, über die Situation nachzudenken. Seine Gedanken wanderten dabei zur Tür. War sie zu weit offen? Konnte Arnold unbemerkt eintreten? Würde er das Knarren der Dielen hören? Konnte Arnold seine Schuhe ausziehen oder mit Überziehern auftauchen? Was hatte er bei Härringer getragen? Er hatte wohl einen Hammer benutzt und ein heftiges Blutbad angerichtet.

Die Gedanken machten ihn nervös. Er stand im Dunkeln auf, um zur Tür zu gehen. Dabei stieß er sich am Bett und nahm die Taschenlampe zur Hilfe. Er richtete den Strahl auf den Boden, um durch ein im Raum wanderndes Licht den Angreifer nicht zu warnen. Bei der Schlafzimmertür angekommen, schloss er die fast offen stehende Tür bis auf einen kleinen Spalt. Dann schlich er zurück zum Bett und schaltete die Taschenlampe aus. Die Bettdecke zog er wieder bis ins Gesicht. Die Aktion hatte ihn noch nervöser gemacht, und er versuchte wieder zur Ruhe zu kommen. Bloß nicht einschlafen, sagte er sich aber immer wieder.

So verharrte er Minuten, Stunden – er vergaß die Zeit. Als er Müdigkeit verspürte, war er versucht, auf die Uhr im Schlafzimmer oder auf sein Handy zu blicken. Ihm fiel ein, dass es nicht ausgeschaltet war. Ein unerwarteter Anruf oder der Eingang einer SMS konnte den Angreifer warnen. Würde er es aber ausschalten, konnte er einen möglichen Notruf nicht absetzen. Er kramte das Handy aus seiner Jeans und schaltete es auf Vibration. Dabei sah er die Zeit. Keine Stunde war vergangen. Er stöhnte auf und steckte das Telefon zurück in seine Hose.

Es vergingen wieder Minuten – Stunden. Er vergaß erneut die Zeit. Das konnte eine lange Nacht werden. An Abbruch dachte er aber keine Sekunde. Ob Christine wohl schläft, fragte er sich stattdessen und lauschte in die Wohnung. Es war absolut still. Totenstill und stockdunkel. Er umfasste die Taschenlampe, die er die ganze Zeit in der rechten Hand hielt, stärker. War da ein Geräusch? Kam jemand in die Wohnung? War es Christine, die in die Küche oder auf die Toilette ging? Er horchte nach weiteren Geräuschen und zog die Bettdecke aus seinem Gesicht. Da war es wieder. Er glaubte, wieder das Geräusch gehört zu haben. Waren es Schritte? Langsame Schritte? Er achtete auf das Knarren der Dielen. Wie war der Boden im Salon noch einmal? Er wusste es nicht mehr. Er wurde nervöser und fühlte sich auf dem Rücken liegend zunehmend unwohl und schutzlos. Er wollte sich aufrichten, zögerte jedoch. Sich bloß nicht zu früh zu erkennen geben!

War da nicht wieder das Geräusch? Er konzentrierte sich darauf, lauschte, konnte aber nichts mehr vernehmen. War es Christine auf Zehenspitzen gewesen?

Er atmete tief durch und versuchte seinen aufgeregten Pulsschlag zu kontrollieren. Als er zur Ruhe kam und seinen Kopf zur Seite drehte, hörte er einen leisen Atem – ein Ausatmen, ein Einatmen. Das Geräusch kam immer näher. Dann, plötzlich, nahe am Bett, knarrte eine Diele. Florian schreckte hoch. Er warf die Bettdecke von sich und richtete sich auf, während er die Taschenlampe hochnahm. Er hielt die Taschenlampe Richtung Tür und schaltete sie gleichzeitig ein.

Das Licht schockte den Angreifer und ihn selbst. Das grell beleuchtete Gesicht Arnolds wirkte wie eine Fratze. Arnold war bereits am Bett angekommen und beugte sich leicht darüber. Er erstarrte jedoch im Lichtstrahl. In seiner rechten Hand blitzte ein Messer auf.

»Bist du gekommen, um dir das ganze Weingut zu holen?«, fragte Florian, der sich von dem Schreck rasch erholte. Er sprang aus dem Bett, die Taschenlampe und ihren Lichtstrahl als Waffe vor sich hin haltend.

»Hättest du ihr auch eine SMS geschickt?«

Florian fuchtelte mit der Taschenlampe, als wolle er Arnold damit zu einer Antwort bewegen.

Arnold war noch immer wie erstarrt.

Florian konnte es nicht fassen, dass Arnold ihm so nahe hatte kommen können. Während er die Taschenlampe weiterhin in das Gesicht Arnolds hielt, senkte er leicht den Kopf und sah auf den Boden.

Arnold hatte Überzieher an seinen Schuhen.

Dann blickte Florian wieder nach oben und sah gerade noch, wie Arnold mit seiner rechten Hand, in der er das Messer hielt, ausholte. Die Klinge blitzte im Schein des Lichtkegels der Taschenlampe.

Florian reagierte geistesgegenwärtig. Als die Hand mit dem Messer ruckartig auf seinen Körper zustieß, schlug er mit der langen, schweren Taschenlampe auf Arnolds Unterarm. Der Schlag hämmerte den Arm nach unten. Arnold wankte. Seinen Oberkörper zog es leicht vornüber. Das Messer behielt er aber in der Hand.

Der Schlag mit der schweren Taschenlampe brachte auch Florian aus dem Gleichgewicht. Die Wucht, mit der er zugeschlagen hatte, riss ihn nach vorn und zog seinen gedrehten Oberkörper mit. Sein Kopf kam dabei dem Arnolds nahe. In Arnolds Gesicht, das nicht mehr grell beschienen war, aber vom Licht der auf den Boden gerichteten Taschenlampe gestreift wurde, entdeckte er eine Kälte, die ihn frösteln ließ. Die Fratze wirkte nun mörderisch. In diese Augen hatte Härringer wohl geblickt, dachte er. Es muss ihm klar gewesen sein, dass seine Zeit gekommen war.

Arnold holte erneut mit dem Messer aus. Florian sah die Klinge im Licht der Taschenlampe aufblitzen. Er hatte keine Zeit mehr. Er konnte die Taschenlampe nicht rechtzeitig in die Höhe wuchten, um erneut zuzuschlagen. Mit seinem rechten Ellenbogen schlug er deshalb gegen das Kinn von Arnold. Die Ober- und Unterzähne stießen hörbar gegeneinander. Arnold stöhnte auf. Florian setzte nach. Er schlug ihm mit der Taschenlampe gegen den Unterarm. Das Messer glitt Arnold aus der Hand und fiel zu Boden.

Der Schlag gegen das Kinn hatte Arnolds Gesicht zu einer wüsten Fratze geformt, der Schlag gegen den Unterarm schmerzte sichtlich. Florian leuchtete ihm wieder direkt ins Gesicht.

»Weshalb der Korkenzieher?«, schrie er.

Arnold antwortete nicht. Er stürzte sich auf Florian, der nicht mehr in der Lage war zu reagieren. Er knallte mit dem Rücken gegen die Wand, kam aber nicht zu Boden. Arnold drückte ihn gegen die Wand, seine beiden Hände gegen Florians Brustkorb gedrückt. Die Hände schob er nach oben zu seinem Hals. Florian spürte die Enge an seiner Kehle. Während er in Arnolds Augen blickte, umfasste er die Taschenlampe mit beiden Händen. Als Arnolds Hände seinen Hals erreichten und zudrücken wollten, schlug Florian wuchtig mit der Taschenlampe nach oben. Er traf erneut das Kinn von Arnold, dessen Kopf durch die Wucht des Schlages nach hinten gerissen wurde.

Florian schlug mit einer Aggressivität, die er zuvor noch nie erlebt hatte, noch einmal zu. Er donnerte Arnold die Taschenlampe in den Brustkorb. Arnold wankte, wich zurück und fiel zu Boden. Florian sprang auf ihn und drückte ihm mit beiden Händen die Taschenlampe in die Kehle. Arnold röchelte und ließ seine Hände wehrlos zur Seite fallen.

Florian überlegte, wie er Arnold festsetzen und die Polizei alarmieren konnte. Sein Handy war in der Hosentasche. Er entschloss sich, mit den Knien Arnolds Hände zu fixieren. Dabei lockerte er kurz den Druck auf seinen Hals.

»Sven?«, hörte er plötzlich eine Stimme über sich. »Sven? Du?«

Er sah hoch und entdeckte Christine. Sie stand in ihrer Straßenkleidung in der Tür. Sie war von ihm unbemerkt und im Dunkeln aufgetaucht.

Während Florian zu ihr blickte, spürte er, dass Arnolds Körper bebte.

»Du?«, wiederholte Christine. Sie lehnte sich fassungslos an die Tür.

Florian sah von ihr weg zu Arnold hinunter, der mit aufgerissenen Augen zu Härringers Tochter starrte. Er schien etwas sagen zu wollen, und Florian lockerte die Umklammerung mit der Taschenlampe, während er seine Knie kräftiger in Arnolds Arme drückte. »Weshalb der Korkenzieher?«, brüllte er erregt.

»Warum?«, hörte er Christine schreien. »Warum?«

Arnold antwortete in einer Mischung aus Röcheln und Lachen. Dabei spritzte Speichel aus seinem Mund.

»Bist du mit dem Moped gekommen?«, fragte Christine dann.

Florian bemerkte nun, dass Arnold eine Lederjacke trug.

»Hat Vater noch etwas gesagt?«, schrie Christine in einer Mischung aus Verzweiflung und Trauer.

Florian sah kurz zu ihr hin. Dann drückte er Arnold die Taschenlampe wieder stärker in die Kehle. Arnold würgte. »Hat er noch etwas gesagt?«, brüllte Florian und lockerte den Würgegriff.

»Läch…«, röchelte Arnold.

»Was?«, erwiderte Florian. Christine bewegte sich von der Tür weg zu ihnen hin.

»Lächerlich«, sagte Arnold lachend wie röchelnd.

»Sven, du warst wie sein Sohn. Was hat er gesagt, als ihm klar war, dass du ihn umbringen wirst?«

Arnold lachte auf. »Banale Worte. Im Wein liegt die Wahrheit.« Er lachte, röchelte und spuckte Speichel.

»Du … Du Sch…, wie konntest du nur …?« Christine stand über ihnen und beugte sich hinunter. Florian sah besorgt zu ihr hin und verlagerte sein Gewicht in ihre Richtung, um sie davon abzuhalten, ganz nahe an Arnold heranzukommen. Mit einer Hand war er versucht, sie wegzuschieben.

Arnold löste eine Hand aus der Fixierung des Knies. Er griff nach der Taschenlampe und drückte dagegen. Mit seinem Unterkörper ruckte er gleichzeitig hoch und stemmte seinen gesamten Körper mit. Florian verstärkte wieder seinen Druck. Doch Arnold hatte das Stück Freiraum für sich genutzt. Er stieß Florian schlagartig mit seinem Becken hoch und warf ihn zur Seite. Die Taschenlampe drückte er mit einer Hand von seiner Kehle weg. Florian versuchte dagegenzuhalten. Das Kräfteverhältnis hatte sich jedoch gewandelt. Er hing schräg über Arnold und klammerte sich wie dieser an die Waffe. Arnold hatte nun beide Hände an der Taschenlampe. Um die Kontrolle nicht vollends zu verlieren, blickte Florian nach dem Messer. Es lag am Bett und war außer Reichweite. Dann fiel er plötzlich nach unten und schlug beinahe mit dem Gesicht auf den Boden.

Arnold hatte die Taschenlampe losgelassen und sich weggedreht. Beim Abstützen mit seinen Händen und Ellenbogen gab Florian die Taschenlampe frei. Arnold wälzte sich zur Seite und sprang auf seine Füße, während Florian nach seiner Waffe griff.

Christine war die gesamte Zeit über ihnen gestanden. Sie stand noch immer wie erstarrt an ihrem Platz, als Arnold sich aufrichtete. Florian packte die Taschenlampe und sprang ebenfalls auf seine Füße. Als Arnold nahe bei Christine war, schubste er sie weg und flüchtete aus dem Zimmer.

Christine wankte, wohl nicht von dem Schubser, erkannte Florian. Sie schien benommen von der Tatsache, dass ihr Exfreund ihren Vater getötet hatte.

Mit der Lampe leuchtete er behutsam auf sie, dann stürmte er aus dem Schlafzimmer. Im Salon schaltete er das Licht ein und folgte Arnold, der die Wohnungstür offen gelassen hatte. Florian hörte im Treppenhaus Schritte. Er leuchtete mit der Lampe die Stufen hinunter und rannte hinterher. Die Eingangstür stand offen, als er nach unten kam. Er ging zur Tür und leuchtete in die Dunkelheit. Es regnete noch immer heftig. Er schwenkte die Taschenlampe über den Hof, während er über den Kies lief. Er zögerte weiterzugehen. Was, wenn Arnold nicht geflüchtet war, sondern in der Nähe wartete? Konnte er zurück ins Haus und zu Christine?

Bereits völlig durchnässt, eilte Florian zurück ins Schloss, als er das Geräusch eines wegbrausenden Mopeds hörte. Er wartete, bis das Motorengeräusch nicht mehr zu hören war. Dann schloss er die Tür fest hinter sich. Er rannte die Treppe hoch und stürzte in Christines Wohnung.

Sie stand gegen den Türrahmen gelehnt. Sie schluchzte. Als Florian näher kam, fing sie an zu weinen.

»Ist er weg?«

»Die Polizei wird ihn aufgreifen. Ich rufe sie gleich an. Alles in Ordnung?«

»Ja«, erwiderte sie, den Kopf schüttelnd. »Sven. Er war doch wie ein Sohn für Ludwig.«

»Er war Ihr Lebensgefährte und wollte Sie töten.«

»Warum?«

»Ehrgeiz. Wer sich dem in den Weg stellt, ist tot.«

»Hat er das gesagt?«

»Nein.«

Sie lachte auf. »Wir waren ein Paar.« Es folgte der zweite Weinkrampf. Florian berührte sie an der Schulter. Dann nahm er sein Handy und wählte den Notruf. Die Taschenlampe behielt er in der Hand. Er meldete einen Überfall, einen versuchten Mord, und gab Namen und Adresse an. Anschließend ging er zu Christine, die sich wieder gefasst hatte.

»Sein Biss hatte mir imponiert«, sagte sie.

Er antwortete ihr nicht. Er führte sie zu der Couch, die ihm beim ersten Besuch unbenutzt erschienen war. Sie zögerte, sich daraufzusetzen. Er half nach und drückte sie sanft auf die Couch. Er selbst blieb stehen. Er lief unruhig auf und ab. Nach einer Weile ging er zur Tür und schaltete die Beleuchtung im Treppenhaus ein. Er überlegte, in den Hof zu gehen, um die Polizei zu empfangen, ließ es aber sein, da er sie nicht allein lassen wollte. Er ging zu ihr zurück und stellte sich hinter sie. Sie schien noch immer den Mörder in ihrem ehemaligen Lebenspartner zu suchen.

Er sah zu ihr hinunter, bis Blaulicht ins Treppenhaus fiel. Dann lief er zur Tür und die Treppe hinunter. Ein Streifenwagen war mit Blaulicht bis zum Eingang gefahren. Zwei Polizeibeamte stiegen aus. Florian erreichte vor ihnen die Tür und öffnete.

»Ich habe angerufen. Das Überfallopfer ist in der Wohnung im ersten Stock.«

Die beiden Beamten rannten die Treppe hoch. Florian blieb unten stehen. Sein Blick ging hinter die Treppe zum Eingang des Weinkellers. Er hatte noch immer die Taschenlampe in der Hand. Er näherte sich dem Eingang des Gewölbes und öffnete die Holztür. Im Licht der Taschenlampe ging er in den Keller, in dem es noch immer gärte. Er leuchtete in Richtung des Geräuschs und entdeckte das Blubbern in einem Gärspund auf einem Holzfass. Der Keller wirkte wie eine Gruft. Florian suchte nach einem Lichtschalter und fand ihn schließlich an einer Säule in der Mitte des Weinkellers. An der Säule stand der kleine Tisch, aus dessen Schublade Arnold Härringers Notizen über die Namen des Etiketts geholt und ihm gegeben hatte. Die Einladungsliste, auf der Arnold nicht zu finden war, und verschiedene Namen des Spätburgunders waren auf losen Blättern notiert gewesen. Härringer hatte hier den Wein im Andenken an Ida geplant. »Im Wein liegt die Wahrheit«, zitierte er dessen angeblich letzte Worte. Was hatte er damit gemeint? Bisher hatte er Härringer doch verstanden?

Er kramte in der Schublade des Tisches, fand aber nichts außer Stiften und leeren Blättern. Arnold hatte ihm sämtliche Notizen gegeben. Er war überzeugt, dass der Kellermeister ihm den gesamten Inhalt der Schublade überreicht hatte. Arnold war sich seiner Sache sicher gewesen und hatte kein Misstrauen gegen Härringers Notizen gehabt. Im Wein liegt die Wahrheit. So banal konnte Härringer doch nicht abgeschlossen haben!

Während er darüber nachdachte, hörte er Schritte, die sich dem Weinkeller näherten.

Er sah in die Richtung und wartete, seine Taschenlampe fest umgreifend.

»Herr Buchmann?«, vernahm er eine Stimme.

»Wer ist da?«, erwiderte er.

»Leopold. Polizei!«

Das beruhigte ihn nicht. Er blieb wachsam und blickte nach einer Waffe in den Händen des nahenden Kommissars. Dieser hielt jedoch nur eine Taschenlampe in der Hand.

»Suchen Sie den Kellermeister hier?«

»Nein.«

»Hätte auch gefährlich werden können.«

Florian sah den Kommissar misstrauisch an. Der schien dies zu erkennen.

»Sie fragen sich, weshalb ich bei Ihnen im Dorf aufgetaucht bin?«

»Genau. Und jetzt sind Sie wieder hier.«

»Sie haben uns gerufen.«

Florian zuckte mit den Schultern.

»Mein Bruder arbeitet in Biesers Firma. Die leitet zwar sein Sohn, aber der Alte ist der Chef. Mein Bruder bat mich nur, mir ein Bild von Ihnen zu machen. Das war alles. Sie können es ruhig publik machen. Ich habe Karl Bieser heute in Anwesenheit eines Kollegen zum Fall Ida Wagner vernommen, nachdem mich Ihr Anruf erreicht hatte. Er hat gestanden, über die Tat Härringers im Bilde gewesen zu sein. Hätte ich das geahnt, wäre ich niemals auf seinen Wink hin bei Ihnen aufgetaucht. Ich bin nicht Polizist geworden, um Verbrecher zu schützen. Das müssen Sie wissen.«

»Glauben Sie Bieser?«

Leopold überlegte seine Antwort genau, das konnte Florian in seinem Blick lesen.

»Es dürfte nicht zu widerlegen sein«, sagte der Kommissar nach einer Weile. »Härringer ist tot. Der kann nicht das Gegenteil behaupten.«

»Eben. Deswegen hat Bieser seine Beteiligung zugegeben. Ich hatte ihn in die Enge getrieben und das Misstrauen seiner Frau erregt.«

»Er hatte auf alles eine Erklärung. Ich sehe keine Widersprüche.«

»Was sagt Ihr Bauch?«

»Mich interessieren Beweise, die vor Gericht standhalten.«

Florian drehte sich nachdenklich weg.

»Suchen Sie hier nach Beweisen?«, fragte Leopold.

»Im Wein liegt die Wahrheit, waren angeblich Härringers letzte Worte.«

»Keine großen Worte«, erwiderte der Kommissar.

»Härringer gab seinen Worten stets eine Bedeutung. Orte können genauso wichtig sein wie Weggefährten. Sind das große Worte? Aber Sie haben mich zu Ida geführt und damit letztlich zur Aufklärung ihrer Ermordung. Entweder ist Härringer der Täter oder Bieser oder beide. Der Mitwisser ist auch Täter.«

»Immerhin werden die Angehörigen des Mädchens nun die Wahrheit erfahren.«

Florian nickte zustimmend. »Im Wein liegt die Wahrheit«, wiederholte er und ging an den Holzfässern auf und ab. Als er an dem blubbernden Gärspund vorbeikam, starrte er in das Röhrchen. Außer Fruchtfliegen entdeckte er aber nichts.

»Nach was suchen Sie?«, fragte Leopold.

»Nach Wein«, antwortete Florian. Dann hielt er inne und verstand auch Härringers letzte Worte.

26

Es war früh am Sonntagmorgen. Nebelschwaden waberten durch den Wald, während sich Sonnenstrahlen hier und da bemerkbar machten. Das Glockengeläut einer Kirche war auf der Lichtung zu hören. Florian stand vor Idas kleinem Kreuz. Frische Blumen und ein Grablicht lagen davor. In der Nähe ging ein älterer Mann auf einem kleinen Weg. Er bückte sich hin und wieder und beförderte auf dem Boden liegende Kastanien in eine Tasche.

Florian sah nicht zu ihm hin. Er dachte an das Foto, das er von Ida gesehen hatte und konnte das Mädchen fast vor sich sehen – jung und mit einem Lächeln, das einer strahlenden Zukunft entgegenblickte.

Florian vermied es sorgsam, über das Kreuz den Hang hoch in das Waldstück zu sehen. Dorthin war Idas Leiche geschleift und mit Sträuchern bedeckt worden. Stattdessen sah er nach der Uhrzeit auf seinem Handy. Es war Zeit. Er verspürte dennoch keinerlei Nervosität. Es war an der Zeit. Er war davon überzeugt, dass er jetzt nicht mehr lange warten musste. Seine Ansage ließ dem Mörder keine andere Wahl.

Er vernahm ein Geräusch und sah zum Weg. Noch konnte er niemanden erkennen, die Schritte kamen jedoch langsam näher. Ein Stein, wohl vom Schuh angestoßen, rollte ein paar Meter nach unten.

Florian sah kurz zu dem Kastanien sammelnden Mann. Der bewegte sich kaum vorwärts. Unter einem Baum hob er die Kastanien einzeln auf, einige warf er weg.

Die Schritte wurden lauter, nun erkannte er Bieser, der mit einem versteinerten Blick auf Florian zukam. Der Mittsiebziger trug einen Anzug. Er grüßte nicht, als er Florian gegenübertrat. Florian grüßte ebenfalls nicht. Er reichte Bieser auch nicht die Hand.

»Was wollen Sie?«, sagte Bieser.

»Wie ich am Telefon schon sagte: Die Wahrheit gegen mein Schweigen.«

»Was könnten Sie denn reden?«

»Ihre Aussage ist noch nicht öffentlich geworden. Ich kann weiterhin Fragen stellen und auch die Presse informieren. Dann werden sehr viele Fragen stellen.«

Bieser reagierte nicht.

»Wann hat Härringer Ihnen von der Tat erzählt? Haben Sie ihm vielleicht doch geholfen, die Leiche wegzuschaffen? Und weshalb sollte er Sie dann so verletzt haben? An die Kratzer im Gesicht konnte sich Ihre Frau genau erinnern. Sie würde auch Fragen stellen. Ihre Ehefrau, Herr Bieser, würde die meisten Fragen stellen. Wenn ich nicht schweige, kommen Sie aus der Sache nicht mehr heraus.«

Er schien beeindruckt. Dennoch lachte er gehässig. »Glauben Sie, Sie können mich einschüchtern?«

»Glauben Sie, dass Sie über dem Gesetz stehen? Sind Sie solch ein Narzisst, der das Gefühl hat, etwas Besonderes zu sein, und der sich über Regeln und Moralvorstellungen stellt?«

Die Antwort in Biesers Blick war eindeutig: Ja.

»Wenn Sie so unantastbar sind, weshalb sind Sie dann gekommen?«

»Ich will immer wissen, mit wem ich es zu tun habe und was er in der Hand hat.«

»Haben Sie noch die Weinflasche, die Ludwig Ihnen mit der Einladung zu seinem Geburtstag geschickt hat?«

»Ich denke schon. Hab sie nicht getrunken. Steht noch im Keller.«

»Nie daran gedacht, was sie bedeuten könnte, nachdem ich Ihnen Härringers Plan dahinter erklärt habe?«

»Das ist Ihre Interpretation. Ich lasse mich nicht einschüchtern.«

Florian dachte daran, dass Bieser die Flasche nach dem Gespräch mit seiner Frau vermutlich auch deswegen nicht entsorgt hatte, um kein weiteres Misstrauen ihrerseits zu erregen.

»Ludwig ist tot«, sagte Bieser fast triumphierend.

»Waren Sie sich immer sicher, dass er ein Leben lang schweigen würde?«

Er antwortete nicht.

»Was war Ihre Vereinbarung? Karriere gegen Schweigen? Geld für Ehrgeiz?«

Er schien, das Gespräch zu genießen. Für den Alten ist es ein Spiel, ein Duell, dachte Florian. Bieser sah ihn abwartend und mit einem Lächeln an.

»Ida, das Mädchen, das hier umgebracht wurde, trug Ohrringe. Kleine Ohrringe. Einer davon löste sich, als sie gewürgt wurde. Jemanden zu erwürgen, das dauert einige Zeit. Das können Sie sich vorstellen. Ida wehrte sich vehement. Sie war jung, voller Lebensfreude. Der Täter trug Spuren davon.« Florian hielt inne und betrachtete Bieser.

Der signalisierte ihm, fortzufahren.

»An Idas Leiche wurde nur ein Ohrring aufgefunden. Der andere fiel mit ziemlicher Sicherheit auf den Boden hier im Wald. Beim Wegschleifen der Leiche vielleicht nach da oben.«

»Wollen Sie mir weismachen, dass hier der Schmuck liegt? Ist das Ihr Ernst?«

»Sagte ich das?«

»Wollen Sie mir das sagen?«

Florian antwortete nicht.

»Haben Sie den kleinen Ohrring denn gefunden?«

»Ich weiß, wo er ist.«

Bieser fixierte ihn, um herauszufinden, ob er bluffte. Biesers Selbstherrlichkeit verblasste jedoch im Angesicht von Florians kühlem Blick. »Schießen Sie los!«

Florian holte aus der Seitentasche seiner Jacke die kleine Plastikhülle von Idas Mutter und schüttelte die Tüte, in der sich der kleine Ohrring befand.

»Das ist der, der an der Leiche verblieb. Das ehemalige Asservat erhielt Idas Mutter. Wissen Sie, dass die Mutter noch lebt?«

Bieser zuckte gleichgültig mit den Schultern.

»Sie lebt hier in der Nähe. Seit so langer Zeit mit dem Verbrechen.«

»Dann ist sie ja jetzt informiert«, erwiderte Bieser.

Florian reagierte wütend, hielt seine Aggression aber unter Kontrolle. »Den zweiten Ohrring nahm Ludwig an sich«, sagte er dann bestimmt.

»Täter machen das, habe ich gehört.« Bieser blieb gelassen.

»Ich weiß. Als Trophäe oder als eine Art Reue. Als Wiedergutmachung. Undoing.«

»Passt.«

»Für Härringer war es wohl wie eine Wiedergutmachung. Ja. Er hat den Ring die ganzen Jahre über aufbewahrt. Zuletzt in seinem Weinkeller.«

»Und haben Sie ihn dort gefunden?«

»Nein.« Florian hielt kurz inne. »Er schickte ihn dem Täter.« Er wartete auf eine Reaktion von Bieser. Der strengte sich jedoch an, keine zu zeigen.

»Ihnen!«

Bieser lachte amüsiert auf.

»Härringer schickte Ihnen den zweiten Ring.« Er hielt die Tüte wieder hoch. »Das ist er nicht. Idas zweiter Ohrring ist in der Flasche Pinot Noir 243. Sie wissen ja mittlerweile, was dieses Etikett bedeutet.«

Bieser lachte erneut. Das Lachen war aber nicht befreiend, es wirkte angestrengt.

»Wollen Sie nicht nach Hause gehen und nachsehen?«

Bieser schien darüber nachzudenken. Dann lachte er lauthals auf. »Sie bluffen! Sie sind doch nicht so blöde und warnen mich. Was haben Sie vor?«

»Wie ich schon sagte. Die Wahrheit gegen mein Schweigen.«

Er schien ernsthaft darüber nachzudenken.

»Und wenn ich jetzt nach Hause gehe und die Flasche öffne?«

»Bis Sie dort sind, wird die Polizei bereits in Ihrer Villa sein. Verdunkelungsgefahr. Dazu braucht es keinen richterlichen Beschluss. Sie könnten Beweismittel vernichten.«

»Sie bluffen.«

»Gehen Sie.«

Er zögerte. Er musterte Florian und sah sich dann in der Umgebung um. Der Kastanien sammelnde Mann war noch immer in der Nähe. Er bückte sich schwer und griff nach einzelnen Kastanien. Einige ließ er nach genauer Betrachtung wieder auf den Boden fallen.

»Sind Sie verkabelt?«, fragte Bieser. »Wollen Sie mich hereinlegen?«

Florian schüttelte den Kopf und zog seine Jacke aus. Er reichte sie Bieser, der in den Taschen nachsah. Dann öffnete Florian sein Hemd und streifte es aus der Hose. Einen Blick auf den Bund seiner Jeans gewährte er ebenfalls. Er dachte an den Tag von Härringers Ermordung, als er nach Blutspuren untersucht worden war.

Bieser nickte und ging dann zu dem alten Mann auf dem kleinen Weg. Florian folgte ihm unsicher. Ihm war nicht klar, was Bieser dort wollte. Er versuchte, in seiner Körpersprache etwas zu lesen. Bieser ging schweigend und zielgerichtet zu dem Mann, der sich weiterhin nach Kastanien bückte. Als Bieser bei ihm ankam, legte er ihm die Hand auf die Schulter. Der alte Mann sah auf und erhob sich dann schwerfällig. Bieser wirkte erschrocken, als er in das Gesicht des Mannes blickte, der weitaus älter erschien als er.

Florian trat zu den beiden. Er vermied es, zu Idas Bruder zu blicken. Er hoffte, dass sich auch Gottfried nicht mit einem Blick verriet.

Bieser starrte den Mann an, nahm die Tasche mit den Kastanien wahr und ging wieder weg. Hinter seinem Rücken tauschten Florian und Gottfried einen vertrauten Blick, dann kam Florian Bieser hinterher.

»Fragen Sie«, sagte Bieser, als sie wieder die Lichtung erreichten. »Ich selbst habe Ihnen nichts zu sagen.«

»Waren Sie mit Ludwig damals 1956 auf dem Weinfest hier oben?«

»Es war ein schlechter Jahrgang. Es gab kaum Wein in diesem Jahr. Auf dem Fest gab es natürlich Wein vom Vorjahr. Ich glaube, wir kamen schon betrunken an.«

»Waren Sie mit Ludwig die ganze Zeit zusammen?« Florian wollte die Befragung aufbauen. Er wollte nicht gleich mit der entscheidenden Frage vorpreschen. Das konnte Bieser abschrecken und seine Bereitschaft zu reden abwürgen. Außerdem wollte er auch die Tat verstehen und Hintergründe erfahren. Er wollte den Täter zur Tat heranführen.

Bieser dachte über die Frage nach. »Wir verloren uns sicher mal aus den Augen, aber Ludwig hing mir damals immer am Rockzipfel.«

»Wie sind Sie zu dem Fest gekommen?«

»Mit dem Roller, denke ich. Oder mit dem Rad? Mit dem Auto auf keinen Fall.«

»Ist Ida Ihnen oder Ludwig aufgefallen?«

»Weiß ich nicht, ob Ludwig sie zuerst sah. Aber er wäre mir nie in die Quere gekommen.«

»Wie ist Ida Ihnen aufgefallen?«

»Das weiß ich nicht mehr. Waren mehrere Mädchen da.«

»Ida arbeitete in der Küche.«

»Da habe ich sie sicher nicht gesehen.«

»In Pausen stand sie rauchend am Tanzboden. Erinnern Sie sich?«

»Es wird so gewesen sein.«

»Wie kamen Sie mit ihr in Kontakt?«

»Müssen Sie das alles fragen? Erregt Sie das?«

Florian ging nicht darauf ein. Er stand neben Bieser in der Nähe des Kreuzes und betrachtete ihn ohne Emotionen. Bieser starrte die ganze Zeit auf den Boden.

»Wie kamen Sie mit Ida in Kontakt?«, wiederholte Florian.

»Keine Ahnung. Wenn ich das wüsste. Wie gesagt, wir gingen betrunken auf das Fest.«

»Waren Sie an dem Tag verärgert? Waren Sie sauer auf jemanden? Auf Ihre damalige Freundin zum Beispiel?«

»Was spielt das für eine Rolle?«

»Wie war Ihre emotionale Grundstimmung an dem Tag? Waren Sie fröhlich, zufrieden oder wütend auf irgendeine Art?«

»Sind Sie mein Verteidiger oder mein Richter?«

»Weder noch. Vielleicht hilft es Ihnen, sich daran zu erinnern. Es kann Ihr Gewissen erleichtern.«

»Da gibt es nichts zu erleichtern. Die Wahrheit gegen Schweigen. Das ist der Deal. Hören Sie auch wirklich auf, wenn Sie mir alle Fragen gestellt haben?«

»Ich werde nicht weiter in Härringers Biografie graben. Die Weinflasche mit Idas Ohrring können Sie vernichten.«

»Das ist kein Beweis.«

»Aber ein Grund, weitere Fragen zu stellen.«

»Die Wahrheit gegen Schweigen«, wiederholte Bieser.

»Wie war Ihre Grundstimmung an dem Tag? Es war ein Samstag. Sie sind noch zur Schule gegangen?«

»Ich war ein lausiger Schüler, der Streber war Ludwig. Es war ein Samstag, ja. Wir tranken schon mittags, fuhren dann wahrscheinlich herum. Ich glaube, es war ein schöner Tag. Die Sonne schien.« Er hielt inne und schien über seine letzten Worte nachzudenken. »Ich war wohl damals unter Spannung. Viele wollten etwas von mir. Die Familie, mein Vater, der hatte große Erwartungen. Und es gab überall Mitesser, sogenannte Freunde, Schulfreunde. Die hingen an mir wie heute Hämorrhoiden und waren doch nur am Namen und am Vermögen meiner Familie interessiert. Die meisten habe ich verachtet.«

»Hatten Sie das Gefühl, etwas Besonderes zu sein?«

»Kennen Sie das nicht?«

»Ist nicht die Frage. Waren Sie getrieben? Sie erwähnten eine andauernde Spannung.«

»Nicht mehr getrieben als andere.«

»Sagen Sie. Narzissten sind oft getrieben. Die haben außerdem das Gefühl, etwas Besonderes zu sein, das besondere Regeln rechtfertigt.«

»Was soll der Quatsch? Fragen Sie und analysieren Sie mich nicht!«

»Ich will die Tat verstehen und: Wie man damit leben kann.«

»Das hat nichts mit Psychologie zu tun. Das ist der Lebenswille. Der taucht gleich nach der Tat auf. Was habe ich da verdammt nochmal angerichtet? Das war ja nicht mein Plan, als ich auf das Fest ging. Das ist passiert – einmalig, das dürfen Sie mir glauben. Ich habe in meinem späteren Leben viel Geld gespendet. Ich habe vielen Mittellosen geholfen. Unsere Personalpolitik war sozial und menschlich. Wir haben jeden individuell gesehen.«

»Das war Ihre Reaktion nach der Tat? Was habe ich angerichtet?«

»Man ist voll Adrenalin. In diesem Alter, mit Alkohol und Testosteron vermischt, das ist ein Rausch. Danach … Ich realisierte gleich, was geschehen war.«

»Ida wehrte sich.«

»Ja. Wie irre.«

»Das hat Sie nicht davon abgebracht?«

Bieser antwortete nicht darauf.

»Jemanden zu erwürgen, das dauert. Ringt einem selbst Kraft ab.«

Bieser starrte weiterhin auf den Boden. Florian hatte das Gefühl, dass er sich gegen den Impuls, zum Kreuz zu blicken, wehrte.

»Dass Ida sich Ihnen widersetzte, konnten Sie nicht akzeptieren. Das waren Sie nicht gewohnt.«

»Die Tat folgte keiner inneren Logik, Klugscheißer!«

»Sie gingen mit Ida von dem Fest in den Wald.«

»Sie schien es zu wollen. Manchmal reichen doch Blicke.«

»Wie kamen sie in Kontakt? An der Tanzfläche?«

»Ja.«

»Sie boten ihr eine Zigarette an, nicht?«

»Ja. Dann kam sie wieder. Sie wollte es.«

»Was wollte sie?«

»Mich zumindest kennen lernen. Das wollten doch alle.«

»Sie gingen mit ihr in den Wald zur Lichtung. Es war Neumond in der Nacht. Passierte es hier?«

»Sie wissen das doch alles. Warum fragen Sie noch? Ich habe genug gesagt. Das alles macht sie nicht mehr lebendig.«

»Wie kam Ludwig dazu? War sie bereits tot?«

Er nickte. »Ich realisierte, was passiert war, ich war nicht ich selbst gewesen. Dann hörte ich Schritte und zerrte an der Leiche. Als ich Ludwig erkannte, bat ich ihn mir zu helfen. Er zögerte keine Sekunde.«

»Er hing Ihnen ständig am Rockzipfel.«

»Ja. Ohne mich wäre nichts aus ihm geworden. Was hatte er vor mit mir und diesem Wein?«

»Keine Ahnung.«

»War es ein Spiel?«

»Weiß ich nicht. Ein Mensch ist nicht in all seinen Taten zu begreifen, glaube ich.«

»Von seinem ehemaligen Fastschwiegersohn erschlagen. Was für ein Ende. Ist Arnold schon gefasst?«

»Ist mir nicht bekannt. In Arnold erkannte Härringer sich jedenfalls wieder.«

»Ludwig war eben doch nur ein Möchtegern-Großer. Wie kann man am Ende seines Lebens nur nach der Wahrheit winseln und sein Gewissen einfach nur beruhigen wollen?« Er lachte auf. »Er war halt doch nur ein Mitläufer.« Bieser sah zu Florian, der keine Fragen mehr hatte. Bieser schien ihm das anzusehen. »War es das?«

»Ja, das war es.«

»Dann gehe ich jetzt.« Er drehte sich weg und schien darüber nachzudenken, Florian die Hand zu reichen. Seine rechte Hand bewegte sich leicht.

»Haben Sie sich jemals Gedanken über Idas Familie gemacht?«

»Lebenswille bedeutet, Unangenehmes auszublenden. Nur dann hat man Erfolg, Herr Buchmann. Das wird auch Evolution genannt.«

»Idas Bruder ist in Ihrem Alter, Herr Bieser.«

Florian blickte zu dem alten Mann, der noch immer Kastanien sammelte und den Bieser nicht mehr beachtet hatte.

Bieser musterte Florian skeptisch.

»Idas Mutter wird Ihr Geständnis hören, bevor sie stirbt. Das ist aber keine Genugtuung.«

Bieser sah ihn noch eine Weile unsicher an. »Sie haben mich hereingelegt«, sagte er dann. Er wirkte einen Moment geschlagen, dann fing er sich wieder. »Das ist kein Geständnis. Das wird so wenig Bestand haben wie der Wein. Sie haben mich nicht überführt, Buchmann. Sie können mich nicht hereinlegen.«

»Eben«, erwiderte Florian. »Ich hätte Ihnen auch mein Ehrenwort gegeben. Aber ich schweige dennoch. Ich werde über Sie kein Wort mehr verlieren.«

Bieser drehte sich um und schritt den Weg hoch zur Kapelle und zu dem Platz, an dem früher das Weinfest stattgefunden hatte.

Florian sah ihm kurz nach. Dann ging er zu Gottfried, der die Tasche mit den Kastanien abstellte und ein Richtmikrofon herausholte.

»Gehen wir zu Mutter«, sagte Idas Bruder.

27

Das Läuten der Kirchturmglocken war wieder dumpf zu hören. »Danke«, sagte Idas Mutter und reichte Florian die Hand. »Ich danke Ihnen.« Tränen liefen über ihr runzliges Gesicht und bildeten in den Furchen einen kleinen Bach, der sich immer wieder staute. Die wachen Augen der alten Frau waren überschwemmt.

»Er hat es gestanden. Du kannst die Aufnahmen anhören«, sagte Gottfried, der neben seiner Mutter stand und ebenfalls Tränen in den Augen hatte.

»Brauche ich nicht mehr. Ich glaube ihm. Ich habe Ihnen von Anfang an geglaubt.« Sie drückte kräftig Florians Hand und umfasste mit ihrer linken Hand seine rechte Handfläche.

Florian war ebenfalls gerührt und nicht in der Lage, weitere Worte zu finden. Als ihn Idas Mutter zum Mittagessen einlud, der Geruch des Sonntagsbratens lag im gesamten Erdgeschoss des Bauernhofes und erinnerte ihn an seine Kindheit, lehnte er dankend ab. »Ich muss noch zur Polizei.«

Idas Mutter zeigte sich nicht enttäuscht. »Muss Gottfried auch mitgehen?«

»Die Polizei wird sich bei Ihnen melden. Ruhen Sie sich aus.«

»Ich habe mich mein ganzes Leben ausgeruht«, erwiderte die Mutter. »Und jetzt ist es vorbei.« Sie drehte sich um und ging schwer und gestützt auf ihren Stock zum Wohnzimmertisch. Dann setzte sie sich auf einen Stuhl und starrte in den großen ausgeschalteten Fernseher.

Gottfried reichte ihm nun auch die Hand und bedankte sich. Dann begleitete er ihn aus dem Haus und zu seinem Wagen. Zorn lag dösend im Eingang der offenen Scheune. Der Hund sah nicht einmal auf.

Florian stieg in seinen Wagen mit der verkratzten Fahrertür und fuhr langsam davon. Im Rückspiegel sah er lange Idas Bruder, der allein inmitten des Hofs stand.

Auf der Fahrt über Umweg passierte er ein Hinweisschild zum Schloss. Er überlegte, Härringers Tochter über das Geständnis zu informieren. Als er sich von ihr vor zwei Tagen noch in der Nacht des Überfalls verabschiedet hatte und sich von Leopold nach Hause fahren ließ, war sie so aufgelöst gewesen, dass er beinahe ein schlechtes Gewissen hatte, sie allein zu lassen. Der Kommissar hatte jedoch für Polizeischutz gesorgt, und er wollte sich nicht weiter in ihrem Leben verstricken. Es war nicht seine Aufgabe, ihr Trost zu spenden, nachdem der Mörder ihres Vaters versucht hatte, auch sie zu töten. Leopold hatte außerdem erklärt, psychologische Betreuung zu organisieren – ihre Mutter hatte angesichts der Vorfälle einen hysterischen Anfall gehabt, dessen Lautstärke ihren Totenmessen vergleichbar war.

Florian gab nach dem Schild wieder Gas und fuhr direkt nach Rastatt zur Kripo. Leopold empfing ihn umgehend am Eingang.

»Er hat es uns noch in seiner Villa gestanden«, sagte der Kommissar. »Ein fragender Blick seiner Frau reichte. Die Weinflasche haben wir im Weinkeller gefunden – mit dem kleinen Ohrring darin. Respekt!« Er nickte beeindruckt.

Florian erwähnte das Richtmikrofon in seinem Wagen, das ihm der Kommissar von einem Privatdetektiv besorgt hatte.

»Geben Sie es mir bei einer anderen Gelegenheit. Muss hier niemand mitbekommen. War doch gut, dies auf unsere Art zu machen. Bieser hat gestanden.«

»Hat er noch etwas zum Geständnis gesagt?«

»Nein. Das, was er auch Ihnen sagte, nur direkt.« Er überlegte. »Doch, zum Schluss, als wir ihn hier hereinführten, sagte er: Ich habe mein Leben gelebt. Hmm. Den Rest wird er wohl im Gefängnis verbringen. Auf die Verhandlung vor der Jugendkammer freue ich mich jetzt schon! Da werden wir uns wiedersehen.«

Florian begriff, dass er sich so leicht nicht aus der ganzen Geschichte hinausstehlen konnte.

»Kommen Sie morgen zu Ihrer Aussage?«, fragte Leopold. »Bieser sprach davon, dass Sie ihn hereingelegt und abgehört hätten. Vernichten Sie einfach die Aufnahmen.«

Er sagte sein Kommen mit einem mulmigen Gefühl zu. Sie verabschiedeten sich dann mit einem kräftigen Händedruck und einem anerkennenden Blick. Florian ging zu seinem Wagen und fuhr über die Autobahn nach Süden. Als er den Kaiserstuhl erblickte, erschien er ihm wieder wie eine Insel, auf der er gerne gefangen sein wollte. Überall entdeckte er Spaziergänger und Radfahrer, die offensichtlich den letzten langen Sonntag vor der Zeitumstellung auskosteten.

In Gottratskirchen verspürte er ein Gefühl von Heimat, das ihn seit seiner Ankunft stets beflügelt hatte. Auf dem Marktplatz tummelten sich viele Menschen, Kinder schleckten Eis. Er parkte auf seinem Hinterhof und betrat sein schmuckes Fachwerkhäuschen. Dass ihn niemand erwartete, machte ihm zum ersten Mal seit ein paar Tagen nichts mehr aus. Er nahm einen Imbiss zu sich und trank ein Glas Wein dazu. Dann rief er Hofrichter an und berichtete seinem Freiburger Fußballkommissar von seinem Erfolg. Hofrichter beglückwünschte ihn. »Das ist ja vergleichbar mit einem lupenreinen Hattrick, Flo. Geplant?«

»Kann man einen Hattrick planen?«, erwiderte Florian.

»Aber genießen. Darauf trinken wir einen die Woche in der Markthalle.«

Sie verabredeten sich. Florian machte sich einen Espresso und überlegte, wie er den Rest des Tages verbringen konnte. Mit seinem neuerlichen Hattrick im Gepäck ging er zu Fuß zum Sportplatz auf dem Weg, den er vor zwei Tagen mit Härringers Tochter gegangen war. Geräusche vom Fußballplatz ließen in ihm die Erinnerung an seinen legendären Dreier in Stuttgart aufkommen. Das Sportgelände in Gottratskirchen war gut besucht. Die zweite Mannschaft spielte bereits, hundert Zuschauer, schätzte Florian, säumten den Spielfeldrand. »Hallo, Flo!« »Häh«, schallte es ihm entgegen, als er sich dem grünen Rasen näherte. Neben der Trainerbank der Heimmannschaft entdeckte er den Bürgermeister und seine Frau. Beide lächelten, als sie ihn sahen. Der Bürgermeister winkte.

Er ging zu ihnen. Auf der Trainerbank saß auch sein Hausarzt mit einem Medizinkoffer. Er winkte Florian zu und fasste an seinen Hinterkopf mit der Geste: alles in Ordnung? Florian hob den Daumen.

Als er die Bank mit den Auswechselspielern erreichte, schlug ihm der Bürgermeister kumpelhaft auf die Schulter. »In der Zweiten könntest du noch problemlos mitspielen. Liegen schon wieder zurück!«

»Lass gut sein, Willi. Grüß euch.«

»Hallo, Flo.« Ulla lächelte noch immer. Sie trug eine Sportjacke und hatte ihre Sonnenbrille in den Haaren.

»Hallo, Ulla. Seltener Besuch.«

»Gebe ich zurück.«

»Es zieht einen halt immer zu seinen Wurzeln zurück«, erwiderte Florian und erklärte, sich ein Bier zu holen. »Will noch jemand eines?«

Aus einer kleinen Gruppe, die daneben stand, hagelte es Bestellungen. »Ich.«, »Ich auch.«, »Ich nehme auch eines.« Selbst der Bürgermeister im Anzug wollte ein Bier.

Als Florian abzählte, hakte sich Ulla bei ihm ein. »Ich komme mit. Helfe dir tragen.«

Sie gingen gemeinsam zum Clubheim, während die Auswärtsmannschaft ein weiteres Tor erzielte.

»Alles okay?«, fragte Ulla.

»Ja.«

»Ich kam Freitagabend spontan bei dir vorbei. Du warst aber nicht da.«

»Lange Geschichte.«

»Eine andere Frau?«

»Nein. Ich habe die Biografie zu Ende geschrieben.«

»In einer Nacht?«

»Erzähle ich dir bei Gelegenheit.«

Sein Handy klingelte. Kommissar Leopold teilte ihm mit, dass Arnold an der Mosel festgenommen wurde. »Es ist vorbei«, sagte der Kommissar. »Er hat die Tat gestanden.«

»Sie war geplant, nicht?«

»Details nannte er wohl keine, ich habe ihn noch nicht verhört. Er ist auf dem Weg hierher. Vielleicht plädiert er bereits auf Totschlag.«

»Er ist mit dem Moped gekommen, denke ich«, erwiderte Florian.

»Nehmen wir auch an. Das Auto stand nahe der Autobahn oder auf der Raststätte. Da gibt es einen Weg, den Bedienstete und Lieferanten benutzen. Vom Schloss zur Autobahn sind es kaum zehn Minuten. Die Kreisstraße führt sogar darüber. Ich bin sicher, wir werden Zeugen finden, die das Auto oder ein Moped gesehen haben.«

»Er trug wahrscheinlich dieselbe Lederjacke.«

»Dann werden wir Blutspuren daran finden.«

»Das Blut an der Tür im Verkaufsraum stammt von der Jacke«, sagte Florian bestimmt.

»Wahrscheinlich. Den Helm, denke ich, hatte er am Lenker gelassen. Opfer-DNA dürfte aber auch darin zu finden sein.«

»Es war perfekt geplant. Das Handy war demnach die ganze Zeit im Auto und angeblich im Stau eingebucht. Da ist ja immer Stau.«

»Die SMS hatte er mit Sicherheit vor der Tat geschrieben und danach abgeschickt. Die Nachricht war mit Satzzeichen und ganzen Sätzen verfasst. Nicht in Eile geschrieben. Das wirkte nicht verdächtig. Es gab keinen Grund, ihm nicht zu glauben.« Er machte eine Pause. »Man sieht leider nur das, was man sehen will.«

»Warum der Korkenzieher? Was glauben Sie?«

»Hass, Irrsinn oder er wollte auf Nummer sicher gehen. Er hat ihm laut Obduktionsbericht mehr als zwanzig Mal auf den Schädel geschlagen. Wir werden das Puzzle nach und nach zusammensetzen«, sagte Leopold. »Ich bin sicher, wir finden in seiner Wohnung auch einen Blutstropfen und vielleicht sogar die Tatwaffe, den Hammer.«

»Informieren Sie mich«, erwiderte Florian und bereute augenblicklich die Aussage. Er dankte dem Kommissar für die Auskunft und beendete das Gespräch. Schweigend ging er neben Ulla weiter. Sie sah fragend zu ihm herüber.

»Doch eine andere Frau?«, fragte sie nach einer Weile.

»Mein zweiter Treffer«, antwortete er mit einem Lächeln. Dann betrat er mit ihr das Clubheim und bestellte Bier für fast eine Fußballmannschaft.